William Nicholson

Gefangene des Meisters

© John Timbers

William Nicholson ist ein international erfolgreicher Drehbuchautor für Film und Fernsehen. Er begann als Dokumentarfilmer für die BBC, schrieb Drehbücher zu weltweit beachteten Filmen wie ›Shadowlands‹, ›Nell‹ und ›Gladiator‹ und führte selbst Regie. Er lebt mit seiner Frau und seinen drei Kindern in East Sussex, England. ›Der Windsänger‹, der erste Band der vorliegenden Trilogie, wurde in England unter anderem mit der renommierten ›Smarties Gold Medal‹ ausgezeichnet. Die Bücher von William Nicholson wurden bereits in viele Sprachen übersetzt.
Weitere Informationen über William Nicholson unter:
www.williamnicholson.co.uk

William Nicholson

Gefangene des Meisters

Aus dem Englischen
von Stefanie Mierswa

Deutscher Taschenbuch Verlag

Von William Nicholson sind bei dtv junior auch die Einzelbände der Windsänger-Trilogie lieferbar:
Der Windsänger, dtv extra 70667
Gefangene des Meisters, dtv extra 70704
Das Lied des Feuers, dtv extra 70740

Sonderausgabe
In neuer Rechtschreibung
November 2004
Deutscher Taschenbuch Verlag GmbH & Co. KG,
München
www.dtvjunior.de

Titel der englischen Originalausgabe:
›Slaves of the Mastery‹, 2001 erschienen bei
Egmont Children's Books Limited, London

Umschlagkonzept: Balk & Brumshagen
Umschlagbild und Umschlaggestaltung: Christine Skobranek
Gesetzt aus der Palatino 11/13˙
Satz: Kösel, Krugzell
Druck und Bindung: Druckerei C. H. Beck, Nördlingen
Printed in Germany · ISBN 3-423-59073-4

Inhalt

Prolog

Sirena

An klaren Tagen kann man die Insel vom Festland aus sehen: Am südlichen Horizont zeichnet sich die lang gezogene Linie der von Bäumen umgebenen Kuppe ab. Manchmal fahren Fischerboote am felsigen Ufer der Insel vorbei und die Fischer betrachten die nackten Umrisse der mächtigen Ruine, die oben auf der Kuppe steht. Aber sie halten nicht an. Die Insel hat ihnen nichts zu bieten. Auf deren kahlen Hängen wächst kaum etwas, nur staubige Grasbüschel und uralte Ölbäume, die rings um die Halle ohne Dach stehen. Außerdem erzählt man sich Geschichten über die Insel, von Zauberern, die Stürme herbeirufen können, von sprechenden Tieren und fliegenden Menschen. Von solchen Dingen hält man sich besser fern.

Die Insel heißt Sirena. Vor langer Zeit ließ sich hier eine Gruppe Reisender nieder, errichtete die hohen Steinmauern oben auf der Kuppe und pflanzte die Schatten spendenden Ölbäume. Keinen anderen Fußboden hat das Steingebäude als das Gras und die Erde, die schon immer dort waren. Auch ein Dach gibt es nicht. Die hohen Fensteröffnungen haben keine Scheiben, die breiten Torbögen keine Türen. Trotzdem ist das Gebäude nicht wirklich verfallen – seine Erbauer wollten es genau so haben. Kein Holz, das verwittern kann, keine Dachziegel, die sich lösen und herunterfallen können. Keine Scheiben, die zerspringen können, keine Türen, die sich schließen lassen. Nur ein langer, heller, von Sonne, Wind und Regen erfüllter Raum, ein Haus, das kein richtiges Haus ist, ein Ort, an dem man sich versammeln und singen und den man dann wieder verlassen kann.

Nun ertönen zum ersten Mal seit vielen Jahren wieder Schritte auf Sirena. Eine Frau folgt dem langen, ansteigenden Pfad, der vom Ufer hinaufführt. Unten in der Bucht ist kein Boot festgemacht und trotzdem ist sie hier. Sie trägt ein schlichtes, verblichenes Wollkleid und geht barfuß. Ihr graues Haar ist kurz geschnitten. Ihr Gesicht ist vom Wetter gegerbt, zerfurcht und gebräunt. Wie alt mag sie sein? Schwer zu sagen. Sie hat das Gesicht einer Großmutter, aber den klaren Blick und die geschmeidigen Bewegungen einer jungen Frau. Auf ihrem Weg nach oben bleibt sie kaum einmal stehen, um Atem zu schöpfen.

Etwas unterhalb der Hügelkuppe fließt eine Süßwasserquelle. Hier macht die Frau Halt und trinkt etwas. Dann geht sie weiter, zwischen den knorrigen Stämmen der Ölbäume hindurch, und streift ihre rissigen Rinden mit einer Hand. Sie betritt die Halle ohne Dach durch den Eingang ohne Tür. Hier bleibt sie stehen, blickt gedankenverloren ins Leere und erinnert sich. Sie erinnert sich daran, wie dieser Ort einmal voller Menschen war, die zusammen sangen, und daran, wie sie selbst vom Gesang erfüllt war und sich wünschte, er möge niemals enden. Doch es gibt eine Zeit zum Singen und eine zum Warten. Jetzt wird alles von vorn beginnen.

Sie schreitet langsam mitten durch die Halle und schaut durch die hohen Fensteröffnungen zu beiden Seiten auf das Meer hinaus. Eine Eidechse, die nicht an menschliche Eindringlinge gewöhnt ist, flüchtet in eine Mauerritze. Eine Wolke schiebt sich vor die Sonne und wirft einen Schatten auf die Frau.

Sie ist die Erste. Die anderen werden schon bald zu ihr stoßen. Die Zeit der Grausamkeit ist gekommen.

1
Abenddämmerung über Aramanth

Marius Semeon Ortiz erreichte im Galopp die Hügelkuppe und hielt sein schnaubendes Pferd an. Vor ihm erstreckte sich die weite Küstenebene und dahinter das Meer. Und gar nicht so weit weg, nur eine Marschstunde entfernt, lag sein Ziel, seine Beute, sein Weg zum Ruhm: die Stadt Aramanth. Ortiz richtete sich im Sattel auf. Mit sicherer Körperhaltung und raschen Atemzügen heftete er seine scharfen jungen Augen auf die ferne Stadt. Die Mauern waren längst verschwunden, genau wie ihm seine Kundschafter berichtet hatten. Es waren keinerlei Verteidigungsanlagen zu erkennen. Im schwindenden Abendlicht lag Aramanth fett und hilflos wie eine Gluckhenne vor ihm.

Polternd kamen seine Truppenführer neben ihm zum Stehen. Sie lächelten, weil ihre lange Reise nun zu Ende ging. Die Proviantwagen waren fast leer und seit drei Tagen marschierten die Soldaten auf halben Rationen. Nun würde Aramanth ihren Hunger stillen. Wenn sich die Truppen auf den Heimweg machten, würden die Wagen tief auf ihren Achsen liegen.

Ortiz drehte sich im Sattel um und beobachtete in stiller Zufriedenheit das geordnete Heranrücken der Stoßtruppen. Fast eintausend Mann, davon dreihundertzwanzig berittene Jäger, erklommen das ansteigende Gelände. Hinter ihnen fuhren die Pferdewagen mit den Zelten, den Gitterzellen und der Verpflegung für Soldaten und Pferde. Insgesamt sechzig Wagen und dazu doppelt so viele Gespanne, um sie zu ziehen, denn Pferden konnte man größere Lasten über längere Zeit nicht ohne Pause zumuten. Trotz seiner Jugend ging Ortiz als Kommandeur keinerlei Risiko ein. Kein lahmes Pferd würde seine Truppen auf dem langen Marsch aufhalten.

Er hob eine Hand. Das stumme Signal wanderte blitzschnell von einer Gruppe zur anderen und abrupt blieben Männer wie Pferde stehen, voller Erleichterung. Neunzehn Tage marschierten sie nun schon. Sie waren erschöpft, weit fort von zu Hause und wussten nicht, ob sie Erfolg haben würden. Sein Wille allein hatte ihnen Kraft gegeben und seine Überzeugung, dass dieser Raubzug, der bis jetzt längste in der Geschichte des Reiches, ihre bisher größte Beute einbringen werde. Seit Jahren schon erzählten Reisende von der wohlhabenden, friedlichen Stadt in der Ebene. Der junge Ortiz schließlich hatte Kundschafter ausgeschickt, um die Berichte zu bestätigen. Aramanth war in der Tat reich, und dabei vollkommen schutzlos. »Wie reich?«, hatte er gefragt. Die Kundschafter hatten geschätzt, so gut sie konnten. »Zehntausend. Allerwenigstens.« Zehntausend! Kein Befehlshaber hatte dem Reich des Meisters jemals eine solche Anzahl übergeben oder auch bloß die Hälfte davon. Mit nur einundzwanzig Jahren stand Ortiz ein solcher Ruhm, eine solche Ehre bevor, dass die größte Belohnung von allen sicher nicht ausbleiben würde. Eines Tages, schon bald, würde der Meister seinen Nachfolger und Adoptivsohn benennen – und Marius Semeon Ortiz wagte zu träumen, dass er selbst es sein würde, der dann niederkniete und ausrief: »Meister! Vater!«

Aber zuerst musste Aramanths Reichtum geerntet und sicher nach Hause gebracht werden. Er wandte sich wieder nach vorn und betrachtete erneut die ferne Stadt, in der es zu dämmern begann und die ersten Lichter angezündet wurden. Sollen sie noch eine Nacht in Frieden schlafen, dachte er bei sich. Bei Tagesanbruch werde ich den Befehl geben und meine Männer werden ihre Pflicht erfüllen. Aramanth wird brennen und zehntausend Männer, Frauen und Kinder werden Gefangene des Meisters werden.

Kestrel Hath und ihre Familie standen ganz hinten in der Menge der Gäste. Ihre kleine Schwester Pinto, sieben Jahre alt und verspielt wie ein junger Hund, zappelte unruhig neben ihr herum. Die Verlobungszeremonie fand in der Mitte der Stadtarena statt, wo der alte Windsänger stand. Zu diesem Anlass war der Sockel des Bauwerks mit Kerzen geschmückt worden. Die leichte Brise blies die Kerzen jedoch immer wieder aus. Die Mutter der Braut, Mrs Greeth, hasste es, wenn irgendetwas nicht seine Ordnung hatte, und schlich immer wieder nach vorn, um sie erneut anzuzünden. Der Wind ließ den Windsänger auf seine angenehme, beständige Weise summen und gurren. Kestrel interessierte sich nicht für Verlobungen. Sie lauschte stattdessen der Stimme des Windsängers und wie immer fühlte sie sich dadurch getröstet.

Die Braut Pia Greeth war fünfzehn Jahre alt, genau wie

Kestrel selbst. Im Kerzenschein sah Pia wunderschön aus. Ihr Bräutigam Tanner Amos schien von der Zeremonie überwältigt zu sein. Warum heiratet Pia ihn?, fragte sich Kestrel. Wie kann sie wissen, dass sie ihn für immer lieben wird? Er wirkt so unsicher, so schüchtern und jung. Auch er war erst fünfzehn – ab fünfzehn durften junge Leute heiraten und jetzt begann die Saison der Hochzeiten.

Kestrel runzelte die Stirn, schüttelte den Kopf und wandte die Augen von dem jungen Paar neben dem Windsänger ab. Sofort traf ihr Blick den von Pias älterem Bruder Farlo. Sie merkte, dass er sie angestarrt hatte. Das ärgerte sie. Seit ein paar Wochen lief er ihr ständig nach und schaute sie sehnsüchtig und verzweifelt an, als wollte er mit ihr reden, doch anscheinend wartete er darauf, dass sie ihn zuerst ansprach. Warum sollte sie das tun? Sie hatte ihm nichts Besonderes zu sagen. Warum mussten überhaupt alle plötzlich heiraten? Im Grunde hatte sie Farlo ganz gern gemocht, bis er angefangen hatte sie unentwegt zu beäugen.

Also wandte sie sich ab und schaute zu ihrem Zwillingsbruder Bowman hinüber, der abwesend in die Ferne blickte. Sie tastete sich in seine Gedanken hinein und merkte, dass er der Zeremonie ebenfalls keine Aufmerksamkeit schenkte. Er spürte etwas anderes – etwas, das ihn beunruhigte.

Was ist es, Bo?

Ich weiß nicht.

Jetzt sprach das junge Paar den Verlobungsschwur.

»Heute beginnt mein Weg mit dir.« Der Junge sprach mit scheuer, zaghafter Stimme. Der Schwur stammte aus alten Zeiten, als das Volk der Manth noch als Nomadenstamm durch das unfruchtbare Land gezogen war. Viele Gäste bewegten die Lippen zu den vertrauten Worten ohne es zu merken.

»Wohin du gehst, gehe ich auch. Wo du bleibst, bleibe ich auch.«

Nun stahl sich Bowman lautlos davon. Kestrel bemerkte, wie Pinto ihm sehnsüchtig nachschaute, weil sie liebend gern auch gehen wollte. Dann sah sie ihre Schwester leise mit ihrer Mutter reden. Diese nickte, denn sie wusste genau, dass ihr jüngstes Kind nicht lange still stehen und den Mund halten konnte. So schlich sich Pinto ebenfalls davon.

»Wenn du schläfst, schlafe ich auch. Wenn du aufstehst, stehe ich auch auf.«

Kestrel folgte Bowman nicht. In letzter Zeit zog er es immer häufiger vor, allein zu sein. Das verstand sie nicht und es verletzte sie. Aber er wollte es so und sie liebte ihn viel zu sehr, um sich zu beklagen.

Sie hörte dem Ende des Schwurs zu.

»Bei Tag wird mich deine Stimme erreichen und bei Nacht deine ausgestreckte Hand und nichts soll uns jemals trennen. Das schwöre ich.«

Dann streckte der Junge seine Hand aus und das Mädchen ergriff sie. Kestrel sah, wie ihre Mutter nach der Hand ihres Vaters tastete und sie drückte, und ihr war klar, dass sich die beiden an ihre eigene Verlobung zurückerinnerten. Eine plötzliche Traurigkeit überkam Kestrel, ein neues und ungewohntes Gefühl. Sie grub sich den Nagel ihres Zeigefingers in die Handfläche, bis es schmerzte, um die Tränen zu unterdrücken, die in ihrer

Kehle aufstiegen.Was für einen Grund hätte ich, traurig zu sein?, fragte sie sich. Dass sich Mama und Papa lieben? Dass ich niemals heiraten möchte? Aber darum ging es nicht. Es war etwas anderes.

Nun drängten sich die Gäste um das junge Paar, um ihm zu gratulieren. Mrs Greeth blies die Kerzen aus und räumte sie in eine Schachtel, damit sie später noch einmal benutzt werden konnten. Kestrels Eltern stiegen etwas eilig die neun Ränge der Arena hinauf, weil an diesem Abend eine Bürgerversammlung stattfand und die Zeremonie länger gedauert hatte als erwartet. Bowman und Pinto waren verschwunden.

Da begriff Kestrel mit einem Mal jene Traurigkeit, die sie so plötzlich überkommen hatte. Einsamkeit war es nicht. Solange ihr Zwillingsbruder lebte, würde sie niemals einsam sein. Es war eine schwache Ahnung von etwas viel Schrecklicherem: das Gefühl eines bevorstehenden Verlusts. Eines Tages würde sie ihn verlieren und sie wusste nicht, wie sie danach würde weiterleben können.

Wir bleiben zusammen.

Diese Worte, ein Echo aus der Vergangenheit, bedeuteten für sie, dass sie zusammen sterben würden, wenn es eines Tages so weit war. Doch das neue Gefühl sagte ihr etwas anderes. Einer von ihnen würde sterben und der andere würde weiterleben.

Lass mich diejenige sein, die zuerst stirbt.

Sofort schämte sie sich. Derjenige, der zuerst starb, würde es leichter haben. Warum sollte sie ihrem geliebten Bruder die Bürde des Überlebens auflasten? Sie war stärker als er. Sie musste diese Last selbst tragen.

Dies war das Gefühl, das sie beinahe zum Weinen gebracht hatte: nicht Einsamkeit, noch nicht, sondern die Gewissheit, dass sie eines Tages allein sein würde.

Mumpo Inch saß auf den Steintrümmern, die früher einmal zur Stadtmauer gehört hatten, und blickte starr auf das dunkle Meer hinaus. Wenn er genau genug hinschaute, konnte er die Kämme der größeren Wellen erkennen, die unter dem mondlosen Himmel heranrollten. Er stieß einen tiefen, traurigen Seufzer aus. Wieder war ein Tag vorbei und noch immer hatte er die Worte nicht ausgesprochen, die er so sorgfältig vorbereitet und auswendig gelernt hatte. Elf Wochen und zwei Tage waren nun schon seit seinem fünfzehnten Geburtstag vergangen und vier Wochen und vier Tage, seit Kestrel Hath ebenfalls fünfzehn geworden war. Mumpo liebte Kestrel mehr als das Leben selbst, und das seit fünf langen Jahren. Er konnte die Vorstellung nicht ertragen, dass sie jemand anderen heiraten könnte als ihn. Dennoch wusste er genau, dass sie ihn abweisen würde, falls er sie fragte. Sie waren noch zu jung. Das fand er selbst auch. Keiner von ihnen war bereit für eine Ehe. Aber was, wenn jemand anders sie zuerst fragte? Und was, wenn sie Ja sagte?

Er hörte Geräusche hinter sich, drehte sich um und sah Pinto über die Steine hüpfen. Pinto war klein für ihr Alter, dünn und biegsam wie ein Grashalm. Weil sie so viel jünger war als er, konnte Mumpo ganz ungezwungen mit ihr umgehen. Sie kritisierte ihn nie und im Gegensatz zu vielen anderen belächelte sie auch nicht, was er sagte. Sie wurde nur wütend, wenn er sie Pinpin nannte – so hatte sie geheißen, als sie noch klein war. Sie sei kein Baby mehr, antwortete sie dann grimmig und funkelte ihn verletzt an mit ihren strahlenden Augen, die immer so aussahen, als wollte sie jeden Moment weinen, was sie aber nicht tat.

»Ich wusste, dass du hier sein würdest.« Sie ließ sich hinter ihm auf die Knie fallen und schlang die Arme um seinen Hals.

»Ich komme hierher, um allein zu sein«, antwortete Mumpo.

»Du kannst mit mir allein sein.«

Das stimmte allerdings – sie störte ihn überhaupt nicht. Er griff mit einem Arm hinter sich und zwickte sie in ihr dürres Bein.

»Was hast du mit Kess gemacht?«

»Tja, die hab ich umgebracht«, verkündete Pinto und wiegte sich fröhlich hin und her. »Ich war es leid, dass du dauernd nach ihr fragst, da hab ich sie eben umgebracht.«

»Und wo hast du die Leiche gelassen?«

»Auf der Verlobungsfeier von den Greeths.«

Mumpo erhob sich und schüttelte das Mädchen vorsichtig ab. Er war groß und gut gebaut wie sein Vater, doch anders als sein Vater in seinem besten Alter hatte er kein autoritäres Auftreten. Er war viel zu friedlich, um jemand anderem seinen Willen aufzuzwängen, zu einfältig, meinten einige. Pinto dagegen hielt ihn für den liebsten Menschen auf der ganzen Welt.

»Ich muss Kess etwas sagen«, verkündete er, mehr um sich selbst zu überzeugen.

»Spar dir die Mühe«, entgegnete Pinto. »Sie sagt sowieso Nein.«

Mumpo lief dunkelrot an. »Du weißt doch gar nicht, wovon ich rede.«

»Doch. Du willst, dass sie dich heiratet. Und das wird sie nicht. Ich hab sie gefragt und sie hat Nein gesagt.«

»Das hast du nicht!«

In Wirklichkeit hatte Pinto ihrer großen Schwester diese gewaltige, Angst einflößende Frage nicht gestellt. Sie hatte es oft gewollt, sich aber nicht getraut. Dennoch war sie ziemlich sicher, dass die Antwort genau so lauten würde, wie sie vermutete.

»Du widerlicher kleiner Störenfried, was mischst du dich da ein? Ich rede nie wieder ein Wort mit dir.«

Er war wütend und schämte sich. Sofort tat es Pinto Leid.

»Ich hab sie nicht gefragt, Mumpo. Das hab ich nur so gesagt.«

»Schwörst du das?«

»Ich schwöre. Aber sie wird trotzdem Nein sagen.«

»Woher weißt du das?«

Pinto wollte antworten: Ich weiß es, weil du zu mir gehörst. Stattdessen sagte sie: »Sie will überhaupt niemanden heiraten.«

»Das wird sie aber«, entgegnete Mumpo trübsinnig. »Alle tun es irgendwann.«

Inzwischen war es ziemlich dunkel geworden, deshalb fassten sie sich an den Händen, als sie über die unebenen Steinhaufen zurückkletterten. Pinto spürte, wie seine starke, trockene Hand ihre eigene hielt, so sanft und dabei so fest. Zweimal gab sie vor zu stolpern, nur um zu spüren, wie sich seine Finger eng um ihre schlossen und sein kräftiger Arm sie vor einem Sturz bewahrte. In Wirklichkeit war sie flink und gewandt wie eine Ziege und fand ihren Weg auch bei Sternenschein oder ganz ohne Licht. Insgeheim stellte sie sich vor, sie wären verlobt, und sagte in Gedanken die vertrauten Worte der Verlobungszeremonie zu ihm: »Bei Tag wird mich deine Stimme erreichen und bei Nacht deine ausgestreckte Hand.«

Sie kamen an den verlassenen Häusern des früheren Grauen Bezirks vorbei, die jetzt nur noch von wilden Kinderbanden für geheime Spiele genutzt wurden, und betraten die von Laternen erleuchteten Straßen des Kastanienbraunen Bezirks. Die alten Bezeichnungen wurden noch immer verwendet, obwohl nur wenige Häuser ihre damalige Farbe behalten hatten. Nach den Umwälzungen hatten die Bürger von Aramanth eine große Begeisterung fürs Häuserstreichen entwickelt und so hatte sich ein kunterbunter Farbenteppich über die Stadt gelegt – auf Türen, Fensterrahmen, Wände und sogar Dächer. Doch fünf Jahre Sonne, Wind und Regen hatten die hastig aufgebrachte Farbe abgewaschen und die Farben der alten Bezirke schienen allmählich wieder durch.

Der große Platz im Stadtkern war voller lärmender Menschen. Wie sich herausstellte, war die Versammlung bereits kurz nach ihrem Beginn schon wieder zu Ende gewesen, weil man sich über die richtige Vorgehensweise gestritten hatte. Nun strömten alle aus dem Rathaus und machten sich aufgeregt diskutierend auf den Heimweg. Mumpo nahm nie an den Bürgerversammlungen teil. Dort geschah nichts anderes, so schien es ihm, als dass alle gleichzeitig redeten und keiner dem anderen zuhörte, und am Ende verließen alle die Versammlung mit derselben Meinung, mit der sie gekommen waren.

Bald machte sein suchender Blick Kestrel inmitten einer

Gruppe junger Leute aus, die alle mit leidenschaftlicher Überzeugung redeten. Mumpo blieb am Rand der Gruppe stehen ohne sich zu ihr zu gesellen, obwohl Pinto an seiner Hand zog.

»Sie streiten sich um nichts«, stellte Pinto fest. »Wie immer.«

Mumpo hörte nicht zu. Er betrachtete Kestrel. Wie viele andere Jugendliche trug sie das Haar kurz und struppig und dazu verwaschene schwarze Kleider, um sich von der bunten Kleidung abzusetzen, die die älteren Leute bevorzugten. Ihr Gesicht mit dem breiten Mund wirkte sonderbar, es war knochig und nicht im üblichen Sinne schön. Doch sie hatte eine rastlose Lebhaftigkeit an sich, die auffallend war und einen fesselte. Mumpo fand sie einfach nur schön. Mehr als schön: Sie wirkte so lebendig, dass er manchmal das Gefühl hatte, sie sei das Leben selbst oder die Quelle allen Lebens. Als sie ihn mit ihren feurigen schwarzen Augen anschaute, sprang ein Funke ihrer Lebenskraft auf ihn über und alles um ihn herum kam ihm leuchtender und schärfer vor.

»Warum warst du nicht mit auf der Versammlung, Mumpo?«

Erschrocken merkte er, dass sie mit ihm sprach. »Ach, das ist nichts für mich.«

»Warum nicht? Du wohnst doch hier, oder nicht?«

»Ja, schon«, antwortete er.

»Interessierst du dich denn nicht für die Stadt, in der du zu Hause bist?«

Wie gewöhnlich sagte Mumpo das Erste, was ihm in den Sinn kam. »Ich fühl mich hier nicht zu Hause.«

Kestrel schaute ihn an und schwieg eine Weile. Dann

wandte sie sich kurz den anderen zu, verabschiedete sich schnell und schritt davon.

Mumpo und Pinto folgten etwas langsamer. Mumpos Wohnung, in der er zusammen mit seinem Vater lebte, lag im Stadtzentrum, nicht weit entfernt von der der Familie Hath.

»Irgendwie sag ich immer das Falsche«, sagte er traurig zu Pinto. »Und ich weiß nie, warum.«

Auch Bowman hatte nicht an der Versammlung teilgenommen. Er war durch die Straßen der Stadt gewandert und hatte herauszufinden versucht, woher die Gefahr kam, die er während der Verlobungszeremonie gespürt hatte. Der Eindruck war so flüchtig wie ein Geruch. Manchmal glaubte er die Quelle gefunden zu haben, doch dann verlor er sie wieder. Er hielt das Gesicht in den Wind und sog die Luft ein, um einen Anhaltspunkt zu bekommen. Doch es war kein Geruch und auch kein Geräusch, sondern ein Gefühl. Bowman konnte Angst auf einen Kilometer Entfernung spüren, und Freude, die in einem Lachen zum Ausdruck kam, bemerkte er lange bevor sich ein Mund zu einem Lächeln verzog. Aber Gefühle waren schwer dingfest zu machen. Sie kamen genauso oft aus ihm selbst wie aus seiner Umgebung.

Jetzt war das Gefühl wieder verschwunden. Vielleicht bildete er sich alles nur ein. Vielleicht hatte er einfach Hunger. Er beschloss nach Hause zu gehen.

Als die anderen Familienmitglieder zurückkehrten, stand Bowman auf ihrem kleinen Balkon und schaute in die Nacht hinaus. Das Feuer im Ofen war fast erloschen. Hanno Hath bückte sich und schürte es vorsichtig.

»Du hast das Feuer ausgehen lassen, Bo.«

»Oh, wirklich?«

Er klang überrascht, daher sagte Hanno nichts weiter. Die Leute behaupteten, Bowman sei ein Träumer, oder sagten weniger freundlich, er laufe die meiste Zeit im Halbschlaf durch die Gegend. Doch sein Vater verstand ihn. Bowman war genauso wach wie alle anderen, vielleicht sogar wacher. Er beschäftigte sich nur mit anderen Dingen.

»Das war wieder mal reine Zeitverschwendung«, stellte Kestrel fest, als sie das Zimmer betrat. »Der Einzige, der überhaupt was Hörenswertes von sich gegeben hat, war Mumpo, und er ist der größte Dummkopf von allen.«

»Mumpo ist kein Dummkopf!«, widersprach Pinto, die hinter ihr hereinkam.

»Ach ja, wir wissen doch alle, dass Mumpo dein Liebling ist.«

Mit geballten Fäusten und heißen Tränen in den Augen stürzte sich Pinto auf Kestrel und schlug wild auf sie ein. Kestrel schlug sofort zurück und traf sie auf die Nase. Pinto fiel schluchzend zu Boden.

»Kestrel!«, sagte ihr Vater mit scharfer Stimme.

»Sie hat angefangen!«

Ira Hath half Pinto auf und tröstete sie. Pintos Nase blutete. Als Pinto das bemerkte, hob sich ihre Stimmung insgeheim wieder und sie hörte auf zu weinen.

»Es blutet!«, rief sie. »Kess hat mich blutig geschlagen!«

»Es ist nicht so schlimm, Schatz«, versicherte ihre Mutter.

»Aber sie hat mich blutig geschlagen!«, triumphierte Pinto. Wer jemand anderen so schlägt, dass er blutet, ist immer im Unrecht. »Ihr müsst sie ausschimpfen!«

»Du bist doch selbst schuld, dass du blutest«, entgegnete Kestrel. »Du bist mit deiner Nase gegen meine Hand gestoßen.«

»Oh!«, rief Pinto. »Oh! Du verlogene Hexe!«

»In Ordnung, das reicht jetzt.« Wie immer bewirkte Hannos sanfte Stimme, dass sich alle beruhigten. »Also, Mumpo hat etwas Interessantes gesagt, Kess?«

»Ich wollte es euch ja erzählen, aber Pinpin...«

»Nenn mich nicht Pinpin!«

»Darf ich jetzt weiterreden?«

»Von mir aus. Sag, was du willst.«

In Wirklichkeit war Pinto sehr gespannt, weil es um Mumpo ging.

»Er hat gesagt, er fühlt sich in Aramanth nicht zu Hause.«

»Oh, der arme Junge.«

»Ja, aber es hat mich nachdenklich gemacht. Ich fühle mich hier auch nicht zu Hause.«

Hanno Hath warf seiner Frau einen kurzen Blick zu. »Wo würdest du dich denn zu Hause fühlen, Kess?«

»Ich weiß nicht.«

»Na, vielleicht hast du Recht. In all den alten Büchern heißt es, diese Stadt wäre nur eine Zwischenstation auf der Reise in die wirkliche Heimat.«

»Heimat!«, schnaubte seine Frau verächtlich. »Was soll diese Heimat denn sein? Und wo ist sie? Ich sag euch, wo. Sie ist immer irgendwo anders. So sieht das aus. Egal wo man in der realen Welt lebt, immer stößt man auf Probleme und Unzulänglichkeiten, darum bildet man sich gerne ein, irgendwo anders wäre alles besser. Mehr hat es nicht auf sich mit eurer ach so schönen Heimat. Also können wir genauso gut das Beste aus unserem jetzigen Zuhause machen.«

»Vielleicht hast du Recht, meine Liebe.«

»Aber Mama«, protestierte Kestrel. »Spürst du es denn nicht auch? Irgendwie passen wir nicht hierher.«

»Tja, was das betrifft, gehöre ich nun mal zu den Menschen, die etwas sonderbar sind und nirgendwo wirklich hinpassen.«

»Wir sind eine sonderbare Familie«, sagte Pinto. Der Gedanke gefiel ihr.

»Es gibt aber eine Heimat«, beharrte Kestrel. »Steht denn in deinen Büchern nicht, wo sie ist, Pa?«

»Nein, mein Schatz. Wenn es so wäre, wäre ich schon längst dort hingegangen.«

»Warum?«

»Ach, ich bin ein alter Träumer.«

»Also ich werde dort hingehen.«

»Warte, bis du verheiratet bist«, sagte ihre Mutter. »Dann siehst du die Dinge etwas anders.«

»Ich will aber nicht heiraten.«

Ira Hath schaute auf und ihr Blick traf den ihres Mannes. Er zuckte leicht mit den Schultern und schaute zu Bowman hinaus.

»Wir würden dich niemals zwingen zu heiraten«, begann ihre Mutter vorsichtig. »Aber, Liebling ...«

»Ich weiß, ich werde einsam sein, wenn ich alt bin«, entgegnete Kestrel, um zu zeigen, dass man es ihr nicht extra sagen musste. »Aber das ist mir egal.«

»Kess wird nie einsam sein«, stellte Pinto neidisch fest. »Sie hat ja Bo.«

Ihre Mutter schüttelte den Kopf und schwieg. Hanno

Hath trat auf den Balkon hinaus und stellte sich neben Bowman. Er sagte nichts, weil er noch nach den richtigen Worten suchte. Doch Bowman kannte seine Gedanken gut genug.

»Ich streng mich wirklich an, Pa.«

»Ich weiß.«

»Es ist nicht leicht.«

Hanno Hath seufzte. Es machte ihm selbst sehr zu schaffen, dass er so etwas von seinem Sohn verlangte. Aber Ira hatte Recht – jetzt, da die Zwillinge langsam erwachsen wurden, mussten sie lernen sich ein bisschen voneinander zu entfernen.

»Sprecht ihr immer noch in Gedanken zueinander?«

»Nicht mehr so oft wie früher. Aber wir tun es schon.«

»Sie muss ihr eigenes Leben leben, Bo. Und du auch.«

»Ja, Pa.«

Bowman wollte seinem Vater sagen: Wir sind anders als die anderen, wir werden nie ein Leben wie andere Leute führen, wir sind zu etwas ganz anderem bestimmt. Aber weil er nicht wusste, wozu sie bestimmt waren oder warum er überhaupt dieses Gefühl hatte, schwieg er.

»Ich verlange ja nicht von euch, dass ihr euch nicht mehr lieb habt. Aber ihr solltet euch auch andere Freunde suchen.«

»Ja, Pa.«

Hanno legte seinem Sohn locker einen Arm um die Schultern.

Bowman ließ ihn einen Augenblick lang dort ruhen. Dann sagte er: »Ich glaube, ich geh noch mal raus.«

Als er auf die Haustür zuging, schaute Kestrel auf und blickte ihm in die Augen.

Soll ich mitkommen?

Lieber nicht.

Kestrel wusste so gut wie er, dass sich ihre Eltern wünschten, sie würden weniger Zeit miteinander verbringen. Aber sie wusste auch, dass da noch etwas anderes war.

Sag mir, was los ist.

Das werde ich. Später.

Und dann war er verschwunden: die steile Treppe hinunter, hinaus auf die nächtliche Straße. Er hatte kein bestimmtes Ziel, er wollte nur weg von anderen Menschen, weg von seiner Familie. Wenn er gewusst hätte, wie er es anstellen sollte, wäre er auch vor sich selbst weggelaufen. Inzwischen war er sicher, dass das Gefühl von Gefahr, das ihn den ganzen Tag über begleitet hatte, von der Angst tief in seinem Innern herrührte. Er brauchte einen stillen Ort, um diese Angst besser zu verstehen und um herauszufinden, warum sie nach all diesen Jahren wieder erwacht war. Also ging er nach Süden, auf das Meer zu.

Jenseits der Stadtgrenzen gab es keine Straßenlaternen mehr und er fand seinen Weg im Sternenschein. Es war eine kühle Herbstnacht und er zitterte ein wenig beim Gehen. Als sich seine Augen an die Dunkelheit gewöhnt hatten, erkannte er weit vor sich die Uferlinie und die niedrige Hügelkette, die im Osten den Horizont bildete. Schließlich blieb er stehen – nicht weil er einen bestimmten Punkt erreicht hatte, sondern weil er glaubte nun weit genug vom geschäftigen Treiben der Stadt entfernt zu sein. Hier, allein in der Nacht, stand er ganz still und schloss die Augen. Er suchte nach dem Gefühl der Angst und fand es sofort, und zwar erschreckend nah. Es war mächtig und grausam. Er sprach zu der Erinnerung an die Macht, die er in sich trug.

Ich will dich nicht. Ich habe dich nie gewollt.

Doch das stimmte nicht. Er hatte diese Macht einmal gewollt. Vor all den Jahren, zu jener Zeit, die ihm seither immer wie ein Traum erschien, hatte er sie gewollt. Er hatte sich von diesem berauschenden Geist erfüllen lassen. Und nun war der Morah in ihn eingedrungen und er würde niemals frei sein.

Er wanderte ein Stück nach Osten, die Anhöhe hinauf, und spürte die Angst überall um sich herum. Dann blieb er stehen und sah nichts als die schwarze Linie der Hügelkuppen und die undeutliche graue Fläche des Meeres. Er drehte sich um und dort lag Aramanth, das unter dem dunklen Nachthimmel sanft glitzerte. Dort lag alles, was er auf der ganzen Welt liebte, dort lebten alle, die ihn liebten. Wie konnte er ihnen gestehen, dass er eine Gefahr für sie darstellte? Dass er ein Verräter war, der den lebendigen Geist des Morah mitten in ihr sicheres Heim trug? Wie konnte er seine Schwester, seine andere Hälfte, bitten ihm nicht zu nahe zu kommen, damit der Morah nicht auch von ihr Besitz ergriff?

Das Böse steckt in mir. Ich muss es allein tragen.

Es war so durchdringend, so beherrschend, es erfüllte die Nachtluft um ihn herum wie eine dunkle Wolke. Plötzlich hatte er das Gefühl, ersticken zu müssen. Er machte kehrt und ging eilig zur Stadt zurück. Wäre er den Hügel ein paar Minuten länger hinaufgewandert, dann hätte er auf der anderen Seite das Lager der Armee des Meisters entdeckt, die lautlos, ohne Feuer oder Lichter und mit abgedämpftem Pferdegeschirr auf das Morgengrauen wartete.

2
Terror im Morgengrauen

In dieser Nacht hatte Ira Hath einen so heftigen Traum, dass sie früher als üblich aufwachte. Sie setzte sich im Bett auf und merkte, dass sie schluchzte. Sie konnte nicht damit aufhören. Also versuchte sie die Schluchzer mit dem Saum der Decke zu ersticken, aber dafür erklang nun ein lautes Schniefen, das noch schlimmer war. Schließlich erhob sie sich, um sich ein Glas Wasser zu holen, stellte jedoch fest, dass sie nicht richtig stehen konnte, und musste sich ziemlich abrupt wieder aufs Bett setzen. Dadurch wurde Hanno wach. Er bemerkte die Spuren der Tränen auf ihren Wangen und war beunruhigt. Also erzählte sie ihm ihren Traum.

Sie war eine schneebedeckte Straße entlanggewandert, zusammen mit ihrer Familie und vielen anderen Menschen, und die Straße führte zu einem Pass zwischen steilen Hügeln. Zu beiden Seiten der Straße ragten glatte weiße Hänge auf, während die Straße selbst bis zu einem Gipfel anstieg und dahinter wieder abfiel. Anscheinend wanderten sie nach Westen, denn in dem großen V genau vor ihnen, das die seitlichen Hügel bildeten, ging gerade die Sonne unter. Obwohl die Winterluft um sie herum sehr kalt war, spürte sie eine Wärme im Gesicht, die von dem Sonnenuntergang vor ihnen herzurühren schien.

Sie ging ganz vorn, vor allen anderen. Deshalb erreichte sie den höchsten Punkt der Straße als Erste, blieb in der Mitte des V stehen und schaute den Abhang hinunter. In diesem Moment begann es um sie herum heftig zu schneien und die untergehende Sonne vor ihr färbte den Himmel im Westen dunkelrot. Im Licht des roten Abendhimmels blickte sie durch die Schneeflocken auf eine weite Ebene hinab, in der zwei Flüsse auf ein unbekanntes Meer zuströmten.

Während sie nun in ihrem Traum auf das vom V der Hügel umrahmte Land hinunterschaute, während der Schnee fiel, sie die Wärme auf den Wangen spürte und der Horizont rot und weit vor ihr lag, überkam sie ein plötzliches Glücksgefühl, das derart stark war, dass ihr Tränen in die Augen traten. Schwach vor Freude drehte sie sich zu Hanno und ihren Kindern um und las in blitzschneller Erkenntnis in ihren Gesichtern, dass sie ihr nicht würden folgen können. Sie hatte das größte Glück gefunden, das sie je erlebt hatte, und wusste im selben Augenblick, dass sie alle Menschen verlieren würde, die sie jemals geliebt hatte. In ihrem Traum hatte sie vor Freude und Kummer geweint und war dann schluchzend aufgewacht.

Hanno trocknete ihre Tränen, hielt sie in den Armen und tröstete sie, es sei ja nur ein Traum gewesen. Allmählich überwand sie ihren Schock, fand wieder zu sich selbst zurück und behauptete nun, Hanno sei schuld, weil er mit diesem dummen Geschwätz über die Heimat angefangen hätte.

»Warum bist du gefallen?«, fragte er sie.

»Ich bin nicht gefallen. Ich hab mich nur hingesetzt.«

»Warum?«

»Ich war etwas wacklig auf den Beinen.«

Er sagte nichts weiter, aber sie wusste genau, was er dachte. Ihr entfernter Vorfahr Ira Manth war ein Seher gewesen, der erste Prophet des Manth-Volkes. *Wann immer ich die Zukunft berühre,* hatte er geschrieben, *werde ich schwächer. Meine Gabe ist meine Krankheit. Ich werde an der Prophezeiung sterben.*

»Es war nur ein Traum, Hanno. Nichts weiter.«

»Das glaube ich auch, meine Liebe.«

»Setz den Kindern bloß keine Flausen in den Kopf. Sie sind so schon ganz durcheinander.«

»Ich werd ihnen nichts sagen.«

Ira erhob sich erneut, diesmal deutlich sicherer auf den Beinen, und ging zum Fenster. Sie zog die Vorhänge zurück und beobachtete, wie sich draußen die Dämmerung des neuen Tages über dem östlichen Horizont ausbreitete.

»Gleich wird es hell.«

Hanno Hath trat zu ihr ans Fenster und legte die Arme um sie.

»Ich liebe dich so sehr«, sagte er leise.

Sie drehte den Kopf und küsste Hanno auf die Wange. So blieben sie eine Weile ganz still stehen.

Dann fragte Hanno: »Kannst du ihn hören?«

»Wen?«

»Den Windsänger.«

Sie lauschte. »Nein.«

Der Windsänger hatte aufgehört zu singen.

Marius Semeon Ortiz saß auf der Hügelkuppe im Sattel, seine Jäger hinter sich aufgereiht. Eine Meeresbrise trug das Wellenrauschen und den Salzgeschmack durch die

Morgenluft herüber. Ortiz beobachtete die Stadt vor sich, in der seine Stoßtrupps bereits mit der Arbeit begonnen hatten. Zu seiner Linken lauerten auf halber Strecke den Hügel hinunter die Angriffstruppen und warteten auf sein Kommando. Er spürte die Nervosität der Pferde hinter ihm, die an ihren Gebissen zerrten. Seine eigene Stute verlagerte das Gewicht, blähte die Nüstern und wieherte leise.

»Ruhig«, sagte er. »Ruhig.«

Ein lodernder Pfeil schoss in hohem Bogen von der Stadt in den stillen Himmel: das Zeichen, dass die Truppen in die Lagerhäuser eingedrungen waren.

»Verpflegungstrupps!«, sagte Ortiz. »Brandkommandos!« Er brauchte seine Stimme nicht zu heben. Seine Männer achteten auf das leiseste Wort.

Die Verpflegungswagen fuhren auf abgedämpften Rädern den Hügel hinunter, begleitet von den lautlosen Plünderungstruppen. Sie beeilten sich, weil sie wussten, dass ihnen für ihre entscheidende Aufgabe nur wenig Zeit blieb. Die Männer des Brandkommandos rannten mit federnden Schritten voraus. Jeder Kämpfer trug ein Bündel ölgetränkten Zündholzes auf dem Rücken. Ortiz hob eine Hand und der Rest seiner Fußtruppen setzte sich in Bewegung und lief in einem weiten Bogen auf die Seeseite der Stadt zu. Hinter ihnen rollten langsamer die leeren Gitterwagen, die auch »Affenkäfige« genannt wurden.

In der Stadt ertönte ein Schrei. Ein Wächter war auf die Verpflegungstrupps gestoßen. Jetzt erwachten auch andere Einwohner und Lichter gingen flackernd an. Doch ein größeres Licht brannte schon, in einem der verlassenen Wohnblocks des Grauen Bezirks, und der leichte Wind fachte das Feuer an. Ein zweites flammte auf und dann ein drittes: eine Reihe von Feuern entlang der Windseite im Norden der Stadt.

Ortiz spürte, wie sein Pferd unter ihm zitterte. Die Stute hatte den beißenden Rauch gerochen und wusste, dass ihre große Stunde nun bevorstand. Ein Rufen und Schreien war aus der Stadt zu hören und das Getrampel rennender Füße. Ortiz konnte sich den Anblick gut vorstellen, den er so oft mit eigenen Augen gesehen hatte: Die Menschen wachten auf, stellten fest, dass ihre Straßen brannten, und strömten halb angezogen, verwirrt und verängstigt aus ihren Häusern.

Langsam zog er sein Schwert. Die Reihen seiner Jäger hinter ihm machten es ihm nach und er hörte das klirrende Zischen von dreihundert Klingen, die aus den Scheiden gezogen wurden. Er ließ das Gebiss los und sein Pferd machte einen Schritt nach vorn. Die Jäger hinter ihm setzten sich schwankend in Bewegung. Er spornte sein Pferd zum Trab an, dann zu einem gemäßigten Galopp. Hinter ihm das Donnern folgender Hufe. Den Blick fest auf die brennende Stadt vor sich geheftet, ließ er die Jäger weiter über den steinigen Boden reiten. Von diesem Moment hing alles ab. Wenn man schnell, überraschend und mit Gewalt zuschlug, konnte man mit einer Streitmacht von eintausend Mann eine ganze Stadt überwältigen und ein Zehnfaches der eigenen Truppen an Gefangenen nehmen. Nur der Schrecken dieses ersten Angriffs würde aus freien Menschen Sklaven machen.

Er warf beim Reiten einen Blick nach links und stellte fest, dass seine Fußsoldaten richtig positioniert waren. Vor ihm reichten die ersten Strahlen der aufgehenden Sonne über die schwarze Hügelkette. Das ist es, dachte er, der Moment, in dem es kein Zurück mehr gibt, das Alles oder Nichts, und er erhob sich im Sattel und wurde von einem Gefühl reinen Glücks ergriffen. Mit strahlenden Augen und zu einem Lächeln geöffneten Lippen hob er beim Reiten das Schwert, spornte das Pferd zum vollen Galopp an und rief: »Attacke!«

Der Windsänger brannte lichterloh. Hanno Hath hielt das Ende eines Feuerwehrschlauchs auf die Flammen, während Bowman und Kestrel am Pumpenschwengel standen, einer an jeder Seite, und mit aller Kraft pumpten. Auf den Rängen der Arena wimmelte es bereits von Menschen. »Feuer!«, hallte es immer wieder durch die Stadt. Ira und Pinto Hath rannten durch die Straßen und hämmerten an die Türen, um die schlafenden Bewohner zu wecken. Von allen Seiten strömten Familien in Nachthemden in die Arena. Kestrel weinte und jedes Mal, wenn sie den Schwengel nach unten drückte, rief sie: »Nein! Nein! Nein!« Bowman drehte sich gar nicht erst zum brennenden Windsänger um, weil er Angst hatte, dann auch weinen zu müssen.

Schließlich gelang es Hanno, die Flammen mit seinem Schlauch zu löschen, doch der Turm, der nun zischte, war schon halb zerstört und verkohlt.

»Pumpt weiter!«, rief er und richtete den Schlauch auf ein brennendes Haus. Doch Kestrel hatte die Pumpe bereits verlassen und schwang sich auf die rauchende Ruine.

»Sei vorsichtig, Kess …«

Die Stimme ihres Vaters wurde von einem entsetzlichen Geschrei unterbrochen. Eine große Menge von Männern,

Frauen und Kindern schob sich in die Arena. Begleitet vom Dröhnen galoppierender Hufe stürmten die Jäger des Meisters mit blitzenden Schwertern durch den Säulengang und trieben die Bewohner von Aramanth vor sich her. Wer hinfiel oder versuchte die Richtung zu wechseln, wurde von den langen Schwertern niedergestochen, so dass die Reihen der nachfolgenden Reiter über die Verwundeten und Toten hinweggaloppierten. Den Reitern folgten Fußsoldaten, die mit kurzen Speeren auf die am Boden liegenden blutigen Körper einstachen. In Panik flüchteten die Stadtbewohner vor dieser brutalen Tötungsmaschinerie durch die Arena, durch die brennenden Straßen, aus der Stadt hinaus und auf die Küste zu.

Kestrel klammerte sich an den ausgebrannten Windsänger und wurde wegen ihrer schwarzen Kleidung von den einfallenden Truppen nicht bemerkt. Das verkohlte Holz tat ihr an Armen und Beinen weh, doch sie wagte nicht sich zu bewegen und schaute reglos auf das Gemetzel. Dabei sah sie, wie ihr Vater und ihr Bruder mit den übrigen Bewohnern weggedrängt wurden. Sie hörte die herzzerreißenden Schreie der Verletzten und die hallenden Stöße der Fußsoldaten. Dann beobachtete sie, wie der Anführer der Truppen auf seinem Pferd vorbeiritt. Im Licht der aufgehenden Sonne konnte sie ihn ganz genau erkennen: das gut aussehende, von wellig herabfallendem hellbraunem Haar umrahmte junge Gesicht, die Augen, eiskalt wie die eines Bussards, der Mäuse jagt. Sie blickte ihn so lange wie möglich an und prägte sich sein Bild tief ins Gedächtnis ein. *Ich werde dich nicht vergessen, mein Feind.*

Als der letzte Soldat außer Sichtweite war, breitete sich eine unheimliche Stille aus. Kestrel griff nach dem Schlitz im Windsänger, in dem die silberne Stimme steckte. Die Metallöffnung war fast zu heiß zum Anfassen, doch Kestrel zwang sich mit den Fingern hineinzulangen und blitzschnell die Stimme herauszunehmen, bevor sie die Verbrennung spürte. Das Metall fiel auf die Marmorplatten unter ihr. Rasch kletterte sie ihm hinterher vom Turm herunter, wobei sie sich die Haut an den Fingerspitzen ihrer rechten Hand aufriss. Sie fand die Stimme, die nun kalt genug zum Anfassen war, auf dem Boden und steckte sie sich mit der linken Hand in die Tasche.

Überall um sich herum hörte sie nun die prasselnden Flammen und spürte die Hitze in der Luft. Die große runde Arena war aus Stein gebaut und so gab es hier wenig, was brennen konnte. Doch außerhalb des Säulenringes ragte eine Feuerwand auf. Sie konnte nirgendwohin.

Draußen vor der Stadt fanden sich die fliehenden Menschen auf einer weiten Ebene wieder, eingekesselt zwischen dem Feuer und dem Meer. Hier wurden sie von den Fußsoldaten des Meisters erwartet. Die Soldaten machten keine Anstalten sie anzugreifen. Stattdessen standen sie mit gezogenen Schwertern in bedrohlichen Gruppen um sie herum, während Tausende von hilflosen Stadtbewohnern verstört und verängstigt umherirrten, weinend und schluchzend nach Familienmitgliedern Ausschau hielten und nicht begreifen konnten, was geschehen war. Niemand hatte mehr die Kontrolle, jede Form von Organisation war außer Kraft gesetzt. Dieser Überfall war zu plötzlich über sie hereingebrochen.

Marius Semeon Ortiz ritt herbei, sah all die verstörten Gesichter um sich herum und war zufrieden. Seine Verpflegungstrupps zogen sich mit gefüllten Wagen aus der brennenden Stadt zurück. Jetzt war es an der Zeit, die Gefangenen zu beruhigen und ihnen Gehorsam beizubringen.

»Euch wird nichts geschehen! Befolgt die Anweisungen und euch wird nichts geschehen!«

Offiziere ritten durch die Menge und wiederholten den Satz.

»Bleibt, wo ihr seid! Euch wird nichts geschehen!«

Nun befahl Ortiz die Affenkäfige herbeizubringen. Pferdegespanne zogen die Wagen auf den hohen Rädern in die Mitte der Menge hinein, wo die Pferde abgeschirrt und weggebracht wurden. Ortiz schaute sich nach einem geeigneten Opfer aus dem unterworfenen Volk um, an dem er demonstrieren konnte, wie diese Wagen zu ihrem Namen gekommen waren.

Hanno Hath war es gelungen, seine Familie bis auf Kestrel zusammenzuführen. Der Weg zurück in die Stadt wurde von bewaffneten Soldaten versperrt, doch selbst wenn sie es geschafft hätten, sich an dieser Kette vorbeizuschleichen, wütete das Feuer einfach zu stark. Sie konnten nur hoffen, dass Kestrel dem Inferno auf irgendeine Weise entkommen war. Einstweilen gab es an Ort und Stelle zu viele Verletzte und fürs Erste war es am wichtigsten, selbst zu überleben und anderen zum Überleben zu verhelfen.

Ein Offizier ritt stampfend vorbei und brüllte: »Befolgt die Anweisungen und euch wird nichts geschehen!«

»Seid ihr unverletzt? Pinto, du blutest ja.«

»Ist schon gut, Papa«, antwortete Pinto mit zitternder Stimme. »Das ist nicht mein Blut.«

»Hat jemand mitbekommen, was mit Kess passiert ist?«

Ira Hath schaute Bowman an. Er hatte die Augen geschlossen und versuchte seine Zwillingsschwester mit den Gedanken zu erreichen.

Kess! Spürst du mich?

Er schüttelte den Kopf.

»Würdest du es wissen, wenn sie…«

»Ja. Ich glaube schon.«

Pinto entdeckte Mumpo und seinen Vater Maslo Inch.

»Da ist Mumpo! Ihm ist nichts passiert!«

Hoch oben auf seinem schmucken Schlachtross blickte Marius Semeon Ortiz in dieselbe Richtung. Der hoch gewachsene Mann im weißen Talar hatte seine Aufmerksamkeit erregt. Maslo Inch, ehemals allmächtiger Oberster Prüfer von Aramanth, hatte keinen Stolz mehr. Nach den Umwälzungen war er immer verwirrter geworden und seit einigen Jahren vollkommen auf seinen einzigen Sohn angewiesen. Von seiner früheren erhabenen Erscheinung waren nichts als der weiße Talar, das alte Zeichen des höchsten Ranges, und seine würdevolle Körperhaltung geblieben. Sein Herz war gebrochen und sein Geist wirr, doch sein Körper ragte aus langer Gewohnheit hoch und gerade auf. Durch diese Eigenschaft hob er sich von den anderen ab.

Ortiz zeigte auf ihn, woraufhin sich seine Männer durch die Menge drängten und Maslo rechts und links am Arm packten. Mumpo versuchte sie aufzuhalten, doch sie schoben ihn beiseite und ein berittener Offizier schwenkte das Schwert in seine Richtung. Sein Vater, der gar nicht richtig begriff, was mit ihm geschah, lächelte ihn an, als sie ihn abführten.

»Lass sie ruhig, mein Sohn. Was macht das schon?«

Mumpo folgte ihm mit vielen anderen, darunter auch Hanno Hath. Sie beobachteten, wie Maslo Inch in den hohen Wagen gestoßen und die Gittertür hinter ihm verriegelt wurde.

Mumpo wandte sich besorgt an Hanno Hath.

»Was werden sie mit ihm machen?«

Hanno schüttelte den Kopf und wagte nicht zu sprechen.

»Alle meine Anweisungen werden befolgt!«, schrie Ortiz auf seinem Pferd, das er immer im Kreis herumgehen ließ. »Ohne Frage! Ohne Verzögerung! Beim ersten Anzeichen von Ungehorsam« – er zeigte auf den vergitterten Wagen – »wird dieser Mann sterben.«

Ortiz schaute sich um und hörte das aufkommende Gemurmel. Seine Worte wurden bis in die hinteren Reihen der riesigen Menge von Gefangenen wiederholt. Das war gut – die Angst ließ sie aufmerksam werden. Sie mussten lernen, dass er keine leeren Drohungen aussprach. Wie ihm der Meister selbst beigebracht hatte, konnte man mit einer einzigen grausamen Handlung eine ganze Stadt unter seine Kontrolle bringen, solange man sie ohne zu zaudern und ohne Gnade ausführte. Ortiz hatte sein Opfer. Jetzt brauchte er nur noch einen Vorwand.

Mumpo ahnte nichts davon. Er wusste nur, dass sein Vater, den er inzwischen sehr liebte, aus irgendeinem Grund in Gefahr geraten war. Der Reiter mit dem Schwert hatte ihm Angst eingejagt, doch inzwischen war der Soldat weit weg und Mumpo war wütend. Sein Mut war der eines impulsiven Menschen: Er wollte einfach nur seinen Vater retten und dachte gar nicht daran, dass er sich damit selbst in Gefahr begeben könnte. Also trat er an den vergitterten Wagen heran, rüttelte an den geschwärzten Stangen und schrie: »Lassen Sie ihn frei!«

Ortiz wirbelte auf seinem Pferd herum. Er zeigte mit dem Schwert auf Mumpo.

»Zurück!«

»Er ist mein Vater«, erklärte Mumpo, nicht weil das nötig war, sondern weil es seine Gefühle ausdrückte. »Lassen Sie ihn frei!«

Maslo Inch streckte die Hand zwischen den Stangen hindurch und streichelte Mumpo die Wange.

»Mein Sohn«, sagte er stolz.

Ortiz stellte mit grimmiger Genugtuung fest, dass man sich seiner Anweisung widersetzt hatte.

»Ich habe euch gewarnt. Jetzt werdet ihr den Preis dafür zahlen müssen.«

Er machte ein Zeichen und einer seiner Männer trat mit einer brennenden Fackel vor. Unter dem Wagen befand sich ein Eiseneinsatz mit einer dicken, von ölgetränktem Anzündholz bedeckten Schicht Brennholz. Der Boden der Zelle über dem Holz bestand aus einem offenen Eisenrost. Als das Anzündholz Feuer fing und Rauch aufzusteigen begann, begriffen die Leute in der Nähe der Zelle entsetzt, dass Maslo Inch keine Möglichkeit hatte, den Flammen zu entkommen. Er würde bei lebendigem Leib verbrennen.

»Ihr werdet jetzt still sein!«, befahl Ortiz. »Für jeden von euch, der spricht, werde ich ein weiteres Opfer aussuchen und sie alle werden auf die gleiche Weise sterben.«

Ein furchtbares Schweigen breitete sich unter den Bewohnern von Aramanth aus. Wie konnten sie auch nur daran denken, sich zu widersetzen? Selbst die Tapfersten unter ihnen, selbst diejenigen, die ihr Leben aufs Spiel gesetzt hätten, wagten nicht den Tod anderer zu riskieren. Also verhielten sie sich vollkommen still, als sich das Feuer in dem tiefen Einsatz unter dem Wagen ausbreitete und der arme, verlorene Mann in der Zelle versuchte an den Stangen hinaufzuklettern, um der Hitze zu entkommen.

Ortiz sah zu, wie er es schon oft getan hatte. Es war zwar unangenehm, aber notwendig. Alle neuen Sklaven mussten einen Tod im Käfig gesehen haben, bevor sie in die Provinzen des Reiches kamen. So lautete die Anordnung des Meisters.

Maslo Inch gab keinen besonders guten Affen für die zuschauenden Soldaten ab. Nach seinen ersten verzweifelten Anstrengungen gab er auf und sein weißer Talar fing Feuer. Dann fiel er lautlos auf den Boden der Gitterzelle, was ungewöhnlich war. Doch die prasselnden Flammen reichten schon aus. Ortiz erkannte an den vor Entsetzen verzerrten, bleichen Gesichtern seiner Gefangenen, dass sie ihre Lektion sehr wohl gelernt hatten.

Da hörte er einen leisen Schrei und einen dumpfen Aufprall. Der junge Mann, der sich ihm widersetzt hatte, war zusammengebrochen. Die Leute um ihn herum wagten nicht sich zu bücken und ihm zu helfen und so blieb er liegen, anscheinend bewusstlos. Ortiz beschloss den Vorfall zu übersehen. Es war an der Zeit, sich auf den langen Marsch nach Hause vorzubereiten.

»Bewohner von Aramanth«, rief er der schockierten, stillen Menge zu. »Eure Stadt ist zerstört. Eure Freiheit ist zu Ende. Ihr seid von jetzt an Gefangene des Meisters.«

Bowman stand ganz still, die Augen auf die brennende Stadt geheftet, und suchte mit allen Sinnen nach Kestrel. Er hörte die Flammen und roch den Rauch. Hier und dort fand er Nester aus begrabenem Schmerz in der Asche, die platzten wie Blasen, wenn er sie mit seinen Gedanken berührte, und die letzten Schreie derer freigaben, die dort lagen, tot, aber noch warm. So viel Kummer stieg aus den qualmenden Ruinen auf, so viel Leid und Verlust. Er zuckte zusammen, als er das spürte, zwang sich aber weiterzusuchen. Dann zerrte ihn ein Soldat am Arm, und als Bowman sich umdrehte und zu suchen aufhörte, erhaschte er plötzlich eine flüchtige Spur von ihr, einen kurzen Blick auf eine Gestalt, die er durch angesengte Säulen und vor Hitze flimmernde Luft sah. Aber er erkannte sie. Sie war da. Sie lebte. Das reichte ihm.

Schon stellten die Soldaten die neuen Sklaven in Reihen auf. Er ließ sich hin und her ziehen und herumkommandieren. Es machte ihm nichts aus. Kestrel lebte und die Zukunft war nun nicht mehr ungewiss. Indem ihn sein Feind von seiner Schwester, seiner anderen Hälfte, getrennt hatte, hatte er das Band zwischen ihnen straff gespannt wie die Sehne eines Bogens. Sie würden sich wiederfinden. Und dann würde sich die gespannte Bogensehne lösen. Der Jäger würde zum Gejagten werden und der Pfeil würde fliegen.

3
Wind kommt auf

Kestrel blieb den ganzen Tag bei dem niedergebrannten Windsänger, während das Feuer durch die Stadt tobte. Als es dunkel wurde und sich die Luft abkühlte, erloschen die Flammen allmählich und sie kletterte langsam und voller Angst die neun Ränge der Arena hinauf, um nachzusehen, ob außer ihr noch jemand am Leben war.

Aramanth existierte nicht mehr. Anstelle der Stadt sah sie im orangefarbenen Schein der brennenden Häuser zerstörte Straßen voller Leichen, über denen mit schrillem Kreischen Aasvögel kreisten. Unterwegs rief sie nach Menschen, zuerst leise und zaghaft, doch als sie nichts hörte, immer lauter. Niemand antwortete.

Das Standbild von Creoth, dem ersten Kaiser von Aramanth, stand noch – der weiße Stein rußgeschwärzt. Aus dem Springbrunnen strömte kein Wasser mehr nach, doch unten in seinem Becken gab es noch welches. Kestrel reinigte es von der Asche, die auf der Oberfläche schwamm, und nahm einen tiefen Schluck. Das Wasser schmeckte bitter, doch sie zwang sich so lange zu trinken, bis sie nicht mehr konnte.

Dann machte sie sich auf den Weg zu dem Haus, in dem sie mit ihrer Familie gewohnt hatte, und fand es ohne Dach und noch immer brennend vor. Die Treppe war eingebrochen. Es gab keine Möglichkeit, zu ihrer Wohnung zu gelangen, selbst wenn sie sich ins Feuer gewagt hätte. Sie schaute nach oben und erkannte die Stelle, wo ihr Zimmer gewesen war: ein Skelett aus schwarzen Balken vor dem Nachthimmel.

Sie stieß mit dem Fuß gegen einen dunklen Huckel auf der Straße. Es war die Leiche einer Frau. Das Gesicht war auf den Boden gedrückt, aber Kestrel erkannte den rundlichen Rücken. Er gehörte Mrs Blesh, ihrer ehemaligen Nachbarin aus dem Orangefarbenen Bezirk, wo sie vor den Umwälzungen gewohnt hatten. Ihre Hand lag auf der Erde, wo sie gestürzt war, und umklammerte noch immer eine Medaille, die ihr Sohn Rufy als Auszeichnung für ein selbst verfasstes Gedicht bekommen hatte. Kestrel erinnerte sich sehr gut an diese Medaille. Mrs Blesh hatte sie überallhin mitgenommen und sie allen Leuten gezeigt. Auch an das Gedicht erinnerte sie sich. Es hatte *Warten auf ein Lächeln* geheißen und davon gehandelt, dass man Angst hat zu lächeln, solange nicht jemand anders zuerst lächelt. Sie wusste noch gut, wie erstaunt sie damals gewesen war, dass der dumme Streber Rufy Blesh solche Gefühle hatte und sie sogar in einem Gedicht ausdrücken konnte. Seine Mutter hatte das Gedicht überhaupt nicht verstanden, war aber übertrieben stolz auf die Medaille gewesen, was ihrem Sohn wiederum peinlich gewesen war.

Vorsichtig löste Kestrel die Medaille aus den toten Fingern und steckte sie zu der silbernen Stimme in die Tasche.

Wo mochte Rufy Blesh jetzt sein? Und alle anderen?

Bo! Wo bist du?

Keine Antwort.

Plötzlich fühlte sie sich ganz schwach und merkte, dass sie ohnmächtig werden würde. Sie schloss die Augen und versank in Dunkelheit.

Als sie aufwachte, war es heller Tag. Sie erhob sich und schüttelte ihre steifen, schmerzenden Glieder. Dann zwang sie sich die schwelende Straße hinunterzugehen. Sie folgte der Spur von Verwüstung durch die Stadt und hinaus auf die Ebene. Unterwegs kehrten ihre Kräfte allmählich zurück. Sie spürte die kalte Meeresbrise auf dem Gesicht. Sie merkte, dass sie Hunger hatte. Und sie begann sich Fragen zu stellen.

Warum hat man uns das angetan?

Sie drehte sich um, blickte ein letztes Mal auf das verbrannte Gerippe ihrer Welt und wusste, dass nichts diese Welt zurückbringen konnte. Jetzt, da es ihre Stadt nicht mehr gab, stellte Kestrel fest, dass sie sie mehr geliebt hatte, als ihr bewusst gewesen war. Auf unbeholfene Weise hatte Aramanth versucht ihnen eine Heimat zu sein.

Wer hat uns das angetan?

Sofort erschien ein arrogantes junges Gesicht mit wildem hellbraunem Haar vor ihrem inneren Auge.

Wer bist du? Warum hasst du uns?

Der Überfall war so gewaltsam, so persönlich gewesen, dass es ihr vorkam, als hätte man ihre eigenen Eingeweide herausgerissen und ihren Körper hohl zurückgelassen. Wer auch immer das getan hatte, er hatte vorgehabt sie alle zu vernichten – und vielleicht war es ihm sogar gelungen. Seit Kestrel die Arena verlassen hatte, hatte sie kein einziges lebendes Wesen gesehen. Vielleicht hatte niemand sonst überlebt und sie war die letzte Angehörige der Manth auf der ganzen Welt. Dieser unbekannte Feind hatte auch sie vernichten wollen.

Warum nur?

Plötzlich flammte ihr eiserner Wille auf wie ein schwelendes Feuer. Ihr ganzes Wesen bäumte sich auf, um dem unbekannten Feind die Stirn zu bieten.

Ich werde nicht zulassen, dass du mich vernichtest!

Sie betrachtete das riesige, wogende graue Meer im Süden. Dann blickte sie auf das zerstörte Aramanth zurück. Schließlich schaute sie nach Osten und wusste, dass sie diesen Weg eingeschlagen hatten, die Mörder und Brandstifter. Die harten Gräser an der Küste waren in einer breiten Schneise platt getrampelt worden und ganz in der Nähe erkannte sie die durcheinander liegenden Gestalten von Leichen.

Sie brauchte nur der Marschroute zu folgen. Ihre Familie mochte tot sein. Ihr Volk mochte tot sein. Doch ihr Feind würde noch leben. Allein aus diesem Grund hatte sie die Vernichtung ihrer Stadt überlebt. Allein aus diesem Grund würde sie nicht sterben.

Ich bin die Rächerin.

Dieser eine, einfache Gedanke erfüllte sie ganz, er ersetzte ihr Essen und Trinken. In einem Rausch von Wut und Erschöpfung reckte sie beide Arme hoch über den Kopf, und zum einen an ihren unbekannten Feind gerichtet, der es weder wusste noch hören konnte, zum anderen an sich selbst, die sie es niemals vergessen würde, rief sie laut:

»Ich werde dir folgen! Ich werde dich finden! Ich werde dich vernichten! Das schwöre ich!«

Den ganzen ersten langen Tag ihres Marsches konnten die Bewohner von Aramanth die rauchenden Ruinen ihrer Heimat hinter sich sehen. Zu Anfang drehten sie sich häufig um, als würden sie gegen ihren Willen vom Anblick ihres verlorenen Glücks angezogen, und weinten vor Kummer. Doch als die sterbende Stadt in der Ferne immer kleiner wurde und sie nicht mehr weinen konnten, drehten sie sich nicht mehr nach ihr um.

Bowman marschierte mit seiner Familie in gleichmäßigem Tempo voran und sah überhaupt nichts. Stattdessen suchte, lauschte und fühlte er mit aller Kraft nach den vertrauten Schwingungen der Gedanken seiner Schwester. Doch er hörte jetzt nichts mehr.

Marius Semeon Ortiz ritt langsam an der Kolonne entlang. Bowman sah ihn kommen, erwachte aus seinem Halbschlaf und lenkte seine scharfen Sinne auf ihn. Dieser Mann hatte ihm alles genommen, auch Kestrel. Dieser Mann war sein Feind. Jetzt schaute er sich den Mann mit dem hellbraunen Haar auf dem Pferd fester und sicherer an und tastete sich mit seinen Gedanken in ihn hinein, um ihn kennen zu lernen.

Ortiz bemerkte den jungen Sklaven, der ihn so durchdringend ansah. Einen Moment lang trafen sich ihre Blicke. Dann ritt er weiter und achtete nicht mehr auf ihn. Die meisten Sklaven schauten ihn an, wenn er vorbeiritt. Sicher hassten sie ihn, aber es sagte nie jemand etwas. Sie hatten gelernt, dass er sie schnell und hart bestrafte. Deshalb wurde ihm erst nach einer Weile klar, dass ihn der junge Mann auf eine Weise angeblickt hatte, wie er sie noch nicht erlebt hatte. Ortiz ritt weiter an der Kolonne entlang und grübelte verwirrt über dieses Gefühl nach. Er hatte ihn nicht wie ein Gefangener oder ein Sklave angesehen, sondern wie ein Gleichgestellter. Irgendwie hatte der junge Mann in dem kurzen Moment, in dem sich ihre Blicke getroffen hatten, in ihn hineingeschaut. Was hatte er dort gesehen? Ortiz war niemand, der Innenschau betrieb, sondern ein Mann mit Ambitionen, ein Mann der Tat. Doch jetzt war er neugierig geworden.

Er wendete sein Pferd und ritt zu Bowman zurück.

»He, du«, sprach er ihn an und tippte ihm mit dem in seiner Scheide steckenden Schwert auf die Schulter. »Wie heißt du?«

»Bowman Hath.«

Ortiz ritt im Schitttempo der marschierenden Sklaven neben ihm her.

»Warum schaust du mich so an?«

Bowman gab keine Antwort. Stattdessen drehte er sich um und blickte Ortiz erneut in die Augen.

Diesmal konnte Bowman viel tiefer in seine Gedanken eindringen, da Ortiz den Kontakt zu ihm gesucht hatte. Ortiz zuckte wie vor Schmerz zusammen. Er wandte ruckartig den Blick ab und spornte sein Pferd zum Trab an.

Was fällt ihm ein!, dachte er bei sich, während er zur Spitze der Kolonne weiterritt. Er fasste den Gedanken nicht in klare Worte, weil er ihn zu beunruhigend fand, doch auf unerklärliche, verlockende Weise hatte er gespürt, dass ihn der Sklave mit dem Namen Bowman Hath verstanden hatte.

Die Sklaven waren nicht angekettet oder angebunden. Sie konnten sich selbst aussuchen, neben wem sie gehen wollten. Das Tempo war zu anstrengend für kleine Kinder und alte Leute, daher trugen die kräftigeren jungen Männer abwechselnd diejenigen, die nicht Schritt halten konnten. Und das nicht nur aus reiner Gefälligkeit: Wer auf dem Marsch zurückblieb, wurde von Räumern umgebracht – Soldaten, die am Ende der langen Kolonne ritten.

Mumpo schleppte die schwerste Last von allen, und das am längsten. Mit gleichmäßigen Schritten stapfte er voran und trug seine frühere Pflegemutter Mrs Chirish auf dem Rücken. Sie war nicht zu jung oder zu alt, um Schritt zu halten, sondern einfach zu dick.

»Ich möchte nicht zur Last fallen«, sagte sie jedes Mal, wenn er sie sich erneut auf den Rücken hievte.

Mumpo beklagte sich nie und schien auch nie müde zu werden, doch er lächelte nicht mehr. Er redete nur, wenn er angesprochen wurde, und antwortete dann wie von weit her. Er konnte sich nicht verzeihen den Tod seines Vaters verschuldet zu haben.

»Aber Mumpo, das hast du doch nicht.« Pinto versuchte mehrmals es ihm begreiflich zu machen. »Sie haben es getan. Nicht du.«

»Sie haben es wegen mir getan.«

»Es war nicht deine Schuld, Mumpo.«

»Er hat mich gebraucht und jetzt ist er tot.«

Pinto redete auf ihn ein, streichelte ihn, versuchte ihn zu trösten, doch all ihr Bemühen war vergeblich. Obwohl sie es nicht aussprach, wusste sie, dass sein Herz zweifach gebrochen worden war. Er hatte auch Kestrel verloren.

Ihre einzige Hoffnung war, dass Bowman beteuerte, Kestrel sei nicht tot.

»Sie wird uns finden«, sagte er. Und jeden Abend, wenn sie sich auf dem steinigen Boden zum Schlafen zusammenrollten, beobachtete Pinto Bowman, der mit offenen Augen ganz still dasaß und auf ihre ferne Stimme lauschte.

Ira Hath bekam schon bald Blasen an den Füßen und litt beim Gehen unter anhaltenden Schmerzen. Sie schimpfte leise auf die Soldaten, die sie antrieben, und grummelte unaufhörlich die alten Schimpfwörter vor sich hin.

»Pocksickende Bangaplopps! Fatzige Sagahocks!«

Die Soldaten verstanden ihre Ausbrüche nicht, daher musste sie keine Strafe fürchten. Andererseits machte es so auch keinen richtigen Spaß. Gequält von Frustration und Schmerzen an den Füßen fand sie schließlich eine Möglichkeit, ihren Hass an den feindlichen Soldaten auszulassen ohne sich in Gefahr zu begeben. Sie beschimpfte sie mit Lobeshymnen.

»Ihr Giganten! Ihr Riesenhaften! Ihr habt Oberschenkel wie junge Eichen! Sie knarren im Wind.«

»Was hat sie gesagt?«

»Die Schönheit eures Antlitzes blendet die Achtlosen! Summende kleine Kreaturen werden vom Glanz eurer Augen angezogen.«

»Kümmer dich nicht um sie. Sie ist verrückt.«

»Die Substanz, die eure Nasen absondern, ist Balsam für die Gesäße der Seligen!«

Am zweiten Tag begann sich die Stimmung der marschierenden Gefangenen zu wandeln. Das Essen war einfach, aber ausreichend, das Marschtempo ermüdend, aber erträglich. Seit einiger Zeit hatte es keine Nachzügler mehr gegeben. Allmählich gewöhnte man sich an dieses fremde, schreckliche neue Leben und es entstanden neue Freundschaften.

»Hör mal, Junge«, sagte eine Stimme hinter Mumpo. »Warum lässt du mich nicht mal zur Abwechslung die verehrte Dame tragen? Du brauchst eine Pause.«

Mumpo drehte sich um und stellte fest, dass dieses Angebot von niemand Geringerem als dem früheren Kaiser von Aramanth kam. Creoth der Sechste war ein großer, bärtiger Mann mit einer freundlichen Art, der selbst die Strapazen des Marsches nichts anhaben konnten.

»Nein danke, Sir. Ich schaffe das schon.«

»Unsinn! Bei den Bärten meiner Ahnen! Mein Rücken ist genauso kräftig wie deiner.«

Mumpo merkte, dass sich Creoth nicht abweisen ließ, daher setzte er Mrs Chirish vorsichtig ab.

»Macht es dir was aus, Tantchen?«

»Ich hasse es, zur Last zu fallen«, antwortete sie. »Ich würde ja selbst gehen, aber meine Beine sind einfach zu langsam.«

»Kommen Sie, verehrte Dame. Steigen Sie auf.«

Mumpo konnte nicht leugnen, dass er froh war über die Pause. Von jetzt an trugen er und Creoth Mrs Chirish abwechselnd und freundeten sich dabei an. Der ehemalige Herrscher von Aramanth erwies sich als ein erstaunlich gutmütiger Zeitgenosse. Er war dankbar für seine mageren Rationen und pries nachts den Boden, auf dem er schlief.

»Eigentlich dachte ich, für Sie müsste es schlimmer sein als für uns anderen«, sagte Mumpo. »Wo Sie doch Kaiser sind.«

»Ach, das ist vorbei«, erklärte Creoth. »Jetzt bin ich genau wie ihr.«

Wie sich herausstellte, hatte er sich das schon lange gewünscht. Nach den Umwälzungen in Aramanth hatte er seinem Volk erklärt, er sehe keine Notwendigkeit mehr für einen Kaiser und wolle in Zukunft das Leben eines gewöhnlichen Bürgers führen. Doch es zeigte sich schon bald, dass er keinerlei Fähigkeiten besaß, mit denen er sich seinen Lebensunterhalt hätte verdienen können. Also wurde er wieder Kaiser, allerdings nur zu feierlichen Anlässen. Während der vergangenen fünf Jahre hatte man ihn zu vielen Nachbarschaftsumzügen und Abschlussfeiern in den weiterführenden Bezirksschulen eingeladen, damit er ihnen einen festlichen Anstrich verlieh. Er verlangte niemals Geld für seine Dienste, aber da es jedes Mal ein üppiges Essen gab, kam er ganz gut über die Runden. Nach einer Weile hatte er angefangen einen Korb mitzunehmen, den er mit Resten füllte, und so hatte er auch dann genug zu essen, wenn er nicht in seiner offiziellen Funktion auftrat.

Als Sklave unter Sklaven brauchte er nun nur noch zu tun, was man ihm sagte, zu essen, was man ihm gab, und weiterzumarschieren.

»Ich finde es so viel einfacher«, erklärte er Mumpo.

Auf diese Weise wurde Creoth ganz natürlich ein Mitglied der Gruppe, die zusammen mit den Haths aß und schlief. Wegen seines ausgeglichenen Wesens nahmen ihn die anderen gern auf, obwohl sie etwas verblüfft darüber waren, dass er sich auch ihren Wächtern gegenüber so gutmütig zeigte.

»Warum nicht? Sie haben sicher auch ihre Probleme.«

»Es sind Mörder«, entgegnete Pinto. »Ich hasse sie.«

»Ich auch«, schloss sich Mumpo an. »Ich werde sie umbringen.«

Aus dem Mund des liebenswerten, friedlichen Mumpo klangen diese Worte seltsam. Doch während dieser letzten Tage hatte er allmählich einen Entschluss gefasst. Seine Trauer und seine Schuldgefühle über den Tod seines Vaters wurden von einem einfachen, aber mächtigen Verlangen abgelöst: Er würde die Mörder seines Vaters leiden lassen, so wie er gelitten hatte.

»Kannst du das gut?«, fragte Creoth. »Leute umbringen und so was?«

»Keine Ahnung«, antwortete Mumpo. »Ich hab's noch nie versucht.«

»Du musst genau wissen, was du tust.« Creoth hieb und stieß ein paar Mal mit einem imaginären Schwert in die Luft. »Man hat es mir beigebracht, als ich jung war, aber jetzt habe ich alles vergessen.«

»Mumpo könnte es bestimmt gut«, sagte Pinto. »Er ist wahnsinnig stark. Er könnte jeden umbringen.«

Hanno Hath bekam das zufällig mit. »So etwas Dummes wird Mumpo nicht tun«, entgegnete er. »Wir wollen doch nicht, dass noch mehr Menschen in den Affenkäfigen verbrannt werden.«

Mumpo senkte den Blick und schwieg. Pinto lief rot an.

»Heißt das, keiner von uns kann jemals etwas tun?«

»Das heißt, keiner von uns kann etwas tun, solange nicht alle alles tun können«, erwiderte ihr Vater.

In der dritten Nacht des Marsches träumte Ira wieder. Diesmal wachte sie schreiend auf. Hanno nahm sie in die Arme und beruhigte sie, so gut er konnte.

»Beeilt euch!«, schluchzte sie. »Schneller! Macht schneller! Wind kommt auf!«

Schließlich erwachte sie aus dem Traum und wurde ruhiger, war aber eine Weile lang zu schwach, um zu sprechen. Dann bat sie mit langsamen, vorsichtigen Atemzügen: »Sag mir, dass ich nur schlecht geträumt habe.«

»Du hast ganz bestimmt schlecht geträumt.«

»Ich hab geträumt, wir wären auf dem Heimweg und dann käme Wind auf – aber was für ein Wind! Ein Wind, der alles zerstört! Ich wusste, wenn wir nur nach Hause kämen, bevor uns der Wind erreichte, wären wir in Sicherheit, aber wir waren nicht schnell genug. Du, Hanno, und die Kinder und all die anderen, ihr wart so langsam – ich habe euch zugerufen, ihr sollt euch beeilen, aber ihr habt es nicht getan! Warum wolltet ihr bloß nicht auf mich hören?«

»Ist schon gut. Es war nur ein Traum.«

Sie schaute in das sanfte Gesicht ihres Mannes und wollte, dass er ihr Mut machte, doch stattdessen las sie darin eine tiefe Besorgnis.

»Ich bin keine echte Prophetin, Hanno. Wirklich nicht.«

»Wahrscheinlich hast du Recht.«

Doch sobald sich eine Gelegenheit ergab, erzählte Hanno Bowman von Iras Traum und von den Gedanken, die sich allmählich in ihm herausbildeten.

»Vielleicht ist das ja der Beginn unserer Reise«, sagte er. »Möglicherweise haben wir weniger Zeit, als wir glauben.«

»Aber wir sind Gefangene. Und wir wissen nicht, wohin wir gehen sollen.«

»Ira weiß es. Sie hat die Gabe. Das ist mir schon lange klar.« Er nahm die Hand seines Sohnes und küsste sie. »Und dir auch, glaube ich.«

»Ja.«

»Wir müssen gut aufpassen, gut zuhören und uns alles merken. Wo immer man uns hinbringt – die Mauern, die uns einschließen, werden Türen haben und zu den Schlössern wird es Schlüssel geben. Wir werden entkommen.«

Plötzlich ertönten Befehle, mit denen die marschierenden Reihen zum Stehenbleiben aufgefordert wurden.

»Warum machen wir Halt?«

Es war mitten am Nachmittag und die Sonne stand noch hoch am Himmel. An jedem der drei vorangegangenen Tage hatten sie sich erst bei Einbruch der Dunkelheit ausruhen dürfen. Hanno vergewisserte sich, dass der Rest seiner Familie unversehrt und in der Nähe war. Rings um sich herum sah er Menschen, die dankbar zu Boden sanken und sich die schmerzenden Füße rieben. Bald war das Scheppern der Kochtöpfe zu hören. Anscheinend sollten sie heute früh zu Abend essen.

Hanno sammelte seine kleine Gruppe um sich. Außer seiner Frau und seinen Kindern gehörten noch Mumpo und Mrs Chirish dazu, der Schneider Miko Mimilith und seine Familie, Creoth und der Konditor Scooch. Wie es der Zufall wollte, wurde an diesem Tag unter anderem Gebäck zum Abendessen gereicht, das aus Scoochs Bäckerei in Aramanth geraubt worden war. Der kleine Scooch schüttelte traurig den Kopf, als er es sah.

»Wenn es frisch aus dem Ofen kommt, zergeht es nur so auf der Zunge«, erklärte er. »Aber das hier…« – er hielt ein fünf Tage altes Stück Kuchen hoch – »das hier würde sogar ein Ferkel umhauen.«

»Nicht schlecht«, stellte Creoth eifrig kauend fest. »Ganz und gar nicht. Noch ein Stückchen, Mrs Chirish?«

»Ich möchte nicht zur Last fallen«, antwortete Mrs Chirish und nahm zwei.

Bowman versteifte sich plötzlich und hob den Kopf. Er hatte eine ferne Welle von Schmerz gespürt. Nur einen Augenblick später schallte ein durchdringender Schrei von der Spitze der Kolonne herüber. Alle hörten ihn. Bowman schloss die Augen und reimte sich mit seinen scharfen Sinnen zusammen, was für eine Art Schmerz das war.

»Haut«, stellte er fest. »Verbrannte Haut.«

Jetzt sahen sie es: Eine Gruppe Soldaten zog in einiger Entfernung eine schwere kleine Eisentrommel auf Rädern hinter sich her und machte irgendetwas mit den Sklaven, das sie zum Schreien brachte.

Bowman stand auf und ging zur Spitze des Zuges, um mit eigenen Augen zu sehen, was dort geschah. Er wollte es nicht, doch er wusste, dass es sein musste. Er hatte das Gefühl, alles über ihre Eroberer und ihre Gefangenschaft in Erfahrung bringen zu müssen, damit er bereit war für die Zeit, wenn er und Kestrel wieder zusammen sein und gemeinsam zurückschlagen würden.

Eine Frau schrie. Bowman konnte sehen, wie sie sich kreischend wand. Er sah, wie die Soldaten auf ihren Kopf einschlugen, bis sie still war. Dann drückten ihr die Männer, die um die Eisentrommel herumstanden, etwas auf den Arm, Rauch stieg zischend auf und es roch nach verbranntem Fleisch.

Er beobachtete, wie ein neuer Satz von Metallstempeln in das Brandeisen geklemmt und das Eisen in die rot glühenden Kohlen in der Trommel geschoben wurde. Er sah, wie die Soldaten den Arm des nächsten Sklaven ergriffen und das heiße Eisen auf die Außenseite seines zitternden

Handgelenks pressten. Bowman spürte den Schmerz des Einbrennens so, als wäre es sein eigener Arm.

»Du da! Zurück an deinen Platz!«

Der Soldat versetzte ihm einen Stoß, um ihn wegzuschicken. Bowman kehrte zur Gruppe um seinen Vater zurück.

»Es geht ganz schnell«, erzählte er. »Aber es wird wehtun.«

»Das ist mir egal«, sagte Pinto.

Bowman bemerkte, wie sie zitterte, als sich die Soldaten mit der Trommel näherten. Trotz all ihrer Wut und ihres Stolzes war sie schließlich erst sieben Jahre alt. Er hätte sie gern im Arm gehalten, wenn es so weit war, doch er wusste, dafür war sie zu stolz. Um seine Absicht zu verbergen, sagte er daher zu seinem Vater: »Lass uns einen Wunschkreis machen, Pa.«

Hanno Hath begriff. Er breitete die Arme aus. »Komm, Pinto. Wunschkreis.«

Pinto kuschelte sich an ihn. Bowman gesellte sich zu ihnen. Pinto rief Mumpo.

»Komm, Mumpo. Du kannst dir auch was wünschen.«

Ira Hath beobachtete die Soldaten an der Trommel mit bösem Blick. »Wie tapfer sie sind«, stellte sie bissig fest. »Was für männliche Erscheinungen.«

»Pst!«, sagte ihr Mann. »Komm.«

Mumpo schloss sich dem Kreis glücklich an, drückte den Kopf gegen die Köpfe der anderen und spürte ihre Umarmungen. Als Jüngste äußerte Pinto ihren Wunsch zuerst.

»Ich wünsche mir, dass es nicht zu sehr wehtut.«

Dann war Bowman an der Reihe.

»Ich wünsche mir, dass Kess zu uns zurückkommt.«

»Das wünsche ich mir auch«, fügte Pinto schnell hinzu.

Bevor sich noch jemand etwas wünschen konnte, hatten die Soldaten mit ihrem klappernden Stempelbrett und ihrer qualmenden Trommel sie erreicht. Ein Mann mit einer Liste notierte Hannos Namen und teilte ihm eine Nummer zu. Hanno streckte den Arm aus, und da er sich noch nichts gewünscht hatte, sagte er jetzt leise: »Ich wünsche mir, dass Kestrel in Sicherheit ist.«

Das rot glühende Eisen verbrannte seine Haut. Er zuckte, gab jedoch keinen Laut von sich. Als Nächstes hielt seine Frau den Arm hin: »Mein Wunsch gilt ebenfalls dir, Kestrel.«

Mumpo sagte nur: »Für dich, Kestrel.« Er blieb ganz still, als ihn das Eisen verbrannte, und zwinkerte nicht einmal.

Bowman sagte gar nichts. Doch als man ihm seine Nummer einbrannte, sprach er in Gedanken mit ihr.

Ich hab dich lieb, Kess.

Dann hielt Pinto ihren dünnen Arm hin, der gegen ihren Willen noch immer zitterte.

»O Kess...«, sagte sie. Das Eisen drückte sich in ihre junge Haut und der Schmerz fuhr tief in sie hinein, so dass sie laut aufschluchzte. Doch sie schluchzte nur ein einziges Mal.

Als Bowman in dieser Nacht wach saß und auf Kestrel lauschte, schmerzte sein verbranntes Handgelenk noch immer. Er hatte keinen Widerstand geleistet und sich nicht beklagt, doch insgeheim raste er vor Wut. Mehr noch als die Zerstörung seiner Heimatstadt weckte das Verbrennen von Kinderhaut in ihm einen unbändigen Hass gegen das Reich des Meisters. In seinem Zorn und seiner Hilflosigkeit tat er das, was er schon vor langer Zeit getan hatte – er wandte sich an das Unbekannte.

Wer auch immer du sein magst: Du hast schon früher über mich gewacht, hilf mir auch jetzt.

Dann dachte er in der kühlen Stille der Nacht: Ich will mehr als Hilfe. Ich will Macht. Ich will die Macht, diese Menschen zu vernichten, die mich vernichten wollen.

Du, der du über mich wachst, gib mir die Macht zu vernichten.

Erstes Zwischenspiel

Der Schmetterling

Auf der Insel namens Sirena stehen drei Gestalten zwischen den hohen Fensterbögen unter den schnell dahinziehenden Wolken und singen zusammen ein wortloses Lied. Links und rechts neben der Frau, die als Erste zurückkam, stehen ein junger und ein alter Mann. Alle drei sind barhäuptig und barfüßig, alle drei tragen schlichte, knöchellange Wollgewänder, die an der Taille mit einer Kordel zusammengehalten werden. Das Lied, das sie singen, klingt wie das Rauschen eines Baches oder das Rascheln des Windes in den Bäumen, nur dass es eine Melodie hat, ein Muster aus Noten, die in sanften Zyklen aufeinander folgen. Es ist das Lied des Vorhersehens. Beim Singen werden ihre Sinne scharf und empfänglich und sie beginnen zu spüren, was geschehen wird.

Sie sehen, wie sich Grausamkeit im Land ausbreitet. Sie sehen brennende Städte und marschierende Menschen. Sie sehen junge Frauen, die weinen, und alte Frauen, die sich zum Sterben niederlegen. Sie spüren den Hass in den Herzen der jungen Männer und wissen, dass das Töten weitergehen wird bis zur Zeit der Vollendung.

Sie hören einen Jungen, der nach ihnen ruft und um Hilfe fleht. Sie sehen ein Mädchen, das ganz allein unterwegs ist, und spüren zwischen den Fingern ihrer Hand einen silbernen Gegenstand, der wie ein S mit einem langen, gebogenen Ende geformt ist. Sie fühlen ihren Zorn, ihre Schwäche, ihre Gefährdung.

Das Lied geht zu Ende. Der junge Mann ist erfüllt vom Verlangen zu handeln, die Schwachen zu stärken und die Grausamkeit zu beenden. Der alte Mann spürt dieses Verlangen.

»Sie müssen sich selbst zurechtfinden«, sagt er. »Wir dürfen uns nicht einmischen.«

Die Frau schweigt. Doch später an diesem Tag begibt sie sich allein ans Ende der Insel, von wo sie die entfernte Küste des Festlands betrachten kann. Hier wird sie ganz ruhig und sinkt mit offenen Augen in eine Art Schlaf, der sie von einer Stille in eine noch tiefere Stille führt.

Nach einer Weile nähert sich zuckend und tanzend ein Schmetterling. Er lässt sich kurz auf einem nahen Ölbaum nieder und schließt die Flügel. Sie sind von einem leuchtenden, schillernden Blau, blau wie Lapislazuli, blau wie die Brust eines Eisvogels. Sie schimmern in der Herbstsonne, im strahlenden Licht, das vom weiten Meer zurückgeworfen wird.

Dann flattern die Flügel von neuem, der Schmetterling tanzt unter den krummen Ästen des Ölbaumes entlang und setzt sich auf die Wange der Frau, auf den hohen, vom Wetter gegerbten Wangenknochen unter ihrem linken Auge. Hier bleibt er eine Weile sitzen, während die Frau so mit ihm spricht, dass er sie versteht. Dann zittern die leuchtend blauen Flügel wieder und der Schmetterling ist verschwunden.

4

Die Freude einer Million Augen

Kestrel lag mit dem Bauch auf der Erde, hatte Arme und Beine ausgestreckt und eine Wange an den Boden gedrückt. Mit geschlossenen Augen richtete sie alle Aufmerksamkeit auf die Empfindung des Erdbodens unter ihrem Körper und sandte in strahlenförmigen Wellen ihre Energie aus.

Bowman. Wo bist du?

Falls er sich in Reichweite ihres stummen Rufes befand, würde er antworten. Doch selbst wenn sie keine Antwort erhielt, was der Fall war, konnte sie, wenn sie ganz still lag, hören, ob er hier entlanggekommen war. Kein Geräusch, kein Schritt auf dem Boden – doch sie entdeckte ein fernes vertrautes Gefühl, das schnell schwächer wurde, aber noch nicht ganz verschwunden war. Zu Hause hatte sie beim Betreten eines leeren Zimmers immer gewusst, ob ihr Bruder dort gewesen war. Seine Gegenwart blieb, seine Silhouette in der Luft, wie eingedrückte Kissen in einem Sessel, wenn jemand darin gesessen hat. Der stille, abwesende Blick seiner sorgenvollen Augen, die all ihre Gefühle wahrnahmen, ohne dass sie sie in Worte fassen musste. Sein liebevoller Blick blieb.

O Bowman, wo bist du nur?

Der schwache Hinweis darauf, dass er hier entlanggekommen war, reichte aus, um sie voranzutreiben. Er lebte und er hatte diesen Weg genommen. Sie erhob sich und ging weiter.

Sie folgte der Spur des Gefangenenmarsches nach Osten, stand bei Tagesanbruch auf, wanderte den ganzen Morgen stetig voran, machte mittags Rast und marschierte bis zum Sonnenuntergang weiter. Wo sie stehen blieb, legte sie sich sofort schlafen und setzte beim Aufwachen ihren Weg ohne zu zögern fort. Sie lebte von den Abfällen des Marsches, aß die vom Gemüse übrig gebliebenen Stiele und nagte an den Knochen aus den Eintöpfen. Das Land war tief gelegen, hügelig und von trockenem, stacheligem Gras bedeckt, das an ihren Knöcheln kratzte. Auf dem höchsten Punkt jeder Erhebung schaute sie in die Ferne und hoffte den großen Marsch zu erblicken, doch jedes Mal sah sie nichts außer dem nächsten Hügel, der sich vor ihr erstreckte, und dem diesigen Herbsthimmel.

Von Zeit zu Zeit kam sie an Leichen vorbei, meistens alte Leute, die sie gekannt hatte. Sie zwang sich dazu, sie anzuschauen, die Wunden der Speere zu betrachten, die sie getötet hatten, denn dieser Anblick schürte den Zorn und den Hass, der sie antrieb. Doch nach einer Weile mied sie diese traurigen Haufen. Sie wurde immer schwächer und musste gegen die Versuchung ankämpfen, sich selbst hinzulegen und in einen Schlaf zu sinken, von dem sie nicht mehr erwachen würde.

Dann kam der Tag, an dem der Marsch keine Reste mehr zurückließ. Nach zehn Tagen war die Verpflegung offensichtlich knapp geworden und alles Essbare wurde vertilgt. Am elften Tag fand Kestrel überhaupt nichts mehr. Wasser gab es reichlich, da durch jedes tief gelegene Tal ein Bach floss. So konnte sie den Bauch mit Wasser füllen und ihren Hunger für eine Weile vergessen. Doch als er zurückkehrte, war er umso schlimmer.

Am zwölften Tag wurde ihr allmählich schwindelig. Als sie mittags stehen blieb, um Rast zu machen, gaben die Beine unter ihr nach, als hätte sie nur der Rhythmus der Schritte aufrecht gehalten. Sie sank zu Boden, blieb zusammengerollt auf einer Seite liegen und verlor das Bewusstsein.

Ein paar Stunden später wurde sie vom Flackern eines hellen Lichts geweckt. Die Sonne stand tief am Himmel und schien grell auf ihre Augenlider. Dann war es finster. Bald jedoch kam wieder das strahlende Licht. Sie nahm Geräusche wahr: rumpelnde Wagenräder und klappernde Pferdehufe. Mühselig stützte sie sich auf einen Ellbogen und öffnete die Augen.

Ziemlich nah vor sich sah sie eine edle, orange und grün bemalte und mit Gold verzierte Kutsche, die sich in einer langen Reihe von Kutschen, Güterwagen und Reitern langsam vorwärts bewegte. In dieser Kutsche saß eine junge Frau und schaute heraus. Kestrel blickte sie ungläubig an und war sich nicht sicher, ob sie wach war oder träumte. Die junge Frau blickte zurück. Dann fing sie an zu schreien.

»Sie schaut mich an! Sie schaut mich an!«

Die riesige Wagenkolonne kam zum Stehen. Hoch gewachsene Männer ergriffen Kestrel und hoben sie hoch. Sie wurde vor einen Mann mit einem goldenen Umhang gebracht, der etwas zu ihr sagte, das sie nicht verstand. Dann wurde sie wieder ohnmächtig.

Kestrel kam langsam wieder zu sich, als sie Stimmen hörte. Eine davon, die Stimme eines mürrisch klingenden Mannes, verlangte gerade ungeduldig, so als wäre das ganz selbstverständlich: »Tötet sie, tötet sie.«

Die andere Stimme gehörte einer hochmütigen jungen Frau. »Unsinn, Barzan. Man muss ihr klar machen, was sie getan hat, und ihr dann die Augen ausstechen. Das weiß doch jeder.«

»Aber, Strahlende, wir können nicht warten, bis sie aufwacht. Wir sind jetzt schon sehr spät dran.«

»Wer sagt denn, dass wir warten müssen? Ihr könnt sie in meine Kutsche bringen und Lunki wird auf sie aufpassen.«

»In Eure Kutsche, Strahlende?« Der mit Barzan Angesprochene schien äußerst überrascht.

»Warum nicht? Sie hat mich sowieso schon gesehen. Außerdem ist es doch nur ein Mädchen.«

Kestrel hatte die Augen noch nicht geöffnet, damit die Unbekannten, die über sie stritten, sie weiterhin für bewusstlos hielten. Jetzt spürte sie, wie sie von mehreren Händen hochgehoben und über Stufen an einen dunkleren Ort getragen wurde, sicher die edle Kutsche der jungen Frau. Hier wurde sie auf ein weiches Bett gelegt und kurz darauf spürte sie auch schon, wie die Wagenräder über den unebenen Boden rumpelten. Der Schock über all das, was ihr passiert war, das weiche Bett und das Ruckeln des Wagens ließen sie in einen tiefen Schlaf zurücksinken.

Als sie zum zweiten Mal erwachte, öffnete sie kurz die Augen und erkannte im Dämmerlicht der verdunkelten Kutsche zwei Damen, eine dicke und eine dünne. Die dünne schien in ihrem Alter zu sein und war unglaublich schön. Kestrel schloss wieder die Augen, lauschte reglos ihrer Unterhaltung und hoffte so herauszufinden, was sie mit ihr vorhatten.

Sie merkte, wie sich eine von ihnen an ihr Bett setzte und sie offensichtlich anstarrte. Es musste die jüngere sein, die hübsche mit der hochmütigen Stimme. Nach einer Weile stellte die junge Frau in anerkennendem Tonfall fest: »Sie ist überhaupt nicht dick.«

»Das arme Ding ist fast verhungert«, antwortete die dicke Frau.

»Es wird ihr nicht gefallen, wenn wir ihr die Augen ausstechen, was?«

Diesmal erwiderte die dicke Frau nichts. Die junge Frau fasste ihr Schweigen offensichtlich als Kritik auf.

»Sie hätte mich eben nicht anschauen sollen, Liebling. Das weißt du ganz genau.«

»Ja, Schätzchen. Aber mein Baby hätte ihren Schleier tragen sollen.«

»Sie hat mich trotzdem angeschaut. Und darum ist es jetzt zu spät.«

»Ich wüsste gern, was sie gedacht hat.«

»Ich eigentlich auch.«

Sie schwiegen einen Moment lang. Dann fuhr die junge Frau fort: »Weißt du, Lunki, außer dir und Mama und Papa hat noch nie jemand mein Gesicht gesehen, seit ich sieben Jahre alt war.«

»Und das ist auch gut so. Mein Baby darf ihr Gesicht nicht zeigen, nicht vor ihrer Ehe.«

»Ja, ich weiß.« Sie klang wenig begeistert.

Kestrel spürte, dass sie näher kam. Sie spürte, wie forschende Finger ihr kurz geschnittenes Haar berührten.

»Weck sie auf, Liebling. Gib ihr einen Stups.«

»Ein Stups wird nicht reichen, Schätzchen. Das Mädchen braucht etwas zu essen.«

»Dann gib ihr etwas zu essen. Sofort. Jetzt.«

»Aber sie schläft doch noch.«

»Stopf es ihr in den Mund«, verlangte die junge Frau gebieterisch.

Kestrel hörte, wie die Frau namens Lunki, offensichtlich eine Dienstbotin, in einem Schrank herumkramte. Sie überlegte, ob sie nicht lieber die Augen öffnen sollte, bevor ihr irgendein seltsames Zeug in den Mund geschoben wurde. Doch dann hörte sie, wie die junge Frau in die Hände klatschte und rief: »Honig! Wie klug du doch bist, Lunki!«

Kestrel roch den Honig auf dem Löffel. Dann spürte sie das kühle Rinnsal auf den Lippen. Während sie noch immer vorgab im Halbschlaf zu liegen, streckte sie die Zungenspitze aus und leckte die klebrige, süße Masse ab. Sie schmeckte nach wildem Klee auf einer Sommerwiese.

»Sie hat ihn gegessen! Gib ihr noch mehr!«

Kestrel merkte mit jedem Honigtropfen, wie ihre Kräfte allmählich zurückkehrten. Nach einer Weile fand sie, sie könne jetzt ruhig zugeben, dass sie wach war. Sie zuckte ein wenig mit den Augenlidern, öffnete sie und schaute zu den zwei Frauen auf, die sich über sie beugten.

»Sie ist aufgewacht! Sieh nur, Lunki, sie ist aufgewacht!« Die hübsche junge Frau klatschte noch einmal in die Hände. »Kann sie sprechen? Mach, dass sie etwas sagt!«

Kestrel zog es vor, von sich aus mit dem Sprechen zu beginnen.

»Danke«, sagte sie leise.

»Oh, wie süß! Darf ich sie behalten?«

»Was ist mit…« Die dicke Dienstbotin tippte sich an die Augen.

»Oh!« Die junge Frau war entsetzt. »Ich kann unmöglich zulassen, dass sie ihr die Augen ausstechen. Das wäre einfach zu schrecklich.«

Kestrel hörte alles und sagte nichts. Sie hatte beschlossen so wenig wie möglich zu reden, solange sie nicht wusste, wer diese Leute waren.

»Sie kann mein Dienstmädchen sein. Meine Diener dürfen mich anschauen. Das heißt, du darfst es, weißt du, Lunki.« Sie wandte sich an Kestrel und sprach mit ihr wie mit einem kleinen Kind: »Möchtest du mein Dienstmädchen sein? Oder möchtest du lieber, dass man dir mit einem glühend heißen Spieß die Augen aussticht?«

Kestrel schwieg.

»Sie denkt darüber nach. Das soll sie ruhig tun.«

Plötzlich entdeckten die scharfen Augen der jungen Frau das silberne S, das sich Kestrel an einem Band um den Hals gehängt hatte. Sie streckte eine Hand aus, berührte es und drehte es prüfend nach allen Seiten.

»Das gefällt mir«, sagte sie. »Ich will es haben. Gib es mir.«

»Nein«, entgegnete Kestrel.

»Nein?« Die junge Frau drehte sich erstaunt zu Lunki um. »Sie hat Nein gesagt. Aber ich will es haben. Sie muss es mir geben.« Und zu Kestrel sagte sie: »Du musst mir alles geben, was ich haben will.«

»Nein«, wiederholte Kestrel und nahm die silberne Stimme aus der anmutigen kleinen Hand.

Die junge Frau schaute sie ungläubig an. »Wie kannst du es wagen!«

Sie schlug Kestrel ins Gesicht. Ohne lang zu überlegen schlug Kestrel so fest sie konnte zurück. Die junge Frau brach in Tränen aus. Ihre Dienstmagd war entsetzt.

»Mein Baby!«, rief sie aus. »O mein armes Baby!«

»Du warst sehr nett zu mir«, sagte Kestrel, »und du bist wunderschön. Aber wenn du mich noch einmal schlägst, bring ich dich um.«

Die junge Frau schnappte nach Luft. »Oh! Du wirst ja so bestraft werden! Oh! Dann wirst du weinen! Ich werde dafür sorgen, dass du weinst! Oh! Du elende Kreatur!« Sie nahm Kestrels Hand in ihre eigene, heftig zitternde Hand und zerrte und drehte daran, während ein verwirrter Wortschwall aus ihr herausbrach. »Warum hast du keine Angst vor mir? Hab ich dir wehgetan? Es tut mir Leid, wenn ich dir wehgetan habe, aber du darfst mich nicht... du darfst mich nicht...« Sie zog Kestrels Hand an ihre Lippen und küsste sie. »Warum bist du so unfreundlich zu mir? Findest du mich wirklich schön? Wie würdest du mich umbringen? Warum hast du keine Angst?«

Kestrel zog vorsichtig ihre Hand zurück. Die junge Frau beruhigte sich allmählich. Sie starrte Kestrel mit riesigen bernsteinfarbenen Augen an und ihre süßen, weichen Lippen zitterten.

»Bitte sag es mir. Bin ich wirklich schön?«

»In meinem ganzen Leben hab ich noch nie einen so schönen Menschen gesehen.«

»Oh, ich bin so froh.«

Das meinte sie ganz ehrlich. Anscheinend war es unbedingt notwendig, dass sie schön war. Das begriff Kestrel sofort. Mochte diese gebieterische junge Frau auch eine Menge anderer Fehler haben, eitel war sie jedenfalls nicht.

Irgendwie waren die Schläge auf beiden Seiten vergessen.

»Wer bist du?«, wollte Kestrel wissen.

»Wer ich bin? Weißt du das denn nicht?«

»Nein.«

»Ich bin die Johdila Sirharasi von Gang, die Makellose Perle, die Strahlende des Ostens und die Freude einer Million Augen.«

»Oh.« Darauf fiel Kestrel nichts ein.

»Ich bin auf dem Weg zu meiner Hochzeit.«

»Wen heiratest du denn?«

»Das weiß ich nicht genau.«

»Woher weißt du dann, ob du ihn heiraten willst?«

»Ich muss ihn heiraten, ob ich will oder nicht.«

»Das würde ich nicht tun.«

»Du würdest es nicht tun?«

Kestrel begriff, dass in ihrem ganzen Leben noch nie jemand so mit dieser Frau gesprochen hatte. Ihr Gesicht nahm einen erstaunten Ausdruck an, als würde ein Vorhang beiseite geschoben und der Blick auf eine völlig neue, aufregende Welt freigegeben.

Auch Lunki bemerkte es und war beunruhigt.

»Pass gut auf, Baby, ja? Wir wissen nichts über sie.«

»Dann soll sie es uns sagen.« Und an Kestrel gerichtet: »Sag es uns.«

»Was soll ich euch sagen?«

»Wer du bist. Was du machst.«

»Ich heiße Kestrel Hath. Ich suche meine Familie.«

»Warum? Wo ist sie?«

»Wenn ich das wüsste, bräuchte ich nicht nach ihr zu suchen.«

Wieder bemerkte Kestrel den schockierten, überraschten Ausdruck auf ihrem Gesicht. Sie dachte sich, dieses Mädchen ist eine Prinzessin, sie bekommt alles, was sie will, und niemand hat ihr je widersprochen.

»Hast du wirklich keine Angst vor mir?«, fragte die Johdila.

»Nein«, antwortete Kestrel. »Warum solltest du mir wehtun wollen?«

»Ich will dir nicht wehtun. Zuerst wollte ich das. Aber jetzt nicht mehr.«

»Dann können wir ja Freundinnen sein.«

Kestrel hatte das eigentlich eher dahingesagt, doch das Wort hatte eine große Wirkung auf die junge Prinzessin.

»Freundinnen? Ich hatte noch nie eine Freundin.« Sie musterte Kestrel eingehend, wie um sie zu verstehen. »Warum trägst du solch hässliche Sachen?«

»Damit mich niemand anschaut.«

Die Johdila dachte angestrengt darüber nach. Dann verkündete sie: »Ich habe beschlossen dich zu behalten.«

»Du kannst mich nicht behalten. Ich bin doch kein Haustier.«

»Ich will dich aber behalten.«

»Dann musst du mich zuerst fragen.«

»Fragen? Aber was ist, wenn du Nein sagst?«

»Dann bekommst du nicht das, was du willst.«

»Aber das ... das ...« Sie wollte offensichtlich sagen: Das geht nicht. Aber irgendetwas in Kestrels Gesicht ließ sie zögern. »Aber dann werde ich traurig sein.«

»Nicht lange.«

»Darf ich dich behalten? Bitte?«

Darüber musste Kestrel lächeln. Sie fühlte sich so viel besser, jetzt, wo sie etwas gegessen hatte. Und die Johdila sah mit ihrem hübschen zusammengekniffenen Gesicht, das jeden Moment in Tränen auszubrechen drohte, einfach komisch aus.

»Vielleicht bleibe ich so lange, bis es mir wieder gut geht«, sagte sie. »Wenn du das möchtest.«

Die Johdila staunte über Kestrels Lächeln. »Was möchtest du von mir haben?«

»Nichts.«

»Warum lächelst du mich dann an?«

»Du bist lustig. Du bringst mich zum Lächeln.«

Die Johdila grübelte darüber nach. »Lächeln Freundinnen so? Ohne einen Grund?«

»Ja.«

Also lächelte die Johdila zurück.

»Oh!«, entfuhr es Kestrel, die nicht auf solch ein strahlend schönes Lächeln vorbereitet war. »Wie wunderschön du bist!«

5
Sehen, zuhören, lernen

Ozoh der Augur nahm das heilige Huhn aus seinem Korb und bestäubte die Füße des Vogels vorsichtig mit Kreidepulver. Ganz in der Nähe stieg sein königlicher Gebieter, der Johana von Gang, Herr einer Million Seelen und Vater der Johdila Sirharasi, aus seiner königlichen Kutsche, ließ seinen üppigen Körper in einem Klappstuhl nieder und gab ein langes, lautes Stöhnen von sich.

»Sei still, Foofy. Du störst sonst das Huhn.« Dies sagte seine Frau, die Johdi von Gang, Mutter der Völker. Obwohl ihre Untertanen sie liebevoll »Kleine Mutter« nannten, war sie genauso groß und dick wie ihr Gatte, wobei ihr Körperumfang durch die steifen, reich geschmückten zeltartigen Gewänder, die sie trug, noch imposanter wirkte.

Der Johana stöhnte, weil er Hunger hatte. Er schlief auf Reisen schlecht, und wenn er nicht schlief, dachte er ans Essen. Wenn er zu Hause nachts aufwachte, was nie der Fall war, konnte er jedes beliebige Essen bekommen. Wenn er während dieser Reise nachts aufwachte, was jede Nacht der Fall war, musste er hungern. Seine Gattin hatte die strikte Regel eingeführt, dass kein Frühstück serviert wurde, bevor nicht die Zeichen für den Tag gedeutet worden waren. Denn, so hatte sie erklärt, wer konnte schon wissen, welche Folgen es haben würde, wenn die Deutung einen Fastentag verlangte und sie schon gegessen hätten?

Der königliche Wahrsager hielt das heilige Huhn über die Zeichenmatte, die er auf einem ebenen Stück Erde ausgerollt hatte. Das Huhn war weiß, fett und flaumig und hatte lauter abstehende Federn um die wilden rosafarbenen Augen. Ozoh war dünn, glatzköpfig und nackt, zumindest oberhalb der Taille, damit alle die verschlungenen blaugrünen Muster sahen, die seinen Körper bedeckten – sie galten als Beweis für seine Behauptung, dass eine seiner Großmütter eine Schlange gewesen war. Unterhalb der Taille trug er die traditionelle Pluderhose von Gang, so dass niemand wusste, ob ihm die Musterung bis über das Hinterteil reichte. Aber viele fragten sich das.

»Oh! Ha!«, murmelte er und setzte das Huhn vorsichtig auf der Matte ab. Der versammelte Hof verstummte und wartete gespannt, was das Huhn tun würde. Zwei Männer schauten besonders aufmerksam zu. Barzan, der trübsinnige, gebückte Großwesir, stand rechts hinter dem Johana und hatte den Blick auf das Huhn geheftet. Der andere, ein hoch gewachsener, gut aussehender Soldat, beobachtete den königlichen Wahrsager. Er hieß Zohon und war der Kommandeur der Johjanischen Garde.

Das Huhn schaute sich kurz zu ihnen um. Dann bewegte es wiederholt ruckartig den Kopf und stolzierte über die Matte auf seine Schale mit Körnern zu.

»Aaah!«, machte der Hof.

Am Anfang der Matte hatte das Huhn eine kurze weiße Fußspur hinterlassen. Der Wahrsager schaute sie sich genau an.

»Hervorragend.«

Alle entspannten sich. Das bedeutete, dass es heute Frühstück geben würde.

»Wie Eure Hoheit erkennen können, beginnen die Zeichen im Fang und hören im Yano auf.«

»Das scheint mir sehr klar zu sein«, stellte der Johana fest.

»So ist es. Heute wird es keine ungünstigen Vorkommnisse geben.«

»Dann ist ja alles in Ordnung.« Der Johana erhob sich schwerfällig.

»Solange alle Angehörigen des königlichen Hofes ihre Pflicht frohen Herzens erfüllen«, fügte der Wahrsager hinzu.

»Ach«, sagte der Johana. Er schaute zu seiner Frau hinüber.

»Und was, wenn nicht?«, fragte die Johdi, da sie sofort an ihre Tochter, die Johdila Sirharasi, dachte, die noch in ihrer Kutsche schlief. Sisi war nicht gerade bekannt dafür, dass sie ihre Pflicht erfüllte, ob nun mit frohem Herzen oder nicht.

»Wenn nicht«, antwortete der Wahrsager ernst, »wird das Folgen haben.«

»Oje«, sagte die Johdi voller Sorge. »Das habe ich befürchtet.«

Zum Glück verstand sie Ozoh der Augur nur zu gut.

»Die Johdila hat natürlich keine Pflichten«, erklärte er. »Nicht im strengen Sinne des Wortes. Da sie noch nicht verheiratet ist.«

»Oh! Ah. Nicht im strengen Sinne des Wortes«, stellte die Johdi äußerst erleichtert fest.

»Und wenn es um Zeichen geht, kommt es, wie Eure

Herrlichkeit wissen, nur auf den allerstrengsten Sinn des Wortes an.«

»Dann ist ja alles in Ordnung«, wiederholte der Johana. »Bringt die heißen Butterpfannkuchen.«

Die Johdila Sirharasi frühstückte nicht mit dem übrigen Hofstaat im Speisezelt. Zwei Diener trugen ihr Frühstück mit verbundenen Augen in ihre persönliche Schlafkutsche. Da sie Angst hatten, die schwer beladenen Tabletts fallen zu lassen, brauchten sie sehr lange vom Küchenwagen bis zur Kutsche der Johdila. Wenn sie ankamen, war die geschmolzene Butter auf den Pfannkuchen zu einer harten gelben Schicht erstarrt. Dies passierte jeden Morgen, aber niemand dachte daran, an dieser Einrichtung etwas zu ändern, weil sich die Johdila nie beschwerte. Und sie beschwerte sich deshalb nicht, weil sie ihr Frühstück nie aß. Es wurde erst später von ihrer Dienstmagd Lunki heimlich verzehrt. Grundsätzlich durften die Diener bei Hofe erst dann essen, wenn ihre Herren gegessen hatten. Und da die Johdila manchmal tagelang nichts aß, hatte Lunki gelernt die Gelegenheiten zu nutzen, die ihr das Schicksal bot.

Die beiden Diener stolperten vorsichtig in das vordere Zimmer der Kutsche der Johdila, wo Kestrel nun eine Schlafnische neben Lunki hatte. Sie lieferten ihre Tabletts ab und stolperten wieder nach draußen. Sie unternahmen keinen Versuch, unter ihren Augenbinden hindurchzuspähen. Wer immer in das unverschleierte Gesicht der Johdila blickte, bekam mit einem glühend heißen Spieß die Augen ausgebrannt.

»Frühstück, Schätzchen«, flötete Lunki durch den Trennvorhang.

»Mach mir ein Glas Wasser heiß, Liebling.«

Kestrel nahm nicht am allmorgendlichen Ritual der Johdila teil. Stattdessen schlüpfte sie hinter den Küchendienern aus der Kutsche, suchte sich einen stillen Platz zwischen den stehenden Wagen und streckte sich mit dem Gesicht nach unten auf der Erde aus. Hier zwischen dem Getrampel grasender Pferde und dem Gerassel vorbeiziehender Soldaten war es schwierig, aber sie lag ganz still und tastete sich in den Boden, bis sie auf das Gedächtnis der Straße stieß. Ja, der Staub erinnerte sich an ihn. Er war hier entlanggekommen. Ihr Bruder, ihre Schwester, ihre Eltern, das Volk der Manth war hier entlanggekommen.

Sie hörte Schritte, die plötzlich innehielten. Jemand stand in ihrer Nähe und beobachtete sie.

Sie erhob sich von der Erde. Vor ihr stand ein sehr großer, sehr gut aussehender Soldat, der sie mit unverhohlener Neugier anstarrte. Er trug eine perfekt geschnittene Uniform aus dunkelviolettem, mit goldenen Tressen verziertem Stoff, die eng an seiner schlanken Taille und seiner muskulösen Brust anlag. In einer Hand hielt er einen silbernen Hammer mit schmalem Stiel, den er träge hin und her schwenkte, so dass er den Handteller seiner anderen Hand traf.

»Du bist also das Mädchen, das die Johdila unverschleiert gesehen hat!«, stellte er fest.

»Ja«, antwortete Kestrel.

»Ist sie schön?«

»Ja«, antwortete Kestrel.

»Dir ist klar, dass dir nach dem Gesetz die Augen ausgebrannt werden müssten?«

»Das ist ein unsinniges Gesetz.«

Der Soldat zog seine dunklen Augenbrauen hoch und lächelte. »Das kann schon sein«, sagte er. »Zum Glück scheint sie Gefallen an dir gefunden zu haben.«

Kestrel erwiderte nichts darauf. Sie sollte jetzt besser zur Kutsche zurückkehren. Doch der gut aussehende Soldat streckte seinen silbernen Hammer aus, um sie aufzuhalten. Erst jetzt erkannte sie, dass das Ende des Stiels zu einer feinen, scharfen Klinge verarbeitet worden war.

»Weißt du, wer ich bin?«

»Nein.«

»Ich bin Zohon, der Kommandeur der Johjanischen Garde. Nach dem Johana selbst bin ich der mächtigste Mann im gesamten Königreich von Gang.« Er schaute sich um, um sicherzugehen, dass niemand in der Nähe war, der ihr Gespräch mitverfolgen könnte, und senkte die Stimme. »Wenn du mir hilfst, helfe ich dir.«

»Wobei soll ich helfen?«

»Die Johdila wird gerade in ein Land gebracht, das als Reich des Meisters bekannt ist. Sie soll den Sohn seines Herrschers heiraten.« Zohon schürzte höhnisch die Lippen. »Ein feiner Herr, der mit besonderer Vorliebe Städte ausplündert und in Schutt und Asche legt und ihre Bewohner zu Sklaven macht. Sein Sohn wird sicher einen feinen Ehemann für die Tochter des Johana von Gang abgeben, meinst du nicht auch?«

»Sie machen Menschen zu Sklaven?«

»Der Wohlstand dieses Reiches ist auf Sklaverei gegründet.«

Kestrel sah wieder die Reiter vor sich, die in die Arena von Aramanth eingefallen waren, und die schreienden

Menschen, die vor ihren Schwertern davonrannten. Sie schauerte.

»Wie kann man die Johdila solchen Menschen überlassen?«

»Ja, wie kann man nur?« Zohon sah ihr entsetztes Gesicht und stimmte ihr zu. »Die Hochzeit muss verhindert werden.«

Aufwärts und abwärts der Kolonne setzte ein geschäftiges Treiben ein. Die Wagen würden jeden Moment weiterfahren. Ein Diener, der das heilige Huhn in seinem Käfig trug, ging dicht an ihnen vorbei, gefolgt von dem königlichen Wahrsager. Zohon war klar, dass Ozoh ihn gesehen hatte.

»Wir reden später«, zischte er Kestrel zu. Dann wandte er sich ab und schlenderte gelassen zu seinen Männern zurück.

Als Kestrel die Kutsche der Johdila betrat, war Sisi aufgestanden und saß an ihrem Spiegeltisch. An diesem Tisch waren sechs Spiegel so angebracht, dass sie sich aus jedem Winkel betrachten konnte. Lunki stand hinter ihr und gemeinsam richteten sie die Verwüstungen der Nacht.

»Wo warst du?«, wollte Sisi wissen, als sie Kestrel in einem der Spiegel entdeckte.

»Nur ein bisschen spazieren«, antwortete Kestrel.

»Spazieren? Draußen? Deine Haut wird austrocknen.« Dies lenkte Sisis Aufmerksamkeit wieder auf ihre eigene strahlende, weiche Haut. »Ich finde es so ungerecht«, beklagte sie sich, »dass ich den Kopf beim Schlafen auf ein Kissen legen muss. Ich muss mich nachts einfach umdrehen und ich weiß ganz sicher, dass man davon Falten bekommt. Sieh nur, Liebling! Diese Linie war gestern noch nicht da.«

»Die glätten wir schon wieder, Schätzchen. Lunki macht sie für ihr Baby weg.«

Lunki war ebenso sehr vom Aussehen der Johdila in Anspruch genommen wie die Johdila selbst. Sie waren sich darin einig, dass Sisi für sie beide schön war. Im Grunde war Sisi für das ganze Königreich von Gang schön, worauf schon ihre Titel hindeuteten: die Makellose Perle, Strahlende des Ostens und Freude einer Million Augen.

»Mein Hals ist dicker geworden. Da bin ich ganz sicher.«

»Nein, Schätzchen. Das sieht nur so aus durch die Schatten.« Lunki rieb beruhigende Öle auf die Haut ihrer Herrin. »Warum möchte mein Baby denn nicht ein klitzekleines Gläschen Milch trinken?«

»Dräng mich nicht so, Liebling. Ich fühl mich heute so dick.«

So schlank und geschmeidig, wie die Johdila war, konnte Kestrel kaum glauben, dass sie die Tochter ihrer Eltern war. Sisi versicherte ihr, ihre Mutter sei vor ihrer Hochzeit genauso schlank gewesen wie sie selbst.

»Erst durch die Ehe wird man dick. Durch die Ehe und durch die Kinder. Ich glaube nicht, dass ich Kinder bekommen werde. Lunki kann sie für mich bekommen. Würdest du das für mich tun, Lunki-Liebling? Sag doch Ja.«

»Darüber brauchst du dir jetzt noch keine Gedanken zu machen, mein Schatz. Zuerst musst du die Hochzeit hinter dich bringen.«

»Ja, ich weiß.«

»Was für ein Mann ist das, den du heiratest?«, erkundigte sich Kestrel, weil sie sich fragte, wie viel die Johdila wohl wusste.

»Ach, irgendeiner halt.« Sisis Gedanken gingen in eine andere Richtung. »Was machen verheiratete Frauen denn so, Lunki?«

»Machen, Schätzchen? Was meinst du damit?«

»Sie müssen doch irgendetwas tun, wodurch sie dick werden.«

»Ach so, na ja, meine Kleine, es ist nicht so sehr, was sie machen, sondern das, was sie nicht machen. Du siehst doch, wie viel Mühe es kostet, für deine Schönheit zu sorgen. Wenn du erst mal verheiratet bist, brauchst du ja nicht mehr schön zu sein, oder?«

»Wahrscheinlich nicht.«

»Und deshalb sparst du dir die Mühe. Und bevor du es merkst, bist du plötzlich dick wie ein Dachs.«

»Wie ist es denn so, wenn man dick ist, Lunki?«

»Ach, so schlimm ist es eigentlich nicht, wenn man sich erst mal daran gewöhnt hat. Man friert nicht mehr so schnell. Und du wärst überrascht, wie viel zusätzliche freie Zeit du jeden Tag hast.«

Nachdem die aufwändige Morgentoilette beendet und Sisis langes Haar geflochten und hochgesteckt war, warfen sie und Lunki einen letzten Blick auf ihr gemeinsames Werk, seufzten vor Bewunderung und ließen den Schleier herunter. Die ganze Zeit über hatte sich die Kutsche zusammen mit der übrigen Kolonne stetig voranbewegt. Da die Johdila nun aber angekleidet war, betätigte Lunki den Klingelzug und die lange Wagenreihe kam ruckelnd und rumpelnd zum Stehen. Es war Zeit für Sisis Tanzstunde.

Das Tanzzelt wurde am Straßenrand aufgestellt und der Tanzlehrer Lazarim näherte sich der Kutsche der Johdila und klopfte höflich an die Tür. Dann trat die Johdila aus dem Wagen, von Kopf bis Fuß in blaue und silberne Seidentücher gehüllt, die so dünn waren, dass sie ihre geheimnisvolle Gestalt wie Rauch umgaben. Kestrel begleitete sie in ihrer Rolle als Dienstmädchen und inoffizielle Freundin. Lazarim führte sie zum Tanzzelt, das zwar keine Fenster hatte, aber zum Mittagshimmel hin offen war. Hier brachte er der Johdila zur Musik eines Flötenspielers und eines Trommlers, denen die Augen verbunden worden waren, einen Tanz mit dem Namen Tantaraza bei.

Kestrel fiel sofort auf, dass Sisi keine geborene Tänzerin war. Der Tantaraza war kein einfacher Tanz. Es erforderte zum einen große Konzentration, sich die komplizierten Schrittfolgen zu merken, und zum anderen gewissenhafte Übung, um die zunächst nur mechanisch nachgeahmten Schrittfolgen in die flüssigen Rhythmen des Tanzes umzusetzen. Sisi hatte sich in ihrem ganzen Leben noch auf keine einzige Sache ernsthaft konzentrieren müssen. Und was das Üben betraf – wenn ihr etwas nicht gleich beim ersten Mal gelang, fing sie an sich zu langweilen und gab auf.

Lazarim sehnte sich heiß und innig danach, ihr den Hintern zu versohlen. Am liebsten hätte er sie gezwickt, bis sie schrie oder weinte – oder überhaupt irgendeinen anderen Ton von sich gab als dieses lustlose, monotone Jammern.

»Muss ich wi-i-irklich? Ich bin sooo müde heute Morgen. Sei ein Schatz, Engelchen, und dräng mich nicht zu sehr.«

»Aber Ihr müsst den Tanz lernen, Strahlende. Euer Vater

wünscht, dass Ihr heiratet, und um zu heiraten, müsst Ihr tanzen.«

»Ja, ich weiß, Liebling. Quäl mich nicht so. Aber ich muss doch sicher nicht viel tanzen? Ein Tanz reicht doch aus, oder?«

»Ein Tanz reicht, Gnädigste, aber dieser eine muss perfekt sein. Die Damen und Herren im Reich des Meisters müssen sagen: Keine Frau auf der Welt ist so schön und anmutig wie die Johdila von Gang.«

»Aber das stimmt doch, mein lieber Lazarim, ob ich nun tanze oder nicht.«

»Wenn Ihr gar nicht tanzen wollt, Gnädigste, bin ich still. Aber wenn Ihr doch tanzen wollt, dann müsst Ihr gut tanzen.«

»Na schön. Wir können ja noch mal ein paar Schritte durchgehen. Aber du darfst mich nicht durcheinander bringen.«

Während Kestrel still dasaß und mit wachsendem Interesse zuschaute, führte Lazarim die Johdila noch einmal durch die Anfangsfolge: die Seitenschritte, die Begrüßung, die drei Drehungen fort voneinander, den Halt, das Ferse-Spitze-Trommeln bei der Wiedervereinigung, das Festhalten und das Wirbeln. Der Tantaraza war ein grandioser Tanz, der Tanz der Tänze, und für Lazarim war er Kunst und Leidenschaft, Liebe und Glaube, Leben und Tod. Dieser kleine, feingliedrige Mann war ein wahrer Meister der Geheimnisse dieses Tanzes und sehnte sich von ganzem Herzen danach, von der Qual des Lehrens erlöst zu werden und sich dem Rausch des Tanzens hinzugeben. Stattdessen musste er hier wie ein Krüppel durch die Schritte humpeln.

»Nein, Strahlende, nein! Die Drehungen sind schnell,

sehr schnell, wie ein Kreisel, wisst Ihr nicht mehr? Und das Stehenbleiben danach kommt plötzlich! So! Seht Ihr, wie meine Röcke ohne mich wehen?«

»Deine Röcke, Lazarim?« Sie lachte hell auf. »Du darfst mich nicht zum Lachen bringen, Engelchen. Jedes Lächeln hinterlässt eine Falte.«

»Noch einmal, bitte.«

Nach der Tanzstunde begleitete Kestrel Sisi zum Mittagessen mit ihren Eltern in die königliche Kutsche.

»Du kannst froh sein, dass du nicht tanzen musst, Kess.«

»Für mich hat es so ausgesehen, als würde es Spaß machen.«

»Spaß machen? Wie kommst du denn darauf? Es ist schwierig und lästig und macht überhaupt keinen Spaß.«

Die königliche Kutsche wurde von der Johjanischen Garde bewacht. Als sie sich der überdachten Treppe der Kutsche näherten, sah Kestrel den Kommandeur Zohon bei seinen Männern stehen. Er wandte sich zu ihr um und einen kurzen Moment lang trafen sich ihre Blicke. Seine Augen schienen zu sagen: Wir verstehen uns. Dann heftete er den Blick einen Moment lang auf die verschleierte Johdila. Schließlich sagte er etwas zu einem seiner Männer, schlug ihm mit einem lauten, unbekümmerten Lachen auf die Schulter, drehte sich um und schlenderte davon. Dieses zu laute Lachen und der übertrieben lässige Gang verrieten Kestrel viel. Ein Mann, der so erpicht darauf war, sein Desinteresse kundzutun, musste in Wirklichkeit ungeheuer interessiert sein.

Sisi und Kestrel betraten die königliche Kutsche. Das Mittagessen stand bereits auf dem Tisch und der Johana wartete ungeduldig darauf, anfangen zu können. Kestrel wurde von niemandem beachtet. Der Johana und seine Frau lehnten sie ab, einerseits weil sie ihr Aussehen merkwürdig fanden und andererseits weil es sich ihrer Meinung nach für eine Prinzessin nicht schickte, eine Freundin zu haben. Sie hatten ihrer Tochter ihre Ansichten mitgeteilt. Sisi hatte ihnen eine scharfe Antwort gegeben.

»Kestrel ist meine Freundin, und wo ich hingehe, geht sie auch hin.«

Als Kompromiss aß Kestrel in der königlichen Kutsche nicht an der großen Tafel, sondern an ihrem eigenen kleinen Tisch. Das passte ihr gut, denn sie stellte fest, dass die Anwesenden sie bald vergaßen und sich so unterhielten, als wäre sie gar nicht da.

»Wie geht es meinem Schatz denn heute?«, fragte der Johana, hob den Schleier seiner Tochter und schaute ihr stolz ins Gesicht.

»Ach, Papa«, seufzte Sisi. »Ich wünschte, wir wären zu Hause.«

Der Johana seufzte ebenfalls. Er hasste das Reisen. Auch er wäre am liebsten in seiner Heimatstadt Obagang gewesen, in seinem Palast mit seinen Hunden und Pferden, wo er nachts in seinem großen, vertraut riechenden alten Bett schlafen konnte.

»Diese Reise muss sein, mein Schatz.« In melancholischer Stimmung machte er sich über seine Pastete her.

»Ich verstehe nicht, warum du etwas tun musst, das du eigentlich gar nicht willst, Papa.«

»Iss auf, Sisi«, sagte ihre Mutter. »Du siehst etwas kränklich aus.«

»Das bin ich meinem Volk schuldig«, begann der Johana

und verstummte dann, um sich einen weiteren Bissen in den Mund zu schieben. Außerdem war es nicht leicht zu erklären. Im Grunde war das entfernte Reich des Meisters nichts weiter als einer von vielen Satellitenstaaten, die um die große Sonne von Gang kreisten. Doch auf seltsame Weise war das mächtige Gang wie ein alternder Riese immer schwächer geworden und das Reich des Meisters immer stärker, und nun verleibte sich dessen Herrscher, der Meister, immer wieder Land ein, das Gang lange Zeit treu gewesen war.

Es klopfte an der Außentür. Der Johana runzelte die Stirn und bedeutete seiner Tochter den Schleier wieder herunterzulassen.

»Herein!«

Der Großwesir trat ein und verneigte sich. Barzan war der einzige Untertan des Johana, der es wagte, bei einer Mahlzeit zu stören. Seine Störungen waren häufig, hatten immer einen dringlichen Grund und waren allermeistens mit Warnungen vor bevorstehenden Katastrophen verbunden. Alles, was er zu sagen hatte, trug der Großwesir mit einer leisen, respektvollen Stimme vor, die klang, als spräche er aus einem Grab.

»Unsere Hoffnungen sind in alle Winde zerstreut, Eure Hoheit«, hob er an. »Der Kolonnenkapitän berichtet, dass er seine Berechnungen abgeschlossen hat. Bei unserem gegenwärtigen Vorankommen werden wir unser Ziel einen ganzen Monat zu spät erreichen.«

»Einen ganzen Monat! Wir können keinen Monat zu spät kommen. Man wird das als Beleidigung auffassen. Wessen Schuld ist das? Irgendjemand muss dafür bestraft werden.«

»Selbstverständlich, Eure Hoheit. Ich werde mich persönlich darum kümmern. Könnten wir angesichts dieses Problems in der Zwischenzeit vielleicht in Erwägung ziehen, die Kolonne nicht zur Tanzstunde vor dem Mittagessen, zum Mittagessen selbst, zum Mittagsschlaf nach dem Essen und zum Abendessen anzuhalten?«

»Sie haben Recht, Barzan. Wir müssen schneller vorankommen.«

»Wir müssen aber für meinen Mittagsschlaf anhalten«, wandte die Johdi ein. »In einem fahrenden Wagen kann ich nicht schlafen.«

»Nein, meine Liebe. Natürlich nicht.«

»Und du weißt doch, dass du eine Magenverstimmung bekommst, wenn du während der Fahrt isst.«

»Nein, nein, auch zu den Mahlzeiten müssen wir anhalten. Dann die Tanzstunde. Wir brauchen nicht für die Tanzstunde anzuhalten.«

»Die Johdila soll in einer fahrenden Kutsche tanzen, Euer Gnaden?«

»Ach!«

»Der Tanzunterricht darf keinesfalls eingestellt werden, Eure Majestät. Diese Hochzeit ist das Einzige, was uns vom Krieg trennt. Und wenn es Krieg gibt…«

»Ja, ja«, antwortete der Johana, der allmählich nervös wurde. »Was sollen wir also tun?«

Der Großwesir seufzte. »Die Eskorte, Eure Hoheit…«

»Ich werde nicht zulassen, dass Sie meine Wache wegschicken, Barzan. Sie sagen das doch nur, weil Sie Zohon eins auswischen wollen. Ich werde nicht mit ein paar Hausdienern in einer fremden Stadt ankommen. Ich werde meinen Vorfahren keine Schande machen.«

»Aber, Eure Hoheit, dreitausend Mann, alle schwer bewaffnet und die meisten von ihnen zu Fuß – kein Wunder, dass wir so langsam vorankommen.«

»Der Johana wird grundsätzlich von seiner Johjanischen Garde eskortiert. Das ist Tradition. Nein, Barzan, das ist nicht die Lösung. Wir kommen zu langsam voran. Finden Sie heraus, wer dafür verantwortlich ist, und bestrafen Sie den Schuldigen. Das ist die Lösung.«

»Ganz wie Ihr wünscht, Eure Majestät.«

Der Großwesir verneigte sich trübsinnig und zog sich zurück.

»Ich wünschte wirklich, Barzan und Zohon würden mit dieser Zankerei aufhören«, klagte der Johana. »Sie sind neidisch aufeinander wie zwei kleine Schulmädchen.«

»Papa«, fragte Sisi und hob ihren Schleier, »wird meine Hochzeit verhindern, dass es Krieg gibt?«

»Das hab ich dir doch schon erklärt, mein Schatz. Wenn du erst mal verheiratet bist, wird dein Mann unser Sohn und Erbe. Sein Vater kann nicht gegen uns Krieg führen, wenn sein eigener Sohn unser Sohn und Erbe ist.«

»Aber heißt das nicht, er bekommt alles, was er will, ohne Krieg führen zu müssen?«

Der Johana starrte seine Tochter eine ganze Weile nachdenklich an. »Das sind Staatsangelegenheiten, Sisi. Du würdest es nicht verstehen.«

Kestrel lauschte diesen Gesprächen unbemerkt an ihrem kleinen Tisch und konnte so ihren wachsenden Schatz an Informationen weiter vergrößern. Und aus aufgeschnappten Bruchstücken, aus Beobachtungen und Vermutungen schmiedete sie allmählich einen Plan. Im Zentrum dieses Plans stand der Kommandeur der Johjanischen Garde.

6

Der Hammer von Gang

Sisi und ihre Eltern hielten nach dem Essen immer Mittagsruhe. Kestrel nutzte die Gelegenheit und wanderte an der gesamten Kolonne entlang. Sie begann die Kutschen und Güterwagen zu zählen, an denen sie vorbeiging, aber es waren einfach zu viele und nach dem vierzigsten Fahrzeug gab sie das Zählen auf. Außer den großen goldenen Kutschen des königlichen Hofes gab es schlichtere Kutschen für Beamte und noch schlichtere für höher gestellte Diener. Es gab Kutschen mit Rauchabzügen für die Köche und andere mit Schießscharten für die Soldaten. Es gab die Wagen der Quartiermeister, Futterwagen für die Pferde, Zeltwagen, Bettzeugwagen und viele weitere, um die notwendige Ausrüstung dieser riesigen fahrenden Stadt zu transportieren. Gegen Ende der Kolonne stieß sie auf die angebundenen Pferde der Johjanischen Garde. Hinter den Pferden, im Schatten einer Reihe von Bäumen, standen die Esstische der Männer. Jenseits der Bäume war die gesamte Streitmacht, fast dreitausend Mann, versammelt und ging in langen, ordentlichen Reihen ihren täglichen Übungen nach.

Kestrel blieb im Schutz der ruhig grasenden Pferde stehen und schaute zu. Der Anblick war beeindruckend. Die Männer waren bis auf ihre engen schwarzen Reithosen unbekleidet. Sie alle waren groß, kräftig gebaut und sonnengebräunt. Das Haar hatten sie straff nach hinten gekämmt und im Nacken zu einem kleinen Knoten gewunden. Alle bewegten sich im gleichen Rhythmus, so dass sich die aufgereihten Männer immer wieder absolut synchron zu Boden warfen und dann aufsprangen. Sie schienen sich dabei überhaupt nicht anzustrengen, doch ihre wohlgeformten Oberkörper glänzten vor Schweiß.

Ihnen gegenüber stand ebenso bekleidet, aber noch größer und noch muskulöser Zohon, ihr jugendlicher Anführer. Er gab keine Befehle, sondern bewegte sich nur, und wie ein Bild in tausend Spiegeln bewegten sich seine Männer mit ihm. Wenn er still stand, standen sie ebenfalls still. Kestrel wurde beim Zusehen klar, dass eine so perfekt gedrillte Streitmacht den Stoßtrupps aus dem Reich des Meisters mehr als ebenbürtig sein musste.

Nachdem die Übungen beendet waren, wollte sich Kestrel zeigen und mit Zohon sprechen, doch da sah sie Barzan von der anderen Seite herankommen. Zur Entrüstung des Großwesirs bestanden die Wachen darauf, ihn nach versteckten Waffen zu durchsuchen.

»Also wirklich, Kommandeur«, protestierte er. »Wenn ich Sie ermorden wollte, könnte ich das tun ohne überhaupt in die Nähe Ihrer Wachen zu kommen.«

Zohon stand auf erhabene Weise still, seine imposante Brust hob und senkte sich und sein Blick war mit größter Konzentration auf Barzan geheftet. »Zeigen Sie mir, wie.«

»Na, zum Beispiel mit Pfeil und Bogen.«

»Und von wo würden Sie auf mich zielen?«

Barzan blickte sich um. Er hatte nicht vorgehabt so ins Detail zu gehen. »Na, von dort, zwischen den Kutschen.«

Zohon lächelte und klatschte in die Hände. Von überall her, hinter den Kutschen, in den Ästen der Bäume, aus dem hohen Gras erschienen versteckte Wachen. Zu Kestrels Glück schauten sie alle auf ihren Kommandeur und so blieb sie unbemerkt.

»Sie wären bereits tot, mein Freund«, antwortete Zohon, »bevor Sie auch nur den Pfeil an den Bogen setzen könnten.«

Barzan holte tief Luft, um seinen aufkommenden Ärger zu unterdrücken. »Wer genau, denken Sie, Kommandeur, wird Sie hier angreifen, in Ihrem eigenen Land, wo Sie von Ihren eigenen Leuten umgeben sind?«

»Das ist der Unterschied zwischen Ihnen und mir, mein Freund. Sie rechnen so lange nicht mit einem Angriff, bis er stattfindet. Aber dann sind Sie bereits tot. Ich rechne mit einem Angriff, bevor er passiert. Ich rechne schon damit, bevor überhaupt die Gefahr eines Angriffs droht. Vor allem rechne ich damit, wenn es überhaupt keinen Grund für einen Angriff gibt. Nur deshalb bin ich noch am Leben.«

»Ja, aber das bin ich auch.«

»Ach, mein Freund. Seien Sie auf der Hut.« Er lächelte und bedeutete seinem Burschen mit dem Wassereimer vorzutreten. Er nahm den Eimer mit einer Hand und leerte ihn sich über den Kopf, wobei er den Großwesir nass spritzte. Dann reichte ihm der Bursche ein raues Handtuch und er rieb sich trocken.

Barzan wischte sich ungeduldig Wassertropfen von seiner goldenen Robe. »Man sagte mir, dass Sie mich sprechen wollen, Kommandeur. Ich bin äußerst beschäftigt.«

»Zu beschäftigt, um für die Sicherheit des Johana zu sorgen? Das glaube ich kaum.«

»Der Johana ist absolut sicher.«

»Ja, jetzt. Aber später?«

»Wieso später? Wovon reden Sie?«

»Diese Stadt«, antwortete Zohon mit aufreizender Gelassenheit, »diese berühmte Hohe Domäne des berühmten Reichs des Meisters. Wie ich erfahren habe, hat sie nur einen Eingang.«

»Na und?«

»Was hat noch nur einen Eingang?«

»Ich habe keine Ahnung.«

»Eine Falle!«, rief Zohon. »Wenn sie uns erst mal in diese Stadt mit nur einem Eingang hineingelockt haben, müssen sie nur noch die Tore schließen und wir sitzen in der Falle!«

Der Großwesir strich sich mit der Hand über die Stirn. »Warum sollten sie versuchen uns in eine Falle zu locken?«

»Um den Johana zum völligen Machtverzicht zu zwingen.«

»Kommandeur, der Johana verheiratet seine einzige Tochter mit dem einzigen Sohn des Herrschers dieser Stadt, vor deren Betreten Sie sich so fürchten. Welchen Grund sollte dieser Herrscher haben, um sich mit Gewalt etwas anzueignen, das ihm aus freien Stücken überlassen wird?«

»Für den wahren Herrscher«, erklärte Zohon, während er sich die Jacke seiner prachtvollen Uniform anzog, »ist Gewaltanwendung ein Selbstzweck. Wenn also der königliche Hof diese Stadt ohne Ausgang betritt, bestehe ich darauf, dass die Johjanische Garde den Johana in voller Truppenstärke begleitet.«

»In voller Stärke! Dreitausend bewaffnete Soldaten bei einer Hochzeit! Unmöglich!«

Zohon, der jetzt seinen schmucken violetten Uniformrock mit den goldenen Verzierungen trug, streckte die Hand aus und ließ sich von dem Burschen seinen silbernen Hammer geben. Der Großwesir beäugte ihn mit offener Verachtung.

»Ich werde unseren Gastgeber nicht mit einem solch unverschämten Vorschlag beleidigen«, entgegnete er.

Zohon schwang seinen Hammer vor und zurück. »Ich sehe es als meine Pflicht an, den Johana auf die Gefahr hinzuweisen.«

»Tun Sie das, in Gottes Namen, Kommandeur. Ich für meinen Teil werde den Johana auf die Gefahr hinweisen, die durch eine riesige Truppe schwachsinniger Flegel droht – nämlich dass sie die einmalig schöne Stadt unseres Gastgebers zertrampeln.«

Damit drehte er sich um und schritt davon. Zohon blickte ihm lächelnd nach.

»Wir werden ja sehen, mein Freund«, murmelte er in sich hinein. »Wir werden ja sehen.«

Nun trat Kestrel aus ihrem Versteck hinter den Pferden hervor, so dass die Wachen sie entdeckten.

»He, du! Halt! Bleib, wo du bist!«

Sie gehorchte. Zohon hörte den Wachtposten rufen, drehte sich um und sah sie. Er machte dem Wachtposten ein Zeichen, er solle sie zu ihm bringen.

»Lasst die Männer wegtreten!«, wies er seine Offiziere an.

Die Reihen der Männer, die die ganze Zeit über steif und regungslos dagestanden hatten, gingen nun auseinander und drängten sich hungrig zu ihrem verspäteten Mittagessen an die Esstische. Zohon blieb stehen, starrte streng in die Ferne und richtete das Wort an Kestrel ohne sie anzuschauen.

»Was willst du?«

»Sie sagten, Sie würden mir helfen«, antwortete Kestrel.

»Warum willst du meine Hilfe?«

»Ich bin allein und habe hier niemanden, der mich beschützt.«

Zohon nickte, schaute sie jedoch immer noch nicht an. »Wenn du tust, was ich von dir verlange«, sagte er, »stehst du unter dem Schutz des Hammers von Gang!« Er schlug mit dem silbernen Hammer gegen einen Baumstamm in der Nähe. »Ich spreche nicht von diesem Hammer hier« – er streckte die Hand mit dem Hammer aus –, »sondern von mir. Ich bin als Hammer von Gang bekannt. Wenn du unter meinem Schutz stehst, wird niemand wagen dir etwas anzutun.«

»Danke«, sagte Kestrel.

»Aber wenn ich dir helfen soll, musst du mir auch helfen.« Er drehte sich um und schaute sie mit seinem strengen, starren Blick an. »Ich halte diese Heirat für einen Fehler. Schlimmer noch, für eine Katastrophe. Warum soll die Johdila einen Mann heiraten, dem sie noch nie begegnet ist? Wer ist dieser Mann? Irgendein Zwerg mit dickem Bauch und schwarzen Zähnen? Das könnte sein. Wir wissen nichts über ihn. Soll das bezauberndste, süßeste, vollkommenste Geschöpf auf der ganzen Welt an dieses Ungeheuer verkauft werden, nur weil ihr Vater nicht den Mut hat, einem unbedeutenden Diktator die Stirn zu bieten?« Der Kommandeur schrie fast. Als er merkte, dass er zu laut wurde, beruhigte er sich wieder und flüsterte grimmig: »Sie sollte ihresgleichen heiraten. Einen starken und gesunden jungen Mann, der von ihrem Volk geachtet wird und der mächtig genug ist, um sie zu beschützen. Hat sie das vielleicht nicht verdient, und noch mehr? Ist sie nicht die schönste junge Frau auf der ganzen Welt?«

Darauf schien er eine Antwort zu erwarten.

»Sie ist wirklich sehr schön«, sagte Kestrel.

»Ach!« Zohon seufzte und sein Gesicht nahm einen verträumten Ausdruck an. »Ich weiß es im Grunde meines Herzens. Ich habe ihr Gesicht zwar nie noch gesehen, aber ihre Schönheit – wie soll ich es erklären? –, ihre Schönheit ruft mir zu.«

Während er von der Schönheit der Johdila sprach, dachte er auch an sein eigenes gutes Aussehen. Die beiden Bilder waren in seinen Gedanken miteinander verknüpft.

»Zu Hause«, fuhr er fort, »gibt es einen einsamen Weiher im Wald, wo ich schwimmen gehe. Nachdem ich geschwommen bin, stelle ich mich ans Ufer, lasse das Wasser von meinem Körper abtropfen und warte, bis die Wasseroberfläche wieder still geworden ist. Dann schaue ich hinein und sehe mein Spiegelbild.«

Er verstummte und erinnerte sich an das Bild seiner eigenen männlichen Gestalt. Dann wandte er sich an Kestrel.

»Wie sehe ich deiner Meinung nach aus? Klein? Groß? Normal? Gut? Sei ehrlich.«

»Groß«, antwortete Kestrel. »Gut.«

»Versteh mich richtig, ich will keine Komplimente, sondern Tatsachen. Schlichte unleugbare Tatsachen. Ich glaube, man kann mich als Bild von einem Mann bezeichnen.

Ich bin neunundzwanzig Jahre alt und der Kommandeur der Johjanischen Garde. Das sind Tatsachen. Würdest du, wenn du diese Tatsachen berücksichtigst, nicht sagen, dass ich ein geeigneter Gemahl für die Johdila wäre?«

»O ja.«

»Hat sie das zu dir gesagt?«

»Nein.«

»Aber das könnte sie. Wenn du sie fragen würdest. Wenn du das Gespräch auf das Thema Heirat und Ehemänner bringen würdest, auf bessere Lösungen und bessere Kandidaten, auf junge Männer, die sie kennt. Kannst du mir folgen?«

»Ja«, erwiderte Kestrel, »Sie möchten wissen, ob sie lieber Sie heiraten würde.«

»Psst!« Zohon war etwas erschrocken über diese klare Formulierung. »Über manche Dinge bewahrt man besser Stillschweigen. Das ist ein gefährliches Thema.«

»Aber es ist doch sicher schon zu spät.«

»Das werden wir noch sehen.« Er ging verstimmt auf und ab und schwang dabei seinen Hammer. »Zuerst muss ich wissen, was sie fühlt. Und in diesem Punkt musst du mir helfen.«

»Was soll ich tun?« Kestrel wusste das ganz genau, aber es war ihr nur recht, wenn Zohon glaubte, er sei derjenige mit einem Plan.

»Sprich mit ihr. Finde heraus, ob sie sich vor dieser Hochzeit fürchtet. Sprich über mich. Und dann komm zu mir und erzähl mir, was sie gesagt hat.«

An der Spitze der Kolonne ertönten Hörner. Bald würden sich die Wagen wieder in Bewegung setzen.

»Geh jetzt. Und behalte mein Geheimnis für dich. Wenn

du mich verrätst« – er hob den Hammer, drehte ihn um und schlug damit ein Büschel Blätter von einem tief hängenden Ast –, »werde ich kein Erbarmen mit dir haben.«

Während die Blätter zu Boden flatterten, erhaschten Zohons stets wachsame Augen eine Bewegung auf der anderen Seite der Bäume. Es war Ozoh, der königliche Wahrsager, der zu seiner Kutsche eilte, den Blick starr auf den Boden gerichtet.

»Und traue dem Schlangenmenschen nicht«, fügte er hinzu.

Ozoh der Augur machte sich Sorgen. Er hatte es sich zur Aufgabe gemacht, alles zu beobachten, was um ihn herum vor sich ging, auch unwichtige Kleinigkeiten, und hatte bemerkt, dass das neue Dienstmädchen der Johdila irgendwelche mysteriösen Angelegenheiten mit Zohon zu besprechen hatte.

Er beschloss Barzan davon in Kenntnis zu setzen. Der Großwesir, scin Freund und Patron, hatte ihm einen Landsitz mit eigenem Weinberg in den Hügeln bei den südlichen Seen versprochen, wenn die königliche Hochzeit glatt über die Bühne gegangen war.

»Ich habe gerade den Kommandeur gesehen …«

»Diesen durchtriebenen Haufen Eichhörnchendreck!«

»Er scheint sich mit dem neuen Dienstmädchen der Johdila anzufreunden.«

»Ich hätte irgendwo einen Krieg anzetteln sollen, um ihn aus dem Weg zu schaffen.«

»Ich habe mich nur gefragt, ob Sie es bemerkt haben.«

»Natürlich habe ich es bemerkt«, entgegnete Barzan, der nicht unachtsam erscheinen wollte. »Na und?«

»Ich wüsste gerne, was die beiden wohl zu bereden haben.«

»Ozoh«, seufzte der Großwesir, »Zohon ist ein ausgesprochen vitaler junger Mann. Und diese Dienerin ist auf ihre Weise eine attraktive junge Frau. Muss ich noch weiterreden?«

»Ah. Sie glauben also, das ist es.«

»Normalerweise ist es das.«

»Sie glauben also, wir müssen uns keine Sorgen machen?«

»Ganz im Gegenteil. Wenn Zohon ein Auge auf dieses Mädchen geworfen hat, umso besser. Er beschäftigt sich viel zu gern mit seinen Spielzeugsoldaten. Nichts kann einen Mann so gut vom Kämpfen abhalten wie eine Frau.«

Ozoh der Augur kehrte nachdenklich in seine eigene Kutsche zurück. Das heilige Huhn gackerte ihm von seinem Käfig aus zu. Ozoh öffnete die Käfigtür, setzte sich das Huhn auf den Schoß, streichelte sein weißes Gefieder und grübelte über die Situation nach.

»Was soll ich tun, mein Täubchen?«, murmelte er. »Was soll ich bloß tun, mein flauschiger Schatz?«

Das Huhn kratzte an seiner Pluderhose und gurrte zufrieden.

Die riesige Karawane rollte in nordöstliche Richtung durch das Land, zuerst durch die dem Reich von Gang untergebenen Königreiche und dann durch die Grenzgebiete. Von den ersten Vorreitern der Johjanischen Garde bis zu den letzten Gepäckwagen dauerte es über eine Stunde, bis die Kolonne vorbeigezogen war. Die Bauern und Händler, an denen der königliche Tross vorbeizog, warfen sich sofort zu Boden, wenn sich die Karawane näherte, und pressten das Gesicht in den Staub. Viele schlossen die Augen und schliefen ein, während Tausende marschierender Stiefel und Hunderte rumpelnder Räder langsam vorbeizogen. Es war sicherer zu schlafen als einen Blick auf die prachtvollen Kutschen zu riskieren, denn es konnte sein, dass die sagenumwobene Johdila zufällig aus einem Kutschenfenster schaute. Die einfachen Leute glaubten, dass schon ein Blick ihrer strahlenden Augen das Paradies erahnen lasse, aber sie glaubten auch, dass ihre eigenen Augen durch einen einzigen Blick von ihr Feuer fangen und schmelzen würden. So verhielten sie sich auf ihre Weise klug und zogen es vor, im Staub zu schlafen, während das Paradies an ihnen vorüberzog.

7
Ins Reich des Meisters

Marius Semeon Ortiz und seine langen Reihen von Gefangenen erreichten die Grenzen des Reiches am fünfundzwanzigsten Tag, genau wie er es geplant hatte. Es gab keine Mauer um dieses Land der Sklaven, nur zwei kleine, gedrungene Grenzsteine zu beiden Seiten der Straße. Das eigentliche Zeichen dafür, dass sie einen anderen Herrschaftsbereich betraten, war das Land um sie herum. Hanno Hath und seine Familie betrachteten es erstaunt: Auf der einen Seite der Grenzsteine lag eine kahle, windige Gegend, wo sich nur die zähesten Pflanzen, Stechginster, Heidekraut und Weißdorn, an den steinigen Boden klammerten; auf der anderen Seite gab es bestellte Felder, die durch Hecken voneinander abgegrenzt und von tiefen, kreuz und quer verlaufenden Wassergräben durchzogen waren. Viele dieser Felder waren noch bedeckt von den gelbbraunen Stoppeln der letzten Ernte und an einigen Stellen konnte man Gruppen von Landarbeitern sehen, die vor einen Pflug gespannte Ackerpferde führten oder Kartoffeln gruben. Als die Kolonne an ihnen vorüberzog, hielten sie inne und blickten ihrerseits überrascht herüber. Ortiz, dessen Körper von den langen Tagen im Sattel schmerzte, bemerkte es mit Genugtuung. Niemand hatte jemals so viele Sklaven von einem einzigen Raubzug mitgebracht, noch dazu welche, die in so guter Verfassung waren.

Er winkte einen seiner berittenen Jäger an seine Seite.

»Reite voraus«, wies er ihn an. »Übermittle dem Meister meine Ehrerbietung. Sage ihm, ich bringe ihm das Volk der Manth, das vor ihm niederknien wird.«

Seine Gefangenen schauten sich beim Gehen um und ihre durch die große Erschöpfung gedrückte Stimmung hob sich bei der Nachricht, dass sie ihr Ziel bald erreicht haben würden. Je mehr sie von diesem neuen Land sahen, desto mehr staunten sie. Die Straße, die sie entlangmarschierten, war jetzt mit sauber gehauenem Stein gepflastert. Jedes Mal, wenn sie auf einen Graben oder Bach trafen, konnten sie ihren Weg ohne jede Unterbrechung über eine neue, solide Steinbrücke fortsetzen. Auf beiden Seiten der Straße erblickten sie Bauernhäuser mit steilen Dächern, die fast bis zum Boden reichten – große, stattliche Holz- und Lehmgebäude mit ordentlich gekehrten sandbedeckten Höfen und Weiden voller fetter Rinder. Rauch stieg aus den hohen Schornsteinen auf. Aus einem Schulhaus mit vielen Fenstern erschallten Kinderstimmen, die ihre Lektionen aufsagten. Ein offener Wagen mit einer Menge junger Leute, die Rücken an Rücken saßen und während der Fahrt brüllten und lachten, überholte sie auf der Straße. Nirgendwo waren Gefängnisse, Gitter, Ketten oder Wächter zu sehen. Wo immer man die Gefangenen festhalten mochte, es war nicht hier.

Bowman schritt in gleichmäßigem Tempo neben seinem Vater am äußeren Rand der Sklavenkolonne. Rechts von ihm marschierte ein stämmiger Soldat mit rundem Gesicht, der einem der unteren Ränge angehörte und für den der lange Marsch von Aramanth fast ebenso anstrengend gewesen war wie für die Gefangenen. Er hieß Joll und stammte aus der Küstenregion Loom. Die Bewohner dieses Landstrichs waren größtenteils Fischer – ein schwerfälliger, begriffsstutziger Menschenschlag, der nicht viel redete. Bowman hatte sich in den letzten paar Tagen mit Joll angefreundet und stellte ihm jetzt eine Frage.

»All diese Leute. Wohin gehen sie?«

Je länger sie die Straße entlangmarschierten, desto deutlicher sah man, dass viele andere in dieselbe Richtung unterwegs waren. In einem immer größer werdenden Strom kamen sie von den Feldern und Wegen und wanderten über das ansteigende Gelände auf ein Waldstück am nahen Horizont zu.

»Zum Manaxa«, antwortete Joll. Dann wies er mit dem Kinn auf den im Sattel sitzenden Ortiz vor ihnen und fügte hinzu: »Das ist ein ganz Schlauer. Er bringt seine Beute genau am Tag des Manaxa nach Hause.«

»Was ist das Manaxa?«

»Das Manaxa? Hm, es gibt nichts auf der Welt, was genauso ist. Wie soll man das Manaxa erklären, Tell?«

Tell, ein weiterer Wächter aus Loom, ging direkt vor Joll.

»Das Manaxa?«, wiederholte er. »Ich würde es eine Art Tanz nennen.«

»Und eine Art des Tötens«, fügte Joll hinzu.

»Das Töten gibt es nicht alle Tage«, wandte Tell ein. »Du solltest dem Jungen nicht allzu große Hoffnungen machen.«

»Stimmt auch wieder. Oft entscheidet sich der Verlierer auch fürs Springen.«

»Getötet wird dann«, erklärte Tell Bowman, »wenn die Kämpfer gleich stark sind und keiner aufgeben will. Das ist schon was, kann ich dir sagen! Das ist wirklich spannend.«

»Werden sie dazu gezwungen, gegeneinander zu kämpfen?«, fragte Bowman.

»Gezwungen? Warum sollte man sie zwingen? Es ist eine Auszeichnung, ein Manac zu sein. Es bedeutet Ehre und Ruhm. Stimmt's, Joll?«

»Ja, stimmt, Tell. Ehre und Ruhm. Und dann ist da noch die Aufführung an sich, weißt du. Das Manaxa ist sehr gefährlich, würde ich sagen, aber auch sehr schön. Stimmt's, Tell?«

»Ja, stimmt, Joll. Gefährlich schön. Das ist es, in zwei Wörtern.«

Inzwischen hatten sie die Bäume erreicht und marschierten eine Weile in ihrem Schatten. Die langen Tage des Wanderns hatten das Volk der Manth zermürbt und so war von ihrem Widerstandswillen kaum etwas übrig geblieben. Selbst Ira Hath war still geworden. Ihre Blasen hatten sich von offenen Wunden in Schwielen verwandelt, und als sich ihre Füße nach und nach verhärtet hatten, hatte auch der Schmerz nachgelassen. Ortiz hatte darauf geachtet, die Gefangenen nicht zu viele Stunden hintereinander marschieren zu lassen, und dank sorgfältiger Rationierung hatten die Vorräte gereicht. Alles in allem hatte er es gut abgeschätzt. Die Sklaven brauchten zwar ein gutes Essen und viel Erholung, aber sie waren nicht gebrochen. Da er wusste, dass sie das Übergangsquartier erst später am Abend erreichen würden, ließ er die letzten Vorräte gleich nach dem Haltekommando austeilen.

Die Familie Hath blieb dicht zusammen, wie schon die ganze Zeit während des Marsches. Ira und Pinto folgten gleich hinter Hanno und Bowman. Mumpo, der gerade wieder Mrs Chirish trug, blieb ein Stück hinter ihnen zurück. Während sie zwischen den Bäumen entlanggingen, gab es wenig zu sehen und so hing jeder seinen eigenen Gedanken nach. Hanno sorgte sich darum, ob sie bei ihrer Ankunft wohl getrennt würden. Ira erinnerte sich an die Küche in ihrem alten Haus im Orangefarbenen Bezirk zurück – Pinto war damals noch ein Baby gewesen und Bowman hatte sie oft auf dem Küchenboden hin und her gerollt, um sie zum Lachen zu bringen. Bowman vermisste Kestrel. Und Pinto, die auf ihren deutlich kürzeren Beinen entschlossen voranstapfte, träumte von einer Heldentat, mit der sie sie alle von ihren Feinden befreien würde. Sie wusste nicht recht, wie sie das anstellen sollte, und war mit ihren Gedanken darum gleich ein ganzes Stück weit vorgerückt: Sie malte sich aus, wie alle jubelten und sich dafür begeisterten, dass sie einem siebenjährigen Kind ihre Freiheit verdankten.

So waren sie alle sehr überrascht, als sie mit einem Mal das kleine Waldstück hinter sich gelassen hatten und die Aussicht vor sich erblickten. Das Reich des Meisters lag in einem weiten Tal mit einem riesigen See in der Mitte – und es war in jeder Hinsicht wunderschön.

Die Straße schlängelte sich durch grüne Felder und an Bauernhöfen, Dörfern und stattlichen Landsitzen vorbei bis zum Ufer des Sees hinunter. Ein auf Holzpfählen errichteter Fahrweg führte fast einen Kilometer weit vom Ufer zu einer Insel, auf der sich ein ummauerter Palast, oder eher eine Stadt, erhob, die nur aus Licht und Farbe gebaut zu sein schien. Einzelne Gebäude schmiegten sich dicht aneinander, doch die tausend Dächer der Stadt schienen zu schweben, als bestünde jedes nur aus einem schwerelosen, schimmernden Schirm. Die Sonne des späten Nachmittags fiel schräg in die Stadt und die kuppelförmigen Dächer schienen sie zu trinken: Sie verschlangen gierig das Licht und leuchteten rosarot, smaragdgrün und blutrot.

Die Stadt war von beigen Steinmauern umgeben, die sich direkt aus dem Wasser des Sees erhoben und fast zehn Meter hoch aufragten. Doch selbst dieses mächtige Bauwerk war so konstruiert, dass es leicht aussah: Der obere Mauerteil verjüngte sich und war von Löchern in verschlungenen Mustern unterbrochen, so dass die massiven Mauern aus dieser Entfernung fast wie ein Vorhang aus bernsteinfarbener Spitze wirkten.

Marius Semeon Ortiz bemerkte die erstaunten Gesichter der Gefangenen, und wie immer, wenn er in seine Heimat zurückkehrte, empfand er eine erneute Ehrfurcht und Dankbarkeit gegenüber dem Meister. »Das ist die Hohe Domäne«, erklärte er. »Die schönste Stadt, die je von Menschenhand erbaut wurde.«

Auf ihrem weiteren Marsch hielt Hanno nach Gefängnissen oder eingezäunten Lagern Ausschau, in denen er und die übrigen Gefangenen festgehalten werden sollten, doch er sah nichts als Bauernhöfe, Dörfer und die leuchtende Stadt auf dem See. Und wohin er auch schaute, überall auf den Wegen erblickte er Menschen in fröhlichen Grüppchen. Sie alle strömten auf eine große Menschenansammlung zu, die er nun vor sich entdeckte. Eine weite Arena war aus dem Hang herausgegraben worden: eine riesige Aushebung, die nur von Tausenden von Sklaven geleistet worden sein konnte. Aber wo waren sie jetzt? Diese aufgeregten, glücklichen, freien Menschen, die sich auf den grasbedeckten Rängen verteilten, konnten es nicht sein.

Mumpo schleppte sich mit den übrigen Sklaven weiter, wobei er sich wegen Mrs Chirishs Gewicht nach vorn beugen und den Kopf nach unten halten musste. Mrs Chirish wusste, dass er nicht sehr weit sehen konnte, und lieferte ihm daher eine detailgetreue Beschreibung der Szenerie, die sich vor ihr auftat.

»Meine Güte! Ich hab noch nie so etwas... Du würdest nicht glauben, was für eine... Oh, diese Farben! Sie erinnern mich an ein Glas mit bunten Bonbons, nur dass man diese hübschen nicht mehr bekommt... Oh, das wird dich freuen, mein Mumpy, sie halten an... Wie Edelsteine haben sie ausgesehen, diese Bonbons, man konnte durch sie hindurchschauen... Ja, ich glaube wirklich, wir dürfen uns bald ausruhen... Da ist so ein... Wie nennt man das, wo die Leute anderen Leuten zusehen...? Es ist nicht mehr weit und das Gras sieht sehr weich aus, würde ich sagen... Körbe werden herausgeholt, da ist bestimmt Brot drin... So viele Leute sind zum Zuschauen gekommen... Aber wobei sie zuschauen werden, kann ich nicht sagen... Ja, sie lassen uns anhalten, und zwar schon bald.«

Schließlich blieb Mumpo stehen und setzte Mrs Chirish vorsichtig ab. Die Gefangenen durften sich auf dem offenen Land oberhalb der Arena ausruhen. Mrs Chirish tätschelte Mumpo dankbar den Arm.

»Du bist wirklich gut zu deinem alten Tantchen, Mumpy.«

Mumpo schaute gebannt auf die überfüllten Grasränge. Trotz seiner Müdigkeit spürte er, wie ihn ein Schauder durchlief, als er die Aufregung der versammelten Menschenmenge bemerkte. Überall um sich herum hörte er Stimmen vom Manaxa sprechen, und obwohl er noch nie davon gehört hatte, begriff er bald, dass in der Arena eine Art Kampf stattfinden sollte.

Die Ränge führten zum sandbedeckten Platz der Arena hinunter, auf dem sich ein ebenfalls sandbedeckter Erdwall mit einer abgeflachten Kuppe erhob. Dieser Erdwall war etwa zwanzig Meter breit und seine steilen Seiten waren so hoch wie ein Mensch. Offensichtlich sollte das Manaxa auf dieser schlichten Bühne vorgeführt werden. Hinter dem Wall mit der flachen Kuppe konnte man den dunklen Eingang eines in die aufsteigenden Ränge gegrabenen Tunnels erkennen. Das andere Ende des Tunnels lag ein Stück weiter unten am Abhang des Hügels, näher zum See hin. Auf dem Rang direkt über dem Tunneleingang stand ein Pavillon in prächtigem Karmesinrot und Gold, in dem ein Diener gerade Stühle aufstellte.

Plötzlich brach in der auf den Rängen versammelten Menschenmenge Jubelgeschrei los. Mumpo blickte auf, folgte mit den Augen ihren ausgestreckten Armen und sah, dass sich die Tore in den Mauern der Palaststadt geöffnet hatten und sich ein Zug von Reitern den Fahrweg entlangbewegte.

Ta-tara! Ta-tara! Jagdhörner schallten über das Wasser und kündigten die adligen Herren des Reichs an, die immer zu zweit reitend den Zug eröffneten. Ihre farbenprächtigen Umhänge flatterten hinter ihnen im Wind, als sie in perfektem Gleichmaß mit klappernden Hufen über den Holzweg herangetrabt kamen. Ihnen folgte eine weitere Gruppe von Reitern, die aus dieser Entfernung nackt zu sein schienen; auch sie ritten in Zweierpaaren. Den Abschluss bildete eine Gruppe von Beamten, Wächtern und Dienern, die eine Gestalt mit einem karmesinroten Umhang umgaben.

Bowman blieb stehen, schaute zu und vergaß das Stückchen Brot, das er gerade essen wollte. Die Reiter kamen immer näher, und je näher sie kamen, desto mehr fürchtete sich Bowman. Das hier war etwas anderes als eine Armee von Soldaten mit stechenden Speeren und schlitzenden Schwertern. Diese Macht reichte bis in die Herzen und Gedanken. Und sie ging von dem Mann mit dem karmesinroten Umhang aus.

Er war groß, größer und breiter als alle anderen um ihn herum, und unter seinem bauschigen Umhang funkelte ein goldener Brustpanzer. Auf dem Kopf trug er einen goldenen Helm, von dem ihm hinten und an den Seiten eine aus goldenen Kettengliedern gewirkte Haube auf Nacken und Schultern herabfiel. Umgeben von dieser wehenden goldenen Mähne, hell leuchtend im Licht der Sonnenstrahlen, kam er hoch und streng auf seinem prächtigen schwarzen Ross dahergeritten, angekündigt von Hörnern.

»Der Meister!«, riefen Stimmen auf allen Seiten. »Der Meister!«

Marius Semeon Ortiz, der genauso gebannt zusah wie jeder Einzelne seiner Gefangenen, spürte die wohl bekannte plötzliche Hitze, die jedes Mal in ihm aufstieg, wenn der Meister in der Nähe war. Ohne darüber nachzudenken sprach er den Diensteid, die wunderschönen

Worte, die ihm stets Kraft und Ruhe brachten. »Meister, alles, was ich tue, tue ich für Euch.«

Inzwischen hatte der Zug der Reiter das entfernte Ende des Tunnels erreicht und war bald nicht mehr zu sehen. Dann strömten die Adligen zu Fuß in den rotgoldenen Pavillon und die nackten Männer stolzierten aus dem Ende des Tunnels auf den Platz der Arena. Einer nach dem anderen umkreiste mit erhobenen Händen den Erdwall und nahm den Beifall der Menge entgegen. Alle sahen sehr kräftig aus und hatten von Narben bedeckte Körper und wachsame Augen. Sie waren nicht völlig nackt: Jetzt, da sie in der Nähe waren, konnte man sehen, dass sie eng gebundene Lendenschurze trugen. Ihr langes, aufgewickeltes Haar wurde im Nacken von einem Netz zusammengehalten. Dies waren die Manacs; die Männer, die tanzen und kämpfen würden – die mörderischsten Kämpfer der Welt.

Mumpo betrachtete die Manacs mit gespannter Aufmerksamkeit. Der Schauder, den er beim ersten Blick auf die Arena gespürt hatte, war zu einem heftigen Zittern angewachsen, das sein Zwerchfell und seine Brust beben ließ. Er beobachtete, welche Körperhaltung die Manacs hatten, wie sie sich bewegten und wie sie den Applaus der Menge empfingen. Und ohne es zu merken streckte er ebenfalls die Arme aus und neigte den Kopf sacht in die eine und in die andere Richtung.

Nachdem alle Manacs ihre Runde um den Erdwall beendet hatten, stellten sie sich mit dem Gesicht zum Pavillon gewandt auf. Die Adligen traten zu beiden Seiten zurück. Das Jubelgeschrei von den Rängen verstummte und eine seltsame Stille trat ein. Dann fielen die Manacs wie auf einen lautlosen Befehl hin auf die Knie. Ebenso die Adligen im Pavillon. Und ebenso Marius Semeon Ortiz, alle Zuschauer in der Arena und alle Soldaten, die die Sklaven bewachten. In einer langen Wellenbewegung sank die riesige Menge schweigend auf die Knie.

Nun tauchte der Meister allein aus dem hinteren Teil des Pavillons auf und schritt langsam zum Geländer ganz vorn. Er erwies sich als ein unglaublich großer Mann mit einem dicken Bauch, einer breit gewölbten Brust und einem riesigen Kopf. Seinen Helm hatte er abgesetzt, so dass man jetzt eine zottige Mähne aus langem weißem Haar und einen kurzen, dichten weißen Bart erkennen konnte, die sein Gesicht umrahmen. Er blieb stehen, schaute auf sein Volk und lächelte. Seine Augen blitzten, als er den Blick über die Ränge schweifen ließ. Jeder Einzelne, über den dieser wohlwollende Blick hinwegglitt, hatte das sichere Gefühl, dass ihn der Meister gesehen und erkannt und ihm ein wortloses Zeichen der Anerkennung gesandt hatte.

Er hob eine Hand, die in einem goldenen Handschuh steckte, und mit einer langen, raunenden Bewegung erhoben sich die Adligen rechts und links von ihm, die Manacs in der Arena und die Menschenmenge. Die Manacs verschwanden der Reihe nach im Tunnel. Ein Sessel wurde für den Meister herangezogen und er setzte sich.

Bowman hatte den Meister nicht aus den Augen gelassen. Während diejenigen um ihn herum nur den ansehnlichen dicken Bauch und das liebenswürdige Lächeln sahen, spürte Bowman die Macht in ihm. Sie hatte nichts mit der Macht des Morah gemein, die er so viele Jahre zuvor gespürt hatte. Ihr fehlte jene berauschende Erregung, die ihn damals erfüllt hatte, jener Eindruck absoluter Unbesiegbarkeit. Dennoch war es eine sehr große Macht und auf ihre schlichtere Weise erfasste sie die vielen tausend Menschen, die sich hier zum Manaxa versammelt hatten.

Wieder erschallten die Hörner.

Ta-tara! Ta-tara! Zwei Manacs kamen aus dem Tunnel gerannt. Unter wildem Jubel der Menge stürmten sie über den Hang des Erdwalls auf die ebene Oberfläche.

Sie waren jetzt bewaffnet. Beide hatten sich Stahlblätter um die Unterschenkel geschnallt, die von den Knöcheln bis zu den Knien reichten. Am oberen Ende dieser Schutzvorrichtungen ragte jeweils über dem Knie eine kurze Klinge hervor. Die Unterarme waren ähnlich geschützt, vom Ellbogen bis zur Hand, wobei die Stahlblätter in kurzen Klingen über den Fäusten endeten. Auf dem Kopf trugen die Kämpfer eng sitzende Helme, auf deren Stirnseite eine fünfte Klinge hervorragte. Abgesehen von diesen geschützten Stellen waren sie nackt und angreifbar.

Sie präsentierten sich der jubelnden Menge, indem sie auf und ab schritten und mit erhobenen Armen den Beifall ihrer Anhänger entgegennahmen. Einer von ihnen war deutlich größer als der andere und das dichte Narbenmuster überall auf seinem Körper ließ darauf schließen, dass er schon viele Kämpfe überstanden hatte. Der andere wirkte schmächtiger und jünger und der Applaus für ihn war weniger euphorisch.

Mumpo hatte sich weiter nach vorn gedrängt, zur Gruppe um die Familie Hath. Jetzt merkte er, dass Pinto zu ihm gekommen war und die Arme um seine Taille legte.

»Was werden sie machen, Mumpo?«

»Kämpfen«, antwortete er.

»Werden sie sich gegenseitig umbringen?«

»Einer überlebt, einer stirbt«, erwiderte Mumpo fast ohne sich dessen bewusst zu sein. Die Manacs hatten ihn in eine Art Trance versetzt.

Er sah zu, wie sich die Gegner an die entgegengesetzten Ränder des Walls zurückzogen, den Kopf senkten und plötzlich ganz still standen. Die Menge verstummte. Mumpo verspürte am ganzen Körper ein merkwürdiges Gefühl – es war, als wüsste er die Bewegungen der Kämpfer im Voraus. Sie würden langsam anfangen, wie Katzen, die sich streckten und umeinander herumstrichen.

Und so geschah es auch. Der Meister gab das Zeichen. Schritt für Schritt bewegten sich die Manacs aufeinander zu, noch immer mit sicherem Abstand, und tanzten. Man konnte es nicht anders nennen. Sie reckten sich hoch und stießen wieder herab, ließen die Hände in hohen Bögen durch die Luft gleiten, krümmten die Beine, wanden und drehten sich und bewegten sich auf diese kunstvolle Weise langsam aufeinander zu, als wären sie durch unsichtbare Fäden miteinander verbunden. Beide Männer waren stark und ihre bedächtigen, kontrollierten Bewegungen boten einen wunderschönen Anblick. Doch was die Schönheit des Tanzes erst besonders spannend machte, war das Wissen, dass diese aufblitzenden Glieder bald Blut fließen lassen würden.

Pinto wandte den Blick ab, weil sie nicht sehen wollte, wie sich die Männer verletzten. Ihr Vater merkte, dass sein Herz aufgeregt pochte, und schämte sich für die Faszination, die ihn ergriffen hatte. Bowman schaute vom Meister zu den Kämpfern und verstand sofort, dass der Geist des

Manaxa der Geist des Meisters war: Er selbst hatte diese furchtbare Eleganz geschaffen. Schönheit und Blut, Tanz und Tod reichten sich vor ihren Augen in wenigen Augenblicken vollkommener Konzentration die Hände.

Der jüngere Manac griff als Erster an, indem er mit der Klinge über der Faust auf die Kehle seines Gegners zielte. Der größere Mann taumelte rückwärts und verlagerte in einer einzigen fließenden Bewegung sein Gewicht auf den rechten Fuß, hob das linke Knie und stieß zu. Die Klinge an seinem Knie stach dem jungen Mann in die Seite und leuchtend rotes Blut strömte heraus.

Die Menge brüllte den Namen ihres Helden: »Dimon! Dimon!«

Auf einmal wirbelten die beiden Tänzer unglaublich schnell herum. Der junge Manac war flink, sogar sehr flink. Trotz seiner Verwundung hatte er sich weggedreht, dann herum und wieder zurück, so rasch, dass seine Faustklinge unter Dimons Stahlschutz schoss und an dessen Oberschenkel entlangschrammte. Zum zweiten Mal Blut, diesmal für den Neuling. Nun schien Dimon zu explodieren. Mit wild herumsausenden Gliedern trieb er seinen jungen Gegner immer weiter zurück bis zum Rand des Walls. Er schlug mit den Knien zu, ließ die Fäuste fliegen, parierte mit den Armschutzen, sprang in die Luft und zwang den Anfänger immer wieder zur Verteidigung, bis er ihn schließlich mit einem letzten heftigen Schlag vom Wall hinunterstürzen ließ.

Stürmischer Beifall brach aus. Triumphierend streckte Dimon den Arm hoch in die Luft. Der besiegte Manac raffte sich wieder auf und blieb keuchend stehen. Dimon nahm den Arm wieder herunter. Nun schaute der Verlierer auf und die Menge überschüttete ihn mit höhnischen Bemerkungen und Buhrufen. Unter spöttischen Beleidigungen verließ er die Arena und verschwand im Tunnel.

Pinto war entsetzt. »Er hat sein Bestes gegeben. Warum verhöhnen sie ihn?«

»Er hat verloren«, antwortete ein Wächter, der in der Nähe stand.

Mumpo zitterte am ganzen Körper. Er hatte das Gefühl, innerlich zu brennen. »Ich könnte das auch«, sagte er.

»Was, verlieren?«, lachte der Wächter. »O ja, das könnten wir alle.«

Mumpo schwieg, aber das hatte er nicht gemeint. Er wollte sagen, dass er auch diesen tödlichen Tanz tanzen und gewinnen könnte. Das hatte ihm sein Körper verraten. Sein Körper hatte verstanden.

Als Nächstes folgte ein neuer Kampf zwischen zwei anderen Manacs und auch dieser endete damit, dass einer der beiden vom Wall getrieben wurde. Beim Zuschauen begriff Mumpo nach und nach, dass es nur eine begrenzte Zahl von Bewegungen gab und dass die Kunst darin lag, wie man sie kombinierte und abwehrte. Da beide Kämpfer genau wussten, wie sich eine bestimmte Art des Angriffs entwickeln würde, kam es beim Kämpfen vor allem darauf an, Erwartungsmuster zu schaffen und sie dann zu durchbrechen. Die besten Manacs konnten sogar mitten in einer schnellen Bewegungsabfolge den Kurs ändern. Die ruhmreichsten Schläge, die das Publikum am meisten schätzte, bargen das größte Risiko in sich.

Am dritten Kampf nahm der Manac teil, der offensichtlich der Publikumsliebling war.

»Da kommt er«, erklärte der Wächter Pinto. »Das ist

Arno. Jetzt kannst du mal sehen, worum es beim Manaxa eigentlich geht.«

Der Kämpfer mit dem Namen Arno sah sehr groß und schwer aus. Es schien unwahrscheinlich, dass dieser Fleischkoloss den Klingen seines geschmeidigeren Gegners entkommen konnte. Doch sobald der Kampf begonnen hatte, wurde klar, dass Arno ein Meister seines Fachs war. Er drehte sich auf den Zehenspitzen, bückte sich tief, wand sich hoch und wurde auf diese Weise fast schwerelos. Seine Bewegungen waren so flink und elegant, dass es aussah, als koste ihn der Kampf keinerlei Anstrengung. Fast beiläufig schlug er nach dem Körper seines Gegners und überzog dessen Haut mit blutigen Striemen. Er selbst hatte viele Narben auf seiner mächtigen gewölbten Brust, doch dieses Mal würde der Gegner keine Chance bekommen, weitere hinzuzufügen. Verächtlich, so schien es seinem Publikum, trieb er seinen Gegner an den Rand des Walls und schlug ihn dort fast sanft mit einer der Faustklingen: das Zeichen für den Verlierer, dass er jetzt springen sollte. Da Arno annahm, jener werde seinen Rat befolgen, war er einen winzigen Moment lang unachtsam. Der Verlierer nutzte seine Chance, ließ sich fallen, stieß zu und bohrte seine Knieklinge tief in Arnos Oberschenkel.

Pinto schrie laut auf. Arno brüllte vor verletztem Stolz. Seine linke Faust sauste durch die Luft. Sein geschützter rechter Unterarm parierte. Sein linker Unterarm schob einen Gegenschlag zur Seite. Sein Kopf senkte sich und stieß nach vorn. Mit einem knirschenden Geräusch bohrte sich seine Stirnklinge tief in die Brust seines Gegners. Einen Augenblick lang standen die beiden Kämpfer still, verkeilt in einer seltsamen Umarmung. Dann trat Arno zurück. Dunkles Blut sprudelte aus der Wunde des Gegners. Der verletzte Manac sank auf die Knie. Dann fiel er nach vorn auf den Boden und das Blut aus seinem Herzen breitete sich als dunkelroter Fleck auf dem Sand aus.

Arno blieb stehen, sein eigenes Blut rann unbemerkt an seinem Oberschenkel hinunter. Dann hob er langsam den rechten Arm, um seinen Sieg geltend zu machen und dem Meister zu huldigen. Der Beifall, der ihm gespendet wurde, ließ die ganze Arena erzittern und Tausende von Stimmen grölten aus Freude über diesen Tod.

»Er hätte lieber springen sollen«, meinte der Wächter kopfschüttelnd, als der Tote von Arenadienern weggetragen wurde.

»Es ist furchtbar«, sagte Pinto zitternd und blickte in die brüllende, stampfende Menge.

»Ja«, erwiderte Mumpo. »Aber auch schön.«

An diesem Nachmittag wurde kein Manac mehr getötet. Als das Manaxa schließlich zu Ende ging, wurden die zutiefst erschütterten und aufgeregten Gefangenen von ihren Wächtern beglückwünscht.

»Euer erster Tag im Reich des Meisters, und gleich wird ein Manac getötet! Da meint es jemand gut mit euch.«

Ira Hath sprach leise mit ihrem Mann. »Was für Menschen sind das nur, die aus dem Morden eine solche Schau machen?«

»Die gleichen Menschen wie wir«, antwortete Hanno trübsinnig. »Die gleichen wie wir.«

Nun gab Marius Semeon Ortiz den Befehl zum Abmarsch und die Soldaten gingen an den Reihen entlang, um die Sklaven aufzuscheuchen. Nach der einstündigen

Rast auf dem weichen Gras fiel es ihnen schwer weiterzumarschieren.

»Wie weit ist es denn noch, Pa?«, fragte Pinto.

»Ich weiß es nicht, Liebling. Soll ich dich tragen?«

»Nein, es geht schon.«

Pinto hatte nicht ein einziges Mal darum gebeten, getragen zu werden. Während der ersten Tage des Marsches war sie oft kurz davor gewesen. Immer wenn ihre Beine so erschöpft gewesen waren, dass die Muskeln schon beim Stehen zitterten, hatte sie gedacht: Jetzt lasse ich mich gleich tragen. Doch nur zu wissen, dass sie darum bitten konnte, hatte ihr ausgereicht und sie hatte sich tapfer weitergeschleppt. Inzwischen wusste sie, sie würde niemals darum bitten.

Die Reihen der Gefangenen wurden über die Straße in einen Einschnitt in der hohen Böschung und durch einen Tunnel geführt. Als sie den Lärm der Menschenmenge hörten und vor sich den vom Abendlicht beleuchteten Sand bemerkten, begriffen sie, dass sie mitten in die Arena hineingebracht wurden.

Das Publikum befand sich noch immer auf den Rängen, da der Meister den Pavillon noch nicht verlassen hatte. Marius Semeon Ortiz ritt an der Spitze der Kolonne auf den sandbedeckten Platz der Arena und trieb sein Pferd den Erdwall hinauf. Hier trat er dem Meister gegenüber, still wie eine Statue, während das Volk der Manth in zwei Strömen um den Wall herum durch die Arena marschierte.

Als sie vorbeizogen, spendete die riesige Menge der Zuschauer Beifall. Immer mehr Reihen tauchten auf und die Menge applaudierte immer weiter. Der Meister schaute zu und sein breites, wohlwollendes Gesicht strahlte, als wären all diese erschöpften Fremden aus freien Stücken gekommen, um ihm zu huldigen. Als man sie schon wieder zurück in den Tunnel führte, schaute Bowman, der hinter seinem Vater ging, zum roten Pavillon hinauf und für einen winzigen Moment traf sein Blick den des Meisters. Das väterliche bärtige Gesicht lächelte, aber nicht die Augen. In diesem Bruchteil einer Sekunde blitzte in Bowman der Eindruck eines unbeugsamen Willens auf, der gepaart war mit einer kalten Gleichgültigkeit gegenüber den vorbeiziehenden Menschen, auf die dieser Mann hinablächelte. Aus diesem Eindruck entstand blitzschnell eine einzige Erkenntnis: *Dieser Mann braucht keine Liebe.* Dann nahm ihm der gewölbte Tunneleingang die Sicht und er folgte seinem Vater in die unterirdischen Versorgungsräume der Arena.

Auf dem Weg durch dieses düstere Steingewölbe sahen sie die Manacs wieder, die vorher gekämpft hatten. Sie lagen auf Bänken, ließen sich die Wunden behandeln und die Muskeln massieren. Mumpo trottete langsamer als die anderen und sein Blick ruhte sehnsüchtig auf den geschundenen glänzenden Körpern. Sie kamen auch an der Leiche des getöteten Manacs vorbei, die zugedeckt auf einer Bank lag. Dann traten sie wieder ins Freie und folgten der langen Kolonne den Abhang hinunter zum Übergangsquartier.

Ortiz blieb regungslos auf seinem Pferd sitzen, bis der letzte Sklave die Arena verlassen hatte. Dann verbeugte er sich tief vor dem Meister, hob den Kopf, blickte in das Gesicht, das er kannte und verehrte, und rief mit klarer, lauter Stimme: »Meister! Alles, was ich getan habe, habe ich für Euch getan!«

Der Meister neigte langsam den Kopf. »Du hast deine Sache gut gemacht«, sagte er mit tiefer, sanfter Stimme. »Ich bin zufrieden mit dir.«

Ortiz errötete vor Freude. Das war mehr, sehr viel mehr, als er zu hoffen gewagt hatte. Ein Nicken, vielleicht ein Lächeln hätten ihm schon gereicht. Aber der Meister hatte tatsächlich in aller Öffentlichkeit gesagt, dass er zufrieden war! Sicher würde er ihn bald rufen lassen und das Wort aussprechen, das Ortiz so sehnlich hören wollte: das Wort, das ihn zum Sohn des Meisters machen würde.

Mit frohem Herzen und ohne eine Spur von Müdigkeit trieb Ortiz sein Pferd den Wall hinunter und aus der Arena.

Die neuen Sklaven wurden in mehreren miteinander verbundenen Höfen einquartiert, die extra zu diesem Zweck angelegt worden waren. In den nach vorne hin offenen Schuppen, die jeden Hof umgaben, tranken sie aus Bechern heiße, dicke Suppe, wuschen sich an den langen Trögen und stellten sich an den Latrinen an. Heute Nacht würden sie zum letzten Mal auf der Erde schlafen. Morgen würden sie ihre Zimmer zugewiesen bekommen und zu arbeiten anfangen.

Die Familie Hath legte sich wie alle anderen angezogen zum Schlafen hin. Hanno und Ira schliefen wie üblich Seite an Seite, ihre Hände ineinander verschlungen. Pinto kuschelte sich an die andere Seite ihrer Mutter, Bowman neben seinen Vater. Da sie selbst für einen Wunschkreis zu müde waren, spürten sie nur die Nähe der anderen, schlossen die Augen und waren bald eingeschlafen.

Alle außer Bowman. Er lag mit geschlossenen Augen

da, sah wieder das lächelnde bärtige Gesicht des Meisters vor sich und spürte die Macht von dessen grenzenlosem Willen.

Komm schnell, Kess. Ich schaffe das nicht ohne dich.

Er vermisste seine Schwester viel mehr, als seine Familie wissen sollte. Nachts, wenn die Ablenkungen des Tages wegfielen, war der Schmerz am heftigsten. Seit dem Tage ihrer Geburt war er nie länger als ein paar Stunden von ihr getrennt gewesen. Er war so an ihre wilden, wirren Gedanken und ihre leidenschaftlichen Wünsche gewöhnt, dass er die Stille, in der er jetzt lebte, fast unerträglich fand. Ohne Kestrel lebte er nur halb – eigentlich sogar noch weniger, denn sie hatte schon immer die lebendigere Seite seines Wesens ausgemacht. Er sehnte sich nach ihrem wachen, ruhelosen Geist.

Wo bist du nur, Kess? Komm zurück zu mir, ich kann ohne dich nicht leben.

Er ließ seine Sehnsucht in die stille Nacht hinausströmen und schickte sie so weit, wie seine Kräfte es zuließen. Doch wo immer Kestrel sein mochte, sie musste noch weiter fort sein, denn es kam keine Antwort.

Zweites Zwischenspiel

Der Einsiedler

Die mächtige Eibe steht ganz allein unterhalb des Kammes einer Hügelkette, die sie vor den vorherrschenden Nordwestwinden schützt. Sie steht dort schon länger, als irgendjemand weiß, sicher seit Jahrhunderten, und wacht über eine kleine klare Quelle, die, wie es heißt, niemals versiegt. Hundegesicht hat die alte Eibe wegen ihres einsamen Standorts und der Versorgung mit frischem Wasser ausgewählt. Er isst sehr wenig, aber er trinkt viel. Außerdem hat der Baum noch andere Vorzüge: Er ist immergrün und bietet daher Schutz im Winter und Schatten im Sommer; seine größten Äste gabeln sich über dem Stamm auf solche Weise, dass er sich dazwischen ein kleines, aber sicheres Häuschen bauen konnte; und die Aussicht nach Süden ist atemberaubend.

Hundegesicht ist ein Baumeinsiedler und besitzt daher theoretisch nichts. Da ist das behagliche strohgedeckte Baumhaus, das er bewohnt, aber nicht besitzt. Da ist ein Wasserkrug an einer langen Schnur, den er benutzt, aber nicht besitzt. Und da ist ein langer, dünner, geschmeidiger grauer Kater namens Nebel, der ihm Gesellschaft leistet, den er aber nicht besitzt. Zumindest in diesem Punkt besteht kein Zweifel. Niemand besitzt Nebel.

Dieser Morgen – der Morgen, an dem sich alles ändert –

beginnt genauso wie alle anderen. Als Hundegesicht im Morgengrauen aufwacht, ist wie immer Nebel da, sitzt auf dem Brett des Fensters ohne Scheibe und beobachtet ihn mit einem leicht abschätzigen Blick.

»Manchmal frage ich mich wirklich«, sagt Hundegesicht, als er sich aufsetzt, streckt und das Nachtgewand von sich schüttelt, »warum du überhaupt bei mir bleibst. Meine Gesellschaft scheint dir so wenig Freude zu bereiten.«

»Ich bleibe nicht bei *dir*«, entgegnet Nebel. »Ich bin hier. Du bist einfach nur in meiner Nähe.«

»Das behauptest du, Nebel, das behauptest du.« Hundegesicht macht sich zu dem Loch im Boden des Baumhauses auf, durch das er sich erleichtert. Eine dünne Linie brauner Eibennadeln darunter zeugt von der täglichen Kaskade, ebenso wie der Fleck mit braunem Gras auf der Erde. »Und doch musst du mich mögen, sage ich mir, sonst würdest du dir die Nähe von jemand anderem aussuchen.«

»Dich mögen?«, fragt Nebel. »Warum sollte ich dich mögen?«

»Ich behaupte nicht, dass es einen Grund gibt, mich zu mögen.«

Hundegesicht ist kein eitler Mensch. Er weiß, dass er unglaublich hässlich ist mit seinen lang gezogenen hundeähnlichen Zügen und seinem schlimmen Auge. Er weiß, dass er stinkt – nicht weil er sich selbst riechen kann, sondern weil er sich nicht gewaschen hat, seit er das Haus im Baum bezogen hat, was inzwischen drei Jahre, acht Monate und elf Tage her ist. Außerdem weiß er, dass er nichts besitzt, was der Kater will, schon allein deshalb, weil er gar nichts besitzt. Trotzdem hat sich der Kater dafür entschieden, hier zu bleiben.

»Ich bin zu dem Schluss gekommen«, sagt der Einsiedler, während er die lange Schnur mit dem Krug abwickelt, »dass deine Liebenswürdigkeit mir gegenüber, die ich in keiner Weise verdient habe, von deiner eigenen liebevollen Art herrühren muss.«

»Meiner eigenen liebevollen Art?« Nebel sieht zu, wie der Einsiedler den Krug bis zu dem kleinen Tümpel am Fuß des Baumes hinunterlässt. »Du weißt sehr gut, dass ich nicht imstande bin zu lieben.«

»Das behauptest du, Nebel, das behauptest du.«

Hundegesicht zieht die Schnur Hand über Hand wieder herauf und schwingt den schweren, triefenden Krug ins Baumhaus zurück. Dann hält er ihn dem Kater hin. Nebel springt vom Fensterbrett und schleckt drei- oder viermal an dem randvollen Krug. Als er fertig ist, trinkt Hundegesicht in langen, gleichmäßigen Zügen und schüttet sich den Rest ins Gesicht. Erfrischt holt er tief Luft und stimmt das Morgenlied an.

Wäre jemand an dem Baumhaus vorübergegangen – was nicht der Fall ist, da es weit und breit keine Straße und keinen Weg gibt –, dann hätte er nichts von dem Gespräch zwischen dem Einsiedler und dem Kater mitbekommen. Es hat stattgefunden, aber nicht laut. Hundegesicht lebt nun schon so lange allein, dass er jene Sprache, die Schwingungen in der Luft verursacht, vergessen hat. Was Nebel betrifft – Katzen können nicht sprechen im üblichen Sinn. Doch auf jede andere Weise als durch Töne führen sie ganz normale Gespräche, ganz ähnlich wie es Menschen tun. Und hätte Hundegesicht innegehalten, um darüber nachzudenken, wäre ihm klar geworden, dass darin sein besonderer Wert für den Kater liegt. Die nachdenklicheren Tierarten schätzen Gespräche mit Menschen sehr, doch nur wenige Menschen sind fähig zu solchen Gesprächen. Nebel findet Hundegesicht lächerlich und die Lebensweise, die er gewählt hat, unbegreiflich; aber immerhin antwortet er, wenn man das Wort an ihn richtet. Aus Nebels Sicht kann man nie im Voraus wissen, welche Menschen diese Fähigkeit besitzen und welche nicht. Man kann sie nur ansprechen und feststellen, ob sie einen hören. Das ist typisch für die alles in allem mangelhafte Einrichtung des Lebens, denkt sich Nebel – dass er keinen anderen Menschen gefunden hat, der mit ihm sprechen kann, als einen einäugigen Einsiedler, der auf einem Baum lebt.

Die Unterhaltung zwischen Mensch und Kater ist lautlos gewesen. Hundegesichts Lied ist es nicht. Dies ist ein weiterer Grund für Nebel, bei dem Einsiedler zu bleiben. Er hat angefangen seine Lieder zu mögen. Das Morgenlied macht auf besonders liebliche Weise munter, seine wortlose Melodie summt und brummt um das Baumhaus herum und weckt Leben, Kraft und den neuen Tag selbst. Hundegesicht kennt Dutzende von Liedern. Es gibt ein Esslied und ein Schlaflied, Lieder für Regenwetter und für Sonnenschein, Lieder für Krämpfe und Magenverstimmungen und Einsamkeit. Nebel kennt sie inzwischen alle.

Als sich das Morgenlied dem Ende nähert, schlüpft der Kater aus dem Baumhaus und schleicht einen der ausladenden Eibenäste entlang. Hier sucht er sich einen Platz, der ihm gefällt, legt sich reglos und still hin und wartet auf das Frühstück.

Hundegesicht singt zu Ende, steht auf, reckt sich so hoch,

dass er mit beiden Handflächen gegen die Unterseite des Strohdaches stößt, und schüttelt sein Tagesgewand aus. Es ist das schlichteste Kleidungsstück, das man sich vorstellen kann: ein weites Hemd aus rauer, ungefärbter Wolle mit langen, ausgebeulten Ärmeln und einem Saum, der fast den Boden berührt. Hundegesicht wäscht es nie, aber jeden Morgen schüttelt er es vor dem Fenster kräftig aus und hofft, dass sich der Schmutz so nicht festsetzen kann.

Dieses Ausschütteln seines Gewandes dient als Zeichen für die Vögel, die im Baum leben. Sofort erheben sie sich alle von ihren Plätzen, gleiten hoch in die Luft und flattern wieder hinunter, um auf den Ästen vor der Tür des Einsiedlers zu landen. Hundegesicht zieht sich das Gewand über den Kopf, zupft es zurecht und tritt auf den breiten Ast hinaus, den er seine Veranda nennt. Hier, zwölf Meter über dem Boden, lässt er sich auf einem praktischen, sitzähnlichen Vorsprung nieder, den er mit seinem Hinterteil schon lange weich gesessen hat, und alle Vögel kommen und setzen sich auf ihn.

Die Vögel lieben Hundegesicht, vor allem die kleinen, die Meisen, Rotkehlchen und Finken. Auch ein Spechtpaar wohnt im Baum, das nie versäumt ihn zu begrüßen und immer denselben Platz auf seiner linken Schulter einnimmt. Die Stare sind eine Rabaukenbande, sie sitzen nie lange still. Die Amseln lassen sich gern auf seinem Kopf nieder und die Spatzen hüpfen auf seinen Oberschenkeln und Knien herum.

»Guten Morgen, ihr Vögel«, sagt Hundegesicht und hebt einen schwieligen Finger, um die Brustfedern eines Buchfinken zu glätten. »Die Tage werden kürzer. Bald werden die Mauersegler bei uns sein.«

Die Vögel zwitschern ihm zu, neigen die Köpfe zur Seite, als er spricht, und zwitschern dann wieder. Die Gehirne der Vögel sind zu klein, als dass man sich richtig mit ihnen unterhalten könnte; aber sie verstehen den Einsiedler ganz gut und finden alles, was er sagt, interessant. Sie sind stolz darauf, dass er sich ihren Baum ausgesucht hat. Die allmorgendliche Versammlung gibt ihnen etwas, worüber sie den ganzen Tag nachdenken können, und macht ihr Leben abwechslungsreicher. Hundegesicht spürt das und versucht jeden Morgen wenigstens eine Neuigkeit zu verkünden, wie ein Kalender, in dem auf jeder Seite ein kluger Gedanke steht. Aber zuerst nimmt er seine Geschenke entgegen.

Er streckt die Hände aus und die Vögel erfüllen die Luft mit ihren schlagenden Flügeln, als sie ihre Gaben darbieten. Während all der Jahre, die er nun schon bei ihnen ist, haben sie gelernt, was er mag, und bringen ihm keine Würmer oder Käfer mehr. Nun sind seine Hände jeden Morgen mit Beeren, Körnern und Samen gefüllt und mit Nüssen, die sie vorsichtig aus den Schalen herausgepickt haben. Hundegesicht wartet, bis eine Hand voll ist, sortiert dann die Spenden, um ein paar davon als Wintervorrat zurückzulegen, und schiebt sich den Rest in den Mund. Er kaut die Körner und Früchte alle zusammen und streckt die Hand nach weiteren Gaben aus. Dies ist seine einzige Mahlzeit am Tag und sie wird vollständig von seinen Freunden, den Vögeln, beschafft. Im Winter bringen sie ihm nichts, weil sie sich selbst kaum ernähren können. Dann hält er halb verhungert Winterschlaf bis zum Frühling. Zum Glück gibt es ein Hungerlied, das den Schmerz größtenteils stillt.

Als er alle Geschenke der Vögel angenommen und aufgegessen hat, fliegen sie noch einmal zu ihm und setzen sich auf ihn, so dass sie ihn völlig bedecken, und lauschen seinen morgendlichen Gedanken.

»Meine Mutter«, erzählt Hundegesicht, »hat mir immer gesagt, dass ich ein hübsches Baby war. Sie hat mir eine kleine blaue Mütze gestrickt.«

Die Vögel finden nichts komisch an dem, was Hundegesicht ihnen da erzählt. Sie wissen nicht, dass er hässlich ist. Sie wissen auch nicht, was eine Mütze ist. Und das macht es umso interessanter.

Nebel hört von einem höheren Ast aus zu, sagt aber nichts, weil er gerade damit beschäftigt ist, einen Spatz zu hypnotisieren. Der unglückliche Vogel hat Nebels Blick aufgefangen und kann nicht mehr wegschauen. Jetzt schleicht sich Nebel an ihn heran und der Spatz sitzt wie erstarrt auf seinem Zweig und gibt keinen Pieps von sich, als sich der Kater auf ihn stürzt.

Hundegesicht hört den Angriff, sieht Nebel mit dem Vogel im Maul davonspringen und schüttelt den Kopf. Als der Kater ein paar Minuten später wieder auftaucht, beschwert er sich vorsichtig.

»Das ist wirklich nicht schön, Nebel. Ich hab dich schon öfter gebeten meine Freunde nicht zu fressen.«

»Es sind ja nicht *meine* Freunde«, entgegnet Nebel und macht es sich auf dem Schoß des Einsiedlers bequem, um sein Frühstück zu verdauen.

»Könntest du nicht mir zuliebe Mäuse oder etwas anderes fressen?«

»Warum sollte ich irgendetwas dir zuliebe machen?«

»Also wirklich, Nebel, tu doch nicht so. Du weißt ganz genau, dass ich dein Freund bin.«

»Freundschaft ist nichts als Gewohnheit und Bequemlichkeit«, antwortet der Kater.

»Du musst dir doch nur selbst zuhören! Wie du in meinem Schoß liegst und schnurrst!«

»Der menschliche Körper ist eine Wärmequelle.«

»Der menschliche Körper, o ja! Du meinst meinen Körper. Du meinst mich.«

»Ja, du bist der nächste verfügbare Mensch.«

»Und was wirst du tun, wenn ich sterbe und mein Körper kalt wird?«

»Ich werde schon zurechtkommen.«

Hundegesicht schüttelt wieder den Kopf und streichelt den Rücken des Katers mit kräftigen, gleichmäßigen Bewegungen, so wie der es mag. Als sie sich gerade erst kennen lernten, war der Einsiedler noch nicht besonders gut im Streicheln, aber Nebel hat ihm gezeigt, wie man es richtig macht. Jetzt ist es ein wahres Vergnügen, von ihm gestreichelt zu werden. Er streicht in die richtige Richtung, behält einen gleichmäßigen Rhythmus bei und übt genau den richtigen Druck aus.

»Hast du vor bald zu sterben?«, will Nebel wissen.

»Wenn die Zeit gekommen ist«, antwortet Hundegesicht.

»Ach so. Nur der übliche Lauf der Dinge.« Der Kater verliert das Interesse. »Hör nicht auf zu streicheln.«

Hundegesicht sagt nichts mehr, weil er seinen Freund nicht beunruhigen möchte, aber mit dem Satz »Wenn die Zeit gekommen ist« meint er nicht den üblichen Lauf der Dinge. Hundegesicht der Einsiedler gehört dem Sänger-Volk an und wie alle Angehörigen des Sänger-Volkes wartet er auf den Ruf. In den letzten Wochen hat er mehrmals ein Zittern aus weiter Ferne gespürt, Veränderungen und Schwingungen im Luftdruck, die ihn aufmerksamer als sonst werden lassen. Der Ruf kommt bald, dessen ist er sich sicher.

Während der Kater auf seinem Schoß döst, macht der Einsiedler seine morgendlichen Vergessensübungen. Er beginnt ganz unten, indem er seine nackten Füße spürt, die in der kühlen Luft baumeln. Dann bewegt er sich an den Knöcheln hinauf und vergisst seine Füße: Er schiebt den Gedanken an sie aus seinem Kopf und schon sind sie weg. Er spürt seine Schienbeine und Waden, an denen der Saum seines Gewandes kitzelt, und vergisst auch sie. Seine Oberschenkel und Gesäßbacken, auf die von unten der Ast des Baumes und von oben der schlafende Kater drückt; seinen Magen, der langsam die Beeren und Nüsse verdaut; seine Lunge, die frische Luft einsaugt; sein gemächlich schlagendes Herz; seine Arme, von denen sich einer bewegt und der andere still ist – alle nacheinander gespürt, bewusst gemacht und abgelegt. Schließlich auch sein Gesicht, das Streicheln der sanften Brise, das Rauschen des Baumes, das helle Licht in seinem gesunden Auge und auch das Gehirn, das sich all dieser Dinge bewusst ist – alles verschwindet allmählich und ist vergessen und er ist vollkommen ruhig.

Der leuchtend blaue Schmetterling kommt um die ausladenden Äste der Eibe herumgetanzt und lässt sich auf dem Fensterbrett des Baumhauses nieder. Hier bleibt er eine Weile sitzen, seine Flügel schimmern im Sonnenschein. Dann flattert er wieder in die Luft, umkreist den Kopf des schlafenden Einsiedlers und setzt sich sacht auf sein linkes Ohr.

Hundegesicht wacht mit einem Ruck auf und fällt fast vom Baum. Der Kater springt von seinem Schoß, macht einen Buckel und faucht.

»Was?«, ruft der Einsiedler und schaut sich um. »Wer ist da?«

Dann bemerkt er das Kitzeln an seinem linken Ohr. Er neigt den Kopf und verstummt, so als würde er zuhören. Dann nickt er.

Nebel sieht besorgt zu. Irgendetwas Sonderbares geht hier vor sich. Der Kater mag keine Veränderungen, vor allem keine ohne Erklärung oder Vorwarnung. Er sieht, wie der blaue Schmetterling von dem Einsiedler fortfliegt, fort über die baumlose Ebene. Er sieht, wie die Wolken über sie hinwegziehen und sich am fernen Horizont zusammenballen. Er sieht kreisende, krächzende Vögel, einen Schwarm Krähen. Daran ist nichts Ungewöhnliches. Aber der Einsiedler rührt sich, lange vor seiner gewohnten Zeit.

Hundegesicht steht auf und kehrt in sein Baumhaus zurück. Er packt sein Nachtgewand und seinen Krug mit der Schnur zusammen. Nebel beobachtet ihn ärgerlich und überrascht.

»Was machst du da?«

»Ich muss gehen«, antwortet der Einsiedler.

»Gehen? Wohin denn?«

»Ich muss eine Nachricht überbringen.«

Er tritt noch einmal auf den Ast hinaus, der ihm als Veranda dient, und ruft nach den Vögeln.

»Vögel! Ich muss euch verlassen!«

Schnell spricht sich die Neuigkeit unter den Vögeln herum und sie alle kommen angeflogen und setzen sich auf die Äste um ihn herum.

»Ich gehe jetzt«, erklärt er ihnen. »Danke, dass ihr so freundlich zu mir wart. Ich werde mich auf meine eigene Weise erkenntlich zeigen.«

Dann macht er einen Schritt vom Ast hinunter und schwebt langsam zu Boden. Das überrascht die Vögel nicht weiter, denn sie alle können fliegen, aber es verblüfft den Kater. Nebel schaut ungläubig zu, wie die Füße des Einsiedlers sanft auf der Erde landen. Hastig klettert er an der rauen Rinde des Baumstammes nach unten, um ihm zu folgen. Die Vögel folgen ebenfalls.

»Wie hast du das gemacht? Menschen können nicht fliegen.«

»Einige schon«, antwortet Hundegesicht, während er unbeholfen versucht zum ersten Mal seit fast vier Jahren zu gehen.

»Na gut«, sagt Nebel, der neben ihm herrennt, »ich gebe es zu. Jetzt hast du mein Interesse geweckt.«

Die Vögel folgen ihnen in einem großen Schwarm und rufen sich gegenseitig und dem Einsiedler allerhand zu: Einige verabschieden sich, andere stellen Fragen, doch sie können immer noch nicht so mit ihm sprechen, dass er es versteht. Als Sänger könnte Hundegesicht Kontakt mit ihnen aufnehmen, wenn er es wirklich wollte. Aber alles, was er nach langem Bemühen zu hören bekäme, wäre: »Was ist eine blaue Mütze?«

Tatsächlich ist er jedoch mit den Gedanken woanders. Er ist aufgeregt. Wenn die Zeit gekommen ist, um die Nachricht zu überbringen, muss die andere Zeit, für die er sich vorbereitet und auf die er so lange gewartet hat, endlich auch bevorstehen. Wie lange wird es noch dauern? Es können nur noch Wochen sein. Er wird mehrere Tage brauchen, um das Kind des Propheten zu finden, und danach viele weitere Tage, um die anderen zu treffen. Fast bereut er es, sich für ein Leben als Baumeinsiedler entschieden zu haben. Seine Beine haben auf dem Baum nicht genügend Bewegung bekommen und jetzt schmerzen sie ihn schon. Ihm wird klar, dass er die Reise zu Fuß niemals rechtzeitig hinter sich bringen kann. Unter normalen Umständen benutzt kein Sänger seine Kräfte aus persönlicher Bequemlichkeit, aber Hundegesicht findet, dass es sich um einen Notfall handelt.

»Nebel«, sagt er zu dem Kater, der neben ihm herspringt, »kommst du mit mir?«

»Was glaubst du denn?«, fragt der Kater.

»Dann springst du besser auf meine Schultern. Ich werde sonst zu schnell für dich sein.«

»Vielleicht bleibe ich nicht lange bei dir.«

»Du brauchst nur Bescheid zu sagen, dann halte ich an, damit du abspringen kannst.«

Unter dieser Bedingung klettert Nebel auf ihn und macht es sich auf der rechten Schulter des Einsiedlers bequem.

»Halt dich gut fest.«

Hundegesicht konzentriert sich mit Bedacht und beginnt ein Lied zu summen, das der Kater noch nicht gehört hat. Kurz darauf erhebt sich der Einsiedler ein paar Zentimeter in die Luft, neigt sich schräg nach vorn und beginnt über den Boden hinwegzugleiten. Zuerst bewegt er sich ganz langsam. Dann wird er schneller, ohne jedoch an Höhe zu gewinnen. Bald schießt er so schnell vorwärts wie die Wolken, die über ihnen dahinziehen.

Nebel hat alle Krallen ausgestreckt und klammert sich

fest an das Gewand des Einsiedlers, doch als er sich erst einmal an die Geschwindigkeit gewöhnt und sein Gleichgewicht gefunden hat, wird er ganz aufgeregt.

»Also, das ist mal ein Erlebnis!«, ruft er. »Das lass ich mir gefallen!«

Er reckt das pelzige Gesicht nach vorn, spürt den Gegenwind, der seine Schnurrhaare zerzaust, und stellt sich vor, wie es wäre, wenn er selbst fliegen könnte. Er malt sich aus, wie die Feldmäuse im Gras herumwühlen und nicht merken, dass er über ihnen schwebt. Er sieht sich in absoluter Stille durch die Luft gleiten, ungehört und ungesehen. Er sieht sich zum vollkommenen, unentrinnbaren Angriff herabstoßen.

»Du musst mir beibringen, wie man das macht«, sagt er. »Ich muss das unbedingt lernen.«

»Das würde zu lange dauern«, antwortet der Einsiedler. »Unser Weg ist zu weit. Und es würde dir doch nicht verschaffen, was du willst.«

Er will sein Geheimnis für sich behalten, denkt der Kater und ist eigentlich nicht überrascht. Aber ich werde es herausfinden. Und dann, ah, dann hat die Arroganz der Vögel ein Ende. Sollen sie doch mit ihren lächerlichen Flügeln schlagen und vor mir davonfliegen. Ich werde aufspringen, mich in die Lüfte erheben, immer höher und höher, und dann werde ich sie sogar von den Wolken herunterholen!

Nebel hat seinen Traum gefunden. Wohin er auch immer gehen muss, er wird dort hingehen; was auch immer er tun muss, er wird es tun; und eines Tages wird er ein fliegender Kater sein.

8
Kestrel lernt tanzen

Kestrels Kleidung, die von der Reise schmutzig geworden war, wurde ihr abgenommen und verbrannt. Nun war sie genauso angezogen wie die übrigen Dienerinnen der Johdila, in einem schlichten blassgrünen Kleid mit weißer Kopfbedeckung. Darunter trug sie ein dünnes Band mit der Stimme des Windsängers um den Hals, die dicht auf ihrer Haut lag.

»Jetzt siehst du genau aus wie Lunki«, stellte Sisi fest. »Nur dünner.«

Die meiste Zeit des Tages verbrachten sie in der Kutsche der Johdila, die durch das Land rumpelte. Doch wann immer die Johdila nach draußen ging, begleitete Kestrel sie. Inzwischen hatte sich der übrige Hofstaat an sie gewöhnt und sah sie einfach als ein weiteres Dienstmädchen der Johdila an.

»Mach dir nichts draus, Liebling. Sie verstehen nichts von Freundschaft. Das würde sie nur verwirren.«

»Es macht mir nichts aus.«

Wenn die Johdila sie nicht brauchte, setzte sich Kestrel ans Kutschenfenster und starrte hinaus.

»Warum schaust du die ganze Zeit aus dem Fenster?«, fragte Sisi. Nicht, dass sie etwas dagegen gehabt hätte – sie wollte es einfach nur wissen. Alles, was Kestrel tat, faszinierte sie.

»Weil mein Volk hier entlanggegangen ist.«

Jeden Tag sah Kestrel die Spuren. Sie folgten derselben Straße wie die Kolonne der Gefangenen.

»Oh!«, rief Sisi überrascht. »Ist dir dein Volk immer noch wichtig?«

»Ja.«

»Aber doch nicht wichtiger als ich, oder? Ich bin furchtbar nett zu dir. Lunki meint, ich verwöhne dich viel zu sehr.«

»Ja, mein Volk ist mir wichtiger als du. Genau wie dir deine Eltern wichtiger sind als ich.«

Sisi dachte darüber nach. Sie hatte ihre Eltern schon lieb, glaubte sie, eigentlich sogar sehr. Aber sie waren überhaupt nicht interessant, und wenn man sie ihr wegnähme, so wie man Kestrel ihre Eltern weggenommen hatte, war sie nicht sicher, ob sie sie dann furchtbar vermissen würde.

»Aber dein Volk ist weg, Liebling«, erklärte sie. »Und ich nicht. Also glaube ich wirklich und wahrhaftig, dass du dich jetzt mehr für mich interessieren solltest.«

Kestrel blickte sie mit ihren großen dunklen Augen an und wie immer fühlte sich Sisi wie elektrisiert, weil ihre Freundin so stark und geheimnisvoll war. Es kam ihr so vor, als würde sie niemals wirklich in ihr Innerstes vordringen können, egal wie lang sie auch schaute.

»Ich habe einen Bruder«, sagte Kestrel, »einen Zwillingsbruder, der mir genauso nah ist wie ich mir selbst. Er weiß, was ich fühle, ohne dass ich es sagen muss. Wenn er stirbt, sterbe ich auch. Aber er lebt. Jeden Tag komme ich ihm ein Stück näher. Bald werden wir wieder zusammen sein, wie seit dem Tag unserer Geburt.«

Tränen traten Sisi in die Augen, als sie das hörte. »Ich möchte auch einen Zwillingsbruder haben«, sagte sie.

»Nein, lieber nicht. Es ist nicht gut, einem anderen Menschen so nah zu sein.«

»Warum nicht?«

»Weil man dann niemanden sonst mehr braucht.«

»Was ist so schlecht daran?«

»Ach, Sisi«, seufzte Kestrel. »Wie willst du nur zurechtkommen, wenn du verheiratet bist?«

Sisi zuckte die Achseln. Über dieses Thema dachte sie lieber nicht nach. »Sie werden mir schon sagen, was ich zu tun habe, und dann tue ich es. So ist das, wenn man eine Prinzessin ist.«

Kestrel schaute wieder aus dem Fenster und fragte so beiläufig wie möglich: »Würdest du nicht lieber jemanden aus deinem eigenen Volk heiraten?«

»Aus meinem eigenen Volk?« Die Frage überraschte Sisi. »Wen denn?«

»Keine Ahnung. Es muss doch irgendeinen jungen Mann geben, der dir aufgefallen ist.«

»Nein. Es gibt keinen. Wer käme denn schon in Frage?«

»Na ja...« Kestrel wollte nicht, dass Sisi ihre Beweggründe durchschaute, und suchte in Gedanken nach ein paar geeigneten Kandidaten. Das war gar nicht so leicht. »Ozoh der Augur?«, fragte sie schließlich.

»Ozoh? Der ist eine halbe Schlange!«

»Barzan?«

»Alt, dumm und verheiratet.«

»Zohon?«

»Er lächelt immer, wenn es nichts zu lächeln gibt. Außerdem liebt er nur sich selbst.«

Kestrel war beeindruckt. Ihr war nicht klar gewesen, dass Sisi so feinfühlig war.

»Und da ist noch ein anderes Problem, Liebling«, fuhr Sisi fort. »Alle Angehörigen meines Volkes sind mir unterlegen, weil ich eine Prinzessin bin. Aber mein Ehemann muss mir überlegen sein, deshalb muss er von woanders herkommen.«

»Er muss dir doch nicht überlegen sein.«

»Würdest du einen Mann heiraten, der dir unterlegen ist? Sei nicht albern, Liebling. Das würde absolut nicht funktionieren.«

»Er könnte in mancher Hinsicht überlegen sein und du in anderer.«

Sisi dachte darüber nach. »Ja, das würde gehen. Ich glaube, das würde mir gefallen. Aber dann gibt es trotzdem niemanden, oder? Also kann ich auch den Mann heiraten, den meine Eltern für mich ausgesucht haben.«

»Hm«, sagte Kestrel, die das Gefühl hatte, dass sie nicht mehr tun konnte, »ich bin bloß froh, dass ich keine Prinzessin bin.«

Nach einem kurzen Schweigen sagte Sisi leise: »Es ist überhaupt nicht so, wie die Leute glauben. Niemand erzählt dir irgendwas. Du gehst nirgendwohin. Du triffst niemanden. Du sollst besser als alle anderen sein, aber in Wirklichkeit bist du nur so was wie eine Puppe in einem Puppenhaus.«

Kestrel war gerührt. »Du könntest doch jederzeit aufhören eine Prinzessin zu sein.«

»Aber wozu wäre ich sonst gut? Ich habe nie gelernt

irgendwas für mich selbst zu tun. Ich kann nichts anderes als schön sein.«

»Oh, Sisi.«

»Erzähl niemandem, dass ich so rede. Sie würden es nicht verstehen. Die Puppenprinzessin soll strahlend und glücklich sein und …«

Sie schenkte Kestrel ein seltsames Lächeln und wandte das Gesicht ab.

Während ihrer Unterhaltung war die lange Wagenkolonne holpernd zum Stillstand gekommen. Es war Zeit für die Tanzstunde der Johdila. Bald hörten sie das Klopfen des Tanzlehrers an der Tür und Sisi stöhnte und ließ ihren Schleier hinunter.

Kestrel begleitete sie zu dem Zelt ohne Dach. Der kleine Tanzlehrer war in heller Aufregung.

»Zehn Tage, Strahlende! Es heißt, wir werden in zehn Tagen ankommen!«

»Ja, Engelchen, ich weiß. Diese schreckliche Reise geht immer weiter. Aber irgendwann wird sie doch zu Ende sein. Endlich.«

»Ihr versteht mich falsch, Gnädigste. Nur noch zehn Tage und Ihr beherrscht den Tanz nicht. Es wird eine Katastrophe werden. Man wird mich dafür verantwortlich machen. Man wird mich bestrafen.«

»Ja, das wird man wohl. Du bist schließlich mein Tanzlehrer.«

»Aber, Strahlende«, flehte Lazarim unglücklich, »Ihr versucht es ja gar nicht. Wie soll ich Euch denn die Schritte beibringen, wenn Ihr es gar nicht erst versucht?«

»Es ist ein sehr schwieriger Tanz. Stimmt doch, oder, Kess?«

»Ja«, erwiderte Kestrel. »Er ist schwierig, aber schön.«

Lazarim warf Kestrel einen dankbaren Blick zu. »Seht Ihr, Strahlende! Schwierig, aber schön! Wenn sich die Gnädigste mehr bemühte und die Schritte übte, würden die Schwierigkeiten wegfallen und die Schönheit würde bleiben.«

»Na gut«, sagte Sisi wenig überzeugt, »ich werde es ein bisschen versuchen. Aber du darfst mich nicht drängen.«

Sie stellte sich in der Anfangsposition auf, mit dem linken Fuß vorne und der rechten Hand oben, und Lazarim nahm seinen Platz neben ihr ein. Der Flötenspieler und der Trommler begannen zu spielen und Lazarim machte einen leichtfüßigen Schritt nach links. Sisi machte einen Schritt nach rechts und stieß mit ihm zusammen.

»Nein, Gnädigste, nein! Den linken Fuß nach hinten und dann zur Seite – so.«

»O ja. Jetzt fällt es mir wieder ein.«

Sie begannen von neuem. Diesmal schafften sie die Seitenschritte, die Begrüßung und die Drehungen, aber Sisi gelang der Halt nicht. Statt abzustoppen drehte sie sich immer weiter, bis sie von selbst zum Stillstand kam.

»Nein, Strahlende. In einem Moment dreht Ihr Euch noch, im nächsten steht Ihr still. Achtet auf den Rhythmus. So!«

Er machte es vor, drehte sich auf einer Zehe und hielt mitten in der Bewegung abrupt inne – scheinbar mühelos, als hätte sein Körper kein Gewicht.

»Seht Ihr, wie ich mich in der Taille biege, Gnädigste? Wenn Ihr Euch dreht, schafft ihr durch die Krümmung des Körpers ein Gegengewicht zur Drehung. Also müsst Ihr nur noch im richtigen Moment den Rücken gerade machen und ...«

Er zeigte es ihr noch einmal. Kestrel sah fasziniert zu. Am liebsten hätte sie es selbst ausprobiert.

»Es ist leicht für dich, Engelchen«, sagte Sisi missmutig. »Du bist eben biegsam. Ich glaube nicht, dass sich mein Körper so biegen kann.«

Kestrel konnte nicht mehr widerstehen.

»Vielleicht kann ich es dir zeigen«, bot sie an.

»Wirklich, Liebling?« Sisi klang überrascht, aber überhaupt nicht beleidigt.

Lazarim war nur zu froh sich fürs Erste nicht mehr mit seiner widerwilligen Schülerin abgeben zu müssen.

»Vielleicht hilft es, wenn Ihr Euch die Schritte ein paar Mal anschaut, Gnädigste.«

»Oh, schön. Zuschauen kann ich sehr viel besser. Kess, du bist wirklich ein Schatz.«

Also ergriff Lazarim Kestrels Hand und Kestrel nahm die Anfangsposition des Tantaraza ein. Sie hatte dem Tanzlehrer nun mehrere Tage hintereinander genau zugesehen und kannte jede der Bewegungen auswendig, auch wenn sie bisher noch keinen einzigen Schritt selbst ausprobiert hatte. Kestrel hielt Lazarims Hand locker in der ihren und ihr ganzer Körper kribbelte. Sie hatte es der Johdila verschwiegen, aber beim Zuschauen war der Geist des Tantaraza auf sie übergegangen, und wenn das einmal geschehen ist, will man mehr als alles andere tanzen.

»Also«, erklärte Lazarim, »wir beginnen mit drei Schritten nach links und drei nach rechts.«

»Ich glaube, ich weiß Bescheid«, antwortete Kestrel. »Aber gegen Ende komme ich vielleicht nicht mehr mit.«

Sie hob ihren Körper auf die Zehenspitzen und Lazarim merkte es an der Berührung ihrer Hand: Sie war eine Tänzerin. Ein plötzliches Glücksgefühl durchdrang ihn. Er vergaß, dass die Johdila seine Schülerin und dieses Mädchen nur eine Dienerin war. Er wollte tanzen.

Er zügelte seine Aufregung, atmete langsamer, stellte sich ebenfalls auf die Zehenspitzen und schnalzte den Musikern mit der Zunge zu. Das Trommelschlagen begann und dann die liebliche Flötenmelodie. Er bewegte sich und sie bewegte sich mit ihm. Und zurück, und sie war da, geschmeidig und sicher. Die Begrüßung, nicht perfekt, aber entzückend. Und sie drehte sich, immer im Kreis, und da! Ihre Arme hielten abrupt inne und ihre Hüften zuckten wie eine knallende Peitsche! Sie hielt seinem Blick stand, still wie eine Statue, die leuchtenden Augen elektrisiert von dem Tanz, und *klick-klick-klack! klick-klick-klack!* kam sie zurück, eine messerscharfe Schrittfolge bei der Wiedervereinigung, und schon war sie wieder weg. Von diesem Augenblick an vergaß Lazarim seine Pflichten als Lehrer, er vergaß die Johdila und das ganze Königreich von Gang. Er gab sich einfach dem Tanz hin.

Kestrel flog in seinen Armen. Am Anfang war sie in Gedanken bei den Schritten, die sie so oft gesehen hatte, aber nun schien es ihr, als gäbe es gar keine Schritte mehr, nur Bewegungen, die ihrem geschmeidigen jungen Körper ebenso leicht fielen wie das Atmen. Sie reagierte blind auf die Führung des Tanzlehrers ohne zu wissen, dass sie von der strengen Form des Tantaraza auf die seltene und hoch geschätzte Ebene des freien Flugs gewechselt waren. Die Musiker spielten wie verzaubert, trotz ihrer verbundenen Augen folgten sie jeder Bewegung der

Tänzer und ihr immer lebhafter werdender Rhythmus trieb den Tanz zugleich zu formaler Perfektion und völliger Freiheit an. Sisi sah erstaunt zu und war von liebevoller Bewunderung für ihre außergewöhnliche Freundin erfüllt.

Kestrel selbst fühlte sich wie ein Vogel, der sein ganzes Leben im Käfig verbracht hat und nun zum ersten Mal die Flügel ausbreitet und fern von allen Einschränkungen im Wind dahingleitet. Sie hatte unbegrenztes Vertrauen zu ihrem Partner und überließ sich deshalb ohne Angst dem Tanz. Ihr Herz pochte und ihre Wangen waren gerötet und doch fühlte sie sich innerlich ruhig und sicher. Auf der Welt gab es nichts anderes mehr als den Tanz. Mochte er für immer weitergehen!

Lazarim wusste besser als Kestrel, dass der Tantaraza unter anderem deshalb so vollkommen war, weil er auf einen Höhepunkt, ein Finale zustrebte. Er änderte den Schritt, die Musiker hörten es und der Trommler begann den letzten Rhythmus zu schlagen, den man Aufstieg nannte. Diesen Teil des Tanzes hatte Lazarim noch nie mit der Johdila geübt, daher hatte sich Kestrel die Schrittfolge vorher nicht anschauen können. Sie bemerkte den Tempowechsel sofort und bemühte sich, so gut sie konnte, dem Tanzmeister zu folgen, doch natürlich gerieten sie irgendwann doch aus dem Takt. Er nahm ihre beiden Hände, brachte Kestrel durch eine anmutige Drehung zum Stehen und verneigte sich vor ihr.

Sie keuchte und lachte, war dabei lebendig und schön auf eine Weise, die Sisi vorher nicht aufgefallen war.

»Es tut mir Leid«, sagte Kestrel. »Den Teil kenne ich nicht.«

Lazarim nahm ihre Hand und küsste sie lautlos. Seine Augen dankten ihr mit grenzenloser Leidenschaft. Sisi klatschte sanft in ihre schlanken Hände.

»Wie schön du bist, Liebling!«

Sie freute sich aufrichtig. Es war, als wäre Kestrel plötzlich ihre Kampfgefährtin geworden. Sie konnten zusammen schön sein.

Lazarim wandte sich an Sisi. »Das, Gnädigste, ist der Tantaraza.«

»Ja, Engelchen, ich hab's gesehen. War Kess nicht wundervoll?«

»Glaubt Ihr, dass Ihr es lernen könntet, Gnädigste?«

»O nein! Glaubst du, dass ich es könnte?«

Lazarim seufzte. Nein, er glaubte nicht, dass sie es könnte, nicht in tausend Jahren. Und doch musste sie es irgendwie.

»Wenn Euer Dienstmädchen hier die Schritte lernen kann, Strahlende ...«

»Sei nicht albern, Engelchen! Kestrel ist etwas Besonderes. Das musst du doch einsehen.«

»Was sollen wir dann tun?«

Sisi verstand das Dilemma, aber sie konnte an nichts anderes denken, als dass sie das Ganze ziemlich ungerecht fand. Sie war diejenige, die heiraten musste, und um heiraten zu können, musste sie tanzen. Und das Tanzen, das begriff sie jetzt, fiel ihr nicht einfach so zu. Kestrel dagegen war eine geborene Tänzerin, aber sie war nicht diejenige, die heiraten musste.

»Wenn Kess nur für mich tanzen könnte«, sagte sie, »würde ich den Rest bestimmt schaffen.«

»Kein Zweifel«, antwortete Lazarim. »Nur dass Euer

zukünftiger Ehemann mit einer Braut rechnet und nicht mit zweien.«

»Du hast selbst gesagt, einmal tanzen reicht aus.«

»Das stimmt auch, Strahlende.«

»Na, wie soll er es dann merken?«

»Was merken?«

»Ich muss den Schleier tragen, Engelchen. Das weißt du doch. Warum kann Kestrel nicht meine Kleider und den Schleier tragen und an meiner Stelle tanzen? Niemand wird merken, dass ich es nicht bin.«

Kestrel hörte schweigend zu. Ihre Gedanken überschlugen sich, während sie abwog, welcher Vorteil ihr dadurch entstehen könnte.

Lazarim schüttelte den Kopf. »Euer Vater würde das niemals erlauben.«

»Ich wüsste nicht, wieso wir es ihm erzählen sollten.«

Der Tanzlehrer schaute sie ungläubig an. Sie hatte Recht: Wer sonst würde es merken? Der Plan konnte wirklich funktionieren. Natürlich war er wahnsinnig gefährlich. Aber er konnte funktionieren.

Sisi selbst war sofort begeistert von ihrer Idee. Aufgeregt wandte sie sich an Kestrel. »Würdest du das für mich tun, Kess, Liebling? Sag doch Ja! Du weißt doch, dass ich diesen blöden Tanz nicht kann, egal, wie viel ich übe. Und wenn ich nicht tanze, kann ich nicht heiraten, und wenn ich nicht heirate, wird alles furchtbar schief gehen und es wird Krieg geben und mein Vater wird schrecklich böse sein!«

Kestrel schaute zuerst Sisi, dann den Tanzlehrer an. Würde es ihrem Plan nützen, wenn sie das Hochzeitskleid der Johdila anzog und an ihrer Stelle tanzte? Nicht in irgendeiner nahe liegenden Weise, die sie jetzt schon erkennen konnte. Andererseits würde sie an einem gefährlichen Geheimnis teilhaben, wenn sie einwilligte, und Geheimnisse verschafften einem immer eine gewisse Macht.

»Bitte, Liebling. Du würdest so hübsch aussehen in meinem Hochzeitskleid.«

Sisi blickte sie gespannt an. Kestrel merkte, dass sie ihr noch keine Antwort gegeben hatte.

»Was ist mit denen?« Sie warf einen Blick auf die beiden Musiker.

»Was soll mit ihnen sein?«

»Sie könnten uns verraten.«

Die Johdila wandte sich an die Musiker. »Wenn ihr irgendetwas von dem verratet, was ihr hier gehört habt, werde ich eure Zungen herausreißen, Kaninchenköpfe in eure Münder stopfen und eure Lippen zunähen lassen.«

Zu entsetzt, um sprechen zu können, ließen die Musiker nur die Köpfe hängen.

»Und eure Augen werden euch mit einem glühend heißen Spieß ausgestochen«, fügte die Johdila der Tradition wegen hinzu.

»Sie werden nichts verraten, Strahlende«, sagte Lazarim.

»Siehst du. Niemand wird je davon erfahren außer uns dreien.«

Sisi fand, dass das ganze vertrackte Problem, das seit dem Beginn ihrer Reise auf ihnen gelastet hatte, nun gelöst war. Sie war stolz auf sich.

»Sagt eine Freundin ihrer Freundin, wenn sie etwas Kluges getan hat?«

»Ja«, erwiderte Kestrel.

»Das hab ich doch, oder? Das ist doch eine kluge Idee, nicht wahr?«

»Ja. Eine äußerst kluge Idee.«

Kestrel schaute Lazarim an und in beiden Augenpaaren war die unausgesprochene Frage zu lesen: Schaffen wir es, dass es funktioniert? Für Lazarim war dieser Plan ein Geschenk des Himmels, die Abwendung einer sicheren Katastrophe. Für Kestrel war er nur eine weitere Chance, die ihr das Schicksal zu bieten hatte. Und natürlich bedeutete das, dass sie würde tanzen müssen.

»Wenn ich tanzen soll«, sagte sie, »sollte ich es besser richtig lernen.«

9
Im Schatten des Affenkäfigs

Das Rattern von Verpflegungswagen weckte die Manth an ihrem ersten ganzen Tag im Reich des Meisters. Ihr Frühstück bestand aus dunklem, herbem Tee und Schmalzkuchen. Der Tee war wunderbar anregend und der Schmalzkuchen üppig, saftig und sättigend. Ihre Kräfte kehrten zurück. Bowman und Mumpo wanderten am Rand des Übergangsquartiers entlang und hielten nach Schwachpunkten in der Umzäunung Ausschau. Es gab viele. Sie fanden lose Bretter, die man zur Seite schieben konnte, und Stellen, wo man leicht an dem Palisadenzaun hochklettern konnte. Auf der anderen Seite hielten Soldaten Wache, aber es waren weder viele, noch passten sie besonders gut auf. Die großen, von außen verriegelten Tore sahen aus, als könnte man sie aufdrücken, wenn man es unbedingt wollte.

»Wir können hier rauskommen«, stellte Mumpo fest.

»Sie würden uns folgen«, entgegnete Bowman. »Sie haben berittene Soldaten.«

Eine dritte Stimme meldete sich hinter ihnen. »Wir könnten uns verstecken.«

Sie drehten sich um und sahen Rufy Blesh vor sich, der ihnen gefolgt war und zugehört hatte. Seine Augen hatten einen wirren Blick.

»Ihr denkt doch auch, was ich denke, oder?«, fragte er. »Es sind nicht allzu viele. Wir könnten auf die Bäume zulaufen.«

»Wir alle? Auch die Kinder und die alten Leute?«

Rufy wandte den Blick ab. »Nicht alle. Aber ein paar sind besser als gar keiner.«

»Nein«, versetzte Bowman. »Wir müssen zusammen gehen.«

Er war überrascht über seinen gebieterischen Tonfall, aber er wusste auch, dass er Recht hatte. Die Manth mussten zusammenbleiben.

»Dann kommen wir nie hier weg.« Rufys Stimme klang scharf. »Begreift ihr denn nicht, was passiert ist? Sie haben unser Volk ausgepeitscht wie Hunde. Jetzt haben alle Angst. Unsere Leute werden alles tun, was man von ihnen verlangt. Sie werden von sich aus Sklaven sein wollen. Passt nur auf.«

»Ich nicht«, sagte Mumpo. »Ich werde kämpfen.«

»Dann komm mit mir, Mumpo!«, rief Rufy. »Du bist wie ich, du hast auch keine Familie mehr. Wir können uns nachts davonschleichen und uns im Wald verstecken.«

»Und dann?«, wollte Bowman wissen.

»Dann? Dann sind wir frei!«

»Das reicht nicht.«

Pinto kam zu ihnen herübergelaufen. »Ihr sollt kommen«, sagte sie. »Sie halten eine Versammlung ab.«

Hanno und Ira Hath gingen wie alle anderen zu der Versammlung. Sie war von Dr. Greeth einberufen worden, einem der wenigen hohen Beamten des alten Aramanth, der die Umwälzungen mit Würde überstanden hatte.

»Jessel Greeth ist zwar ein äußerst praktisch denkender

Mensch«, sagte Hanno zu seiner Frau, »aber ich glaube nicht, dass er begreift, was hier mit uns geschieht oder warum.«

»Lieber als Sklave leben«, entgegnete Ira Hath abwesend, »als in Freiheit sterben.«

Hanno blickte sie erstaunt an. »Was hast du gesagt?«

»Ich bin mir nicht sicher«, stammelte Ira und errötete leicht. »Hab ich was gesagt?«

»Ja.« Hanno schaute sie einen Moment lang nachdenklich an. »Macht nichts.«

Dr. Greeth stand auf einem Verpflegungswagen und richtete das Wort an die Versammelten.

»Liebe Freunde«, begann er, »es ist an der Zeit, der Wahrheit über unsere Situation ins Auge zu blicken. Unsere geliebte Heimat ist zerstört. Es gibt kein Zurück mehr. Wir sind Gefangene, Sklaven, Verbannte in einem fremden Land. Was sollen wir tun? Sollen wir kämpfen, obwohl wir keine Waffen haben? Sollen wir zu fliehen versuchen, obwohl wir keinen Ort haben, an den wir gehen könnten?«

»Feiglinge!«, schrie Rufy Blesh von hinten. »Wollt ihr als Sklaven leben und sterben?«

Dr. Greeth runzelte die Stirn. Hanno Hath spürte plötzlich, dass er seine Antwort bereits kannte.

»Lieber als Sklave leben«, sagte er, »als in Freiheit sterben.«

Hanno schaute seine Frau an. Ira Hath machte ein verständnisloses Gesicht und schüttelte den Kopf.

»Feigling, Feigling, Feigling!«, brüllte Rufy Blesh.

»Vielleicht bin ich ein Feigling«, sagte Dr. Greeth ruhig. »Vielleicht bist du mutiger als ich. Aber schau dich mal um. Sieh dir dein Volk an. Verlangst du von ihnen allen den Tod zu wählen? Wofür?«

»Für die Ehre der Manth!«

»Du verlangst von ihnen, dass sie die Ehre über das Leben stellen?«

»Über ein Leben in Sklaverei, ja!«

An einigen Stellen war zustimmendes Gemurmel zu hören.

»Lasst uns nichts Voreiliges tun«, sagte Jessel Greeth. »Der Winter steht vor der Tür. Wir wissen noch nicht, wie unser Leben hier aussehen wird. Wenn es sich als unerträglich erweist, werden wir unserem heißblütigen jungen Freund hier vielleicht später zustimmen. Dann wird der Zeitpunkt gekommen sein, zu kämpfen und zu sterben. Bis dahin schlage ich vor, dass wir erst einmal abwarten. Wir haben alles zu gewinnen und nichts zu verlieren, wenn wir bis zum Frühling warten.«

Alle schwiegen. Dann rief Miko Mimilith, der Schneider: »Was hat Hanno Hath dazu zu sagen?«

Hanno Hath war immer nur Bibliothekar gewesen, doch er wurde allseits geschätzt. Und seine Frau, so behaupteten manche, besaß die wahre Gabe.

»Ich muss euch sagen«, begann Hanno mit seiner leisen Stimme, »dass ich glaube, wir haben weniger Zeit, als wir denken. Irgendwo anders wartet unsere Heimat auf uns, aber nicht hier. Ich glaube, wir müssen sie finden, bevor es zu spät ist.«

Seine Worte riefen Aufruhr hervor.

»Zu spät wofür? Was wird denn passieren? Wo ist diese Heimat? Woher wissen Sie das?«

Jessel Greeth fasste Hannos Einwand so zusammen,

dass man ihm unmöglich zustimmen konnte. »Sie schlagen also vor, dass wir von hier fortgehen, obwohl wir dabei sterben könnten. Sie wollen, dass wir eine Heimat suchen, obwohl Sie nicht wissen, wo diese Heimat liegt – und das alles, um irgendeinem Schicksal zu entrinnen, obwohl Sie nicht wissen, welchem?«

»Ja«, antwortete Hanno.

»Ich nehme an, all dies hat Ihnen Ihre Frau offenbart, unsere verehrte Prophetin?« Jessel Greeth wollte sich nicht über Ira Hath lustig machen, doch in seinem Gesicht stand ein ironisches Lächeln.

»Ja«, antwortete Hanno.

»Was sagt sie denn genau?«

Hanno zögerte und schaute seinem Sohn in die Augen. Bowman blickte ihn unverwandt an. »Sag es ihnen, Pa«, bat er.

»Sie sagt: Wind kommt auf.«

Jetzt lachte Jessel Greeth tatsächlich. »Wind kommt auf?«

Ira Hath hielt es nicht mehr aus. Erbost sprang sie auf. »Ich bin nicht eure verehrte Prophetin! Ich bin überhaupt keine Prophetin! Ihr könnt alle tun, was ihr wollt. Niemand muss auf das hören, was ich sage.«

In diesem Augenblick öffneten sich die Tore des Übergangsquartiers schwungvoll und ein Trupp Soldaten kam herein, der Beamte mit Eintragungsbüchern unter den Armen begleitete. Die Versammlung löste sich auf. Ira Hath wollte wild um sich schlagen und fiel über ihren Mann her. Sie stieß ihn mehrmals grob gegen Brust und Schultern und trieb ihn nach hinten.

»Wie konntest du nur? Tu das nie wieder!«

Hanno Hath wehrte sich nicht. Er wartete, bis sie ihn

nicht mehr schlug, und sagte dann: »Du weißt, dass es wahr ist.«

»Das stimmt nicht!«

»Du kanntest jedes einzelne Wort, das er sagen würde. Du hast seine Worte gehört, bevor er sie ausgesprochen hat.«

»Ich hab geraten.«

»Nein, hast du nicht.«

»Wozu soll das gut sein, Hanno? Sie wollen es sowieso nicht hören. Warum soll man es ihnen also sagen?«

»Weil es wahr ist.«

Sie sagte nichts mehr darauf, aber in ihren Augen lag Angst.

»Es ist wirklich wahr, oder? Irgendwas Furchtbares wird geschehen«, fragte Hanno.

Bedächtig nickte sie mit dem Kopf.

Die Beamten gingen von einem Gefangenen zum anderen und teilten allen gemäß ihren Fähigkeiten eine bestimmte Arbeit zu. Einer von ihnen blieb nun mit seinem Buch in der Hand vor Hanno stehen.

»Sklavennummer«, sagte er.

»Was?«

»Auf dem Handgelenk.«

Hanno zog seinen Ärmel hoch und der Beamte notierte die dort eingebrannte Nummer.

»Fähigkeiten«, sagte er.

»Fähigkeiten?«

»Womit kennen Sie sich aus?«

»Ich bin Bibliothekar.«

»Bibliothekar? Das ist was mit Büchern, oder? Sie können im Lager arbeiten. Die haben dort Bücher. Sie!«

»Ich?«, fragte Ira Hath.

»Nummer. Fähigkeiten.«

Ira schaute ihrem Mann in die Augen, als sie antwortete: »Prophetin.«

»Was ist das denn?«, fragte der Beamte überrascht.

»Das ist jemand, der Dinge sagt, die niemand hören will.«

»Wozu soll das gut sein?«

»Zu nichts.«

»Können Sie noch irgendwas anderes?«

»Ich kann starren«, antwortete Ira und ihre Nase begann zu zucken. »Ich kann eine Hand langsam hin und her bewegen…«

»Sie kann nähen«, unterbrach Hanno sie schnell, weil er merkte, dass die Situation außer Kontrolle zu geraten drohte. »Sie kann gut mit Nadel und Faden umgehen.«

»Näharbeiten«, sagte der Beamte und trug es in sein Buch ein. »Einfache Ausbesserungsarbeiten. Wäscherei.«

Er ging weiter.

»Das werde ich nicht tun«, sagte Ira.

»Nur fürs Erste«, bat Hanno. »Bitte.«

Scooch, der die besten Kuchen von ganz Aramanth gebacken hatte, wurde einer der großen Bäckereien zugeteilt. Miko Mimilith sollte in einer Damenschneiderei Stoffe zuschneiden. Creoth, der frühere Kaiser, war nicht so einfach unterzubringen. Er sagte den Beamten, dass er keinerlei Fähigkeiten besitze.

»Was, überhaupt keine?«

»Überhaupt keine.«

»Finden Sie nicht, dass die Zeit ziemlich langsam vergeht?«

»Ja«, antwortete Creoth. »Das stimmt.«

»Na, Sie sehen ja ganz gesund aus. Da arbeiten Sie am besten in der Landwirtschaft.«

Mumpo sagte dem Beamten, er wolle Manac werden. Pinto hörte es mit Entsetzen.

»Nein, Mumpo! Das kannst du nicht! Du wirst dabei sterben!«

Doch Mumpo zeigte sich dickköpfig. »Ich kann es. Ich weiß, dass ich es kann.«

»Wir hatten noch nie einen neuen Sklaven, der Manac werden wollte«, sagte der Beamte. »Du weißt, dass sie nur die allerbesten Kämpfer nehmen?«

»Sie werden mich nehmen.«

Die Beamten berieten sich untereinander.

»Ich denke, es kann nicht schaden, ihn beurteilen zu lassen.«

Bowman bat darum, Nachtwächter werden zu dürfen. Der Grund dafür war ganz einfach. Nachts, wenn alle schliefen, konnte er nach Kestrel horchen.

»Nachtwächter«, notierte der Beamte in seinem Buch.

Als die Listen komplett waren, wurden die Sklaven zu ihren neuen Arbeitsstellen hinausgeführt. Beim Verlassen des Übergangsquartiers gingen bewaffnete Soldaten zwischen ihnen umher und pickten aus den Gruppen der Familien und Freunde einzelne Personen heraus. Pinto wurde aus der Familie Hath ausgewählt und an die Seite geführt.

»Wo bringen Sie sie hin?«, fragte Ira Hath.

Die Soldaten gaben keine Antwort, doch die Gefangenen fanden schnell genug heraus, worum es ging. Zu beiden Seiten der gepflasterten Straße stand eine lange

Reihe von Affenkäfigen mit offenen Türen, einige bereits zur Hälfte gefüllt. Bis zu zwanzig Menschen wurden jeweils in einen Wagen getrieben. Der Raum unter den Bodengittern war mit gebündeltem Brennholz ausgelegt. Pinto zitterte heftig, als man sie in den Wagen brachte. Bevor Hanno weggeführt wurde, rief er ihr zu: »Dir wird nichts geschehen, mein Liebling. Wir sehen uns heute Abend.«

Sie bekamen weder Erklärungen noch Warnungen. Sie alle hatten mit eigenen Augen gesehen, wozu die Affenkäfige dienten. Bowman und Mumpo wurden sehr nachdenklich. Jetzt erkannten sie, dass die Wände um sie herum weder zu durchbrechen noch auf irgendeine andere Weise zu überwinden waren: Die wirklichen Mauern ihrer Gefangenschaft waren unsichtbar. Ein Fluchtversuch oder irgendeine andere Form von Ungehorsam, und ihre geliebten Freunde und Familienangehörigen würden bei lebendigem Leib verbrannt. Von nun an würden sie im Schatten des Affenkäfigs leben.

Hanno spürte, wie in seiner Frau die Wut brodelte.

»Bitte, meine Liebe«, flehte er sie an, »halte dich zurück. Denk an Pinto.«

Und so trennten sie sich und begaben sich an ihren jeweiligen Arbeitsplatz.

Mumpo stand vor dem Obersten Ausbilder der Manaxa-Schule und wartete darauf, dass der ihn ansprach. Lars Janus Hackel saß an seinem Schreibtisch, schaute Mumpo eindringlich an und ließ den Blick über seinen Körper gleiten.

»Ha!«, brummte er unbeeindruckt.

Er stand auf und befühlte Mumpo mit seinen riesigen Pranken. Früher einmal, zu der Zeit seiner eigenen Karriere in der Arena, hatte er nur aus Muskeln bestanden. Jetzt bestand er nur noch aus Fett. Die Narben, die sich kreuz und quer über jede sichtbare Stelle seines Körpers zogen, hatten Falten bekommen und eine fliederblaue Farbe angenommen, so dass er jetzt aussah wie ein ungekochtes Würstchen, das man in ein Netz gezwängt hatte.

»Du bist nicht hart genug.« Nichts an diesem Jungen mit dem Mondgesicht und den schlaff herunterhängenden Armen wies darauf hin, dass er das Zeug zum Manac hatte. Hackel hatte kein Interesse an romantischen Träumern, die gleich bei ihrem ersten Kampf in Stücke gehackt wurden. Das Manaxa war eine Kunst und keine Hinrichtung. Er wandte sich ab und betrachtete diesen Fall als erledigt.

»Geh weg.«

»Ich kann es«, entgegnete Mumpo.

»Geh weg.«

»Mein Körper weiß, was er zu tun hat.«

»Geh weg.« Hackel wandte sich ihm wieder zu. »Was hast du gerade gesagt?«

»Mein Körper weiß, was er zu tun hat.«

Hackel schaute ihn ungläubig an. Vor langer Zeit hatte er selbst genau dieses Gefühl gehabt und es in genau diese Worte gefasst. Neun Jahre lang war er der ungeschlagene Champion gewesen. War es möglich, dass dieser tölpische Bursche die wahre Gnade hatte?

Schwerfällig und ächzend vor Anstrengung ließ er sich zurück in seinen Sessel sinken und dachte nach.

»Na gut«, sagte er schließlich. »Ich werde dich mir mal ansehen.«

Hackel war ein vernünftiger Mann. Es gab keinen Grund, den Jungen umbringen zu lassen, nur weil er einen törichten Traum hatte. Er rief einen seiner neueren Zöglinge zu sich, einen tüchtigen Kämpfer namens Benz.

»Zieh deine Trainingsausrüstung an. Ich möchte einen neuen Burschen testen.«

Mumpo wurde ausgezogen und mit Arm- und Beinschutzen ausgestattet. Anders als diejenigen in der Arena waren diese an Knien und Fäusten jedoch nicht mit Klingen, sondern mit stumpfen Metallknäufen versehen. Dann wurde er in einen Übungsring geführt, auf dem ein erhöhter Holzboden den Platz des Sandhügels in der Arena ersetzte. Sein Trainingspartner klopfte ihm freundschaftlich auf den Arm und sagte: »Keine Angst. Ich werd dich nicht verletzen.«

»Du wirst mich gar nicht berühren«, erwiderte Mumpo.

Mumpos Selbstvertrauen überraschte den Ausbilder. Der Junge war entweder sehr gut oder aber sehr dumm.

Für Mumpo selbst, der nun ein paar Lockerungsübungen für den Kampf machte, war alles ganz einfach. Er spürte, dass er gut in der Art des Manaxa würde kämpfen können, doch weit wichtiger war, dass er darauf brannte zu kämpfen. In seinem Innern tobte eine Wut, die ihn antrieb wie ein Motor. Hackel nahm diese Wut zwar undeutlich wahr, aber er begriff nicht, auf welches Ziel sie gerichtet war. Mumpo wollte ein Manac werden, um seine Macht zu töten später gegen seine Herrscher zu lenken.

Der Ausbilder machte es sich auf einer Bank neben dem

Ring bequem und gab Benz ein Zeichen, dass er anfangen solle. Benz begann zu tanzen, wie es zu Beginn des Manaxa Brauch war. Mumpo folgte ihm mit Augen und Gliedern und vollführte die gleichen Bewegungen. Hackel brummte zufrieden. Der Junge machte das einwandfrei. Als Nächstes krümmte sich Benz zu einem klassischen Knie-Faust-Knie-Schlag zusammen, doch Mumpo schien schon vorher zu wissen, was kommen würde. Er blockte jeden Hieb mit sauberen, schellen Bewegungen ab, war plötzlich hinter Benz und streifte seinen Rücken mit vorgereckter Faust. Hackel lachte in sich hinein. Ein simpler Dreher-und-Heber, aber tadellos ausgeführt.

Benz begriff, dass er sich mehr anstrengen musste. Er wandte sich zu Mumpo um und führte einen Angriff aus, den man den Pumpenhammer nannte, eine schnelle Folge hoher Schläge, die die Verteidigung des Gegners überwältigen soll. Mumpo wusste instinktiv, wie er reagieren musste: Er lehnte sich zurück und schnellte dann mit einem einzigen Faustschlag gegen den Kopf vorwärts. Der Schlag traf zwar nicht richtig, brachte Benz aber aus dem Gleichgewicht. Mumpo prügelte mit einer Reihe grober Knie- und Fausthiebe auf seinen Gegner ein, die diesen schließlich zu Boden gehen ließen.

»Stopp! Stopp! Stopp!« Hackel wunderte sich über Mumpos Grausamkeit. »Kein Grund, ihn gleich umzubringen!«

Mumpo wich zurück, noch immer von einem Fuß auf den anderen springend. Die Angriffslust hatte ihn derart gepackt, dass er weiter mit den Fäusten vor sich in die Luft schlug. Sein Gegner rappelte sich taumelnd wieder auf – schwindelig und mit schmerzendem Körper, weil er so viele Schläge hatte einstecken müssen. Hackel ging zu ihm und untersuchte sein Gesicht und seine Brust.

»Geh und leg dich hin.«

Benz humpelte davon. Der Ausbilder wandte sich an Mumpo.

»Hmmm«, sagte er gedehnt. »Was sollte das denn?«

»Ich will kämpfen.«

»Das sehe ich.«

Hackel sagte dem Jungen nicht, wie beeindruckt er war. Es war nicht gut, wenn die Kämpfer eine zu hohe Meinung von sich selbst bekamen.

»Werden Sie mich unterrichten?«, fragte Mumpo.

Hackel neigte den Kopf zur Seite und tat so, als wäre das eine schwere Entscheidung. »Du schlägst wie ein Baby«, sagte er. »Und du hast nicht die leiseste Ahnung, wie man einen Angriff aufbaut. Aber ich werde trotzdem einen Manac aus dir machen.«

Pintos Tag im Affenkäfig verging nur langsam. Der erste Schrecken ließ bald nach, als sie merkte, dass sich die anderen in den Wagenreihen eher über die Langeweile als über die Gefahr beklagten. Zwei Wagen weiter sang eine Gruppe eine Zeit lang Lieder, bis sich ihre Nachbarn beschwerten. Meistens unterhielten sich die Gefangenen miteinander oder dösten vor sich hin. Neuigkeiten wurden in kleinen Häppchen von Wagen zu Wagen weitergegeben und eifrig diskutiert, während die Wächter gähnten und darüber spekulierten, was es wohl zum Mittagessen geben würde. Pinto verhielt sich ganz still, weil sie Angst hatte, dass sie alle verbrannt würden, falls sie Aufmerksamkeit auf sich zog. Um sich abzulenken, dachte sie an

Mumpo und daran, dass er dreiundzwanzig sein würde, wenn sie fünfzehn und alt genug zum Heiraten sein würde. Und dass er dann sicher viel erwachsener, aber eigentlich genauso wie jetzt sein würde.

Hanno Hath schaute kurz vor dem Mittagessen bei ihr vorbei, um zu sehen, wie sie zurechtkam. Sie hielt ihn durch die Gitterstäbe an den Händen und lächelte ihn an, damit er sich keine Sorgen um sie machte.

»Es ist nicht schlimm«, sagte sie, »nur langweilig.«

»Du hast es bald überstanden, mein Liebling«, erwiderte er. »Dir wird nichts passieren.«

»Ich frage mich, was sie machen, wenn es regnet.«

»Dann wirst du nass, nehme ich an.«

»Nein, ich meine, dann können sie ihre Feuer nicht anzünden.«

Ihr Vater schaute sie stolz an. »Du bist das tapferste Mädchen auf der Welt«, sagte er.

Hanno Hath war dem Verwalter eines riesigen Lagerhauses zugeteilt worden, das mit allen erdenklichen Gegenständen voll gestopft war. Das Lager war eine Mischung aus Trödelladen und Schatzkammer. Die Beute aus unzähligen Raubzügen lag hier aufgehäuft, auch die des letzten Überfalls auf Aramanth. Die Wagen mit dem Raubgut waren noch nicht ausgeladen worden und Hanno fand Bücher aus seiner eigenen Bibliothek, die als Verpackungsmaterial lose zwischen die Möbelhaufen gekippt worden waren.

Der Lagerverwalter betrachtete widerwillig die Wagen aus Aramanth.

»Warum bringen sie bloß diesen ganzen Müll mit? Gegen Sklaven hab ich ja nichts, die können sich wenigstens von allein bewegen. Aber wer soll all das hier fortschaffen? Meine Wenigkeit, so sieht's aus.«

»Was soll ich tun?«, fragte Hanno.

»Mal sehen.« Er studierte Hannos Aktenvermerk. »Sie sind also Bibliothekar. Dann kümmern Sie sich wohl am besten um die Bücher.«

»Und was soll ich mit ihnen machen?«

»Herumtragen. Stapeln. Das ist unsere Aufgabe hier. Stühle zu Stühlen. Bilder zu Bildern. Bücher zu Büchern. Sie werden das schnell kapieren.«

»Was passiert mit den Stapeln?«

»Was mit ihnen passiert? Das Gleiche wie mit allem anderen auf der Welt. Sie verfallen und sterben.« Er wies mit einer ausladenden Handbewegung auf den riesigen voll gestopften Raum, in dem sie standen. »Stellen Sie sich dieses Lager als die Welt vor. Was tun wir alle hier? Wir bewegen uns ein bisschen herum und dann sterben wir.«

Hanno stellte bald fest, dass er sich selbst überlassen war. Eine Zeit lang schichtete er Bücher aufeinander, wie man es ihm aufgetragen hatte. Als er jedoch merkte, dass der Verwalter nicht zurückkehrte, um seine Fortschritte zu überprüfen, machte er sich daran, die wertvolleren Bücher aus seiner eigenen Bibliothek herauszusuchen.

Die Bücher waren hastig aus den Regalen gezogen und in wildem Durcheinander auf die Plünderungswagen geworfen worden. Viele hatten sich dabei geöffnet und waren zerdrückt worden. Hanno ertrug es nicht, ein Buch mit gebrochenem Rücken und zerknitterten Seiten zu sehen. Er nahm jedes einzelne in die Hand und brachte es vorsichtig so gut in Ordnung, wie es möglich war, strich die dicken, cremefarbenen Seiten glatt, bis keine Ecke mehr umgeknickt war. Dabei warf er hier und da einen flüchtigen Blick auf den Text und begann unweigerlich zu lesen.

Er war so sehr in eine der frühen Chroniken der Manth vertieft, dass er die herannahenden Schritte nicht hörte.

»Was fällt Ihnen eigentlich ein?«

Die Frage wurde ihm mit einer gewaltigen, Furcht einflößenden Stimme entgegengebrüllt. Diese mächtige Stimme gehörte jedoch einem sehr kleinen Mann, der einen Hut mit einem breiten Rand trug.

Hanno sprang erschrocken auf. »Ich mache nur eine kurze Pause...«

»Her damit!«

Der kleine Mann streckte fordernd die Hand aus. Hanno reichte ihm das Buch und verfluchte sich selbst, weil er große Angst hatte, dass man Pinto wegen seiner Unvorsichtigkeit etwas antun könnte. Schon kam der Lagerverwalter angelaufen.

»Professor Fortz! Ich hatte ja keine Ahnung!«

»Natürlich hatten Sie keine Ahnung. Sie sind ein hirnloser Narr. Wann hatten Sie das letzte Mal eine Ahnung von etwas?« Zu Hanno sagte er vorwurfsvoll: »Dieses Buch ist in alter Manth-Schrift abgefasst. Niemand kann sie lesen.«

»Ich schon«, antwortete Hanno.

»Tatsächlich?« Der kleine Professor schaute ihn interessiert an. Dann drehte er sich abrupt zum Lagerverwalter um. »Sie brauchen ihn doch nicht, oder? Sie tun hier sowieso nichts, also müssen Sie auch nicht zu zweit sein.«

»Also, Professor, ich denke schon...«

»Lassen Sie das Denken lieber bleiben. Seien Sie schön brav und tun Sie einfach, was man Ihnen sagt.« Er wandte sich wieder an Hanno, um ihn zu befragen. »Ich schließe daraus, dass Sie selbst ein Manth sind.«

»Ja, das stimmt.«

»Ein interessantes Volk. Eine interessante Geschichte. Natürlich ist es jetzt aus und vorbei damit. Aramanth ist doch abgebrannt, oder?«

»Ja«, antwortete Hanno.

»Schauen Sie mich nicht so böse an, mein Verehrtester! Ich habe es ja nicht niedergebrannt. Nun, wir wollen Ihre Talente hier nicht verschwenden. Im Reich des Meisters weiß man, wie man sich Menschen zunutze macht. Einen schönen Tag noch.«

Er machte kehrt und eilte nach draußen, erstaunlich schnell für jemanden mit so kurzen Beinen. Der Lagerverwalter lief ihm hinterher.

»Professor! Was soll ich jetzt mit ihm machen?«

»Nichts«, kam die dröhnende Antwort. »Ich werde ihn zu gegebener Zeit rufen lassen. Machen Sie einfach weiterhin gar nichts, mein lieber Freund, genau wie immer.«

Am Abend wurden die Affenkäfige aufgesperrt und die Gefangenen darin herausgelassen. Eine neue Gruppe von Sklaven wurde aufgestellt, die ihren Platz einnehmen musste. Sie bekamen Wolldecken, damit sie in der Nacht nicht froren. Hanno, Ira und Bowman Hath kamen, um Pinto in Empfang zu nehmen. Überall standen Menschen am Straßenrand, die ihre unversehrt zurückgekehrten Freunde und Familienangehörigen küssten und umarmten. Andere schauten dagegen still und traurig zu, wie ihre Lieben in die Käfige kletterten und die Eisengitter hinter ihnen verschlossen wurden.

Pinto ließ sich von ihrer Mutter fest im Arm halten und küssen. Auch wenn sie nicht weinte, hatten die langen Stunden im Käfig doch ihre Wirkung gehabt.

»Das sind wirklich böse Menschen«, stellte sie fest.

»Das sind sie, mein Liebling, das sind sie«, antwortete ihre Mutter.

Mrs Chirish gehörte zu denen, die nun die Nacht im Käfig verbringen mussten. Mumpo half ihr in den Wagen.

»Ich hol dich morgen früh ab, Tantchen.«

»Du bist ein guter Junge, Mumpy.«

»Du brauchst dich nur hinzulegen und zu schlafen.«

»Ich möchte niemandem zur Last fallen«, sagte Mrs Chirish und schaute sich um, »aber ich bin nun einmal etwas füllig und es gibt nicht viel Platz hier.«

»Doch, doch, Tantchen, es wird schon gehen. Drück dich einfach gegen die Gitterstangen dort.«

»O ja. Dann ist es in Ordnung. Gute Nacht, Mumpo. Freunde in deinen Träumen.«

»Gute Nacht, Tantchen.«

Als sie die Straße wieder hinaufwanderten, fragte Pinto Mumpo, was Mrs Chirish mit »Freunde in deinen Träumen« gemeint hatte.

»Als kleiner Junge war ich traurig, weil ich keine Freunde hatte. Wenn Tantchen mich abends zugedeckt hat, hat sie darum immer gesagt: Mach dir nichts draus, du wirst Freunde in deinen Träumen finden.«

»Oh, Mumpo. Und hast du in deinen Träumen Freunde gefunden?«

»Manchmal.«

»Aber jetzt hast du ja uns, stimmt's?«

»O ja, jetzt ist alles gut.« Dann fiel es ihm wieder ein. »Nur Kess fehlt.«

»Wir werden sie finden«, sagte Bowman. »Oder sie uns.«

Im Übergangslager wurden sie von den Beamten mit den Eintragungsbüchern erwartet und erfuhren, dass man ihnen neue Unterkünfte zugewiesen hatte. Von nun an sollten sie in eigens dafür errichteten zweistöckigen Sklavenbaracken schlafen, die am Rand von Dörfern auf dem Land verteilt waren. Zusammen mit vielen anderen wurde die Familie Hath zur Barackengruppe Nummer siebzehn geführt, die etwa anderthalb Kilometer weiter unten auf dem Hang und näher am See lag.

Das lang gestreckte Gebäude war in viele kleinere Zimmer aufgeteilt, die man über einen offenen Gang an der Vorderseite erreichen konnte. Diese Zimmer waren zwar sehr schlicht und hatten keine Vorhänge an den Fenstern oder Teppiche auf den Fußböden, aber sie boten doch eine Rückzugsmöglichkeit, und was das Beste war, es gab darin richtige Betten. Sie bestanden zwar nur aus mit Seilen bespannten Holzrahmen und die Matratzen waren grobe, mit Stroh gefüllte Säcke, aber für die erschöpften Sklaven war das reiner Luxus. Die Betten standen dicht nebeneinander, jeweils acht in einem Raum. An jedem Fußende war eine Sklavennummer zu lesen. Eine Zeit lang liefen alle hin und her, blickten auf ihre Nummer am Handgelenk und suchten ihre Plätze. Die Betten der Familie Hath standen alle zusammen, dazu kamen Mumpos, Scoochs, Creoths und das der nicht anwesenden Mrs Chirish. Bowman, der die ganze Nacht lang arbeiten musste, aß früh zu Abend und legte sich dann auf sein Bett. Es würde erst in einer Stunde dunkel werden.

Creoth kam später als die Übrigen, in der Dämmerung, und strahlte vor Glück. Er begab sich mit den anderen in die große Gemeinschaftsküche im Erdgeschoss und erzählte allen, die es hören wollten, beim Suppelöffeln von seinem Tag auf dem Bauernhof.

»Kühe!«, rief er. »Wunderbare Zeitgenossen! Bei den Bärten meiner Ahnen, was für ein Tag!«

Es stellte sich heraus, dass er Melken gelernt hatte.

»Da ist ein ganz bestimmter Trick dabei, wisst ihr. Man drückt nicht oder zieht. O nein! Man schließt einen Finger nach dem anderen – so.«

Er wackelte mit den Fingern, um es vorzumachen. Alle lachten und er lachte mit.

»Ihr könnte ruhig lachen«, rief er, »aber ihr solltet es mal ausprobieren! Es ist nicht so leicht, wie es jetzt aussieht.«

Creoth war nicht der Einzige, dem sein erster Arbeitstag als Sklave gefallen hatte. Miko Mimilith staunte über die Stoffe, die er in der Damenschneiderei vorgefunden hatte.

»Noch nie hab ich eine so fein gewebte Seide gesehen. Wie Luft, sag ich euch. Nein, eigentlich noch feiner als Luft! Wie Gedanken!«

Dr. Batch, Lehrer in Aramanth, hatte eine Klasse in einer der für die Sklavenkinder eingerichteten Schulen zugewiesen bekommen.

»Ich muss gestehen, man hat mir alles gegeben, was ich brauche. Und was die Disziplin betrifft – da gibt es keine Probleme, glaubt mir. Das muss ich unseren Herren lassen, sie haben eine Atmosphäre geschaffen, in der man noch Respekt vor Autoritäten hat, und das kann ich nur gutheißen.«

Mumpo ließ sie wissen, dass man ihn in die Manaxa-Schule aufgenommen hatte. Pinto war entsetzt.

»Das kannst du nicht! Das darfst du nicht! Sie werden dich umbringen. Ich will nicht, dass du stirbst.«

»Ich werde nicht sterben.«

Sie folgte ihm, als er nach draußen ging, um ein paar Dehnungsübungen für die Beine zu machen.

»Sie werden dich erstechen. Du darfst das nicht tun. Wir brauchen dich doch.« Sie klammerte sich an seinen Arm und flehte ihn an. »Sag, dass du's nicht tun wirst.«

»Ich will es tun«, entgegnete Mumpo. »Also werde ich es tun.«

»Bi-ii-tte, Mumpo.«

»Lass mich in Ruhe.«

»Ich lass dich erst los, wenn du mir versprichst, dass du es nicht tust.«

»Lass mich in Ruhe!« Er versuchte sie abzuschütteln, doch sie hielt sich mit aller Kraft fest. Das dumpfe Gefühl, dass Pinto im Grunde Recht hatte, machte ihn nur noch wütender. »Lass mich los, du dürre kleine Ratte!«

Er riss mit einem heftigen Ruck den Arm weg und Pinto fiel zu Boden. Dabei stieß sie sich die Schulter und fing an zu weinen. Als Mumpo sie heulend auf dem Boden kauern sah, wurde er noch ärgerlicher.

»Warum hockst du mir dauernd auf der Pelle?«, brüllte er sie an. Irgendwie wollte er ihr zu verstehen geben, dass sie im Grunde selbst daran schuld war, wenn er ihr wehgetan hatte. »Ich will dich nicht. Lass mich in Ruhe.«

Pinto schlich sich davon. Später fand ihre Mutter sie zusammengekauert in einer Ecke, die Augen rot vom Weinen, doch sie wollte ihr nicht verraten, warum.

Jessel Greeth, der in einem anderen Gebäude untergebracht war, schaute vor Einbruch der Dunkelheit kurz bei Hanno vorbei. Er wusste genau, dass die meisten Manth ihren ersten Arbeitstag angenehmer als erwartet gefunden hatten.

»Was sagen Sie jetzt, Mr Hath? Wollen Sie immer noch rebellieren?«

»Es wird nicht einfach sein«, gab Hanno zurück.

»Ganz sicher nicht. Nicht einfach und vielleicht auch nicht klug.«

»Ich denke, wir sollten jeden Tag etwas Proviant beiseite schaffen. Alles, was sich gut hält. Damit wir auf der Reise genug zu essen haben.«

»Auf der Reise, ja? Dann müssten Sie erst mal von hier fliehen. Wie wollen Sie das schaffen?«

»Ich weiß nicht.«

»Also, bevor Sie jetzt alle aufhetzen, hören Sie mir mal zu. Man hat mir eine Stelle im Versorgungsamt gegeben. Ich habe die Mahlzeit mit organisiert, die Sie heute Abend bekommen haben. Offenbar ist unseren Herren nicht entgangen, dass ich eine natürliche Begabung zum Wirtschaften habe. Jedenfalls ist mein Chef, der Mann, der für die Versorgung dieses ganzen Sektors verantwortlich ist, auch ein Sklave! Er hat mir die Nummer auf seinem Handgelenk gezeigt!«

Hanno blickte verständnislos in Greeths strahlendes Gesicht.

»Verstehen Sie denn nicht? Sklaven werden befördert! Es gibt Sklaven in gehobenen Stellen! Wir könnten hier gut leben.«

»Aber Mr Greeth«, protestierte Hanno und runzelte die

Augenbrauen, »diese Leute haben unsere Familien ermordet und unsere Heimat zerstört.«

»Ja, ja, das stimmt natürlich, ich weiß. Doch was hat es für einen Sinn zurückzuschauen? Wir sind jetzt hier, also sollten wir nach vorn blicken.«

»Aber es ist nun einmal eine Tatsache, dass alle Vorzüge dieses Landes auf Gewalt und Grausamkeit beruhen. Es hat einen verdorbenen Kern.«

Greeth schien sich einen Moment lang unbehaglich zu fühlen. Dann zuckte er die Achseln und sagte: »Nichts ist vollkommen. Wir leben in der Wirklichkeit. Es ist unsere Pflicht, das Beste daraus zu machen. Und fragen Sie sich selbst, was ist denn die Alternative? Eine Reise ins Nirgendwo?«

Mit diesen Worten ließ Greeth Hanno stehen. Im Gefühl, diese Debatte gewonnen zu haben, ging er hinüber zu Dr. Batch, um ihm die Hand zu schütteln und sich mit ihm über die Erfahrungen des ersten Tages auszutauschen.

Hanno Hath vertraute seine Sorgen seiner Frau an.

»Ich weiß nicht, wie ich sie dazu bringen soll, mir zuzuhören.«

»Sie werden dir zuhören«, erwiderte sie. »Es wird schon bald so weit sein, dass sie dir glauben.«

»Wie bald?«

»Bevor der Winter kommt.«

10
Ein nächtlicher Besucher

Bowmans Arbeit begann, als es dunkel wurde. Mit einer Laterne in der einen und einem Stab in der anderen Hand wurde er auf die Weiden am Seeufer hinausgeschickt, um eine Herde Kühe mit ihren Kälbern zu bewachen. Seine Aufgabe bestand darin, Wölfe zu vertreiben, die vielleicht um die Herde herumschnuppern würden, um ein Kalb zu reißen.

Es gab eine Hütte für den Kuhhirten, einen kleinen fensterlosen Unterstand, der gegen Regen und Kälte schützte. Hier nahm Bowman seinen Posten ein. Er setzte sich auf den Erdboden, die Tür vor ihm zur Weide und zum See hin geöffnet, und sah zu, wie die Kühe gemächlich vorbeitrotteten und sanft am Gras zupften. Als es in den nahe gelegenen Siedlungen allmählich still wurde, richtete er seine Gedanken auf Kestrel und lauschte hinaus in die Nacht. Ein- oder zweimal glaubte er sie zu spüren, aber so schwach und so weit weg, dass er nicht sicher sein konnte. Der Mond ging auf, ein Halbmond, dessen Licht matt auf die Palastanlage auf dem See schien. Eine Lampe nach der anderen wurde in den wunderschönen Gebäuden gelöscht.

Bowman hatte keine Möglichkeit, die Zeit zu messen, und so schien sie irgendwann einfach stehen zu bleiben. Die Sterne zogen weiter und der Mond wanderte über den

Himmel, doch all dies schien sich jenseits der Zeit abzuspielen, so kam es Bowman vor. Die Nachtluft wurde kalt. Man hatte ihm einen langen Umhang aus Schaffell gegeben, den er immer enger um sich zog. Die Kühe ließen sich zum Schlafen nieder. Wind kam auf und kräuselte die Seeoberfläche. Der Palast auf dem See lag jetzt im Dunkeln. Alles war still.

Dann hörte er ein Geräusch: sanft raschelnde Grashalme und ein leises, melodisches Summen. Da kam jemand. Bowman packte seinen Stab und trat aus der Hütte. Wer konnte sich zu dieser nächtlichen Stunde hier draußen aufhalten? Das Summen war jetzt deutlicher zu hören. Mit bedächtigen Schritten trat ein hässlicher Mann aus der Dunkelheit in den Lichtschein der Laterne.

Offensichtlich wollte er zur Hütte. Er hatte die Arme vor der Brust verschränkt und die Hände in die weiten Ärmel seines Gewandes gesteckt. Dieses Gewand war ein schlichtes Kleidungsstück aus ungefärbter Wolle, nicht annähernd warm genug in dieser frostigen Nacht. Seine Füße waren nackt. Während der Mann auf ihn zukam, fragte sich Bowman, wer der Fremde wohl sein mochte und was er wollte. Vielleicht war es ein Bedürftiger, der bei ihm in der Hütte Unterschlupf suchte. Oder eines der einsamen, verrückten Geschöpfe, die man manchmal auf abgelegenen Straßen trifft und die wie Tiere leben und sterben. Nur dass die Tonfolge, die er summte, kein zufälliges Geräusch war – sie ergab eine Melodie, die ausgesprochen angenehm war, wenn man sie einmal erfasst hatte. Hinter ihm, nicht mehr als ein Schatten im Licht der Laterne, lief eine graue Katze.

Schließlich erreichte ihn der Fremde. Er hörte auf zu

summen und blickte Bowman an ohne etwas zu sagen. Bowman schaute zurück. Der Mann hatte ein trauriges Gesicht. Eines seiner Augen hatte eine milchige Farbe und bewegte sich nicht. Er musterte Bowman eingehend mit dem anderen Auge, als wollte er sich über irgendetwas Gewissheit verschaffen.

»Bist du das Kind des Propheten?«, fragte er.

»Ob ich…?« Bowman war äußerst überrascht. »Welches Propheten?«

»Gibt es mehr als einen?«

Er schlurfte in die Hütte und setzte sich auf den Boden. Dann schaute er zu Bowman auf und klopfte neben sich auf die Erde.

»Setz dich.«

Bowman gehorchte.

Der Fremde begann wieder zu summen. Es schien ein ganz bewusstes Summen zu sein, das man nicht einfach so unterbrechen durfte, daher blieb Bowman still sitzen und wartete darauf, dass der Mann damit aufhörte. Nach einer Weile beendete der Fremde sein wortloses Lied, streckte die Finger lang aus und verhakte sie dann ineinander.

»Ah, jetzt ist es besser«, sagte er. »Meine Hände tun mir weh, besonders in feuchten Nächten. Aber jetzt geht es wieder.«

»Haben Sie deshalb gesummt?«

»Ja. Das war das Lied, das Schmerzen in den Gliedmaßen lindert. Eigentlich sollte ich mich ja mit dem Schmerz abfinden und ihn sinnvoll nutzen. Im Grunde ist Schmerz nur eine andere Form von Energie. Aber wir sind alle nicht vollkommen.« Er schaute über den See zu der dunklen Stadt. »Das ist sicher die Hohe Domäne.«

»Ja.«

»Bist du schon mal dort gewesen? Hast du sie gesehen?«

»Nein.«

»Sie soll großartig sein. Schön. Kultiviert. Der menschliche Geist in höchster Vollendung.«

Bowman starrte die Palaststadt wütend an. »Ich weiß nur, dass sie Menschen umbringen und zu Sklaven machen.«

»Ja, stimmt, das auch.«

Plötzlich tauchte die graue Katze aus dem Dunkeln auf und sprang dem Fremden auf den Schoß. Bowman war überrascht.

»Sie haben eine Katze?«

»Ich würde nicht sagen, ich habe eine Katze. Der Kater begleitet mich nur.«

Nebel schaute geringschätzig zu Bowman auf. An Hundegesicht richtete er in ihrer stillen Form der Verständigung die Frage: »Wer ist dieser Schwachkopf?«

»Jemand, den wir brauchen. Ich muss mich davon überzeugen, dass er weiß, was er zu tun hat.«

»Was?«, fragte Bowman. Hundegesicht hatte laut gesprochen.

»Entschuldigung. Ich hab mit dem Kater geredet.«

»Sie haben mit einem Kater geredet?«

Nebel wandte langsam den Kopf ab. Mit diesem dummen Burschen wollte er nichts zu tun haben. »Überlass ihn doch den Kühen«, schlug er vor. »Er scheint ihr geistiges Niveau zu haben.«

Hundegesicht bemerkte die Kühe zum ersten Mal. »Sie haben dich also damit betraut, die Kühe zu bewachen?«

»Ja.«

»Und sind die Kühe dankbar dafür?«

»Ob sie dankbar sind? Keine Ahnung.«

»Frag sie.«

»Ich kann nicht mit Kühen reden.«

»Natürlich kannst du das. Du hast es bloß noch nie versucht.«

»Verschon mich damit!«, rief Nebel. »Müssen wir wirklich hier sitzen und frieren und Kühen zuhören?«

»Das ist als Anfang gar nicht schlecht«, antwortete der Einsiedler.

Bowman dachte, der Fremde habe ihn angesprochen. »Als Anfang wovon?«

Der Einsiedler heftete sein gesundes Auge auf die nächste Kuh und sprach sie an. »Wach auf, liebe Freundin«, sagte er. »Verzeih mir, dass ich dich störe. Der junge Mann hier würde gern kurz mit dir sprechen.«

Zu Bowmans Erstaunen rappelte sich die Kuh auf und kam zu ihnen herüber. Dann neigte sie Bowman schwungvoll den Kopf zu und er konnte ihren feuchten Atem im Gesicht spüren.

»Ich glaube, du weißt schon, was du tun musst«, half ihm der Einsiedler.

Bowman hatte keine Ahnung, wie er anfangen sollte. Also blickte er der Kuh in eines ihrer großen, starren Augen und ließ sein Inneres ganz still und leer werden, so wie er es immer machte, wenn er auf Kestrel lauschte. Nach einer Weile zitterte die Kuh heftig und Bowman fühlte ein verwirrtes Gemurmel. Die Kuh hatte Angst.

Es ist alles gut, sagte er zu der Kuh, weniger mit Worten als mit Gefühlen. *Ich werde dir nicht wehtun.*

Allmählich spürte er, wie die Kuh ruhiger wurde und die surrenden Geräusche zu einem einzigen langsam pulsierenden Ton verebbten: *Umfa – umfa – umfa.* Die Kuh kam mit ihrer großen, nassen Schnauze ganz dicht an ihn heran und er spürte, wie sie die Luft einsog, als sie an seinem Gesicht schnupperte.

Und dann fand er sie. Es war so, wie wenn man sich in einem Zimmer voller durcheinander redender Menschen aufhält, deren Stimmen sich alle zu einer einzigen bedeutungslosen Geräuschkulisse vermischen, bis man plötzlich eine einzelne Stimme heraushört, die den eigenen Namen ausspricht. Von da an nimmt man nur noch diese eine Stimme wahr und versteht sie, während alle anderen Stimmen in den Hintergrund rücken. Nur hatte die Kuh eigentlich keine Stimme, sondern ließ ihn teilhaben an einem Strom von Eindrücken. Sie hatte Sorgen.

Monster Nacht Stille saftiges Gras kein Vertrauen immer beim Kalb bleiben Geruch meines eigenen keine abrupten Bewegungen Monster schlaf mein eigenes blasses Monster zitternd im Mondschein …

»Ich bin dein Freund«, sagte Bowman laut, damit es der Einsiedler auch hören konnte.

Freunde bewegen sich langsam Monster springen …

Es war wirklich merkwürdig. Die Kuh sprach nicht und dennoch erhielt er Gefühl für Gefühl ganz deutlich ihre Antwort. Er hatte immer gedacht, Kühe seien dumm. Jetzt begriff er, dass bei ihnen nur alles langsamer ging als bei Menschen.

Er hob eine Hand, um die Kuh zu berühren, bewegte sie aber mit Absicht ganz langsam durch die Luft. »Ich … kann … langsam … sein«, sagte er lang gezogen.

Die Kuh betrachtete ihn ernst. *Armes Monster kein Frieden keine Ruhe abrupte Bewegungen tun weh Stille trauerndes Monster…*

Erstaunlich! Die Kuh hielt ihn für denjenigen, der Probleme hatte.

»Hast du Mitleid mit mir, Kuh?«

Trauriges Monster schnell schnell und seltsames Stock Geschöpf plötzlich plötzlich hierhin und dorthin ha ha ha…

Jetzt lachte ihn die Kuh aus! Auf ihre langsame, wortlose Art fand sie ihn amüsant.

»Lach mich ruhig aus, wenn du willst«, sagte Bowman ein wenig gekränkt. »Aber du hast auch immer noch Angst vor mir.«

Ah Monster tut weh Monster tut weh immer plötzlich plötzlich lustiges Monster Schreckensmonster Todesmonster und am Ende ha ha ha…

Bowman verstand. »Wir Monster machen euch so viel Angst, was bleibt euch da anderes übrig als uns auszulachen?«

Die Kuh starrte ihn noch eine Weile an und Bowman las in ihrem Blick tiefes Mitleid und Anerkennung, dass er ihre Gefühle verstanden hatte. Dann wandte sie sich langsam ab und trottete davon, um ihr Kalb zu suchen.

»Siehst du«, sagte der Einsiedler.

»Das ist wirklich seltsam. Ich sehe Kühe jetzt anders als vorher.«

»Wunderbar«, sagte Nebel. »Können wir jetzt gehen?«

»Ich bin noch nicht fertig«, entgegnete Hundegesicht.

Bowman schaute die Katze an. »Funktioniert das bei allen Tieren?«

»Natürlich. Und bei Pflanzen. Sogar bei Steinen, obwohl sie sehr schwer zu knacken sind.«

»Woher wissen Sie all das?«

»Woher weiß man überhaupt irgendwas? Man hat es mir beigebracht.«

»Wer sind Sie?«

»Du willst meinen Namen wissen? Namen werden viel zu wichtig genommen. Wir können alle sehr gut ohne sie auskommen.« Er zitterte beim Sprechen.

»Sie frieren ja!« Bowman nahm seinen Schaffellumhang ab und legte ihn dem Einsiedler um die Schultern. »Sie sollten sich wärmer anziehen.«

»Ich muss sagen, da stimme ich dir zu. Aber wo ich herkomme, sieht man das nicht so gerne. Dem Frierenden sagt man: Sing das Lied gegen Kälte. Oder finde dich mit der Kälte ab und nutze sie. Aber trotzdem ist das sehr nett von dir. Und du bist äußerst sensibel mit der Kuh umgegangen. Ich denke, du wirst deine Sache ganz gut machen, wenn es so weit ist.«

»Wenn was so weit ist?«

»Worum du gebeten hast.«

»Ich verstehe nicht. Worum habe ich denn gebeten?«

Hundegesicht rieb mit einer Hand sein schlimmes Auge und ließ seine Gedanken zurückschweifen. »Um die Macht zu vernichten, haben sie gesagt, glaube ich. Nicht gerade eine edle Bitte, wie ich finde. Und auch keine besonders vernünftige, wenn man bedenkt, dass du diese Macht bereits besitzt. Auf jeden Fall hast du mehr Macht als ich.«

Der Kater war darüber sehr überrascht. »Dieser Junge hat mehr Macht als du?«

»O ja«, antwortete Hundegesicht. »Er ist dafür geboren.«

Bowman staunte ebenfalls, allerdings aus einem anderen Grund. Konnte dies wirklich die Antwort auf seinen nächtlichen Hilferuf sein? Und falls ja, wer war dieser sonderbare einäugige Fremde?

»Dann könnte er auch fliegen, oder?«, wollte Nebel wissen.

»Er könnte alles, was er will«, erwiderte der Einsiedler. Doch nachdem er einen Moment nachgedacht hatte, fügte er an den verwirrten Bowman gerichtet hinzu: »Das soll nicht heißen, dass deine Macht ausreicht, wenn die Zeit gekommen ist. Aber du kannst jederzeit um Hilfe bitten.«

»Wenn welche Zeit gekommen ist?«

»Die Zeit zu vernichten.« Hundegesicht wies mit einem Arm auf die dunkle Stadt auf dem See. »Du willst all das vernichten, nehme ich an?«

»Ich … ich weiß nicht genau.«

»O doch. Das glaube ich schon.« Der Einsiedler sprach wie jemand, der sich vage an etwas erinnert, das ihm gesagt wurde. »Man hat dich geschickt, um zu vernichten und zu herrschen.«

»Zu vernichten und zu herrschen? Das muss ein Irrtum sein. Niemand hat mich geschickt. Ich bin ein Sklave. Ich wurde gegen meinen Willen hierher gebracht.«

»Gegen deinen Willen vielleicht. Aber nicht gegen ihren.«

»Wessen?«

»Den Willen Sirenas.«

Bowman schaute den Einsiedler ungläubig an und wusste wieder einmal nichts zu erwidern. Diesmal wegen eines

Namens, den er noch nie in seinem Leben gehört hatte und der ihm trotzdem sofort bekannt vorkam.

»Du siehst also, es liegt kein Irrtum vor. Das ist wie mit den Kühen. Du hast die Macht. Du hast sie nur noch nicht erprobt. Man muss bloß üben und es wirklich wollen.«

»Man muss bloß üben, was?«, wiederholte Nebel. »Man muss es nur wirklich wollen?«

Hundegesicht schubste den Kater von seinem Schoß, stand auf und zog sich den schweren Schaffellumhang von den Schultern.

»Danke für deine Wärme. Jetzt muss ich mich wieder auf den Weg machen.«

Er begann erneut zu summen.

»Aber ich weiß doch gar nicht, was ich tun soll! Sie haben es mir nicht gesagt. Sie haben mir nicht erklärt, was ...«

Der Einsiedler verstummte und schaute Bowman mit seinem gesunden Auge streng an. »Du musst dir wirklich abgewöhnen von anderen Leuten zu erwarten, dass sie alles für dich tun. Das ist nicht gut, weißt du. Auf diese Weise lernst du überhaupt nichts. Denk an die Kühe und versuche es selbst.«

Er streckte die Hand aus, nahm Bowmans Stab und ließ ihn zu Boden fallen. Dann blickte er den Stab an und blieb einen Moment lang still. Plötzlich wackelte der Stab, richtete sich auf und schob sich in Bowmans noch immer geöffnete Hand zurück.

»Siehst du? Es ist wirklich nicht schwer. Jetzt muss ich aber gehen. Ich habe nicht mehr viel Zeit.«

Damit brach er auf und schlurfte mit seinen bloßen Füßen erstaunlich schnell über das Gras. Der graue Kater lief neben ihm her.

»Du hast gesagt, dass der Junge mehr Macht hat als du?«

»Ja, alter Junge. Er ist ein wahres Kind des Propheten.«

Bowman zog den Schaffellumhang wieder fest um sich und schaute dem Einsiedler nach. Obwohl er so dick eingepackt war, stellte er fest, dass er zitterte.

Sirena ...

Warum sollte ihm dieser unbekannte Name so vertraut vorkommen? Warum brachte er ihn zum Zittern? Und konnte er das, was der Einäugige getan hatte, tatsächlich auch?

Er ließ den Stab wieder auf den Boden fallen. Dann schaute er ihn an. Es mochte albern sein, doch zugleich fand er es auch aufregend – und so überwand er seine Scheu und versuchte sich auf den Stab zu konzentrieren. In Gedanken sagte er zu ihm: *Bewege dich!*

Nichts tat sich.

Er starrte den Stab lange an und drängte ihn in jeder erdenklichen Form sich zu erheben, doch der Stab blieb einfach im Licht der Laterne liegen und machte überhaupt keine Anstalten, seiner Aufforderung zu folgen.

Nach einer Weile hockte sich Bowman hin und funkelte den Stab wütend an. Sicher konnte der sich bewegen, wenn er wollte, und war einfach nur trotzig. Man muss nur üben, hatte der Fremde gesagt. Aber wie sollte man üben, wenn sich nichts tat?

Bowman merkte nicht, dass der graue Kater zurückkam, sich still außerhalb des Laternenlichtes hinsetzte und ihn beobachtete. Bowmans ganze Aufmerksamkeit war auf den Stab gerichtet.

Man muss es nur wirklich wollen.

Eingewickelt in den dicken Umhang setzte er sich auf die Erde, so wie er gesessen hatte, als der Einsiedler aufgetaucht war. Er stellte fest, dass seine Gedanken alle wild durcheinander schweiften, weil ihm sein Besucher so viel erzählt hatte. Also schaute er eine Weile in den Himmel hinauf und folgte dem Halbmond, der über die Welt hinwegschwebte, der stets in Bewegung war und doch nirgendwo ankam. Als er sich ein wenig beruhigt hatte, richtete er seine Aufmerksamkeit wieder auf den Stab. Er dachte an seine Erfahrung mit der Kuh zurück. Vielleicht hatte auch dieser Stab auf seine Art Gefühle?

Nun wandte er sich dem Stab mit etwas mehr Respekt zu und – ja, was? Redete mit ihm? Das war lächerlich. Niemand redet mit einem Stab. Stattdessen befasste er sich mit ihm. Er tastete ihn vorsichtig mit den Augen von allen Seiten ab und nahm ihn dann mit seinen inneren Sinnen auf. Er fand nichts Ungewöhnliches. Es war, na ja, eben ein Stab. Ein ziemlich junger Stab, stellte er fest. Unter seiner äußeren Rinde war noch Saft. Das Kernholz war angenehm dicht und überhaupt nicht spröde. Das Holz war in allerbestem Zustand. Um die abgerundete Spitze herum fühlte er den Druck vieler Hände und den Stolz des Stabes, dass ihn diese Hände umklammert und sich mit großem Gewicht auf ihn gestützt hatten und dass er sie alle getragen hatte. Er hatte sich nicht gebogen oder war zerbrochen. Auf diesen Stab konnte man sich verlassen, und das wusste er.

Bowman stupste ihn vorsichtig an, um die Unterseite zu

sehen, und der Stab bewegte sich. Nicht viel, nur eine halbe Umdrehung, wie er es vorgehabt hatte. Nur blieben seine Hände tief in seinem warmen Umhang versteckt. Er hatte den Stab mit den Gedanken bewegt.

Er unterdrückte die plötzliche Überraschung, um die zarte Verbindung, die er hergestellt hatte, aufrechtzuerhalten. Wieder stupste er ihn sacht an und wieder rührte sich der Stab ein wenig. Es war, als würde er ein Blatt anpusten: Er musste nur leicht mit den Gedanken schieben und der Stab spürte den Druck.

Er hielt das abgerundete Ende des Stabes mit den Gedanken fest und stemmte es vorsichtig hoch. Es erhob sich langsam, während das andere Ende auf der Erde liegen blieb. Er richtete den Stab fast senkrecht auf und begann ihn zu sich herüberzuziehen. Doch er war nicht stark oder nicht geübt genug, so dass der Stab klappernd auf den Boden zurückfiel.

Der Kater sah es und war beeindruckt. Der Junge hatte tatsächlich viel Macht. Mehr brauchte er nicht zu wissen.

Er stand auf und schritt majestätisch ins Licht.

»Nanu«, sagte Bowman. »Da bist du ja wieder.«

»Machst du hier die Ansage?«, entgegnete Nebel. Der Junge hörte natürlich nichts. Der Kater setzte sich und schaute ihn fest an. »Wenn du so mächtig bist, wie wär's dann damit, sprechen zu lernen?«

»Wo ist denn dein Herrchen?«

»Oh, verschon mich damit!«

Bowman blickte in die Finsternis hinaus. Der einäugige Fremde war nirgendwo zu sehen. Die Nacht verstrich und er musste über vieles nachdenken. Er kehrte zur offenen

Tür der Hütte zurück und setzte sich dort mit gekreuzten Beinen hin, Laterne und Stab neben sich. Nebel kletterte auf seinen Schoß, rollte sich zusammen und begann zu schnurren. Bowman streichelte ihn.

»Ich glaube, du magst mich«, sagte er.

»Bitte«, erwiderte Nebel gereizt. »Du gibst mir, was ich will, und ich gebe dir, was du willst. Belassen wir es doch dabei.«

In derselben Nacht hatte Ira Hath wieder diesen Traum, in dem Schnee über einen roten Himmel fiel und die Küstenebene mit den zwei Flüssen zwischen den steilen Hügeln vor ihr lag. Im Schlaf rief sie laut: »Wartet auf mich! Nehmt mich mit!« Davon wachte sie auf und ihr Mann ebenfalls. Sie kuschelte sich in seine Arme und sie redeten flüsternd über ihren Traum.

»Ich hasse ihn«, sagte Ira. »Er ist eine Zumutung. Ich wünschte, er würde verschwinden.«

»Ja, mein Liebling. Er ist eine Zumutung.«

»Ich will keine Prophetin sein. Das ist so anstrengend.«

»Das Land, das du in deinem Traum siehst – ist das ein schönes Land?«

»Ja.«

»Ist es unser Land?«

»Ja.«

»Kannst du uns dorthin führen?«

»Ja.« Sie drückte sich an ihn und küsste sein vertrautes Gesicht. »Ich werde dich niemals verlassen. Keiner kann mich dazu zwingen.«

Hanno küsste sie auch und schwieg.

Bowman kehrte bei Tagesanbruch in die Sklavenunterkunft zurück und der Kater folgte ihm in einiger Entfernung. Bei der ersten Gelegenheit nahm Bowman seinen Vater beiseite und erzählte ihm von seinem nächtlichen Besucher.

»Sirena!«, rief sein Vater aus. »Das war in alten Zeiten die Heimat des Sänger-Volkes!«

»Ich glaube, er könnte einer von ihnen gewesen sein.«

»Ich wusste gar nicht, dass es noch welche gibt.«

»Wer genau sind sie, Pa?«

»Ich weiß nur wenig über sie. Wenn ich nur meine Bücher hätte!«

»Sie haben den Windsänger gebaut, stimmt's?«

»Ja. Sie waren ein Volk ohne Zuhause, ohne Besitztümer, ohne Familie. Sie trugen schlichte Gewänder, gingen barfuß und lebten von mildtätigen Fremden. Sie trugen weder Waffen noch Rüstungen und doch hatten sie allein die Macht, sich dem Morah zu widersetzen.«

»Was für eine Macht?«

»Ich weiß nicht. Das alles war einmal niedergeschrieben. Aber so viele von den alten Schriften sind verloren gegangen.«

Er verstummte, in seine eigenen Gedanken vertieft.

Bowman erzählte seinem Vater nichts von der Kraft, die er in sich selbst entdeckt hatte. Er fühlte sich noch immer unsicher damit und scheute sich sie den prüfenden Blicken anderer auszusetzen. Aus ähnlichen Gründen verschwieg er auch, dass der Fremde zu ihm gesagt hatte: »Man hat dich geschickt, um zu vernichten und zu herrschen.« Er verstand es selbst nicht ganz. Eines allerdings verstand er sehr wohl und sagte das auch seinem Vater: Er selbst war offenbar Teil eines größeren Plans.

»Ich glaube, ich bin aus einem ganz bestimmten Grund hier, Pa. Ich soll irgendetwas Besonderes tun.«

»Wir sind alle aus einem ganz bestimmten Grund hier, Bo. Wir müssen aufpassen und warten, bis unsere Zeit gekommen ist.«

Während sich die anderen auf den Weg zur Arbeit machten, begab sich Bowman zu seinem Bett in dem gemeinsamen Schlafraum. Nebel folgte ihm leise, fast unbemerkt, und legte sich unter das Bett. Und hier, als Bowman langsam einschlummerte und es am wenigsten erwartete, fing er die Schwingungen auf, nach denen er Nacht für Nacht so verzweifelt gesucht hatte: ein Geräusch, zu weit weg, um es hören zu können, eine Bewegung, zu weit weg, um sie sehen zu können, ein vorbeihuschender Schatten im Dunkeln …

Kess!

So schwach, dass selbst der Gedanke daran zu viel Lärm verursachte. Nun war der Schatten wieder verschwunden. Aber es war seine Schwester gewesen, dessen war er sich sicher.

Sie war auf dem Weg hierher.

11
Hochzeitsvorbereitungen

Kestrel lag in ihrer schmalen Schlafnische in der Kutsche der Johdila, als sie die nur kurz andauernden Schwingungen des Kontakts zwischen sich und ihrem Bruder spürte. Sie verhielt sich so still, wie es in dem rumpelnden, knarrenden Gefährt möglich war, doch sie kamen nicht wieder. Als sie schließlich aus ihrer angespannten Konzentration in die Wirklichkeit zurückkehrte, merkte sie, dass Sisi von ihrem nahen Bett aus mit ihr sprach, nur etwa einen Meter von ihr entfernt im Halbdunkel der verhangenen Kutsche.

»Warum gibst du mir keine Antwort, Kess? Bist du böse auf mich?«

»Nein, nein. Ich hab an meinen Bruder gedacht.«

»Ach, dein Bruder. Du denkst ständig an ihn.«

»Du würdest ihn auch mögen, wenn du ihn kennen würdest.«

»Das glaube ich kaum«, sagte sie schmollend. »Eigentlich mag ich niemanden außer Lunki, und die zählt nicht. Und außer dir.« Doch während sie das sagte, kam ihr ein neuer Gedanke. »Ist dein Bruder wie du?«

»Ich kann nicht sagen, dass er wie ich ist. Es ist eher so, dass er ein Teil von mir ist.«

»Ist er genauso groß wie du?«

»Etwas größer.«

»Und wie ist er sonst?«

»Was willst du denn wissen?«

»Na, welche Haarfarbe hat er?«

»Dunkel, so wie ich. Und er hat ein blasses Gesicht. Er ist sehr still. Und sieht oft traurig aus. Er kann sich in die Gefühle anderer Menschen hineindenken, indem er sie nur anschaut.«

»Hat er jemanden, den er heiraten möchte?«

»Nein, ich glaube nicht. Er ist ein ziemlich einsamer Mensch.«

»Genau wie ich«, sagte Sisi.

Sie lag in ihrem weichen Daunenbett, und während sie vom gleichmäßigen Rumpeln der Kutsche hin und her geschaukelt wurde, ließ sie diesen neuen Gedanken in sich wachsen. Kestrel war ihre einzige Freundin, der einzige Mensch außerhalb ihrer Familie, den sie je geliebt hatte. Bowman war genau wie Kestrel, nur war er ein Mann. Warum sollte sie nicht ihn lieben?

»Ich glaube, ich werde deinen Bruder heiraten«, verkündete sie knapp.

Kestrel lachte laut auf. »Meinst du nicht, dass du ihn vorher fragen solltest?«

»Warum? Er muss mich heiraten wollen. Weil ich so schön bin.«

»Oh, Sisi. Du bist so … so …«

»So was?«

»So unkompliziert. Ich weiß nicht, wie ich es sonst ausdrücken soll.«

»Soll das heißen, dass ich dumm bin?«

»Nein, nicht dumm. Es gibt nur so viel, was du nicht verstehst.«

»Mama hat mir erklärt, Männer wollen Frauen heiraten, die schön sind. Sie hat gesagt, es ist egal, ob man dumm ist, solange man nur schön ist.«

»Bowman ist nicht wie die meisten anderen Männer.«

»Du meinst, er will keine schöne Frau haben?«

»Ich glaube nicht.«

»Was hat es dann für einen Zweck, schön zu sein?« Sisi kreischte leise auf, aus Wut über all die umsonst investierte Mühe. Kestrel schwieg, daher kreischte sie noch einmal.

»Hör auf damit!«, rief Kestrel. »Wegen so einem Unsinn kreischt man doch nicht. Kreischen kann man, wenn man sich wehgetan hat.«

»Na gut, Kess. Sei nicht böse auf mich, sonst... ach nein, lieber nicht.«

»Außerdem kannst du meinen Bruder sowieso nicht heiraten. Du wirst diesen anderen Mann heiraten. Wer immer er ist.«

»Nein, werde ich nicht.«

»Du hast gesagt, du musst.«

»Du hast gesagt, du würdest es nicht tun, wenn du ich wärst.«

»Ich bin aber nicht du.«

»Oh, Kess, ich wünsche es mir so sehr, dass du es wärst! Dann könnte ich du sein. Du tanzt ja schon für mich. Du hast also schon angefangen ein bisschen ich zu sein. Und denk dir nur, wie sehr es dir gefallen würde, so schön zu sein.«

»Es würde mir nicht gefallen.«

»Warum nicht?«

»Weil ich lieber ich selbst bin.«

»Und wenn du du selbst und außerdem schön sein könntest?«

»Das ist unmöglich«, entgegnete Kestrel. »Wenn ich sehr schön wäre, wäre ich nicht mehr ich selbst. Oder zumindest würden die Leute nur noch meine Schönheit sehen und nicht mich.«

»Was für ein seltsamer Gedanke. So ist das doch überhaupt nicht.«

Sie schwiegen. Man hatte der Johdila so oft gesagt, wie schön sie sei, dass sie sich ihre eigene Person kaum losgelöst von ihrer Schönheit vorstellen konnte. Aber eines baldigen Tages würde sie ein Mann unverschleiert sehen. Was würde er denken? Natürlich wollte sie, dass er ihre Schönheit sah, aber er sollte auch sie selbst sehen.

»Oh, Kess, Liebling«, seufzte sie. »Wie schwierig das alles ist.«

Später an diesem Tag wurde die Johdila zur Kutsche ihres Vaters gerufen, wo ihre Mutter sie in die Hochzeitszeremonie einweisen sollte. Dies gab Kestrel die Gelegenheit, die sie brauchte, um mit dem Kommandeur der Johjanischen Garde zu sprechen.

Als sie Zohon fand, drillte er gerade seine Truppen. Er stand auf einer kleinen Treppe, die er eigens zu diesem Zweck hatte errichten lassen, weil er so die gesamte Aufstellung überblicken konnte, während seine Offiziere ihre schneidigen Exerzierbefehle brüllten.

»Schwenkt! Schließen! Kreuzformation!«

Kestrel wartete am Rand und schaute ebenfalls zu. Die

langen Reihen der Soldaten in den dunkelvioletten Uniformen bildeten verschlungene Muster, die sich immer neu miteinander verwoben. Es sah aus, als bestünden sie nicht aus einzelnen Menschen, sondern wären ein einziger pulsierender Organismus. Mit Freuden sah Kestrel, dass Zohon seine Männer zu einer erstklassigen Kampfmaschine gemacht hatte. Schon jetzt, wo sich ihr Plan in ihren Gedanken gerade erst formte, betrachtete sie die Johjanische Garde als ihre eigene Armee, als die Kraft, die ihr Volk befreien würde.

Schließlich entdeckte Zohon sie. Gespannt darauf, was sie ihm zu berichten hatte, bedeutete er seinen Offizieren die anspruchsvollen Exerzierübungen zu beenden.

»Kehrt! Augen geradeaus! Salutieren!«

Die Truppen salutierten vor ihrem Kommandeur.

»Wegtreten!«

Zohon schlenderte zu seinem Kommandozelt hinüber ohne von Kestrel Notiz zu nehmen. Sie wartete eine Weile und folgte ihm dann.

Sobald sie allein waren, sah Zohon sie mit seinen leuchtenden Augen durchdringend an.

»Und? Hast du mit ihr gesprochen?«

»Ja«, antwortete Kestrel.

»Und?«

Kestrel senkte bedeutsam die Stimme. »Die Johdila hat große Angst.«

»Angst! Sprich weiter.«

»Sie hat Angst vor diesem Land, das Reich des Meisters heißt. Sie hat Angst, sich ihrem Vater zu widersetzen. Sie hat Angst, ihr Volk zu enttäuschen.«

»Natürlich hat sie Angst davor. Sie verlangen zu viel von ihr.«

»Sie glaubt, dass sie ihre Pflicht erfüllen muss, auch wenn ...«

»Auch wenn sie nicht mit dem Herzen dabei ist?« Zohon war begierig zu erfahren, dass seine Vermutungen stimmten.

»Sie ist es nicht«, erwiderte Kestrel.

»Und was ist mit mir? Hast du von mir gesprochen?«

»Ich war sehr vorsichtig. Ich habe Ihren Namen beiläufig einfließen lassen.«

»Und was hat sie gesagt?«

»Nichts. Sie hat den Blick gesenkt und geschwiegen.«

»Sie hat den Blick gesenkt und geschwiegen.« Zohon schritt im Zelt auf und ab und grübelte über diese Information nach. »Sie hat den Blick gesenkt und geschwiegen. Was hat das zu bedeuten? Ich sag dir, was es zu bedeuten hat. Sie hat sich nicht getraut aufzublicken oder zu reden. Und warum nicht? Weil ihre Gefühle so stark sind! Ja, verlass dich drauf, sie hat nicht mal gewagt meinen Namen auszusprechen!«

Ergriffen von dieser Schlussfolgerung wandte er sich wieder an Kestrel, um sie über die nächste Phase seines Plans zu unterrichten.

»Du wirst der Johdila sagen, dass du mit mir gesprochen hast. Du wirst ihr sagen, dass ich sie vor dieser Heirat bewahren werde. Aber zuerst muss ich wissen, was sie wirklich fühlt. Verstehst du?«

»Ja«, antwortete Kestrel.

»Sie soll mir durch dich eine Nachricht zukommen lassen. Dann werde ich wissen, was ich zu tun habe.«

»In Ordnung.«

»Jetzt geh! Ich muss ein paar Dinge erledigen. Glück hat nur der Tüchtige!«

Inzwischen übte die Johdi mit ihrer Tochter den Ablauf der Trauung. Sie selbst hatte die fünf Schritte schon vor vielen Jahren vollführt, doch sie erinnerte sich noch lebhaft an jeden einzelnen Augenblick.

»Meine Mutter hat meinen ganzen Hochzeitstag über geweint. Ich werde bestimmt auch weinen, das weiß ich jetzt schon. Also, das Wichtigste ist, kleine Schritte zu machen – so.«

Die Johdi machte einen kleinen, schlurfenden Schritt nach vorn.

»Denk daran, immer wenn du einen Schritt nach vorn machst, macht er auch einen. Du darfst nicht mit ihm zusammenstoßen. Ich habe Trauungen erlebt, bei denen das Paar keinen Platz mehr für den fünften Schritt hatte. Und du weißt ja, was das bedeutet.«

»Nein, Mama. Was bedeutet das?«

»Einer wird zehn Jahre vor dem anderen sterben. Jeder Schritt steht für zehn gemeinsame Jahre. Also lass uns üben. Ich mache den Bräutigam.«

Sie stellten sich an den entgegengesetzten Enden des großen Salons in der königlichen Kutsche auf, die Gesichter einander zugewandt.

»Hände gefaltet. Blick nach unten.« Sisi gehorchte. »Er fängt an, dann kommst du. So. Jetzt du.«

Sisi machte einen Schritt nach vorn.

»Pause. Jetzt kommt Musik. Du darfst erst nach dem dritten Schritt aufschauen.«

»Warum?«

»In den ersten Jahren ordnet sich eine gute Frau dem Mann unter.«

»Aber du ordnest dich Papa doch auch nicht unter.«

»Nur in den ersten Jahren, Liebling. Jetzt bin ich wieder dran. Und jetzt du wieder.«

Sisi machte einen Schritt nach vorn.

»Bevor du geheiratet hast, Mama, hast du da Papa heiraten wollen?«

»Natürlich, Liebling. Er war schließlich der Sohn des Johana von Gang. Das heißt, des alten Johana.«

»Aber hast du ihn geliebt?«

»Wie hätte ich ihn denn lieben können, mein Schatz? Du kannst keinen Mann lieben, zu dem du nicht einmal Guten Morgen gesagt hast.«

»Und was wäre gewesen, wenn du ihn nicht gemocht hättest?«

»Dritter Schritt. Schön klein.«

Sisi machte einen Schritt nach vorn.

»Jetzt schau auf. Halte den Kopf von nun an gerade.«

Sisi schaute zu ihrer Mutter auf. Sie stand jetzt dicht vor ihr.

»Ich hab es vorgezogen, ihn zu mögen. Und das wirst du auch. Vierter Schritt. Und – fünfter Schritt.«

Die Johdi machte einen Schritt nach vorn und Sisi tat es ihr gleich. Jetzt standen sie nah genug, um sich berühren zu können. Ihre Mutter löste ihre dicken Hände voneinander und erklärte: »Mit diesen fünf Schritten trete ich als dein Ehemann vor dich hin. Nimmst du mich an, als meine Ehefrau?«

»Und ich muss nur Ja sagen?«

»Du sagt einfach Ja, mein Liebling. Und dann bist du eine Ehefrau.«

Sisi spürte, wie sie von einer tiefen Traurigkeit ergriffen wurde. Weil ihre Mutter das nicht merken sollte, legte sie die Arme um sie und vergrub ihr Gesicht im üppigen Busen der Johdi.

»Ist ja schon gut, meine Kleine. Ist ja gut.«

»Mama«, sagte Sisi nach einer Weile. »Warst du immer glücklich als Papas Frau?«

Die Johdi seufzte. »Ich kenne kein anderes Leben«, antwortete sie. »Er ist ein guter Ehemann. Wer weiß, ob es mit jemand anderem besser gewesen wäre?«

Als Sisi an diesem Abend mit Kestrel in ihrer Kutsche lag, in der stillen, vertraulichen Zeit zwischen dem Zu-Bett-Gehen und dem Einschlafen, wartete sie auf Lunkis leises, regelmäßiges Schnarchen und sprach dann ihre Freundin an.

»Kess, Liebling. Bist du noch wach?«

»Ja.«

»Ich würde gern etwas von dir wissen. Hast du jemals vor allem und jedem weglaufen und ein ganz anderer Mensch sein wollen?«

»Ja«, antwortete Kestrel. »Sehr oft sogar.«

»Aber du hast es nie getan?«

»Ich bin einmal weggelaufen. Aber ich bin kein anderer Mensch geworden.«

»Bist du nach Hause zurückgekehrt?«

»Ja.«

»Und ist alles weitergegangen wie vorher?«

»Nein. Alles war anders danach.«

»War das gut oder schlecht?«

»Ich bin mir nicht sicher.« Kestrel dachte darüber nach, weil sie wahrheitsgemäß antworten wollte. »Ich glaube, es war vielleicht schlecht. Seitdem habe ich nie wirklich das Gefühl gehabt, dass ich irgendwohin gehöre.«

»Vielleicht gehörst du nirgendwohin. Bei manchen Menschen ist das einfach so.«

Kestrel berührte die silberne Stimme, die ihr Tag und Nacht um den Hals hing. »Vielleicht.«

Danach schwiegen sie. Kestrel dachte an ihre Mutter, die wollte, dass sie eines Tages heiratete, und an Sisi, die das nun bald tun sollte. Zum ersten Mal hatte sie das Gefühl, dass Sisi wie sie selbst war.

»Kess«, sagte Sisi aus dem Dunkeln, »ich will diese Hochzeit nicht. Aber ich weiß nicht, wie ich sie verhindern soll.«

Kestrel rang kurz mit sich selbst. Allmählich schämte sie sich dafür, dass sie Sisi für ihre Zwecke benutzte. Aber sie hatte keine Wahl. Sie musste Sisi mit einem Trick dazu bringen, ihre Rolle zu spielen, oder ihre Familie und ihr Volk würden niemals befreit werden.

»Vielleicht solltest du mit deinen Eltern reden.«

»Sie werden mir bloß sagen, dass ich heiraten muss. Mama wird sagen, mit einem anderen wäre es genauso und ich werde mich schon dran gewöhnen, auch wenn ich am Anfang nicht will.«

»Weißt du«, sagte Kestrel, um ihr Gewissen zu beruhigen, »bis zur Trauung selbst bist du ja noch nicht verheiratet und bis dahin sind es noch viele Tage. Vielleicht wird vorher irgendwas passieren, das alles ändert.«

»Vielleicht.« Sisis Stimme klang schwach und traurig. »Aber das glaube ich nicht.«

Kestrel wappnete sich, um den nächsten Schritt ihres Planes auszuführen. Sie streckte den Arm nach Sisis Bett aus.

»Wir werden aber trotzdem Freundinnen bleiben, oder?«

»Natürlich! Für immer!«

»Wir könnten uns ein geheimes Zeichen ausdenken, wenn du willst.«

»Was für ein geheimes Zeichen?«

»Eins, mit dem wir uns sagen, dass wir Freundinnen sind.«

»O ja. Das gefällt mir. Was soll denn das für ein Zeichen sein?«

»Wenn wir zusammen in der Öffentlichkeit sind«, sagte Kestrel, »und ich nicht mit dir reden kann, weil du eine Prinzessin bist und ich ein Dienstmädchen bin, drücke ich meine Handflächen aneinander und schlinge dann meine Finger umeinander, so wie zwei Menschen, die sich umarmen. Dann weißt du, dass ich an unsere Freundschaft denke.«

»Oh, Kess! Wie entzückend! Und was ist mein Zeichen?«

»Du machst das Gleiche für mich.«

Sie schwiegen. Nach einer Weile sagte Sisi glücklich im Dunkeln: »Ich mache es jetzt gerade. Du auch?«

»Ja.«

»Ich hab dich wirklich lieb, Kess. Ich hatte noch nie ein geheimes Freundschaftszeichen.«

»Ich auch nicht.«

»Dann bin ich deine erste geheime Freundin und du bist meine.«

Innerlich gewärmt von diesem Gedanken schlief Sisi schließlich ein.

Als Ozoh der Augur am nächsten Morgen aufwachte, stellte er fest, dass sein Huhn verschwunden war. Die Käfigtür stand offen und das Huhn war nirgendwo zu sehen. In wachsender Panik durchsuchte er die Kutsche.

»Wo bist du denn, mein flauschiger Schatz? Gluck-gluck-gluck! Wo bist du bloß, mein Täubchen?«

Das Huhn blieb verschwunden. Es konnte nicht allein aus dem Käfig herauskommen. Also hatte es jemand gestohlen.

Ozoh setzte sich auf den Stuhl neben dem leeren Käfig. Tränen liefen ihm über die Wangen. Er liebte sein Huhn. Er wusste, es war lächerlich, ein Huhn zu lieben, doch das Federvieh war ihm eine Freundin gewesen und er fühlte sich einsam auf der Reise.

Dann trocknete er seine Tränen und dachte ernsthaft nach. Die Stunde seiner allmorgendlichen Zeichendeutung rückte schnell näher. Es würde seinem Ruf nicht gerade gut tun, wenn er zugeben musste, dass ihm das heilige Huhn abhanden gekommen war und er keine Ahnung hatte, was mit ihm passiert war. Also stattete er den Proviantwagen einen kurzen, unauffälligen Besuch ab.

An diesem Morgen entschied sich die Johdila bei der Zeichendeutung anwesend zu sein. Mit jedem Tag, der verging, interessierte sie sich mehr für Vorhersagen über die Zukunft. Kestrel begleitete sie, hielt sich jedoch im Hintergrund.

Ozoh der Augur erschien mit seiner Eskorte von Wächtern. Er trug seine Zeichenmatte, hinter ihm ging wie üblich sein Diener. Doch Kestrel konnte ebenso wie der restliche versammelte Hofstaat sehen, dass der Diener nicht den Käfig mit dem Huhn trug.

Der königliche Wahrsager rollte nun die Zeichenmatte auf der Erde aus, hockte sich davor und studierte sie – in völliger Stille, als wäre alles in Ordnung. Der Johana schaute hin und her und flüsterte seiner Frau schließlich laut zu: »Ich kann das Huhn nicht sehen.«

»Ruhe!«, zischte der königliche Wahrsager.

»Sei still, Foofy«, sagte die Johdi.

Ozoh begann zu stöhnen. Er wiegte sich mit geschlossenen Augen vor und zurück und summte leise vor sich hin.

»Das hat er noch nie gemacht«, stellte der Johana fest.

Die Johdi schaute beunruhigt zu. Etwas Schreckliches würde geschehen, da war sie sicher. Kestrel sah zum Großwesir hinüber, der den Wahrsager mit gerunzelter Stirn beobachtete und herauszufinden versuchte, was Ozoh vorhatte. Dann schaute sie Zohon an. Sein glattes, ansehnliches Gesicht zeigte keinerlei Regung. Dennoch erkannte Kestrel sofort, dass er auf irgendeine Weise verantwortlich war für den veränderten Ablauf des Morgens.

»Haru! Haru!«, sang Ozoh. Plötzlich machte er einen Satz in die Luft, fiel flach auf die Zeichenmatte und sprang wieder in die Hocke zurück.

Vor ihm auf der Matte lag ein Ei, das sich um die eigene Achse drehte.

Dem ganzen Hof verschlug es den Atem. Selbst Zohon staunte.

»Um in die Zukunft zu sehen«, sagte Ozoh mit leiernder Stimme, »muss ich in die Vergangenheit zurückkehren! Das heilige Huhn hat sich in ein Ei zurückverwandelt!«

»Oh, Foofy!«, rief die Johdi verängstigt. »Wir müssen uns alle zurückentwickeln!«

»Das Ei«, verkündete der Wahrsager, »ist ein Zeichen neuen Lebens, ein Zeichen freudiger Anfänge.«

»Freudig? Bist du sicher? Das arme Huhn.«

»Seht, wie das Ei nun zur Ruhe kommt, Kleine Mutter.«

Die Johdi beruhigte sich wieder. Sie wurde gern Kleine Mutter genannt. Das Ei hatte jetzt aufgehört sich zu drehen.

»Das schmalere Ende weist auf Haru. Dies ist der Beginn eines neuen Zeitalters der Liebe. Ein gesegnetes Zeichen für die bevorstehende Hochzeit!«

Er verneigte sich in Richtung der Johdila.

»Dann ist doch alles in Ordnung, oder?«, fragte der Johana.

»Mehr als in Ordnung, Eure Hoheit. Das heilige Ei weist den Weg. Eure Erhabenheit müssen nur selbst genau hinschauen.«

»Na ja, ich sehe es tatsächlich, das stimmt schon.«

»Ihr seht Liebe. Ihr seht Frieden. Ihr seht Soldaten, die zu ihren erfreuten Familien zurückkehren, ihre Schwerter weglegen und sich frohen Herzens ehrlicher Arbeit zuwenden.«

Kestrel bemerkte, wie Zohon die Stirn runzelte und den Blick abwandte.

»Ich sehe Frühstück«, entgegnete der Johana. Herzlich lachend über seinen eigenen Witz hob er sich aus seinem Klappstuhl und watschelte zu seiner Kutsche zurück.

Kestrel wollte mit der Johdila zu deren eigener Kutsche zurückgehen, als Barzan sich ihnen näherte und die Johdila um Erlaubnis bat, mit ihrem Dienstmädchen sprechen zu dürfen. Sisi war überrascht.

»Sie wollen mit Kess sprechen? Worüber denn?«

»Eine persönliche Angelegenheit, Strahlende.«

Sisi zog Kestrel zur Seite. »Du möchtest doch sicher nicht mit ihm sprechen, oder, Liebling? Bestimmt will er dir mit einem glühend heißen Spieß die Augen ausstechen. Das hat er schon die ganze Zeit über vor, seit ich dich gefunden habe.«

»Ich bin sicher, er will mit mir nur über dich reden.«

»Wieso über mich? Was wirst du ihm sagen?«

»Was möchtest du, dass ich ihm sage?«

So hatte Sisi das noch gar nicht gesehen. Sie überlegte. »Du könntest ihm sagen, dass ich diesen Kerl nicht mag, den ich heiraten soll, und dass ich ihn nicht heiraten werde.«

»Er wird antworten, dass du nicht wissen kannst, ob du ihn magst oder nicht, weil du ihn gar nicht kennst.«

»Oh. Glaubst du das auch?«

»Vielleicht sollte ich versuchen herauszufinden, wer er ist.«

»Ja, das ist eine gute Idee. Wie klug du doch bist. Finde heraus, wer er ist, und sag dann, dass ich ihn nicht mag.«

Die Johdila kehrte in ihre Kutsche zurück und der Großwesir sprach mit Kestrel.

»Du hast die Weissagung ja sicher gehört«, begann er und schenkte ihr ein väterlich gemeintes Lächeln. »Der Beginn eines neuen Zeitalters der Liebe.«

»Ja«, antwortete Kestrel.

»Liebe liegt in der Luft. Das heilige Ei hat die Richtung angegeben.« Er senkte die Stimme. »Vielleicht zeigt das Ei auch auf dich.«

»Auf mich?«

»Ich glaube, du hast einen Verehrer.«

»Wen denn?« Kestrel war aufrichtig überrascht.

»Keinen Geringeren als den gut aussehenden und begehrten Kommandeur der Johjanischen Garde! Den Mann, der die Herzen der Mädchen von Gang höher schlagen lässt!«

Allmählich verstand Kestrel, worauf er hinauswollte.

»Das ist sehr nett von Ihnen«, sagte sie, »aber der Kommandeur hat mir keinen Grund zu der Annahme gegeben, dass er Interesse an mir hat.«

»Er hat doch mit dir gesprochen, oder nicht?«

»Ja.«

»Na, siehst du! Warum sollte ein Mann wie er mit einem Mädchen wie dir sprechen, wenn er es nicht heiraten wollte? Nein, nein, verlass dich drauf, er wirbt um dich.«

»Ich verstehe«, erwiderte Kestrel.

»Ich gebe zu, ich kann mir nicht vorstellen, warum – das heißt, du bist ein aufgewecktes kleines Ding, und wenn du ihm gefällst, warum nicht? Er hat Rang, er hat Vermögen, er hat … nun, einige würden ihn wohl gut aussehend nennen, und bestimmt ist er das auch. Ich persönlich glaube ja, dass man ein solches Aussehen mit dem Alter schnell verliert, und sicher wird er Fett ansetzen … Wie auch immer …« – er nahm seinen Faden wieder auf –, »du wirst in ganz Gang keinen wie ihn finden. Ein Bild von einem Mann. Ein stattlicher Bursche. Einer der Besten.«

Er blickte sich um und stellte fest, dass Zohon selbst sie aus einiger Entfernung beobachtete.

»Siehst du! Er kann dich nicht aus den Augen lassen. Ein süßes Lächeln, eine sanfte Berührung und er gehört dir.«

Zufrieden darüber, die notwendige Saat der Liebe gesät zu haben, nickte er zwei Mal und zog sich zurück.

Zohon wartete, bis der Großwesir außer Sichtweite war, und trat dann selbst auf Kestrel zu. Er wollte nicht dabei gesehen werden, wie er mit ihr sprach, daher schlenderte er nur dicht an ihr vorbei, scheinbar ohne Notiz von ihr zu nehmen. Doch als er auf ihrer Höhe war, sagte er laut genug, dass sie es hörte: »Komm in meine Kutsche.«

Kestrel wartete ein paar Minuten und befolgte dann seine Anweisung. In Zohons Kutsche fand sie zu ihrer Überraschung den königlichen Wahrsager Ozoh vor, doch von Zohon selbst war nichts zu sehen.

Sie schauten sich mit gegenseitigem Argwohn an.

»Was willst du hier?«, fragte Ozoh.

»Ich wurde hierher bestellt«, antwortete Kestrel.

»Das wurde ich auch.«

Danach schwiegen sie eine Weile. Ozoh betrachtete die silberne Stimme, die an Kestrels Hals hing.

»Dieser Anhänger ist sehr ungewöhnlich. Wo hast du ihn her?«

»Von zu Hause«, antwortete Kestrel.

»Ich würde ihn dir gerne abkaufen. Ich würde dich gut dafür bezahlen.«

»Er ist nicht zu verkaufen.«

Bevor Ozoh etwas erwidern konnte, kam von irgendwo

aus der Nähe ein glucksendes, gurrendes Geräusch. Ozoh sprang auf.

»Mein Huhn!« Mit bauschender Pluderhose wirbelte er herum. »Wo bist du, mein flauschiger Schatz?«

Das Geräusch kam aus der Schlafzimmerhälfte der Kutsche, die vom Hauptraum durch eine Trennwand abgeteilt war. Kestrel sah zu, wie Ozoh durch die geöffnete Tür trat und zum verhangenen Bett dahinter ging. Das Gurren war inzwischen von einem ängstlichen Gackern abgelöst worden.

»Ich komme, mein Täubchen! Ich komme!«

Ozoh zog den Vorhang zurück und erstarrte. Auf dem Bett lag Zohon, vollständig angekleidet, und hielt das Huhn mit dem Kopf nach unten an den Beinen.

Er lächelte den Wahrsager an und setzte sich schwungvoll auf. Dann streckte er seine freie Hand aus und nahm seinen silbernen Hammer vom Nachttisch.

»Haben dir deine Zeichen das hier vorausgesagt?«, fragte er.

Mit einer raschen, schwungvollen Bewegung schlug er dem Huhn mit der Klinge des Hammers den Kopf ab. Ozoh schluchzte auf, krächzend und gequält. Zohon hielt ihm den blutüberströmten kopflosen Körper hin. Ozoh nahm ihn und drückte ihn sich an die nackte gemusterte Brust.

Zohon erhob sich zu seiner vollen Größe.

»Von jetzt an«, sagte er, »arbeitest du für mich.«

Er blickte durch die offene Tür zu Kestrel hinüber. Er lächelte sie genauso an wie zuvor den Wahrsager und zog eine Fußspitze schnell über den Boden. Der Hühnerkopf schlitterte über die Dielen und blieb vor Kestrels Füßen liegen.

Sie hörte, wie Ozoh leise schluchzte, während er das kleine weiße Federknäuel in seinen Armen streichelte.

»Oh, mein Täubchen«, sagte er. »Oh, mein flauschiger Schatz.«

Zohon drehte sich um und blickte den Wahrsager durchdringend an. »Ich erwarte von jetzt an Zeichen, die meinen Absichten zuträglich sind«, erklärte er. »Du wirst davon sprechen, dass ein starker Anführer gebraucht wird. Du wirst von verräterischen Fremden sprechen. Du wirst sagen, dass man die reinste Liebe zu Hause findet. Hab ich mich klar genug ausgedrückt?«

»Ja«, sagte Ozoh und neigte den Kopf.

»Du kannst jetzt gehen.«

Ozoh schlurfte aus der Kutsche. Die Überreste seines Huhns hielt er fest an sich gedrückt und sein türkis gemusterter Bauch war blutverschmiert.

Nun heftete Zohon seinen erbarmungslosen Blick auf Kestrel.

»Ich bin ein guter Freund«, sagte er, »aber ein gefährlicher Feind.«

Kestrel begriff, was er ihr hatte zeigen wollen: Er hatte Ozohs Huhn getötet, um ihr Angst einzujagen, und das war ihm gelungen. Bisher hatte sie ihn nur für dumm gehalten, doch jetzt hielt sie ihn außerdem für grausam. Eine Mischung, die sie wahrhaftig zum Fürchten fand.

»Warum hast du mit Barzan gesprochen?«, wollte er wissen.

»Er ist zu mir gekommen, nicht ich zu ihm.«

»Warum hat er mit dir gesprochen?« Er schwenkte seinen Hammer vor und zurück ohne sie aus den Augen zu lassen.

»Wegen Ihnen. Er glaubt, Sie interessieren sich für mich. Er will, dass ich Sie ermutige.«

»Er glaubt …!«

Plötzlich brach er in schallendes, tief dröhnendes Gelächter aus. »Er glaubt, ich interessiere mich für dich! Wundervoll! Was für ein Narr dieser Mann ist! Nun, warum eigentlich nicht? Soll er es ruhig glauben. Sag ihm, ich werbe um dich. Sag ihm, der große Zohon hat sich unsterblich in das Dienstmädchen der Johdila verliebt.« Er schüttelte sich vor Lachen. »Na so was! Damit habe ich nicht gerechnet.« Schließlich beruhigte er sich und wurde wieder ernst. »Was ist mit der Johdila? Hast du eine Nachricht für mich?«

»Eine Nachricht nicht direkt«, antwortete sie.

Kestrel spürte, wie ihr das Blut in die Wangen stieg. Sie hatte sich auf diesen Augenblick vorbereitet, aber da hatte sie Zohons Grausamkeit noch nicht erlebt. Es machte ihr nichts aus, ihn zu hintergehen, aber sie sorgte sich um Sisi. Zohon fasste ihr Stocken anders auf.

»Du brauchst keine Hemmungen zu haben«, sagte er. »Erzähl mir einfach, was sie gesagt hat.«

»Die Johdila traut sich nicht zu sprechen«, antwortete Kestrel. »Aber um Ihnen ihre wahren Gefühle mitzuteilen, wird sie Ihnen …« Wieder zögerte sie. Dann fuhr sie mit gesenktem Blick fort: »Sie wird Ihnen ein geheimes Zeichen geben.«

Zohon machte große Augen. »Ein Zeichen ihrer Liebe? Woraus besteht das Zeichen?«

Kestrel drückte langsam die Handflächen aneinander und schlang dann die Finger umeinander. »Das Zeichen ewiger Liebe.«

Zohon betrachtete gebannt Kestrels umklammerte Hände. Er seufzte tief. »Das Zeichen ewiger Liebe«, murmelte er. »Wann wird sie mir das Zeichen geben?«

»Wenn es ihr möglich ist. Sie müssen Geduld haben. Sie hat große Angst.«

»Ich verstehe. Sag der Johdila – sag Sisi –, dass ihr niemals etwas geschehen wird. Sag ihr, sie steht unter dem Schutz des Hammers von Gang.«

Dabei hob er seinen silbernen Hammer. An der Klinge sah Kestrel noch das Blut des Huhns kleben.

12
Belohnung und Strafe

Marius Semeon Ortiz erklomm die breite Treppe zu den oberen Ebenen der Hohen Domäne. Obwohl sein Herz raste, zwang er sich zu einem gemäßigten, würdevollen Tempo. Von oben hörte er ein Orchester spielen, das von einer virtuos klingenden Geige angeführt wurde. Ein gutes Zeichen: Der Meister spielte nur, wenn er in guter Stimmung war. Sicher, dachte Ortiz, war der Augenblick jetzt gekommen. Der Meister konnte es nicht länger hinauszögern. Die Hochzeitsfeier würde angeblich schon in wenigen Tagen stattfinden und der Meister hatte seinen Sohn und Erben immer noch nicht benannt.

Hier in den weiten, lichterfüllten Räumen unter den mit Juwelen besetzten Kuppeln, wo keinerlei Gegenstände, Möbel, Vorhänge oder Lampen die strahlende Leere stören durften, schritt die riesige Gestalt des Meisters mit der Geige an der Schulter und dem Bogen an den Saiten auf und ab und dirigierte sein eigenes Orchester samt Chor. Die stehenden Musiker hatten den Blick auf den Meister geheftet und begleiteten ihn aus dem Gedächtnis. Die Chorsänger warteten schweigend, doch ihre Blicke folgten ebenfalls dem Meister und alle drehten sich gleichzeitig, als er an ihnen vorbei- und wieder zurückschritt. Etwas abseits standen zwei geduldige Gestalten, eine mit einem großen Buch in den Händen, die andere mit Eimer und Wischlappen. Der Mann mit dem Buch war Meeron Graff, Hofhalter des Meisters. Der andere war Spalian, der Leibdiener des Meisters.

Die lieblichen Saitenakkorde wurden von klangvollem Blech abgelöst, als der Meister seinen Bogen hob und sich umdrehte, um seinen Gast zu begrüßen. Mit halb geschlossenen Augen, das bärtige Gesicht nach oben gereckt, schritt er durch den gewölbeartigen Raum, führte den Bogen nun durch die Luft, dirigierte prächtige ansteigende Trompetenstöße und schichtete Trommelwirbel wie Gebirgszüge übereinander, bis er sich schließlich wieder seinem eigenen Instrument zuwandte. Mit einer atemberaubenden Folge weit schwingender Töne brachte er die Komposition in einem krönenden letzten Akkord zum Abschluss.

Ortiz stand still da und staunte. Der Meister trug keine Kopfbedeckung, seine struppige weiße Mähne fiel ihm um die Schultern und in seinen großen, leuchtenden grauen Augen spiegelte sich seine Leidenschaft für die Musik wider. Wie oft hatte Ortiz dieses edle Gesicht betrachtet! In der breiten Stirn las er Weisheit, in der großen, vorstehenden Nase Willenskraft, in den kräftigen roten Wangen Güte. Wie alt war der Meister? Niemand wusste es. Vielleicht sechzig, vielleicht auch älter. Er war rüstig wie eh und je, unstillbar in seinen Gelüsten und dabei unendlich liebevoll. Man erzählte sich, dass der Meister einem Menschen nur in die Augen zu schauen brauchte, um seine geheimsten Gefühle zu kennen. Aber Ortiz hatte keine Geheimnisse vor ihm. Er war schon als ganz kleines Kind ins Reich des Meisters gebracht worden, nach dem Tod seines Vaters. Außer dem Meister hatte er nie einen anderen Vater gekannt. Was er auch tat, er tat es, um die Anerkennung und Liebe des Meisters zu gewinnen.

Nun verebbten die letzten schwingenden Töne der Musik und die Musiker nahmen ihre Instrumente herunter. Der Meister ließ seine Geige von der Schulter sinken und winkte seinen Gast heran. Ortiz trat vor und warf sich vor dem Meister auf den Boden.

»Steh auf, Junge, steh auf!«

Ortiz erhob sich.

»Du hast deine Sache gut gemacht.«

»Damit Ihr zufrieden seid, Meister.«

Der Meister nickte. »Geh ein Stück mit mir.«

Er drehte sich um und schritt über den hallenden Fußboden. So fand man den Meister sehr häufig vor: Er wanderte mit der Geige in der Hand durch die oberen Ebenen der Hohen Domäne und hatte den Blick auf die fernen Berge, den See oder den unendlichen Himmel gerichtet. Er hasste Menschenmengen und Stillstand, enge Mauern und Ruhe. Daher war er ständig in Bewegung und stets von Weite umgeben. Es war, als passte seine übergroße Gestalt nicht in einen normalen Raum.

»Werden deine neuen Sklaven gut versorgt?«

»Ja, Meister.«

»Belohnung und Strafe.«

»Ja, Meister.«

»Die Manth waren früher einmal ein vornehmes Volk. Ein Volk großer Talente. Und jetzt… Du solltest ihre Geschichte studieren. Sie lehrt uns Demut.«

»Ja, Meister.«

»Nach der Grausamkeit kommt die Güte. Im Moment hassen sie mich. Mit der Zeit werden sie mich lieben.«

»Euer ganzes Volk liebt Euch, Meister.«

»Natürlich. Es ist ein angeborener menschlicher Instinkt, diejenigen zu lieben, die an der Macht sind. Dazu braucht es nur wenig Ermutigung.«

Er schaute durch eines der großen Fenster auf die Stadt hinaus. Zwei Tauben flatterten herab und ließen sich draußen auf einer Brüstung nieder. Beide waren silbergrau, aber eine hatte eine weiße Brust. Der Meister musterte sie interessiert.

»Siehst du die beiden Vögel da draußen? Der mit der weißen Brust wird zuerst wegfliegen. Ich setze mein Abendessen darauf!«

Er trat näher an das Fenster heran und schwenkte seinen Geigenbogen. Die Tauben flatterten auf, die mit der weißen Brust zuerst. Der Meister lachte dröhnend auf.

»Na also! Ich werde heute Abend mein Essen bekommen!«

Ortiz schwieg. Der Meister tat und sagte oft Dinge, die Ortiz nicht verstand. Es war am sichersten, nichts dazu zu sagen.

»Ich verliere genauso oft, wie ich gewinne, weißt du? Vor gar nicht allzu langer Zeit habe ich fünf Wetten nacheinander verloren. Zwei Tage lang habe ich nichts gegessen.« Er lachte wieder und schaute Ortiz an. »Warum, glaubst du, mache ich das?«

»Um Eure Willenskraft zu schulen?«

»Nicht schlecht, nicht schlecht. Ich mache es, um mich selbst in Schach zu halten. Ich habe die absolute Macht. Niemand kann mich beherrschen. Also muss ich mich selbst beherrschen. Ich mache meine kleinen Wetten, und wenn ich verliere, bezahle ich dafür. Wie alt bist du?«

Er schleuderte ihm diese persönliche Frage ohne Vorwarnung entgegen.

»Einundzwanzig, Meister.«

»Denkst du ans Heiraten?«

Ortiz unterdrückte die Aufregung, die in ihm aufkam. »Ja, Meister. Wenn die Zeit gekommen ist.«

»Die Zeit? Nicht die richtige Frau?«

»Und die richtige Frau, Meister.«

»Ein königlicher Zug nähert sich unseren Grenzen. Der Herrscher unseres Nachbarreiches hat darum ersucht, dass unsere beiden Länder durch Heirat vereint werden. Er gibt seine Tochter. Ich soll meinen Sohn geben. Du weißt all das?«

»Ja, Meister.«

»Also brauche ich offenbar einen Sohn.«

Abrupt blieb der Meister stehen. Er hielt Meeron Graff seine Geige und seinen Bogen hin, der sie ihm abnahm, und brüllte: »Platz machen!«

Ortiz trat zurück. Der Meister hob seine Gewänder hoch, öffnete seine Kniebundhose und urinierte in einem langen, kräftigen Strahl auf den glatten Steinboden.

»Aaah!«, rief er mit offensichtlicher Befriedigung aus. »Eine der unerschöpflichen Freuden des Lebens. Der Ruf so zwingend, die Erleichterung so schön. Spalian!«

Der Diener hatte nicht erst gewartet, dass man ihn rief. Kaum hatte der Meister seine Blase geleert, da stand Spalian schon mit Eimer und Wischlappen vor ihm. Das Orchester und der Chor wandten den Blick ab und taten so, als hätten sie nichts gesehen. Innerhalb kürzester Zeit war die Pfütze auf dem Boden verschwunden, die Steinfliesen waren sauber und trocken gewischt und der Meister hatte seine Geige wieder an sich genommen.

»Eine absolut Ekel erregende Angewohnheit, nicht?«, sagte er zu Ortiz, als Spalian sie verließ, um seinen Eimer zu leeren. »Wie ein Tier. Warum mache ich das?«

»Eine weitere Methode, um Euch selbst in Schach zu halten, Meister?«

»Sehr gut. So ist es. Niemand wagt es, mich zu rügen, verstehst du. Ich muss mich selbst rügen. Aber wofür? Alles, was ich tue, tue ich in bester Absicht. Also – pinkle ich auf den Fußboden! Ekelhaft! Wie ein Tier! Ich schäme mich dafür. Verstehst du?«

Er warf seine Geige an die Schulter, und als wollte er seinem Ekel vor sich selbst Ausdruck verleihen, spielte er eine Folge wilder Töne, die sich gegenseitig in höchste Höhen jagten.

»Ich glaube schon, Meister«, antwortete Ortiz.

Der Meister nahm die Geige wieder herunter. »Wo waren wir stehen geblieben? Bei der Hochzeit. Du schaust dir das Mädchen vorher besser mal an. Finde heraus, ob sie für dich in Frage kommt.«

»Meister! Ist es Euer Wunsch... Darf ich daraus schließen...«

»Na? Was?«

»Ihr selbst habt gerade gesagt, Meister, dass Ihr einen Sohn braucht.«

»So ist es. Jemand muss das Mädchen heiraten.«

»Und Ihr glaubt, dass ich...?«

Ortiz brachte es nicht über sich, den Satz zu Ende zu sprechen. Der Meister schaute ihn stirnrunzelnd an und wartete darauf, dass er fortfuhr. Dann brach er erneut in Gelächter aus.

»Ja, ja, ich denke dabei an dich, Junge. Natürlich. Aber mach dir keine zu großen Hoffnungen. Mag sein, dass ich dich als meinen Sohn benenne. Mag sein, dass du das Mädchen heiratest. Aber das bedeutet noch lange nicht, dass du nach mir Meister sein wirst. Um dieser Würde gewachsen zu sein, ist mehr nötig als eine Prinzessin zu heiraten.«

»Das weiß ich, Meister.«

»Du bist nicht groß genug für diese Aufgabe. Noch nicht.« Er lächelte Ortiz liebevoll an und klopfte sich selbst auf den beachtlichen Bauch.

»Ich werde wachsen, Meister.«

»Gute Antwort. Ein Schritt nach dem anderen, was? Geh und sieh dir das Mädchen an. Finde heraus, ob du sie ertragen kannst. Und dann entscheiden wir.«

»Ja, Meister.«

»Dann ab mit dir! Und frisch deinen Tantaraza auf, ja?«

»Ja, Meister!«

»Und gib gut auf diese Manth-Sklaven Acht! Sie werden uns sehr nützlich sein.«

Die Manth stellten an ihren Arbeitsplätzen überall im Reich des Meisters fest, dass ihre Fähigkeiten bemerkt und sinnvoll genutzt wurden. Scooch war nur einen Tag lang ein kleiner Teigmischer gewesen. Inzwischen hatte er seine eigene Konditorei und drei Auszubildende unter sich. Der Schneider Miko Mimilith hatte ein paar Kleider angefertigt, die aufgefallen waren, und nun arbeitete er an einem Kleid für eine vornehme Dame aus der Hohen Domäne. Er beschrieb den anderen in den Baracken seinen Entwurf.

»Nur ein schlichtes, eng anliegendes Kleid, aber hochgeschlossen und mit einer Schleppe. An der Schleppe ist eine Schlaufe festgenäht, die sie um ihr Handgelenk legen kann, so dass sich die Schleppe beim Gehen ihren Bewegungen anpasst.«

Er führte es ihnen vor und wiegte sich dabei so übertrieben in den Hüften, dass alle lachen mussten.

Creoth war eine kleine Herde von Milchkühen anvertraut worden.

»Ich kenne jede Einzelne von ihnen«, verkündete er, »und ich hab allen einen Namen gegeben. Blesse, Gelbbraune, Träumer, Hüpfer. Cherub, Engel, Wolke. Trampler, Stampfer, Stern ...«

Mumpo war fortgegangen und wohnte jetzt in der Manaxa-Schule. Er sollte auf der bevorstehenden Hochzeitsfeier sein Debüt als Manac geben. Pinto vermisste ihn schrecklich, umso mehr, als sie nun jeden Tag zur Schule gehen musste und es überhaupt nicht mochte. Die anderen Kinder waren eigentlich zufrieden, weil jedes von ihnen ein neues Schreibheft und ein neues Etui mit vier Stiften, einem Radiergummi und einem Lineal bekommen hatte. Die Stifte waren alle ordentlich angespitzt. Dr. Batch sagte den Kindern, dass die Stifte immer schön spitz bleiben mussten und dass er sie jeden Tag kontrollieren würde. »Stumpfe Stifte für stumpfsinniges Schreiben«, erklärte er. »Wir wollen spitze Stifte für scharfe Gedanken.«

Pinto hasste es, ihre Stifte anspitzen zu müssen, obwohl sie nicht recht wusste, warum. Ihre Mitschüler schoben es darauf, dass sie eine Hath war und eine sonderbare Mutter hatte. Wie zu alten Zeiten in Aramanth schien die Familie Hath wieder einmal nicht im Einklang mit den anderen zu sein. Anders als die übrigen Sklaven gewöhnten sie sich weder an ihr neues Leben, noch nutzten sie die neuen Möglichkeiten aus.

Hanno Hath stapelte weiterhin Bücher im Lager. Ira Hath weigerte sich eine anspruchsvollere Stelle als die einer Näherin in der Wäscherei anzunehmen. Sie sprach mit niemandem darüber, doch sie merkte, dass sie immer schwächer wurde. Wenn sie jetzt weissagte, dann mit leiserer Stimme. Sie hatte sowieso nur noch wenige Zuhörer, denn alle wussten, dass sie immer das Gleiche sagte.

»O unglückliches Volk!«, sagten sie zueinander und äfften ihre Prophetin hinter ihrem Rücken nach. »Suchet die Heimat. Wind kommt auf!«

Sie lachten und wedelten mit den Armen, als würde sie ein starker Wind davonblasen.

»Es ist gleichgültig, ob sie zuhören oder nicht«, sagte Hanno. »Es kommt nur darauf an, dass du weissagst. Lass deine Stimme hören. Solange sie uns nur auslachen, können wir das ertragen, denke ich.«

Auch Bowman behielt seinen bescheidenen Posten als Nachtwächter. Während die Kühe grasten und später schliefen und ihm der stille graue Kater, der ihm überallhin folgte, zusah, lauschte er auf Kestrels langsames Näherrücken und schulte seine geheimen Kräfte. Seit dem Besuch des Einsiedlers wusste er, dass er auserwählt war, die große Macht zu zerstören, die ihrer aller Leben bestimmte. Daher befasste er sich jede Nacht mit seinen Übungen zur Gedankenbeherrschung – unermüdlich wie ein Wettläufer, der für eine Meisterschaft trainiert.

Eines Nachts hörte er beim Üben eine Stimme aus der Dunkelheit, die ihn rief.

»Bowman! Bist du da?«

»Ja. Ich bin hier.«

Eine schmale Gestalt tauchte auf und lief mit federnden Schritten über das nachtfeuchte Gras. Es war Rufy Blesh. Er trat zu Bowman in den Lichtkegel der Laterne und betrachtete den Kater, die schlafenden Kühe und den finsteren, fernen See.

»Machst du das die ganze Nacht? Einfach nur hier sitzen?«

»Ja.«

»Willst du das für den Rest deines Lebens tun?«

»Ich hoffe nicht.«

»Das wirst du aber. Wenn du nichts dagegen unternimmst.«

Bowman spürte Rufys ruhelose Wut. Er konnte sich ihm nicht gefahrlos anvertrauen.

»Wir müssen abwarten, Rufy.«

»Was abwarten? Wie lange noch? Bis wir alle alt sind? Schämst du dich nicht für jeden einzelnen Tag, den du hier verbringst?«

»Wir können nichts tun. Du weißt doch, womit sie uns bestrafen. Du kennst den Preis, den wir zahlen müssten.«

»Ja, ich kenne ihn.« Rufy wurde ganz aufgeregt. »Verstehst du denn nicht? Auf diese Art bringen sie uns dazu, dass wir uns selbst zu Sklaven machen. Ich hab darüber nachgedacht – es gibt nur eine Lösung. Wir können nur dann entkommen, wenn wir diesen Preis zahlen. Einige wenige werden leiden, aber der Rest wird frei sein.«

»Kannst du das?«, fragte Bowman. »Ich nicht.«

»Warum nicht? Wenn das hier ein Krieg wäre, würden auch ein paar von unseren Leuten sterben. Eigentlich ist es ein Krieg. Einige von uns haben schon ihr Leben verloren. Wofür sind sie gestorben, wenn wir nie zurückschlagen?«

»Ich kann es nicht, Rufy.«

»Dann hast du also kapituliert. Du gibst dich geschlagen. Damit bist du ein echter Sklave geworden.«

»Das glaube ich nicht...«

»Doch! Genau das bist du! Du taugst genauso wenig wie die anderen. Du hast aufgegeben!«

»Rufy, ich weiß, dass sie deine Mutter umgebracht haben...«

»Hier geht es nicht um meine Mutter! Es geht um mich! Sie ist tot. Ich bin aber nicht tot. Ich hab mein ganzes Leben noch vor mir. Und du auch, Bowman. Ich dachte, wenigstens du würdest zurückschlagen wollen.«

»Das will ich auch. Aber dies ist nicht der richtige Zeitpunkt.«

»Dies ist nicht der richtige Zeitpunkt. Warte. Hab Geduld. Das ist alles, was ich höre. Aber niemand unternimmt irgendwas und nichts ändert sich.« Er sprang auf und hielt Bowman unvermittelt die Hand hin. »Leb wohl, Bowman. Du bist der Beste.«

Bowman schüttelte ihm die Hand. »Mach keine Dummheiten, Rufy«, sagte er. »Denk daran, du bist nicht allein.«

»Letztlich sind wir alle allein auf dieser Welt. Das hab ich gelernt.« Damit verschwand er in der Dunkelheit.

Bowman blickte ihm sorgenvoll nach.

»Ich hätte mehr sagen sollen.« Er sprach diesen Gedanken laut aus. »Aber was gibt es noch zu sagen?«

Der graue Kater schaute ihn vorwurfsvoll an. Bowman

hatte sich so an die Anwesenheit des Katers gewöhnt, dass er oft laut mit ihm sprach, obwohl das eigentlich nur eine Form von Selbstgespräch war. Nebel ärgerte sich sehr über diese einseitige Art der Unterhaltung.

Bowman wandte sich wieder seinen Übungen zu.

»Sieh her, Kater! Achte auf den Stab!«

Inzwischen konnte er den Stab so heben, wie es der Einäugige getan hatte, und ihn in seine Hand wandern lassen.

»Glaub mir«, sagte Nebel, »wenn du einen fliegenden Stab gesehen hast, hast du alle gesehen.«

»Das sind die Kräfte des Sänger-Volkes, Kater. Eines Tages werde ich ein Sänger sein.«

»Eines Tages? Wie wär's mit jetzt?«

»Du siehst mich so komisch an, Kater. Ich würde zu gern wissen, was du denkst.«

»Warum versuchst du dann nicht es herauszufinden?«

»Ich würde zu gern wissen, ob du jedes Wort verstehst, das ich sage.«

»Oh, verschon mich!«

»Heb eine Pfote.«

Nebel dachte darüber nach. Einerseits hielt er diese Bitte für unter seiner Würde. Heb eine Pfote, also wirklich. Er war doch kein junges Kätzchen. Andererseits musste er dieses Kind des Propheten irgendwie dazu bringen, härter an ihrem Verständigungsproblem zu arbeiten.

Er gähnte, um zu zeigen, dass er keinen kätzchenhaften Eifer verspürte, und hob eine Pfote.

Bowman starrte ihn ungläubig an. »Du verstehst mich!«

»Bravo! Dann lass uns jetzt endlich zusehen, dass du mich verstehst.«

»Dreh dich im Kreis.«

»Du lieber Himmel. Ich werde mich nicht auf den Rücken legen und mit den Beinen in der Luft strampeln, also bitte mich gar nicht erst darum.«

Nebel drehte sich langsam und würdevoll im Kreis. Bowman schaute ihn eine Weile schweigend an. Dann sank er sachte auf die Knie.

»Verzeih mir, wenn ich dich nicht respektvoll genug behandelt habe«, sagte er. »Da ist so vieles, was ich nicht verstehe.«

Das war durchaus ein Fortschritt. Nebel war beinahe gerührt. Der Junge ist gar nicht so dumm, wie er aussieht, dachte er. Er ging mit hoch erhobenem Schwanz auf ihn zu und rieb seinen Körper als Geste des guten Willens gegen die Beine des Jungen.

»Wenn du bitte ganz nahe an mich herankommen und still sitzen würdest«, bat Bowman. »Ich würde dich gern besser kennen lernen.«

Nebel kam dieser Aufforderung nach. Der Junge war so höflich, dass er ihm die Bitte kaum abschlagen konnte.

Bowman stützte sich auf die Ellbogen und lehnte seine Stirn gegen das Gesicht des Katers. Zuerst stellte Nebel fest, dass es ihn an den Schnurrhaaren kitzelte, und er drehte den Kopf zur Seite. Doch Bowman wartete geduldig und schließlich fanden sie eine Stellung, die für sie beide angenehm war: die Stirn des Katers an Bowmans rechte Schläfe gedrückt. So blieben sie eine Weile schweigend sitzen.

Bowman strengte sich sehr an. Als Erstes verbannte er seine eigenen Gedanken aus dem Kopf. Dann saß er still da und dachte an gar nichts. Schließlich tastete er sich ganz vorsichtig in die Gedanken des Katers.

Er spürte, wie der Kater beim ersten Eindringen zusammenzuckte.

»Ich werde dir nicht wehtun«, sagte er.

Nebel stellte fest, dass sich diese Erfahrung mit nichts vergleichen ließ, was er bisher erlebt hatte. Der Einsiedler hatte ihn einfach hören können. Das hier war etwas anderes. Wie der Junge gesagt hatte, er wollte ihn kennen lernen.

»Das ist zu schnell«, sagte der Junge gerade. »Langsamer.«

Nebel bemühte sich die rasenden Impulse in seinem Innern zu verzögern. Das war gar nicht so leicht. Seine Sinne versorgten ihn fortwährend mit Eindrücken, es gab Geräusche, Gerüche und huschende Bewegungen, die ihn stets auf der Hut sein ließen. Alles, was nicht er selbst war, konnte nur Gefahr oder Beute sein. Sein Körper war jederzeit, sogar im Schlaf, gespannt wie ein Flitzebogen und bereit zum Jagen oder Fliehen. Langsamer, sagte der Junge. Nicht leicht.

Er versuchte seine Gedanken schweifen zu lassen. Plötzlich versank er in eine Erinnerung, eine Wahrnehmung von Nähe und Wärme, von schwachen, schrillen Geräuschen und großer Freude. Über ihm bewegte sich in seiner Erinnerung der Himmel, ein Himmel, der süß duftete und sich warm anfühlte. Er wand seinen Körper, so wie er sich in seiner Erinnerung wand, weil er all die anderen sich windenden Körper um sich herum spüren wollte – und da war er! Der Augenblick kehrte wahrhaftig zurück! Er lag mit seinen Brüdern und Schwestern auf trockenem Laub in einem sandigen Erdloch, seine Mutter bewegte ihren langen Körper über ihn hinweg und er reckte den Kopf, um zu saugen. Überrascht von der Intensität des Glücks, das diese Erinnerung in ihm weckte, schmiegte Nebel seinen Kopf an Bowmans und maunzte laut. Bowman fand die Erinnerung oder zumindest die Art, wie der Kater sie wahrnahm.

»Schon gut«, sagte er leise. »Schon gut.«

Du bist mir vielleicht einer!, sagte Nebel zu sich selbst. Was machst du nur mit mir? Ich war zu lange allein.

»Zu lange allein«, echote Bowman.

Er hatte es gehört.

»Du hast mich gehört?«

»Ja. Ich hab dich gehört.«

»Du bist mir vielleicht einer! Der Einsiedler hatte Recht!«

Dankbar leckte er Bowman die Wange und die Stirn und kostete den scharfen, salzigen Geschmack menschlicher Haut.

»Na, also, Kater. Jetzt hab ich dich endlich gefunden.«

»Du bist ein lieber Junge. Du bist ein guter Junge.«

Nebel leckte weiter und hörte überrascht seine eigenen Worte. Man sollte meinen, er drücke Zuneigung aus. Aber natürlich war das nichts als der Überschwang seiner Erinnerung, ein Widerhall der Gefühle seiner Kindheit.

»Bist du hergekommen, um mir zu sagen, was ich tun soll?«, fragte Bowman.

»Ja«, erwiderte Nebel.

»Dann sag es mir.«

»Du sollst mir das Fliegen beibringen.«

Nebel spürte, wie der Junge den Kopf wegnahm, und sah, wie ihn die dunklen Augen verwirrt anschauten. Dann fing Bowman an zu lachen.

»Aber ich kann nicht fliegen.«

»Man muss bloß üben«, erklärte der Kater. »Und es wirklich wollen.«

Doch bevor sie das Thema vertiefen konnten, begann im nahe gelegenen Dorf eine Glocke zu läuten – die schrille Ankündigung eines Alarms. Bald stimmten andere Glocken ein und Lampen wurden angezündet. Bowman sprang auf.

»Irgendetwas ist passiert.«

Überall stieß er auf Soldatentrupps mit grimmigen Gesichtern, die mit Laternen suchten und die Menschen auf den Straßen kontrollierten. Bowman wurde auf dem Weg zu seiner Baracke dreimal angehalten und jedes Mal wurde seine eingebrannte Nummer verlangt und überprüft. Trotz der späten Nachtzeit waren in seiner Unterkunft alle wach und standen in ängstlichen Grüppchen zusammen. Er erfuhr schon bald, was der Grund für den Alarm war. Einer der Sklaven war verschwunden.

Die Beamten des Reiches ordneten eine Raumkontrolle an. Doch man wusste bereits Bescheid. Pinto flüsterte Bowman zu, als er sich zu ihnen stellte: »Es ist Rufy Blesh. Er ist weggelaufen.«

Beamte mit Eintragungsbüchern gingen an den Reihen der zitternden Sklaven entlang und kontrollierten ihre Namen und Nummern. Dann prüften sie, wer zur Familie des verschwundenen Sklaven gehörte, und schauten in ihren Listen dieser Nacht nach, in welchem Affenkäfig sich seine Verwandten befanden. Die Greeths waren mit den Bleshs verwandt. Pia Greeth, die junge Frau, deren Verlobung am Abend vor der Zerstörung Aramanths stattgefunden hatte, war in eben diesem Augenblick im Wagen Nummer elf eingesperrt.

»Aber das können sie doch nicht machen, oder? Das tun sie bestimmt nicht!«

Die Soldaten zogen über die Straße ab und folgten dem obersten Beamten und seinen Leuten. Hinter ihnen kamen die Manth-Sklaven langsam nach. Zu ihrem Entsetzen mussten sie feststellen, dass die Wächter bereits zusätzliches Brennholz in den Einsatz unter dem Wagen packten, in dem Pia festgehalten wurde. Ganz in der Nähe leuchtete eine Eisenpfanne mit brennender Kohle glutrot in der Dunkelheit.

Die Familie Hath folgte den anderen. Der graue Kater lief neben Bowmans Füßen her.

Im Wagen Nummer elf waren zwanzig Männer und Frauen gefangen. Innerhalb kürzester Zeit hatten sich ihre Ehemänner und -frauen, Eltern und Kinder versammelt und zitterten vor der Strafe. Es hatte keine offizielle Drohung oder Ankündigung gegeben. Die Wächter handelten zweifellos ohne Anweisungen. Tanner Amos, der die Hand seiner jungen Frau durch die Gitterstäbe hielt, war überzeugt, dass sich alles in nichts auflösen würde.

»Sie wollen uns bloß Angst einjagen«, sagte er. »Sie können euch nicht alle verbrennen. Ihr habt nichts getan. Es wäre einfach zu grausam.«

Dr. Greeth, Pias Vater, kam keuchend angelaufen und begann gleich die Wächter anzuschreien.

»Wer ist hier der Verantwortliche? Wer hat hier das Sagen?«

Die Wächter beachteten ihn gar nicht. Dr. Greeth entdeckte den obersten Beamten, der etwas abseits stand und in sein Eintragungsbuch schaute.

»Sind Sie hier der Verantwortliche?«

»Ich wüsste nicht, dass ich verantwortlich bin«, antwortete der oberste Beamte. »Ich bin nur hier, um dafür zu sorgen, dass alles richtig gemacht wird.«

»Dann werden Sie diesen Narren jetzt sagen, dass sie sich von dem Brennholz fern halten sollen. Die Leute in dem Käfig sind unschuldig. Sie haben keinen Fluchtversuch unternommen.«

»Es hat aber einen Fluchtversuch gegeben«, entgegnete der oberste Beamte. »Und dafür gibt es jetzt die Strafe. So ist es gerecht.«

»Nein! Es ist nicht gerecht! Was hat es für einen Sinn, Menschen zu bestrafen, die nichts getan haben?«

»Was hat es für einen Sinn, Menschen zu bestrafen, die etwas getan haben?«, fragte der oberste Beamte. »Dann ist es doch zu spät, oder nicht? Sie haben es bereits getan. Nein, man muss die Leute bestrafen, bevor sie etwas getan haben, dann werden sie es nicht tun, stimmt's? Man muss Ungehorsam gleich im Keim ersticken. So hat es der Meister angeordnet und der Meister hat immer Recht.«

Dr. Greeth begriff entsetzt, dass dieser Alptraum wirklich wahr werden würde. Tanner Amos begann mit den Fäusten gegen die Gitterstangen zu schlagen. Der oberste Beamte bemerkte es und rief laut, damit ihn alle hören konnten: »Irgendwelche Schwierigkeiten und noch ein Wagen wird verbrannt.«

Danach machte niemand mehr Schwierigkeiten.

Bowman stand mit den übrigen schweigend da, doch als Einziger unter ihnen wusste er, dass er nicht machtlos war. Wenn überhaupt, dann war jetzt der Augenblick gekommen, um seine geheime Kraft zu benutzen. Er konzentrierte sich auf das brennende Stück Holz, das der

Wächter in diesem Moment von der Eisenpfanne zum Käfig trug. Er packte es, so wie er nachts seinen Stab auf der Weide gepackt hatte, und zog kräftig daran. Das Holz sprang dem Wächter mit einem Ruck aus der Hand und fiel zu Boden.

»Ungeschickter Tölpel!«, schimpfte der oberste Beamte.

Das Holz brannte noch. Der Wächter, der überhaupt nicht begreifen konnte, was geschehen war, blieb stehen, um es aufzuheben. Bowman hielt das Holz mit seinen Gedanken fest und zog es über den Boden weg. Die Bewegung durch das lange, feuchte Gras löschte die Flamme. Der Wächter schaute verblüfft zu.

»Was ist los mit dir?«, fragte der oberste Beamte.

»Ich weiß nicht«, antwortete der Wächter.

»Idiot! He, du!« Der oberste Beamte zeigte auf einen zweiten Wächter. »Mach du es. Und lass es nicht fallen!«

Der zweite Wächter zog einen brennenden Zweig aus der Eisenpfanne und trug ihn zum Affenkäfig. Wieder griff Bowman mit seinen Gedanken danach. Doch dieses Mal hielt der Wächter den Zweig fest in beiden Händen, und als Bowman daran zog, ließ er ihn nicht los. Der Kampf zwischen ihnen war kurz, aber heftig. Bowman stellte fest, dass er den Wächter daran hindern konnte, den brennenden Zweig näher an den Käfig heranzutragen, es jedoch nicht schaffte, ihm den Zweig abzunehmen. Einen Moment lang rangen sie miteinander – der Wächter lehnte sich vor, als kämpfte er gegen einen starken Wind, und Bowman zog ihn nach hinten.

»Kommt und helft mir!«, rief der Wächter.

Zwei seiner Kameraden stellten sich bereitwillig, aber verwirrt neben ihn und schoben. In diesem Moment wusste Bowman, dass er sie nicht aufhalten konnte. Er war einfach nicht stark genug. Sobald ihm diese Gewissheit bewusst wurde, brach seine Kraft zusammen. Die mit einem Mal erlösten Wächter stolperten nach vorn und fielen zu Boden. Doch der Zweig brannte weiter. Nun konnte Bowman nur noch hilflos und erschöpft zusehen, wie sie das Brennholz anzündeten.

Es fing schnell Feuer. Die Flammen breiteten sich aus. Die Menschen im Käfig kletterten an den Stangen hoch. Sie begannen zu schreien. Die Wächter gingen um den Käfig herum und klopften mit ihren Stöcken auf die Finger, die sich an den Stangen festkrallten, damit die Menschen im Käfig in das Feuer hinunterstürzten. Die ohnmächtigen Zuschauer wandten sich schluchzend ab. Auch Bowman, dem der Preis seines Scheiterns schmerzlich bewusst war, musste wegsehen. Nur Tanner Amos ließ seine junge Frau nicht aus den Augen. Jessel Greeth kniete auf der Erde und heulte wie ein Tier. Eine Zeit lang wurden die Schreie der Sterbenden lauter, dann leiser. Das leuchtende, orangerote Feuer wütete und erhellte die gesamte Straße mit den übrigen Wagen.

Niemand, nicht einmal Tanner Amos, sah sich die Schreckensszene bis zum Schluss an. Einer nach dem anderen kniete vor dem Feuer nieder, senkte den Kopf und hielt sich die Ohren zu, um die Geräusche der Verbrennung nicht zu hören. So verharrten sie, bis das Feuer nur noch schwach brannte und die Qual ihrer Angehörigen vorbei war.

Jessel Greeth erhob sich auf wackligen Beinen, am ganzen Körper zitternd, und wankte zu Hanno Hath hinüber, das Gesicht verzerrt vor wilder Wut.

»Sie haben sie umgebracht!«, kreischte er. »Sie und Ihre kranken Träume! Sie haben den Blesh-Jungen zum Weglaufen angestiftet! Sie haben ihm all Ihre Lügen in den Kopf gesetzt! Und das haben wir jetzt davon!«

»Hassen Sie nicht mich, Dr. Greeth«, sagte Hanno. »Hassen Sie den Meister.«

»Ich hasse Sie!«, schrie Dr. Greeth. »Ich mache Sie dafür verantwortlich! Wir wollen Sie nicht, wir wollen Ihre zersetzenden Träume nicht und wir wollen Ihre verrückte Frau nicht!«

»Aufhören!«, brüllte Pinto. »Aufhören! Aufhören! Aufhören!«

»O ja, Sie haben noch eine Tochter«, schluchzte Dr. Greeth, außer sich vor Schmerz. »Da steht sie und faucht mich an. Aber wo ist meine Tochter?«

»Es tut mir mehr Leid, als ich sagen kann…«

»Ich will nicht, dass es Ihnen Leid tut! Ich will, dass Sie bestraft werden! Ich will, dass Sie genauso leiden, wie ich jetzt leide!«

Hanno bemerkte die Gesichter der anderen, die ihn alle mit dem gleichen anklagenden Blick anschauten. Da wurde ihm klar, dass es nichts gab, was er hätte sagen können.

»Komm, meine Liebe«, sagte er zu seiner Frau. Schweigend geleitete er seine Familie zu ihrer Unterkunft zurück.

Bowman folgte ihnen, versunken in Selbstvorwürfe. Da spürte er, wie Pinto sich bei ihm einhakte, und merkte, dass sie weinte. Er legte einen Arm um sie, drückte sie ganz fest und fühlte das wilde Durcheinander aus Angst und Wut in ihr.

»Es wird nicht ewig so weitergehen. Das verspreche ich dir.«

»Oh, Bo, ich halte das nicht aus! Ich hasse es, ein Kind zu sein! Ich will erwachsen sein und stark, damit ich etwas tun kann. Ich komme mir so nutzlos vor.«

»Du bist nicht nutzlos. Jeder von uns kann etwas tun.«

»Was soll ich denn tun?«

»Ich weiß nicht. Aber unsere Zeit wird kommen. Wir müssen nur die Augen offen halten. Wir werden es wissen, wenn unsere Zeit gekommen ist. Dann werden wir stark sein und nicht bloß herumstehen und zusehen müssen.«

In ihrem Zimmer setzten sie sich auf ihre Betten und hielten sich an den Händen.

»Wie lange noch?«, fragte Hanno.

»Nicht mehr lange«, antwortete Ira.

»All das hier wird zerstört werden«, sagte Bowman.

»Wie soll das gehen?«, fragte Pinto. »Wie können wir uns gegen sie wehren? Wie können wir sie verletzen? Wie können wir überhaupt etwas zerstören?«

Als Antwort darauf nahm Bowman ihr Schreibheft und ihr neues Etui vom Fußende ihres Bettes und öffnete es auf seinem Schoß. Er konzentrierte sich auf einen der Stifte und nahm ihn mit den Gedanken heraus. Seine Mutter, sein Vater und seine Schwester schauten in stiller Verwunderung zu. Mit einer sicheren Bewegung führte er den Stift über das Schreibheft und ließ ihn dort kreisen.

»So wird das Reich des Meisters zerstört werden.«

Er hielt das Schreibheft hoch, um Pinto zu zeigen, was der Stift gemalt hatte. Es war das S des Sänger-Volkes mit dem verschlungenen Ende.

»Sirena«, sagte Hanno leise.

Pinto schaute auf und las in den Gesichtern ihrer Eltern, dass sie das hier verstanden und daran glaubten, und die Angst in ihr ließ nach.

»Oh, mein Liebling«, sagte Ira und küsste ihren Sohn. »Du hast eine größere Gabe als ich.«

Pinto legte die Arme um ihren Bruder und kroch auf seinen Schoß, um ihn ganz nah zu spüren.

»Wann wird es aufhören?«, wollte sie von ihm wissen. »Wann wird das Leiden aufhören?«

Bowman hielt sie in den Armen und dachte zurück an die Zeit, als sie noch klein gewesen war, so rund und glücklich, und wie sie mit ihrem heiteren Gesicht zu ihm aufgeschaut und »Bo lieb« gesagt hatte. Ein unbändiges Verlangen, sie glücklich zu machen, überkam ihn, und so wiegte er sie in seinen Armen und erzählte ihr von seinen eigenen sehnlichsten Hoffnungen.

»Eines Tages«, sagte er, »werden wir in unsere Heimat kommen, in unser eigenes Land, und dann werden wir nicht mehr weiterwandern. Wir werden eine Stadt für unser Volk bauen, an einem Fluss, der zu einem Meer führt. Wir werden den ganzen Tag hart arbeiten, abends um einen großen Tisch herum sitzen, unser eigenes gutes Essen genießen und uns Geschichten von alten Zeiten erzählen. Du wirst erwachsen werden und vielleicht eigene Kinder haben. Und auch sie werden die Geschichten hören – darüber, wie wir zuerst in einer großen Stadt gelebt haben, wie wir später Sklaven wurden und wie wir dann immer weiter nach unserer Heimat gesucht haben. Aber für deine Kinder werden das nur Geschichten sein, weil sie sicher und glücklich an diesem großen Tisch sitzen werden.

Sie werden sich gar nicht vorstellen können, dass solche furchtbaren Dinge wirklich passiert sind. Sie werden auf deinem Schoß sitzen, so wie du jetzt auf meinem Schoß sitzt, und sie werden fragen: Hattest du nicht schreckliche Angst, Mama? Und du wirst antworten: Ja, ich glaube schon, mein Liebling, aber das ist alles schon so lange her, dass ich es beinahe vergessen habe.«

Hanno und Ira hörten ihm zu und sahen, wie er seine kleine Schwester streichelte und ihrer verwundeten Seele wieder Mut gab, und die Liebe in ihm erfüllte sie mit mehr Stolz als alle Kräfte Sirenas.

»Danke, Bo«, flüsterte Pinto.

»Danke, Bo«, sagte sein Vater.

Nebel der Kater hatte alles gesehen und gehört. Er hatte mit dem gleichen Entsetzen wie die übrigen Zuschauer die Verbrennung miterlebt. Nun lauschte er unter dem Bett Bowmans sanften Worten und fühlte sich ebenfalls getröstet.

Das ist ein guter Junge, den ich mir da ausgesucht habe, dachte er. Ein braver Junge. Er wird große Taten vollbringen. Ich habe eine gute Wahl getroffen.

13
Das Verlorene Testament

Am nächsten Tag arbeitete Hanno Hath gerade im Lager, als ihn Professor Fortz abholte.

»Sie da«, donnerte er. »Es ist an der Zeit herauszufinden, wie gut Sie die alte Manth-Schrift entziffern können.«

Hanno folgte dem Professor zu Fuß in Richtung des Sees. Die Sklaven, denen sie begegneten, wirkten befangen und hielten den Blick gesenkt, als hätten sie etwas Schändliches getan. Weil die Opfer der letzten Nacht unschuldig hatten sterben müssen, fühlte sich jeder Manth schuldig, der unversehrt davongekommen war.

Professor Fortz bemerkte die üblichen Zeichen.

»Ich nehme an, es hat letzte Nacht eine Verbrennung gegeben«, sagte er. »Ich brauche wohl kaum zu sagen, dass ich sehr schockiert bin. Jeder Akt der Barbarei schockiert mich. Andererseits ist die Große Bibliothek, der Stolz unserer Akademie, voll von unbezahlbaren Handschriften, die bei kriegerischen Handlungen erbeutet wurden. Was soll man also denken?«

Er schien keine Antwort zu erwarten. Der Professor war sehr viel kleiner als Hanno und trug einen Hut mit einer breiten Krempe, so dass Hanno nichts von ihm sah als eine schwarze Scheibe, die neben ihm auf und ab hüpfte wie ein großer Käfer.

»Dieses Dilemma hat mir früher viele schlaflose Nächte bereitet«, fuhr der Professor fort. »Aber ich habe festgestellt, dass moralische Bedenken mit der Zeit vergehen, während die Schätze bleiben. Sie werden eher noch kostbarer. Unsere Sammlung alter Manth-Schriften ist einzigartig. Leider kann niemand auch nur ein Wort davon lesen.«

Hanno begriff, dass er in die Hohe Domäne gebracht werden würde. Er folgte dem kleinen Professor auf den langen, erhöhten Fahrweg über den See und fragte sich, was er wohl hinter den hoch aufragenden Mauern vorfinden würde. Professor Fortz redete immer weiter und plötzlich erregten seine Worte doch Hannos Aufmerksamkeit.

»Der Meister selbst wollte die alte Manth-Sammlung«, erklärte er gerade. »Er hat große Achtung vor einem Angehörigen Ihres Volkes, einem Stammesältesten oder Propheten mit dem Namen Ira Manth.«

»Der Meister hat von Ira Manth gehört?«

»Ja, natürlich. Aber selbst der Meister kann die alten Texte nicht lesen.«

Verschiedene Fragen schwirrten Hanno durch den Kopf. Woher mochte der Meister den ersten Propheten der Manth kennen? Und warum interessierte er sich für ihn? Vertieft in diese Gedanken folgte er dem kleinen Professor durch eine Tür im Außentor und eine Art langen Kreuzgang. Und schließlich stellte er fest, dass er in der Bibliothek der Akademie angekommen war ohne irgendetwas von der Hohen Domäne gesehen zu haben.

»Das hier«, erklärte Professor Fortz, »ist unser Archiv seltener Schriften. Wir sorgen dafür, dass sich alle Manuskripte in exzellentem Zustand befinden. Übrigens eine weitere positive Folge der Kriege, die das Reich führt, denn in ihrer alten Heimat vermoderten schon viele dieser Schriften und wurden gar nicht mehr gelesen. Und hier haben wir also die Abteilung mit den alten Manth-Schriften. Nehmen Sie Platz.«

Hanno setzte sich an den ausladenden Tisch und betrachtete die sorgfältig verpackten Bündel, die vor ihm geöffnet wurden. Dabei merkte er, wie sein Herz plötzlich aufgeregt zu klopfen begann. Niemals hätte er zu hoffen gewagt, dass er einen solchen Schatz finden würde.

»Da! Können Sie damit was anfangen?« Der Professor warf ein Manuskript nach dem anderen auf den Tisch. »Hier ist noch eins!«

»Das ist wirklich unfassbar«, staunte Hanno. »Sie haben hier einige der wertvollsten Schriften meines Volkes.«

»Was ist so wertvoll daran?«

»Wir haben so viel verloren, in den Stammeskriegen vor langer Zeit«, antwortete Hanno. »Wir dachten, all diese Schriften seien zerstört worden.«

»Da haben Sie falsch gedacht. Jetzt können Sie aufhören zu denken und die Texte so abschreiben, dass ich sie lesen kann. Dieses scheußliche Manth-Gekritzel kann ja kein Mensch entziffern.«

Hanno sah die Papiere durch und brannte darauf anzufangen. »Wollen Sie, dass ich sie in einer bestimmten Reihenfolge übertrage?«

»Wie kann ich das, wenn ich ihren Inhalt nicht kenne? Versuchen Sie doch vor dem Sprechen zu denken. Das tun heutzutage so wenige Menschen.«

»Vielleicht sollte ich als Erstes eine Liste aller Dokumente erstellen.«

»Tun Sie, was Sie für das Beste halten. Fangen Sie einfach nur an. Und lassen Sie mich wissen, wenn Sie irgendwas von Bedeutung finden.«

Dann ließ er Hanno allein. Hanno sagte nichts, doch er wusste schon jetzt, dass er etwas von äußerst großer Bedeutung gefunden hatte. Er hatte es sofort erkannt, als Professor Fortz es achtlos auf den Tisch geworfen hatte.

Es war das Verlorene Testament.

Bowman schlief tagsüber, während die anderen arbeiteten. Er war gerade aufgewacht, als Soldaten kamen, um ihn abzuholen. Abgesehen von dem grauen Kater war er allein in der Baracke.

Sie prüften seine Nummer am Handgelenk.

»Bowman Hath?«

»Ja.«

»Zieh deine Stiefel an und komm mit.«

»Wohin?«

»Man will dich sprechen.« Mehr wollten sie ihm nicht verraten.

Die frühe Herbstdämmerung brach bereits an, als er den Soldaten auf der Straße hinunter zum See folgte. Am Ufer, wo der Fahrweg hinüber zur Hohen Domäne begann, wartete ein Mann auf sie. Als sie näher kamen, erkannte Bowman Marius Semeon Ortiz.

Die Soldaten salutierten. Ortiz musterte Bowman eingehend.

»Ja, das ist er.«

Er entließ die Soldaten mit einer Handbewegung.

»Komm mit.«

Er betrat den Fahrweg und ging auf die Hohe Domäne

zu. Bowman begleitete ihn schweigend. Zu beiden Seiten lag das ruhige Wasser des Sees, in dem sich die Lichter der Stadt spiegelten. Über ihnen tauchten die ersten Sterne am Abendhimmel auf. Alles war friedlich.

»Du bist mir auf dem Marsch aufgefallen«, sagte Ortiz.

Bowman blieb still. Er versuchte Ortiz' Stimmung zu erfühlen, damit er sich einstellen konnte auf das, was der Mann mit ihm vorhatte.

»Du redest nicht viel«, stellte Ortiz fest. »Das gefällt mir.«

Sie gingen weiter. Bowman stellte fest, dass der Weg länger war, als er vom Ufer aus aussah. Die Mauern der Hohen Domäne wurden immer größer, je näher sie herankamen. Hinter ihnen hörte er das leise Tappen des grauen Katers, der ihnen in der Dunkelheit gefolgt war.

»Ich bin zu dem Schluss gekommen, dass ich einen Diener für eine besondere Aufgabe brauche«, erklärte Ortiz. »Es geht dabei nicht um Sklavenarbeit. Ich habe dich dafür ausgewählt. Bist du bereit mir zu dienen?«

»Habe ich eine Wahl?«

»Nein.«

Bowman schwieg.

»Du fragst nicht, um was für eine besondere Aufgabe es sich handelt?«

»Sie werden es mir schon sagen, wenn ich es wissen muss«, entgegnete Bowman. »Ich muss es tun, ob ich will oder nicht.«

Ortiz warf ihm einen Blick zu und eine Zeit lang gingen sie schweigend weiter. Nur ihre Schritte hallten leise auf den Planken.

»Du hasst mich natürlich.«

»Ja«, antwortete Bowman.

»Ich habe deine Stadt abgebrannt. Ich habe dich aus deiner Heimat vertrieben. Ich habe dich zum Sklaven gemacht. Warum solltest du mich also nicht hassen?«

Inzwischen waren sie nahe an die großen Tore in den Stadtmauern herangekommen. In einer Ecke des linken Tores befand sich eine kleine Tür, die gerade groß genug für einzelne Fußgänger war. Ortiz klopfte an diese Tür. Er wandte Bowman sein gut aussehendes junges Gesicht zu und sagte: »Aber ich bin auch dein Befreier. Ich bin derjenige, der dein Volk befreit hat. Eines Tages wirst du das verstehen.«

Die kleine Tür wurde von innen geöffnet. Bowman erwiderte nichts, doch insgeheim staunte er über das, was Ortiz gerade gesagt hatte. Er hatte in diesem brutalen jungen Kriegsherrn nur eine Kampfmaschine im Dienste eines grausamen Staates gesehen. Doch jetzt sprach Ortiz laut die Überzeugung aus, die Bowman mit seinen Eltern teilte, die sie selbst aber bisher nicht so klar hatten ausdrücken wollen: dass die Zerstörung Aramanths und diese Zeit der Versklavung mit all ihren Grausamkeiten irgendwie notwendig waren. Die Manth hatten gehen müssen, um irgendwo anzukommen. Aber wo?

Ortiz hatte durch die niedrige Tür die Stadt betreten. Bowman folgte ihm. Bevor sie der Kater erreichen konnte, schloss sich die Tür wieder.

Der erste und stärkste Eindruck war der Klang von Musik. Von allen Seiten ertönten schwungvolle Geigenmelodien, sehnsüchtige, liebliche Flötenweisen und fröhlich singende Stimmen. Es war die Zeit des Abends, wenn alle Leute die Arbeit des Tages beendet und sich noch nicht schlafen gelegt haben; wenn draußen die Dunkelheit hereingebrochen ist, aber alle Lampen angezündet sind. Die dicht zusammenstehenden Häuser, die sich in den Gassen vor ihm drängten, leuchteten alle von innen und der warme Lampenschein ließ das bunte Glas, das in die Mauern und Dächer eingelassen war, wie Edelsteine schimmern. Vor und hinter diesen roten und bernsteinfarbenen Farbflächen bewegten sich die Bewohner der Hohen Domäne, machten ihre abendlichen Besuche, trafen in Gruppen zusammen, um sich zu unterhalten oder zu tanzen, machten Musik und sangen. Eine süße Mischung verschiedener Geräusche erfüllte die Luft.

Bowman schaute sich verwirrt um. Konnten solch fröhliche, freundliche Leute wissen, dass in der vergangenen Nacht am anderen Ufer des Sees Menschen bei lebendigem Leibe verbrannt worden waren? Falls sie es wussten, würden sie doch sicher empört aufbegehren und den Meister stürzen, der das angeordnet hatte. Ortiz ging vor Bowman und bedeutete ihm, mit ihm die breiteste Gasse hinaufzugehen. Sie kamen an einem kleinen Markt vor dem Eingang eines Teehauses vorbei, in dessen Buden Torten und Weine ausgestellt waren. Aus dem Innern des Teehauses schallten eifrig diskutierende, lachende Stimmen. Ein Stückchen weiter standen die Fenster eines Zimmers im oberen Stock weit offen und man konnte einen Chor hören, der ein mehrstimmiges Stück übte. Bowman hörte, wie der Chorleiter auf seinen Notenständer klopfte und rief: »Immer schön im Takt bleiben, meine Damen! Noch einmal, bitte!« Sie kamen an einem kleinen, von Linden gesäumten Platz vorbei, auf dem alte Männer draußen in der Nachtluft Schach spielten. Unter den Bögen einer überdachten Arkade ging ein Tanzlehrer mit seiner Klasse eine schwierige Schrittfolge durch. »Bitte, ihr müsst ganz bei der Sache sein! Überlasst den Füßen das Denken! Denkt mit den Zehen!«

Die Gasse verbreiterte sich plötzlich zu einem großen Platz, an dessen anderem Ende ein riesiges prächtiges Gebäude mit vier Kuppeln stand, das zu schweben schien. Jede Kuppel ruhte ein kleines Stück oberhalb der jeweils unteren, und das mit einer schwerelosen Leichtigkeit, die bei einem solch gewaltigen Bauwerk unmöglich schien. Jede von ihnen war aus Mauersteinen mit kunstvollen Reliefs gebaut; in jede von ihnen waren Glasscheiben in einer anderen Farbe eingesetzt: in Blassgold und Orange bis hin zu Rot und Violett, so dass das Gebäude durch die vielen Lichter auf den einzelnen Ebenen wie ein Sonnenuntergangshimmel schimmerte.

»Oh!«, rief Bowman aus. »Wie wunderschön!«

Ortiz beobachtete ihn und nickte zustimmend. »So sollten Menschen leben«, sagte er.

Er führte Bowman in die große Halle. Hier, in der Mitte des von Säulen umgebenen Raumes, gab es einen Springbrunnen.

»Sieh dir diesen Springbrunnen an«, sagte Ortiz.

Der Springbrunnen bestand aus einen Felssockel, auf dem ein Käfig stand – alles aus einem einzigen durchscheinenden grauweißen Marmorblock gefertigt. Die Tür des Käfigs war geöffnet und aus dem Innern, durch die Marmorstangen und die offene Marmortür, schoss ein Wasserschwall nach oben. An der Stelle, wo sich die gekrümmte Fontäne wieder nach unten wölbte, schwebten drei Vögel, die sich allein durch die Kraft des Wassers in der Luft zu halten schienen. Sie hatten die Flügel ausgebreitet und sahen aus, als würden sie nach oben fliegen – als wären sie gerade erst dem Gefängnis des Käfigs entkommen. Die Vögel waren aus demselben blassen Marmorblock gemeißelt wie der Sockel mit dem Käfig, doch die stützenden Steinpfeiler waren vom fließenden Wasser verdeckt. Die Gischt, die sich unter ihren Flügeln brach, schuf die Illusion, dass sie sich bewegten, für immer auf dem Weg in die Freiheit.

»Der Mann, der das hier geschaffen hat«, erklärte Ortiz, »hatte sein Leben lang als Steinmetz gearbeitet, bevor er hierher kam. Er hatte immer nur quadratische Blöcke für Häuser zugehauen. Und die ganze Zeit über war das hier in ihm gefangen und wartete darauf, hinauszudürfen.«

»Ist er ein Sklave hier?«, fragte Bowman.

»Natürlich.« Er wies auf das riesige strahlende Gewölbe um sich herum. »Das alles ist das Werk von Künstlern. Die ganze Stadt ist ein einziges Kunstwerk. Sie ist einmalig auf der ganzen Welt.«

Bowman war beeindruckt und verwirrt. »Wofür ist das alles?«

»Für uns, die wir hier leben. Der Meister sagt, Menschen sind dazu bestimmt, in Schönheit zu leben.«

»Außer den Sklaven.«

»Die Schönheit ist auch für die Sklaven. Du bist ein Sklave. Du spürst sie doch auch.«

Er ging quer durch die Halle und Bowman folgte ihm. Auf der anderen Seite führten Arkaden zu einer kleineren Halle, in der ein paar Leute auf ansteigenden Sitzreihen bei einer Übungsstunde zuschauten. Sechzehn Kämpfer aus der Manaxa-Schule wurden von ihrem Ausbilder gedrillt – eine Zurschaustellung, die einerseits ihre Fähigkeiten verfeinern und andererseits das Publikum unterhalten sollte. Die Körper der halb nackten Manacs glänzten im Lampenschein, während sie in ebenbürtigen Paaren ihre Drehungen in der Hocke und ihre plötzlichen hohen Sprünge vorführten.

Ortiz und Bowman blieben eine Weile stehen und schauten zu.

»Am Hochzeitstag wird ein Manaxa-Festspiel stattfinden«, erklärte Ortiz.

»Werden sie sich gegenseitig umbringen?«

»Schon möglich.«

Bowman konnte kaum glauben, dass diese anmutigen Bewegungen den Auftakt zu einem grausamen Tod bilden konnten. Doch er hatte es selbst gesehen. Wenn die Manacs die Arena betraten, tanzten sie, um zu töten. All das machte das Rätsel aus, das das Reich des Meisters darstellte: Schönheit und Sklaverei, Kultur und Terror, Tanz und Tod.

Plötzlich bemerkte Bowman, dass er einen der Manacs kannte.

»Das ist ja Mumpo!«

»Ruf ihm nicht zu. Er wird dich nicht hören.«

Bowman wusste, dass Mumpo fortgegangen war, um sich ausbilden zu lassen. Aber wie war es möglich, dass er sich in so kurzer Zeit so verändert hatte?

»Aber das ist Mumpo!«

Mumpo, den er kannte, seit er fünf Jahre alt gewesen war, dessen Nase immer getropft hatte, der immer Klassenletzter gewesen war, der seiner Schwester Kestrel wie ein Hündchen nachgelaufen war, der unglaublich gewachsen war und trotzdem beim Reden meistens noch schwerfällig und verwirrt wirkte – wie konnte er sich in solch einen geschmeidigen, gefährlichen Manac verwandelt haben, der genau unter ihm mit seinen Gliedern die Luft zerschnitt?

Ortiz wusste nichts von alldem. Aber er wusste, dass das Reich des Meisters die Talente seiner Gefangenen entdeckte und ausnutzte.

»Jeder verändert sich, wenn er hierher kommt«, sagte er. »Auch du wirst dich verändern.«

Er ging weiter und Bowman folgte ihm.

Nun befanden sie sich in einer Halle, von der viele kleinere Gemächer abzweigten. Aus jedem von ihnen schallten das Getrappel tanzender Füße und die scharfen Anweisungen von Tanzlehrern. Ortiz blieb vor einer Doppeltür stehen.

»Ich werde jetzt Unterricht haben«, erklärte er. »Der Tanz heißt Tantaraza.«

»Tanzunterricht?« Bowman konnte es kaum glauben. Diesem Eroberer, diesem Zerstörer war es wichtig, gut zu tanzen.

»Der Meister hat uns beigebracht, dass wir der Vollkommenheit beim Tanzen am nächsten sind.«

Er betrat den Raum. Drinnen wartete eine schlanke Dame, die sich leise mit zwei Musikern, einem Flötenspieler und einem Trommler, unterhielt. Sie erhob sich sofort und machte vor Ortiz einen anmutigen Knicks.

»Meine Tanzlehrerin Madame Saez«, stellte er sie Bowman vor. »Was schätzt du, wie alt sie ist?«

Bowman wusste kaum, wie er antworten sollte ohne beleidigend zu sein. Die Dame trug ein eng anliegendes Unterkleid und einen dünnen Rock, unter dem man deutlich einen geschmeidigen Körper im besten Alter erkennen konnte, doch die Falten am Hals und im Gesicht sagten etwas anderes aus.

»Unter oder über vierzig?«, half Ortiz nach.

»Vielleicht ungefähr vierzig?«, fragte Bowman.

»Sie ist achtundsechzig!« Sowohl Ortiz als auch die Dame amüsierten sich über Bowmans Erstaunen.

»Und ich habe noch nie in meinem Leben besser getanzt«, fügte die Dame hinzu. »Aber kommen Sie, wir haben zu arbeiten. Ziehen Sie Ihre Überkleidung aus.«

Ortiz legte seinen Umhang und seine Jacke ab und machte sich bereit zum Tanzen. Bowman begriff, dass er zuschauen sollte. Ortiz hatte ihm noch immer nicht erklärt, warum er ihn ausgewählt hatte oder was er tun sollte.

Madame Saez nahm die Anfangsposition des Tanzes ein.

»Spielt! Acha!«

Die Musiker spielten und die Tänzer tanzten. Bowman wusste nichts über den Tantaraza, doch er merkte sofort, dass Ortiz ein hervorragender Tänzer war und die Schritte äußerst gut beherrschte. Sie drehten und trennten sich vor ihm und folgten den komplizierten Schrittmustern, die immer schneller und abwechslungsreicher wurden, bis …

»Nein, nein, nein!« Die Lehrerin stampfte ärgerlich mit ihrem eleganten Schuh auf. »Wie ist es möglich, dass Sie diese Drehung vergessen? Wenn man den Tantaraza wirklich kann, sind solche Fehler unvorstellbar! Sie sprechen doch auch Wörter in einer Reihenfolge, die einen Sinn ergibt, oder nicht? Also tanzen Sie auch die Schritte in einer Reihenfolge, die einen Sinn ergibt! Acha!«

Die Musiker begannen wieder von vorn und der Tanz entfaltete sich von neuem. Bowman sah zu und ließ sich mit seinen feinsinnigen Gedanken in den Tanz ein. Ohne die Schritte zu kennen begriff er auf Anhieb, wo das Problem lag: Die Lehrerin tanzte ohne Vorbedacht, als wäre ihr Körper eine Sprungfeder, die sich ganz automatisch auseinander wickelte. Ortiz dagegen tanzte, indem er eine Anleitung in seinem Kopf befolgte. So fiel er unweigerlich hinter seiner Partnerin zurück und hing ihr – wenn auch nur um den Bruchteil einer Sekunde – hinterher, obwohl er eigentlich die Führung übernehmen musste.

»Stopp! Stopp!« Die Dame war nicht zufrieden. »Sie machen überhaupt keine Fortschritte. Sie müssen sich mehr anstrengen.«

»Nein«, widersprach Bowman. »Er muss sich weniger anstrengen.«

Madame Saez schaute ihn ungläubig an.

»Schön!«, sagte sie. »Du bist also jetzt der Tanzlehrer? Ich unterrichte diesen Tanz seit fast fünfzig Jahren. Aber sicher weißt du es besser.«

Ortiz zeigte sich amüsiert. »Vielleicht hat er ja Recht.«

»Weniger anstrengen, also wirklich! Sie werden präzise sein. Exakt. Perfekt. Nach meinem Unterricht können Sie von mir aus so nachlässig sein, wie Sie wollen, aber jetzt – Präzision! Acha!«

Sie begannen von vorn. Diesmal war Ortiz besser. Er hatte begriffen, was Bowman meinte, auch wenn es seine Lehrerin nicht verstanden hatte. Bowman merkte, wie er sich gegen seinen Willen für Ortiz erwärmte. Dieses falkenähnliche Gesicht, dieser Kopf mit dem hellbraunen Haar, der sich gerade so in diesen schwierigen Tanz vertiefte, war wie das Reich des Meisters selbst: grausam, aber schön. Und was noch schwerer zu verstehen war – Bowman spürte, dass sein junger Herr davon überzeugt war, nach bestem Wissen und Gewissen richtig zu handeln. Schon damals, als sich ihre Blicke getroffen hatten, hatte er frei von jedem Schuldgefühl gewirkt. Jetzt, beim Tanzen, erschien er Bowman tatsächlich beinahe unschuldig.

Bowman selbst fühlte sich nicht unschuldig. Er wusste zwar noch nicht, welche Aufgabe er für Ortiz übernehmen sollte, doch er ahnte, dass sie ihn seiner größeren Aufgabe näher bringen würde. So schön diese Stadt auch sein mochte, sie musste zerstört werden. Dessen war sich Bowman völlig sicher. Und auf irgendeine Weise würde er der Zerstörer sein.

Hanno Hath saß am Tisch in der Bibliothek, hielt die brüchigen cremefarbenen Blätter in seinen zitternden Händen und las immer wieder die Zeile ganz oben auf der ersten Seite: *Für das Kind, das meinen Namen trägt und mein Werk vollenden muss.*

Zwar hatten die Manth-Gelehrten seit Generationen von der Existenz des Verlorenen Testaments gewusst, doch es hatte keinerlei Aufzeichnungen über dessen Inhalt gegeben. Man wusste nur, wer es geschrieben hatte, für wen und warum.

Der Verfasser war der erste Prophet ihres Volkes, Ira Manth. Man wusste, dass er es für seine siebenjährige Enkelin geschrieben hatte, die ebenfalls Ira Manth hieß. Er hatte damit eine Zusammenfassung all dessen hinterlassen wollen, was er gelernt hatte. Einige behaupteten sogar, der Prophet habe die Zukunft seines Volkes im Verlorenen Testament vorhergesagt.

Und hier lag es nun auf dem Tisch vor ihm: ein paar kleine Blätter, die Zeile für Zeile mit sorgfältig niedergeschriebener alter Manth-Schrift bedeckt waren. Unterhalb der ersten Zeile waren die handgeschriebenen Absätze in unregelmäßigen Abständen von Linien unterbrochen, die quer über die ganze Seite gezogen worden waren. Diese Absätze waren mit den alten Manth-Handzeichen nummeriert, die in Fünferschritten zählten. An den Schluss des Dokuments hatte der Verfasser das S mit dem verschlungenen Ende gesetzt, das Symbol des Sänger-Volkes. Hanno war erstaunt es in einem so alten Text zu finden.

Er beruhigte seine Hände, um das Papier ins Licht zu halten, und las die erste Seite.

Die Zeit der Vollendung ist gekommen. Nun müssen ich und diejenigen, die mit mir gewandert sind, das Lied zu Ende singen. Aus unserer Stille, aus unserer Liebe, aus unserem Lied wird der brennende Wind entstehen.

In der ersten Generation nach der Vollendung wird es eine Zeit der Freundlichkeit geben. In der zweiten Generation wird sich der Mor erheben und es wird eine Zeit des Handelns geben. In der dritten Generation wird der Mor die Menschen erfüllen und es wird eine Zeit der Grausamkeit geben. Dann muss das Lied wieder gesungen werden.

Ich trage dir auf, mein Kind, mein Wissen durch die Zeit des Friedens zu tragen, die auch die Zeit des Vergessens sein wird. Möge das ungeschriebene Lied an die nächste

Generation weitergegeben werden. Möge es Sänger geben. Mögen sie in Stille leben und die Flamme erfahren. Sie werden alles verlieren und alles geben. Im süßen Augenblick vor der Vollendung werden sie in den Sturm der Glückseligkeit geworfen werden. Dies soll ihre Belohnung sein.

14
Ortiz verliebt sich

Als die große Karawane von Gang die Grenzen des Reiches erreichte, hielt sie an. Hier schlugen die siebenundsiebzig Kutschen, der königliche Hof, seine Beamten, seine Diener und sein riesiges Gefolge von Wächtern und Soldaten ihr Lager auf und nahmen die letzten Vorbereitungen für die Hochzeit in Angriff. Es gab viel zu tun. Das Brautkleid musste aus der Reisetruhe geholt und zusammengesetzt werden. Die königlichen Insignien des Johana mussten poliert werden. Die Zeremonie musste geprobt werden. Überhaupt fingen alle an geschäftig hin und her zu eilen und aufgeregt zu werden.

Kestrel wusste, dass sie ihrem Bruder jetzt näher war, weil sie seine Anwesenheit klar und deutlich fühlen konnte. Sie merkte jedoch nicht, wie nah er war, bis sie ganz plötzlich seine Stimme hörte. Sie hielt sich gerade mit Sisi und Lunki in der Kutsche der Johdila auf, als sie einen kurzen Lufthauch spürte, ein warmes Prickeln und dann, weit weg, aber trotzdem zu erkennen, Bowmans Stimme.

Kess! Ich komme!

Sie stand vollkommen still und verdrängte alle anderen Gedanken aus dem Kopf.

Kess! Ich kann dich spüren! Du bist da!

Ja!, rief sie zurück. *Ich bin hier!*

Sofort spürte sie eine Welle der Freude, die von ihm zu ihr herüberschwappte und sie umschloss. Sie konnte ihn nicht hören oder sehen, doch sie fühlte, dass er immer näher kam. Ihr eigener geliebter Bruder kam zu ihr!

Sind Ma und Pa …

Alle wohlauf!, kam die freudige Antwort.

Seid ihr Gefangene? Tut man euch weh?

Nicht frei, antwortete er. *Aber unverletzt.*

Sag ihnen, dass ich sie lieb habe.

Sie wollte weinen und er merkte es.

Ich hab dich lieb, Kess. Wir werden bald wieder zusammen sein.

Kurz darauf kam ein Bote aus dem Reich des Meisters und überbrachte die Nachricht, dass ein Trupp unterwegs sei, um die Reisenden willkommen zu heißen. Mit ihnen reite der Bräutigam, der Sohn des Meisters, der die Braut in Augenschein nehmen wolle.

Die Johdila reagierte wütend auf diese Nachricht.

»Er will die Braut in Augenschein nehmen!«, rief sie erbost. »Was glaubt er, wer ich bin? Eine Speisekarte? Er kann schließlich nicht stundenlang auswählen.«

»Vergiss nicht«, erinnerte sie Kestrel, »du wirst verschleiert sein.«

»Ach ja.« Das hatte die Johdila ganz vergessen. »Er kann mich in Augenschein nehmen, bis ihm die Augen rausfallen, doch er wird mich nicht sehen.«

»Aber du wirst ihn sehen.«

»Genau! Geschieht ihm ganz recht!«

»Was ist, wenn er dir nicht gefällt?«

»Dann laufe ich weg. Läufst du mit mir weg, Liebling?

Wir werden wie Eichhörnchen auf Bäumen leben und niemals jemanden heiraten. Oder heiraten Eichhörnchen auch?«

»Lass uns erst mal abwarten, was passiert. Wer weiß? Vielleicht kommt irgendwas dazwischen und die Hochzeit findet gar nicht statt.«

Kestrel spürte, dass Bowman immer näher kam. Er musste zum Gefolge des Bräutigams gehören. Diese Übereinstimmung, dass ihr Bruder den Bräutigam begleitete und sie selbst die Braut, erstaunte sie zunächst und gab ihr dann neue Zuversicht. Das konnte kein Zufall sein. Dahinter musste eine geheime Absicht stehen. Irgendjemand wachte über sie. Und bald, sehr bald würden sie einander wieder in den Armen liegen...

Nein! Sie durften sich nicht verraten.

Bo! Du darfst ihnen nicht zeigen, dass du mich kennst.

Keine Sorge. Das werde ich nicht.

Er verstand. Natürlich verstand er – das war immer schon so gewesen.

Zohon schritt an ihnen vorbei, gefolgt von einem Strom bewaffneter Soldaten. Er war damit beschäftigt, seine Männer in Verstecken zu beiden Seiten der Straße aufzustellen. Kestrel bemerkte es und gab sich beunruhigt. Sie machte den Großwesir ausfindig.

»Sollte die Johdila nicht besser beschützt werden, Sir? Wenn gekämpft wird.«

»Gekämpft? Wieso gekämpft?«, rief Barzan. »Das hier ist eine Hochzeitsfeier.«

»Ich meine nur, weil ich die versteckten Soldaten in den Büschen gesehen habe...«

»Soldaten in den Büschen!«

Dies hatte den gewünschten Effekt. Barzan stürmte zu Zohon und wollte von ihm wissen, was er machte.

»Den Johana verteidigen«, erwiderte Zohon schroff. »Falls sie glauben, sie könnten sich an mich heranschleichen, werde ich ihnen eine Lektion erteilen.«

»Hier schleicht sich überhaupt niemand an, Sie Holzkopf! Der Bräutigam kommt mit seinem Gefolge, um die Braut in Augenschein zu nehmen!«

»Woher wissen wir das?«

»Weil sie uns einen Boten mit dieser Nachricht geschickt haben.«

»Sie würden wohl kaum einen Boten mit der Nachricht schicken: Wir kommen, um Ihr Lager zu überfallen und die Johdila zu entführen, oder? Also wirklich, Barzan, manchmal frage ich mich, ob Sie dieser Aufgabe gewachsen sind.«

»Die Johdila entführen? Wozu? Wir geben sie ihnen doch freiwillig!«

»Das könnten wir. Vielleicht aber auch nicht. Wir könnten bloß so tun, als wollten wir sie ihnen geben, um ihnen in Wirklichkeit eine Falle zu stellen und ihr Land anzugreifen.«

»Aber das tun wir doch nicht!«

»Das können sie nicht wissen. Also könnten sie sich entschließen als Erste zuzuschlagen. Aber ich werde ihnen zuvorkommen!«

»Sie werden als Erster zuschlagen, bevor sie als Erste zuschlagen?«

»So ist es!«

»Woher wollen Sie wissen, ob sie jemals vorhatten zuzuschlagen, wenn sie es noch nicht getan haben?«

»Das ist eben mein Geschick, Barzan. Deshalb ist die Johjanische Garde seit fünf Jahren unbesiegt – seit ich das Kommando übernommen habe.«

»So ein Unfug. Sie sind seit fünf Jahren unbesiegt, weil wir in den letzten fünf Jahren keinen Krieg hatten.«

»Genau! Ich denke, ich habe meinen Standpunkt klar gemacht.«

»Ich denke, Sie sind vollkommen verrückt.«

Barzan ging zum Johana, um gegen die Aufstellung der Wachen zu protestieren.

»Versteht Ihr denn nicht, Hoheit? Das würde einen völlig falschen Eindruck vermitteln. Den Eindruck von Argwohn und versteckter Aggression.«

»Da bin ich mir nicht sicher«, antwortete der Johana. »Das sind doch gut aussehende Burschen.«

»Es sind Soldaten, Eure Herrlichkeit. Soldaten kämpfen im Krieg. Wir wollen keinen Krieg.«

»Ach was, Barzan«, sagte der Johana.

Auf Veranlassung der Johdi hielt Ozoh der Augur eine besondere Zeichendeutung vor der Ankunft des Bräutigams und seiner Begleitung ab. Der königliche Wahrsager, dem die Begegnung mit Zohon eine Heidenangst eingejagt hatte, bemühte sich nun es beiden Seiten recht zu machen. Mit zitternden Fingern drehte er das heilige Ei.

»Oh! Ah!«, murmelte er, als das Ei aufhörte sich zu drehen.

»Und?«, fragte die Johdi, die mit jedem Tag unruhiger wurde.

»Seht selbst, Zartheit, das Ei ist im Spong!«

»Im Spong! Foofy, das Ei ist im Spong!«

»Schon gut, meine Liebe. Wenn das so ist, dann ist es so, weißt du.«

»Im Spong«, erklärte Ozoh, »werden die Segnungen des Friedens von der Blüte der Männlichkeit erhalten.« Ozoh gefiel dieser Ausdruck, »Blüte der Männlichkeit«. Er fand, dass er eine Neigung zur Johjanischen Garde zeigte, was Zohon zufrieden stellen würde, aber zugleich auf eine friedliebende Art, was Barzan zufrieden stellen würde.

»Also wird alles in Ordnung sein?«, fragte die Johdi besorgt.

»Wo Schatten ist, muss auch Licht sein«, erklärte der Wahrsager. »Obwohl die Sonne untergeht, geht sie wieder auf.«

»Ja, das ist wohl so«, stellte der Johana beeindruckt und aufgemuntert fest.

Zohons Beobachtungsposten meldeten nun, dass man die Besucher gesichtet habe.

»Auf eure Plätze!«, brüllte Barzan. »Alles geht auf Position!«

Die Höflinge und Beamten stellten sich in zwei abgewinkelten Reihen auf, die sich wie ausgebreitete Arme von den königlichen Kutschen ausfächerten. Die Hornisten setzten ihre Hörner an die Lippen und warteten auf das Signal. Zohon schritt auf und ab und schwang mit unterdrückter Aggression seinen Hammer. Die Johdila und Kestrel drängten sich an das mit Gaze verhangene Fenster der Kutsche. Beide brannten darauf, den Trupp des Bräutigams ankommen zu sehen, wenn auch aus verschiedenen Gründen.

Dann ertönten die Hörner auf der Hauptstraße, gefolgt von denen auf der Zufahrtsstraße und schließlich den Hörnern im Lager selbst. Allmählich konnte man eine stattliche, leuchtend bunt gekleidete Gruppe junger Reiter mit wehenden Umhängen über aufwändig geschmückten Uniformröcken und mit Federhüten auf den Köpfen erkennen.

»Ausstaffierte Pfauen«, spottete Zohon leise, als er sie erblickte. »Die werden wimmern vor Angst, bevor ich mit ihnen fertig bin!«

Kestrel, die durch das Kutschenfenster spähte, erkannte Ortiz sofort. Er ritt an der Spitze, barhäuptig, und sein dichtes hellbraunes Haar flatterte im Wind. Hoch saß er im Sattel, war sich vollkommen bewusst, dass Hunderte von Augen auf ihn gerichtet waren, und zügelte sein Pferd, dass es im Schritt ging. Kestrel beobachtete ihn und spürte, wie sich ihr ganzer Körper versteifte. Die Erinnerung überkam sie so plötzlich und heftig, dass sie fast die brennenden Häuser riechen und die Schreie hören konnte. Sie sah wieder dieses arrogante Gesicht vor sich, das sich ihr zuwandte, sie aber nicht wahrnahm, und die grausamen Augen, in denen sich die tanzenden roten Flammen widerspiegelten, die ihr Zuhause zerstörten. Dies war ihr Feind. Dies war der Mann, den zu vernichten sie geschworen hatte.

»Er sieht gar nicht so schlecht aus«, stellte Sisi fest. »Und er ist überhaupt nicht alt.«

»Er ist ein Mörder!«, rief Kestrel.

»Wirklich?« Sisi war überrascht. »Woher weißt du das?«

Kestrel hätte es Sisi nur zu gern erzählt, doch sie konnte nicht sicher sein, dass sie nicht bei Hofe damit herausplatzte. Im Moment war ihr Geheimnis ihre Stärke. Daher antwortete sie nur: »Schau dir doch sein Gesicht an. Findest du nicht, dass er grausam aussieht?«

»Nicht unbedingt. Wie sieht man denn aus, wenn man grausam ist?«

Ortiz war nun abgestiegen und all seine Begleiter schwangen sich von ihren Pferden. Der Johana und die Johdi traten aus ihrer Kutsche und der Großwesir stellte den Bräutigam seinem königlichen Herrn vor. Kestrel spürte, dass Bowman in der Nähe war, konnte ihn jedoch noch immer nicht sehen. Dann traten Ortiz' adlige Begleiter vor, so dass eine Lücke entstand, und da war er, still und leise im Hintergrund, und hielt Ortiz' Pferd. Er sah aus wie immer, höchstens ein bisschen kleiner und zierlicher neben dem hohen, stattlichen Pferd. Sie wusste, dass er sie auch spürte, aber nicht sehen konnte. Ein heftiges Glücksgefühl überkam sie, als sie ihn anschaute.

Ich kann dich sehen.

Wo? Wo bist du?

Er drehte den Kopf hin und her und suchte nach ihr.

In der grüngoldenen Kutsche, bei der Braut. Wir werden gleich herauskommen.

Jetzt hatte er den Blick genau in ihre Richtung gewandt. Doch er konnte sie durch das verhangene Fenster nicht erkennen.

Die förmliche Bekanntmachung war zu Ende. Nun war es an der Zeit, die Braut in Augenschein zu nehmen. Schritte näherten sich der Kutsche der Johdila.

»Lass deinen Schleier runter«, murmelte Lunki.

Die Tür wurde von draußen geöffnet. Der Großwesir verkündete: »Die Johdila Sirharasi, Makellose Perle, Strahlende des Ostens und die Freude einer Million Augen!«

Sisi trat aus ihrer Kutsche, gefolgt von Lunki und Kestrel. Sobald sie draußen war, spürte Kestrel den Blick ihres

Bruders auf sich, doch sie schaute ihn nicht an. Zu Boden schauend schritt sie demütig wie ein gutes Dienstmädchen hinter der Johdila her.

Der Johana nahm Sisis Hand, als sie sich neben ihn gestellt hatte, und drückte sie fest. Jetzt, da dieser imposante junge Bräutigam gekommen war, um sich Sisi anzusehen, merkte der Johana, dass er sein kleines Mädchen nicht gehen lassen wollte.

»Sprecht, Erhabenheit«, flüsterte Barzan.

»O, na gut«, seufzte der Johana. Also hob er den Kopf und richtete das Wort an seinen zukünftigen Schwiegersohn.

»Ich stelle Euch meine geliebte Tochter vor. Möge sie in Euren Augen Gnade finden.«

Ortiz schaute die Johdila an. Man hatte ihm nicht gesagt, dass sie verschleiert sein würde. Natürlich ging es bei dieser Hochzeit eher um ein Zweckbündnis als um eine Liebesheirat, aber er fühlte sich dennoch betrogen, weil er ihr Gesicht nicht sehen durfte.

»Verehrte Dame«, sagte er und verbeugte sich tief.

Ein Schweigen folgte.

»Es ist bei uns Sitte«, erklärte der Großwesir für den Fall eines Missverständnisses, »dass die Braut vor der Hochzeit nicht mit dem Bräutigam spricht.«

»Oh«, sagte Ortiz und fühlte sich noch mehr betrogen.

»Ihr erstes Wort an Euch wird das Wort sein, das sie zu Eurer Frau macht.«

»Ah«, sagte Ortiz.

Er schaute sich etwas verlegen um, runzelte die Stirn, um es zu verbergen, und so fiel sein Blick auf Kestrel. Das junge Dienstmädchen der Johdila – denn dafür hielt er sie – stand genau hinter ihr, hatte den Blick zu Boden gesenkt und war nicht verschleiert. Als er sie ansah, hatte er das Gefühl, das Gesicht dieser jungen Frau zu kennen. Er dachte angestrengt nach und fragte sich, wo er ihr schon einmal begegnet sein konnte, kam jedoch nicht darauf, dass ihm einfach ihre Ähnlichkeit mit ihrem Zwillingsbruder auffiel.

Plötzlich hob sie die Augen und ihre Blicke trafen sich. Nur einen Moment lang sah er, wie ihre Augen erkennend aufblitzten. Ein Schauder der Überraschung durchrieselte ihn.

Zu exakt derselben Zeit hatte Sisi ein Stück weit hinter ihrem zukünftigen Ehemann einen schmalen jungen Mann mit blassem Gesicht und großen dunklen Augen entdeckt. Der junge Mann blickte ganz starr, nicht auf sie, sondern auf Kestrel. Während sie ihn anschaute, wanderte sein Blick zu ihr. Wegen ihres Schleiers konnte sie ihm genau in die Augen schauen, ohne dass er es merkte. Sie fand diese dunklen Augen faszinierend. Sie drückten so viel Ruhe und Verständnis aus. Ihr wurde klar, dass die meisten Männer hart und herrschsüchtig schauten, so als wollten sie einem mit ihrem Blick etwas aufzwingen. Diese Augen dagegen blickten sanft, empfindsam und freundlich.

Bowman für seinen Teil sehnte sich nach einem einzigen Blick von Kestrel. Er sah ein, dass sie sich nicht verraten durften, und aus diesem Grund verzichtete er darauf, sie in Gedanken anzusprechen. Doch die Versuchung, einen Blick mit ihr zu tauschen, war einfach zu groß. Er wandte die Augen von der verschleierten Prinzessin ab und richtete sie wieder auf seine geliebte Schwester und genau in diesem Moment schaute sie auf und ihre Blicke trafen sich.

Im Bruchteil einer Sekunde teilten sie sich mit den Augen alles mit, was es mitzuteilen gab: all ihre Liebe, all ihre tiefe Freude, dass sie beide in Sicherheit waren, und all ihre Dankbarkeit, einander endlich wieder nah zu sein. Bowman sehnte sich schmerzlich danach, sie in die Arme zu schließen und ihre Berührung zu spüren, so wie er sie bis zum Eintritt in das Reich des Meisters jeden Tag in seinem Leben gespürt hatte. Doch er bewegte nicht einmal einen Finger und fast sofort, nachdem sich ihre Blicke getroffen hatten, brachen die beiden die Verbindung wieder ab.

Allerdings nicht, bevor Sisi alles gesehen hatte. Der Ausdruck seiner Augen war unmissverständlich. Er kannte Kestrel! Mit diesem Wissen als Hilfe schaute sie ihn noch einmal an und entdeckte die Ähnlichkeit. Er musste Kestrels Bruder sein! In heimlicher Aufregung musterte sie ihn erneut. Er war nicht so groß, wie sie gehofft hatte, und sah auch nicht stark aus, aber er hatte ein so interessantes Gesicht. Es veränderte sich immer wieder. Er lachte nicht wie Kestrel, aber andererseits gab es hier auch nichts zu lachen. Er schien nicht zu wissen, was er tun sollte. Dafür mochte Sisi ihn besonders, denn auch sie selbst wusste nicht, was sie tun sollte.

Sie spürte, wie ihr jemand in den Arm zwickte.

»Du musst dich jetzt empfehlen.« Das war ihre Mutter, die flüsternd mit ihr sprach. »Geh in deine Kutsche zurück.«

Die Johdila gehorchte. Kestrel und Lunki folgten ihr. Sobald sie in die Kutsche zurückgekehrt waren, schickte Sisi Lunki auf einen Botengang und wandte sich aufgeregt an ihre Freundin.

»Ich hab ihn gesehen! Er ist dein Bruder! Er ist es, er ist es, ich weiß es!«

Kestrel verriet sich durch ihre Verlegenheit.

»Bitte«, flehte sie. »Du darfst es niemandem sagen.«

»Aber nein, das werde ich nicht, Liebling! Das wird unser Geheimnis sein. Aber du musst für mich ein Treffen mit ihm arrangieren.«

»Wozu?«

»Na, damit ich ihn heiraten kann! Man muss die Leute, die man heiraten will, schon vorher treffen.«

»Du wirst meinen Bruder nicht heiraten, Sisi.«

»Doch. Er ist süß.«

»Du wirst diesen … diesen …«

»Diesen Mörder heiraten. So hast du ihn genannt.«

»Es stimmt ja auch.«

»Dein Bruder gefällt mir besser.«

»Du musst meinen Bruder vergessen. Niemand darf hier erfahren, dass er mein Bruder ist.«

»Warum nicht? Das versteh ich nicht. Warum können wir ihn nicht einfach zu uns bitten, damit er uns besucht? Willst du ihn denn nicht sehen?«

Kestrel sah widerwillig ein, dass sie Sisi die Sache erklären musste, zumindest teilweise. »Er ist ein Sklave, Sisi. Wie meine ganze Familie. Ich suche nach einer Möglichkeit, ihnen zur Flucht zu verhelfen.«

»Wie aufregend, Kess! Was für eine Möglichkeit?«

»Das weiß ich noch nicht.«

»Ich hab eine Idee! Ich bitte den Meister sie mir als Hochzeitsgeschenk zu überlassen.«

Kestrel war gerührt. Sie lächelte, schüttelte aber den Kopf. »Es geht nicht nur um meine Familie, sondern um mein ganzes Volk.«

»Wie viele sind das?«

»Viele Tausend.«

»Oh.« Sisi war bestürzt. »Das sind zu viele, Kess. Für viele Tausend wirst du niemals eine Fluchtmöglichkeit finden.«

»Doch, das werde ich. Ich will es, ich muss es und ich werde es!«

Ihre wilde Entschlossenheit steckte die Johdila an. »Das glaube ich auch, Kess«, sagte sie. Dann fügte sie plötzlich erschrocken hinzu: »Aber was wird aus mir, Kess? Ich werde den Mörder heiraten müssen, stimmt's?«

»Wer weiß? Niemand kann wissen, was passiert, bevor es passiert.«

Was ihre eigenen Ziele anging, hatte Kestrel allerdings nicht die Absicht, sich auf ein ungewisses Schicksal zu verlassen. Jetzt, da sie Bowman gesehen hatte und sie in Kontakt miteinander treten konnten, war sie fest entschlossen ihren Plan zu Ende zu bringen. Alle notwendigen Puzzleteile fügten sich nach und nach zu einem Bild. Wenn sie und Bowman zusammenarbeiteten, konnten sie alles schaffen. Und was Sisi betraf – sie dachte jetzt lieber nicht über Sisi nach. Kestrel hatte unglücklicherweise festgestellt, dass ihr die Prinzessin immer mehr ans Herz gewachsen war. Zuerst hatte sie Sisi für dumm gehalten, doch inzwischen begriff sie, dass sie einfach nur sehr wenig wusste. Wenn hier jemand dumm war, dann Zohon. Am Anfang hatte sie über ihn gelacht, aber jetzt war ihr klar, dass ein eitler und dummer Mensch mit einem scharfen Messer kein bisschen lustig ist. Wie konnte sie Sisi jemals einem solchen Mann ausliefern? Aber wäre sie mit dem Mörder Ortiz besser dran, an den ihre Familie sie verkaufen wollte? Deshalb beschloss Kestrel ihren Plan ungeachtet der Auswirkungen weiterzuverfolgen und in Bezug auf Sisis Rettung auf eine plötzliche Eingebung zu vertrauen.

Marius Semeon Ortiz ritt in nachdenklichem Schweigen zur Hohen Domäne zurück. Seine Gedanken waren bei der jungen Frau, die die Johdila begleitet hatte. Man würde sie gemeinhin nicht als schön bezeichnen, aber sie hatte etwas an sich, das er nur schwer wieder vergessen konnte. Was war es nur? Eine direkte Art, ein verwegener Blick, ja sogar eine Spur von Ungestüm. Und dieser Mund – er stellte sich den Mund lächelnd vor. Er stellte sich vor, wie sich die Lippen zu einem Kuss formten. Er stellte sich vor sie zu küssen – erschrocken zwang er sich von einem solch lächerlichen Gedankengang abzulassen. Unter anderen Umständen hätte er vielleicht versuchen können die junge Fremde besser kennen zu lernen. Aber seine Pflicht lag klar vor ihm: Er würde die Johdila heiraten und so das riesige Königreich von Gang unter die Herrschaft des Meisters bringen. Der Meister würde stolz auf ihn sein und ihn als seinen Erben benennen. Mit der Zeit würden alle Macht und aller Wohlstand, über die der Meister verfügte, ihm gehören.

Er blickte über das sanft abfallende Land zum See hinunter und zur Palaststadt, die sich aus der Wasserfläche erhob. In nur wenigen kurzen Tagen würde er verheiratet sein. Seine Braut, die Johdila Sirharasi von Gang, würde mit ihm in seinen wunderschönen Gemächern wohnen. Ihre Diener würden sie begleiten. Die faszinierende junge Frau mit den dunklen Augen würde ein Bett unter seinem Dach haben. Er würde ihr in den Fluren begegnen. Sie würde die Augen heben und ihre Blicke würden sich treffen. Ihr Arm würde seinen Arm streifen. Er würde sich umdrehen und feststellen, dass sie sich auch umgedreht hatte und ihn anschaute. Er würde eine Hand ausstrecken, sie an sich ziehen, ihren Hals küssen, ihre Wangen, ihre Lippen …

Bummba-bummba-bummba – die Pferdehufe donnerten auf den Planken des Fahrwegs. Ortiz blinzelte und erwachte verwirrt aus seinem Tagtraum.

Was ist nur mit mir los?, dachte er erschrocken. Ich kenne nicht einmal den Namen dieser jungen Frau. Ich habe kein einziges Wort mit ihr gesprochen. Ich habe sie nur einmal angesehen, und das kaum eine Sekunde lang. Es ist lächerlich, unmöglich und falsch anzunehmen, dass ich mich verliebt habe.

Verliebt!

Allein dieses Wort, das er nur in Gedanken ausgesprochen hatte, ließ ihn vor Freude erzittern. Verliebt? Natürlich nicht! Verliebt? Das kam gar nicht in Frage. Wie konnte der Erbe des Meisters ausreiten, um seine zukünftige Braut in Augenschein zu nehmen, und sich dabei in die falsche Frau verlieben?

15

Der Schlüssel zum Reich des Meisters

Bowman ritt mit seinem Herrn in die Hohe Domäne zurück. Er brannte darauf, so schnell wie möglich zu seiner Familie zurückzukehren. Ortiz hatte vorgesehen, dass er die Nacht in der Palaststadt verbrachte, und ihm ein Zimmer zugewiesen, das eher für einen Freund als für einen Diener passend schien. Doch er hatte ihm immer noch nicht gesagt, welche besonderen Aufgaben ihn erwarteten. Er behandelte Bowman höflich, und wenn er ihm etwas auftrug, schien er eher um einen Gefallen zu bitten als Gehorsam zu verlangen. Daher hoffte Bowman, dass er ihm seinen dringenden Wunsch erfüllen würde.

Als sie jedoch zurück in seinen Gemächern waren, schickte Ortiz alle anderen weg und bat Bowman zu bleiben. Er winkte ihn zu sich auf seine private Terrasse, von der man einen herrlichen Ausblick auf die Stadt hatte. Ortiz kam gerne hierher, wenn er nachdenken wollte.

Bowman bereitete sich gerade darauf vor, seine Bitte zu äußern, als ihn Ortiz abrupt fragte: »Was hältst du von meiner Braut?«

»Eurer Braut?«

»Von ihrer Schönheit? Ihrer süßen Stimme? Ihrem Charakter, ihrem Auftreten, ihrer Intelligenz?«

»Aber – sie war doch verschleiert. Und sie hat nicht ein Wort gesprochen.«

»Genau.«

»Sir...«

»Was ist Heirat?« Angetrieben von verschiedenen wirren Gedanken, redete Ortiz ebenso mit sich selbst wie mit Bowman. »Eine Abmachung, mehr nicht. Keine Liebe. Nicht einmal Glück. Nur ein Narr denkt, dass er seine Frau lieben kann.«

Bowman wusste nicht, wie er darauf reagieren sollte, daher verhielt er sich lieber still.

»Deshalb hat diese Heirat nichts mit Liebe zu tun, verstehst du? Die Hochzeit wird wie geplant stattfinden. Alles wie gehabt. Ich kann dem Meister berichten, dass ich absolut zufrieden bin. Ist das klar?«

»Ja, Sir.« Bowman hatte so viel an seine Schwester gedacht, dass er sich nicht besonders um Ortiz gekümmert hatte. Jetzt wurde ihm klar, dass er keine Ahnung hatte, was in seinem jungen Herrn vorging.

»Du fragst dich wahrscheinlich, worüber ich eigentlich rede.«

»Ja, Sir.«

»Ich rede über Unsinn, über dummes Zeug, über Träume und Hirngespinste. Sieh nur!« Er zeigte auf die leuchtenden Kuppeln der Stadt. »Hat es jemals eine schönere Stadt gegeben? Haben Menschen jemals so gut gelebt? Das hier ist die Wirklichkeit, etwas, das bleibt. Keine flüchtige Idee davon, wie es wäre, sich zu... was? Sich für jemand anders zu interessieren? Auf einen Blick von derjenigen zu hoffen? Auf ein Lächeln als Antwort?«

Er schaute Bowman euphorisch an und Bowman erhaschte den Strudel seiner Gefühle. Wie alle Liebenden war Ortiz von dem Drang überwältigt, seine Gefühle mit jemandem zu teilen.

»Ich kann doch mit dir reden, oder? Du verstehst mich doch, zumindest ein bisschen, nicht wahr?«

»Ja«, antwortete Bowman, der mit Verspätung herauszufinden versuchte, was mit Ortiz geschehen war.

»Nur ein Blick! Ist das nicht absurd? Wie kann eine solche Kleinigkeit so große Folgen haben? Ich habe das Gefühl, als hätte ich durch ein Schlüsselloch, ein Nadelöhr geschaut und auf der anderen Seite ... mich gesehen, wie ich ein anderes Leben führe.«

Bowman überlegte schnell. Dieser leidenschaftliche Ausbruch konnte nicht von der verschleierten Johdila Sirharasi ausgelöst worden sein.

»Nur ein Blick aus diesen dunklen Augen«, seufzte Ortiz.

Jetzt wusste Bowman Bescheid. »Das Dienstmädchen der Johdila?«

»Ah! Du hast sie also auch gesehen?«

»Ja. Ich hab sie gesehen.«

»Ich sag dir, wenn ich jetzt nicht heiraten müsste, würde ich hoffen... würde ich darum bitten... würde ich mir wünschen, sie besser kennen zu lernen.«

Bowman dachte über die Möglichkeiten nach, die diese neue Entwicklung bot. Er war sicher, dass er daraus irgendeinen Vorteil für sein gefangenes Volk ziehen konnte. »Sie müssen ja nicht unbedingt Ernst machen mit der Heirat«, schlug er vor.

»Der Meister wünscht es aber so.«

»Sie müssen nicht alles tun, was der Meister wünscht.«

Ortiz starrte Bowman verwundert an. »Ich muss nicht alles …? Natürlich, ich vergaß. Du bist neu hier. Du verstehst das noch nicht. Dies hier« – er schwenkte den Arm über die Aussicht –, »diese vollkommene Welt ist das Werk des Meisters. Sie existiert und gedeiht, weil wir seine Wünsche erfüllen.«

»Eine vollkommene Welt für Sie«, entgegnete Bowman. »Nicht für die Sklaven.«

Ortiz schaute ihn seltsam an. »Bist du dir da so sicher?«, fragte er. »Haben es die Sklaven im Reich des Meisters nicht gut? Komfortabel und sicher? Leisten sie hier etwa keine gute Arbeit, ihre beste Arbeit, und werden fett und reich und angesehen? Was kann sich ein Mensch denn noch wünschen?«

»Frei zu sein.«

»Warum?«

»Warum?« Bowman war sprachlos. »Jeder will frei sein.«

»Jeder will es? So wie jeder Schokolade will? Es ist nicht immer gut, wenn wir das bekommen, was wir wollen, oder?«

»Nein, aber… Freiheit ist…« Bowman war allmählich verwirrt.

»Freiheit ist was?«, fragte Ortiz. »Ich sag's dir. Freiheit ist Eitelkeit. Freiheit ist Gier. Sie hetzt Menschen gegeneinander auf. Sie macht uns alle zu Wilden. Der Meister hat uns die furchtbare Grausamkeit der Freiheit gezeigt.«

Es war verrückt, aber Ortiz schien es zu glauben, und das voller Überzeugung. Bowman vergaß einen Moment lang, dass er ein Sklave war und dass dieser Mann Macht über ihn hatte.

»Ich habe Grausamkeit gesehen«, sagte er und bemühte sich nicht seinen Zorn zu verbergen. »Ich habe gesehen, wie unschuldige Menschen bei lebendigem Leib verbrannt worden sind.«

»Natürlich hast du das! Wir alle hier haben es gesehen! Aber das ist keine Grausamkeit, sondern Terror. Ein einziger Akt des Terrors erzwingt Gehorsam. Ohne Gehorsam herrscht das Chaos. Gehorsam führt zu Ruhe und Ordnung. Zuerst gehorchen wir aus Angst. Später gehorchen wir aus Liebe. Das hat uns der Meister beigebracht. Und dieses reiche, schöne Land ist unsere Belohnung.«

Bowman wiederholte: »Für Sie. Nicht für die Sklaven.«

Da streckte Ortiz seinen rechten Arm vor ihm aus und zog schweigend seinen Ärmel aus prächtigem Stoff zurück. Auf seinem Handgelenk war eine eingebrannte Nummer.

»Wir sind alle Sklaven hier«, erklärte er. »Das ist das Geheimnis dieses Reiches.«

Bowman starrte sie ungläubig an. »Alle?«

»Alle außer einem. Der Meister trägt die Last der Freiheit für uns alle.«

Bowman blickte von Ortiz auf die Stadt hinaus, auf den See und die bestellten Felder dahinter. Er sah Landarbeiter hinter einem Pflug. Eine Wagenkolonne, die die Straße entlangrumpelte. Einen Trupp von Jägern, die flott über den Fahrweg trabten. Er erinnerte sich an die jungen Adligen in Ortiz' Gefolge, an die Tanzlehrerin, an die Manacs und die Chöre, die in der Dämmerung gesungen hatten. Alles Sklaven?

»Wollen Sie damit sagen, wir sind Sklaven von Sklaven?«

»Ja.«

Der Ausblick von der Terrasse schien plötzlich zu schwanken und sich um ihn zu drehen.

»Warum gibt es dann keinen Aufstand? Warum rebellieren die Sklaven nicht?«

»Zuerst gehorchen wir aus Angst. Dann gehorchen wir aus Liebe.«

»Das verstehe ich nicht.«

»Es braucht seine Zeit. Du bist noch neu hier. Aber nach und nach wirst du erfassen, was du durch den Verlust deiner Freiheit alles gewonnen hast. Dieses Land wird zu deinem Land werden. Du wirst dabei helfen, es aufzubauen. Du wirst stolz darauf sein. Du wirst erkennen, wie wir uns alle gegenseitig dienen, weil es nur einen Meister gibt. Und dann wird sich deine Furcht in Liebe verwandeln.«

»Ich werde den Meister niemals lieben.«

»Doch, das wirst du! Du kannst es dir jetzt noch nicht vorstellen, aber du wirst ihn lieben!« Auf einmal hatte er eine Idee. »Ich werde dich zu ihm mitnehmen. Ich muss ihm von meiner Begutachtung der Braut berichten. Du kannst mich begleiten.«

»Jetzt nicht. Morgen. Lassen Sie mich heute Abend zu meiner Familie zurückkehren. Sie werden sich Sorgen um mich machen.«

»Nein, jetzt sofort!«

»Wollen Sie, dass der Meister von Ihrer neuen Neigung erfährt?«

»Meiner neuen …? Nein, natürlich nicht! Ist sie denn so offensichtlich?«

»Ja.«

Dies gab Ortiz zu denken.

»Vielleicht hast du Recht. Sicher werde ich ein wenig ruhiger, wenn ich eine Nacht darüber schlafe. Ich fühle mich wirklich etwas seltsam und… so, als wäre ich nicht ich selbst. Ja, in Ordnung. Geh du zu deiner Familie. Ich werde dich morgen früh rufen lassen.«

Nebel der Kater erwartete Bowman auf dem erhöhten Fahrweg.

»Bist du die ganze Zeit über hier gewesen?«

»Hier und anderswo«, antwortete der Kater, dem der mitleidige Ton nicht gefiel.

»Du solltest dahin zurückkehren, wo du herkommst«, sagte Bowman. »Hier wird es bald Unruhen geben.«

»Unruhen gibt's überall. Außerdem habe ich kein Zuhause.« Er lief neben Bowman her, der eilig marschierte. »Wann bringst du mir das Fliegen bei?«

»Ich hab's dir doch schon gesagt. Ich kann nicht fliegen.«

»Wenn Hundegesicht fliegen kann, kannst du es auch«, entgegnete Nebel. »Du versuchst es nur nicht.«

»Tut mir Leid. Ich hab Wichtigeres zu tun.«

»Wichtigeres?« Nebel blieb stehen. »Ich kann es mir auch selbst beibringen, weißt du.«

Bowman eilte weiter und diesmal folgte ihm der Kater nicht. Er ärgerte sich über die Einstellung des Jungen, die er als eigennützig ansah und die zudem den nötigen Ehrgeiz vermissen ließ. Dass der Junge so wenig von ihm zu halten schien, verletzte seinen Stolz. Doch dann kam ihm die Idee, dass er sich das Fliegen vielleicht wirklich selbst beibringen konnte. Er hatte den Jungen beobachtet, als er mit dem Stab geübt hatte. Das war reine Konzentrationssache gewesen. Wieso sollte es mit dem Fliegen nicht genauso sein?

Er sah sich nach einem geeigneten Übungsort um: nach einer Stelle, von der er hinunterspringen konnte ohne sich zu verletzen, solange er noch übte. Sein Blick folgte Bowman über die Straße und blieb schließlich auf den Wagen mit den hohen Rädern ruhen, die Affenkäfige genannt wurden.

Als Bowman in die Baracke zurückkehrte, saßen seine Eltern allein im Schlafraum und unterhielten sich leise. Sein Vater hielt einen Stapel Blätter in der Hand.

»Bo!«, rief seine Mutter, als er eintrat. »Schließ die Tür. Dein Vater muss mit dir reden. Oh, wir sind wirklich ein unglückliches Volk!«

»Nein, nein«, entgegnete Hanno. »Es wird alles gut ausgehen. Es gibt keinen Hinweis darauf, dass es nicht so sein wird.«

»Zuerst habe ich Neuigkeiten für euch«, sagte Bowman. Er setzte sich aufs Bett, umfasste die Hände seiner Mutter und drückte sie. »Ich habe Kestrel gesehen.«

»Lieber Himmel!« Tränen traten Ira in die Augen. »Mein geliebtes Kind. Geht es ihr gut?«

»Sie lebt und ist gesund.«

»Wo ist sie?«, fragte Hanno.

»Bei der Hochzeitsgesellschaft, die gerade angekommen ist. Eine Prinzessin ist hergekommen, um den Sohn des Meisters zu heiraten, der Ortiz heißt.«

»Ist das der, der dich zu sich gerufen hat?«

»Ja.«

»Hast du mit ihr gesprochen?«, wollte Ira wissen. »Was sagt sie? Wie ist sie zu diesen Leuten gekommen?«

»Wir konnten nicht viel reden. Sie will nicht erkannt werden. Sie ist ein Dienstmädchen der Braut.«

»Dienstmädchen der Braut?« Ira Hath war verblüfft. »Ich will zu ihr. Ich will sie sehen.«

»Lass sie lieber in Ruhe, meine Liebe. Sie will nicht entdeckt werden. Ich bin sicher, sie hat irgendwas vor. Hat sie es dir erzählt, Bo?«

»Nein, noch nicht.«

»Du musst versuchen sie allein zu treffen. Sind sie weit weg von hier?«

»Nicht sehr weit. Und Pa…« Bowman brannte darauf, ihnen zu erzählen, was er an diesem Tag herausgefunden hatte. »Die Menschen in diesem Land, sogar die Adligen, sind alle Sklaven! Es ist ein Land der Sklaven!«

»Alles Sklaven!«, rief seine Mutter. »Das ist doch lächerlich. Wie können Sklaven Herren von Sklaven sein?«

»So funktioniert es. Alle sind Sklaven außer dem Meister. Sie alle tun, was er sagt. Das ist der Schlüssel zu diesem Reich.«

»Wirklich?« Hanno schien weniger überrascht, als Bowman erwartet hatte. »Der Meister muss ein bemerkenswerter Mann sein.«

»Ich werde ihn morgen treffen.«

»Du wirst den Meister treffen?«

»Mit Ortiz.«

»Dieser Meister gibt mir ganz schön zu denken«, sagte Hanno nachdenklich. »Er sammelt alte Texte der Manth. Er weiß angeblich etwas über unseren Propheten Ira

Manth. Es ist gut, dass du ihn triffst. Du musst mir dann erzählen, was du herausgefunden hast.«

»Worauf soll ich denn achten?«

»Keine Ahnung.« Er schüttelte den Kopf und ärgerte sich über sich selbst, weil er den verborgenen Zusammenhang nicht finden konnte. »Wann soll diese Hochzeit stattfinden?«

»Schon bald. In ein paar Tagen, glaube ich.«

»Uns bleibt so wenig Zeit.«

Er gab Bowman ein paar der Blätter, die er in der Hand hielt. Sie waren mit seiner eigenen Handschrift bedeckt, die aussah wie schnell hingekritzelt.

»Es gibt ein paar Dinge, die du wissen musst.«

»Oh mein lieber Junge!« Ira legte die Arme um Bowman, als würde man ihn ihr bald wegnehmen. Bowman überflog die Zeilen und lauschte dabei der leisen, sicheren Stimme seines Vaters.

»Ich habe das Verlorene Testament des Ira Manth gefunden. Wir erfahren darin viele Dinge, und wenn wir Zeit haben, werden wir über all diese Dinge sprechen. Aber es gibt einen Teil, der uns alle jetzt betrifft – dich, Kestrel und Pinto am meisten.«

Bowman blickte auf und sah, dass ihn sein Vater anlächelte. Dieses Lächeln verriet Bowman, dass etwas sehr Trauriges kommen musste. Seine Mutter streichelte seine Hände.

»Wir haben schon früher über das Sänger-Volk gesprochen. Ich verstehe jetzt ihre genaue Bestimmung und welchen Preis sie zahlen, um diese Bestimmung zu erfüllen.«

»Sie beschützen uns vor dem Morah.«

»Mehr als das. Sie, und sie allein, haben die Kraft, den

Morah zu vernichten. Aber wenn sie das tun, dann sterben sie.«

»Sie sterben? Und der Morah stirbt auch?«

»Und kehrt zurück. So wie das Sänger-Volk zurückkehrt. Lies.«

Bowman las die ersten Zeilen, die sein Vater übertragen hatte, laut vor.

Ein Kind meiner Kinder wird in der Zeit der Vollendung immer bei euch sein. Auf diese Weise lebe ich wieder und sterbe wieder.

»Ich habe nie darum gebeten, mein Liebling«, sagte Ira und küsste ihn. »Ich wollte immer nur, dass wir eine ganz normale Familie sind und ein ganz normales Leben führen.«

»Mach dir nichts draus, Ma«, sagte Bo sanft. »Nicht meinetwegen. Ich glaube, ich habe es immer gewusst.«

»Was gewusst, mein Bo?«

»Dass ich für irgendetwas bestimmt bin. Dass irgendeine Aufgabe auf mich wartet. Etwas, das meinem seltsamen Wesen einen Sinn verleiht.«

»Da könntest du Recht haben«, antwortete sein Vater leise.

Hanno erklärte nun, so gut er konnte, was er aus dem neu entdeckten Manuskript erfahren hatte. Anscheinend hatte das alte Manth-Volk einen Namen für die Lebenskraft in allen Lebewesen und dieser Name war Mor. Ihrer Meinung nach war der Mor eine gute und notwendige Antriebskraft, die die Menschen anspornte ihr Bestes zu geben, hart zu arbeiten und ihre Träume Wirklichkeit werden zu lassen. Für das alte Manth-Volk war der Mor die Quelle für Mut, Ehre und gebührenden Stolz. Wenn diese edle Kraft jedoch in einem Menschen oder einem Volk zu stark wurde, verwandelte sie Mut in Gewalt und Stolz in Zorn. Indem der Mor anschwoll, machte er die Menschen mächtiger, aber er brachte sie auch in Konflikt miteinander. Sie führten Krieg und lernten zu fürchten und zu hassen. Und je mehr sie fürchteten und hassten, umso mehr verlangten sie nach einer Kraft, die sie beschützen würde, wie sie glaubten. So kam es, dass der Mor irgendwann jeden Menschen bis zum Rand erfüllte, die Haut durchbrach, die die Menschen voneinander trennt, und so zu einer einzigen Macht verschmolz, die sich aus all den ihr zugehörenden Menschen nährte und unzerstörbar wurde. Diese große, schreckliche, vereinte Macht wurde der Morah genannt.

Bowman wusste das alles, selbst als sein Vater ihm Dinge erzählte, von denen er noch nie gehört hatte. War er nicht selbst vom Morah ergriffen worden?

Einer von vielen, ein Teil von allen. Keine Angst mehr. Sollen die anderen jetzt Angst haben.

»Ira Manth spricht von drei Generationen«, fuhr Hanno fort. »Eine Zeit der Freundlichkeit. Eine Zeit des Handelns. Eine Zeit der Grausamkeit. Am Ende der dritten Generation hat die Macht des Morah ihren Höhepunkt erreicht. Terror folgt auf Terror, weil die Menschen vergessen haben, wie man liebt, und weil sie dazu getrieben werden, zu herrschen oder beherrscht zu werden und zu töten oder getötet zu werden. In einer solchen Zeit kehrt das Sänger-Volk zurück.«

»Und stirbt.«

Hanno nickte. Bowman hatte es begriffen.

»Und in einer solchen Zeit leben wir jetzt, stimmt's?«

»Ja, ich glaube schon«, antwortete er.

»Ich weiß es«, sagte Ira daraufhin schaudernd. »Wind kommt auf. Wir müssen die Heimat erreichen. Der Wind wird alles wegblasen.«

Bowman schwieg. Wie sollte er seinen Eltern auch erklären, dass er mehr als alles andere eine wunderbare, tiefe Erleichterung empfand? Er hatte das Gefühl, als ergäbe all das, was an ihm sonderbar war und das ihn einzig und anders gemacht hatte, endlich einen Sinn – es war Teil seiner wahren Bestimmung geworden. Er musste so sein, wie er war, und tun, was er tun musste. Selbst sein Versagen vor all den Jahren in den Hallen des Morah, als er sich dieser süßen, tödlichen Macht hingegeben hatte; selbst dieses Versagen, das er sich so lange selbst vorgeworfen hatte, wurde nun ein Teil seines Schicksals. In seiner Angst hatte er zugelassen, dass der Morah in sein Innerstes drang und von ihm Besitz ergriff. Jetzt war er älter und der Zeitpunkt rückte heran, da er seinen Fehler wieder gutmachen würde.

Er las noch einmal die erste Zeile der Übertragung.

Ein Kind meiner Kinder wird in der Zeit der Vollendung immer bei euch sein.

Hanno schaute ihn forschend an.

»Ich werde sie begleiten, Pa.«

»Nein!«, weinte Ira. »Mein eigener Sohn!«

»Wein doch nicht, Mama. Ich bin glücklich. Ich habe darauf gewartet.«

»Was werden sie mit dir machen, mein Liebling? Was ist dieser brennende Wind?«

»Ich weiß es nicht. Ich muss ein wenig allein sein. Lasst mich lesen. Lasst mich nachdenken.«

»Ja, Liebling.«

Sie ließ ihn los. Als er aus dem Zimmer schlüpfte, schaute sie ihm ehrfurchtsvoll nach, als wäre er nicht mehr ihr Kind.

»Was wird nur geschehen, Hanno? Was sollen wir tun?«

»Unsere Aufgabe, meine Liebe«, antwortete er, »wird sein, unser Volk vorzubereiten. Wir müssen sie irgendwie überzeugen, dass dieses mächtige, reiche und schöne Land niemals ihre Heimat sein kann.«

»Sie hören mir nicht mehr zu.«

»Wir müssen sie trotzdem vorbereiten. Die Zeit der Grausamkeit rückt näher. Dann werden sie uns zuhören.«

Mögen sie in Stille leben und die Flamme erkennen. Sie werden alles verlieren und alles geben.

Bowman las alles, was sein Vater aus dem Verlorenen Testament herausgeschrieben hatte, und dann las er es noch einmal, bis das allerletzte Tageslicht vom Himmel verschwunden war. Schließlich brachte er die Blätter zu seinem Vater zurück.

»Ich werde Kess suchen«, erklärte er.

»Sei vorsichtig«, sagte sein Vater. »Falls dich jemand sieht…«

Die Sklaven hatten die Anweisung, nachts in ihren Quartieren zu bleiben. Alle kannten die Strafe für Ungehorsam.

»Niemand wird mich sehen.«

Er klang so überzeugt, dass Hanno nichts mehr sagte. Bowman veränderte sich schnell. Die Entdeckung dessen, was er für sein Schicksal hielt, hatte etwas in ihm entfesselt und er hatte plötzlich das Gefühl, dass es nichts gab, was er nicht schaffen konnte. Hatte ihm der Einäugige, der Sänger, nicht gesagt, er habe die Macht? Seine große Aufgabe sollte noch kommen, das wusste er: der Zeitpunkt, wenn er alles geben und alles verlieren würde. Was konnte ihm bis dahin etwas anhaben?

Er wartete, bis alle Lichter in der Hohen Domäne gelöscht waren und das Land still in der Nacht lag. Dann machte er sich zu Fuß auf den Weg und folgte der Straße den Hügel hinauf und in den Wald, auf das Lager an den Grenzen des Reiches zu. Er ging schnell, trat nur leicht auf und machte dabei fast kein Geräusch. Seine Gedanken wanderten zu Kestrel. Er malte sich aus, wie sie ihm entgegenkam, wie sie sich umarmen würden...

»Halt! Stehen bleiben!«

Bowman erstarrte. Ein hoch gewachsener johjanischer Wächter schritt mit erhobenem Schwert auf ihn zu. Bowman fluchte auf sich selbst. Warum war er nicht darauf gekommen, dass hier Wachposten aufgestellt sein würden?

Der Wächter funkelte ihn böse an.

»Mitkommen!«, brüllte er und streckte die linke Hand aus, um Bowman festzuhalten.

Bowman machte einen Schritt nach hinten, heftete den Blick auf den Wächter, lenkte all seine Energie auf die Stirn des Mannes und – schlug zu. Sein eigener Körper blieb vollkommen still, doch der Schlag war so heftig, dass der Soldat rückwärts auf die Erde fiel. Dort blieb er reglos und betäubt liegen. Bowman fühlte sich etwas schwindelig. Er hatte keinen Finger gerührt. Auch hatte er überhaupt nicht darüber nachgedacht, was er tat oder wie er es tun sollte. In der Not des Augenblicks hatte er auf die einzige Art zugeschlagen, die ihm möglich war. Was hatte der Einäugige noch gesagt? *Man muss es bloß wirklich wollen.*

Er spürte, wie ein plötzliches Hochgefühl durch seinen Körper schwirrte. Seine Macht wuchs! Das hier war mehr als Stäbe hochzuheben: Er hatte einen Mann betäubt, der doppelt so groß war wie er selbst. Wenn er wollte, konnte er noch mehr und Schlimmeres damit anfangen. Er spürte es jetzt in sich, wie ein junger Wolf, der Blut geleckt hat. Er konnte große Schmerzen bereiten. Er konnte töten.

Was denke ich da bloß?

Er zwang sich in die Wirklichkeit zurück. Vor ihm lag das riesige Lager, wo Soldaten und Höflinge in aufgereihten Zelten und Kutschen schliefen. Kestrel war dort. Er musste sie finden.

Auf der Hut vor weiteren Wachposten schlich er jetzt leise an den Zelten vorbei und passte auf, dass er nicht über die Spannschnüre stolperte. Er konnte seine Schwester spüren und ihren ruhigen, gleichmäßigen Atem im Schlaf hören.

Jetzt hatte er die dicht zusammenstehenden königlichen Kutschen erreicht. Im Dunkeln konnte man sie nicht voneinander unterscheiden, aber er hätte den Weg auch mit geschlossenen Augen gefunden. Er blieb vor der Kutsche der Johdila stehen und tastete sich mit den Gedanken vorsichtig an seine Schwester heran, um sie zu wecken.

Kess …

Er spürte, wie sie sich bewegte und langsam aus ihren Träumen erwachte.

Bist du das, Bo?

Und dann war sie hellwach. Zwar konnte er sie nicht sehen, doch er verfolgte jede ihrer Bewegungen. Jetzt setzte sie sich auf. Sie blickte zur schlafenden Johdila hinüber.

Ich bin draußen.

Jetzt zog sie einen Morgenrock über ihr Nachthemd und tastete unter ihrer Schlafnische nach den Schuhen. Jetzt ging sie mit vorsichtigen Schritten durch die Kutsche zur Tür. Jetzt öffnete sie die Tür.

Sie stürmte die Stufen hinunter und in seine Arme. Er hielt sie ganz fest, spürte ihren Herzschlag an seinem und drückte seine Wange an ihre, zuerst auf der einen, dann auf der anderen Seite. Dann lehnte er seine Stirn an ihre. So blieben sie mehrere Minuten lang eng umschlungen stehen ohne etwas zu sagen oder zu denken. Man hatte sie in zwei Hälften geteilt und jetzt wurden sie wieder ein Ganzes.

Schließlich lösten sie sich aus der Umarmung, hielten sich an den Händen und schauten sich gegenseitig tief in die Augen.

Du hast dich verändert, mein Bruder.

Als Antwort darauf ließ er sie die neue Kraft spüren, die in ihm wuchs: Er übte mit seinen Gedanken Druck auf ihre aus. Sie taumelte nach hinten.

»Wie machst du das?«

»Pst! Sprich leise. Ich weiß es nicht.«

Er zog sie zwischen die Bäume, wo sie keine Angst haben mussten, jemanden aufzuwecken. Trotzdem wagten sie nicht lange zusammenzubleiben. Es gab noch andere Wachposten und einer von ihnen konnte nah genug vorbeikommen, um sie zu entdecken. Wenn Bowman in Begleitung von Soldaten ins Reich des Meisters zurückgeschickt und des Spionierens beschuldigt wurde, würden die Feuer unter den Affenkäfigen wieder angezündet werden.

Kestrel brannte vor Wut, als sie hörte, mit welchen Methoden im Reich des Meisters Gehorsam erzwungen wurde.

»Das sind ja Ungeheuer! Ich werde sie alle umbringen!«

»Das werden wir, Kess. Wir werden sie vernichten.«

Kestrel wunderte sich darüber, dass ihr sanfter Bruder so etwas sagen konnte. Was hatte ihn derart verändert? Sie hatte so viele Fragen, so viel zu erzählen und so wenig Zeit.

»Ich weiß, wie wir es schaffen können«, sagte sie. Mit schnellen Worten erzählte sie Bowman von Zohon und seinen Ambitionen. »Er will diese Heirat nicht. Er wird sie mit seiner Armee verhindern. Er will die Johdila selbst.«

»Alle haben Angst vor dem Reich des Meisters. Bist du sicher, dass dieser Zohon wirklich bereit ist zu kämpfen?«

»Ich weiß, womit ich ihn überzeugen kann.«

»Wir müssen unser ganzes Volk zusammen herausbekommen. Falls irgendwer zurückbleibt, wird er umgebracht.«

»Wenn der Kampf beginnt, das ist unsere Chance. Aber unser Volk muss bereit sein.«

»Das wird es sein.«

Bowman nahm ihre Hände und drückte sie. Er war sich jetzt ganz sicher. Gemeinsam konnten sie alles schaffen.

»Kess, du musst noch etwas wissen …«

Doch genau in diesem Moment hörten sie eine leise Stimme.

»Kestrel! Wo bist du, Kess?«

»Die Johdila! Du musst weg! Sie darf dich nicht sehen!«

Bowman umarmte sie noch einmal kurz und schlich dann durch die Bäume davon. Doch die Johdila kam genau rechtzeitig aus der anderen Richtung, um einen Blick auf seine dunkle davoneilende Gestalt zu erhaschen.

»Er war es, stimmt's?«

»Pst!«, sagte Kestrel. »Du solltest eigentlich schlafen.«

»Ruf ihn zurück, Kess. Ich möchte ihn treffen.«

»Nicht jetzt. Niemand darf es wissen. Das ist unser Geheimnis.«

»Warum ist er gekommen? Was wollte er? Wollte er mich sehen? Hat er nach mir gefragt?«

Kestrel führte die Johdila zu ihrer Kutsche zurück und bemühte sich die aufgeregte Prinzessin zu beruhigen.

»Er ist gekommen, um mich zu sehen. Wir haben uns sehr vermisst.«

»Ja, das verstehe ich, Liebling. Aber er hat dich doch schon hunderte Male gesehen und mich noch nie. Ich finde wirklich, dass ich jetzt mal dran bin.«

»Vielleicht schon bald. Aber jetzt müssen wir schlafen. Wer weiß, was der morgige Tag uns bringt?«

16

Meister! Vater!

Bowman meldete sich früh am nächsten Morgen bei seinem Herrn Marius Semeon Ortiz. Die Straßen der Hohen Domäne standen voller Wasser, weil sie für den kommenden Tag abgespritzt und sauber gewischt wurden. Ortiz selbst war munter und ungeduldig, voller nervöser Spannung.

»Der Meister hat mich rufen lassen! Wir gehen sofort los. Das ist ein sehr, sehr wichtiger Tag für mich. Du wirst ihm nichts von meiner gestrigen Spinnerei erzählen, in Ordnung?«

»Nein, Sir.«

»Natürlich war das alles Unsinn. Nur eine Laune. Ich habe kaum an das Mädchen gedacht, seit ich heute Morgen aufgestanden bin. Die erste Regel lautet: Gehorche dem Meister. Dann läuft alles andere wie von selbst. Du wirst sehen.«

Er führte Bowman auf die schimmernde Straße hinaus.

»Übrigens«, sagte er, »wenn du mit irgendetwas nicht einverstanden bist, was ich sage, dann nur heraus damit! Der Meister lehrt uns, dass diejenigen an der Macht schnell den Kontakt zur Wirklichkeit verlieren. Niemand will einem die Wahrheit sagen, weißt du. Alle sagen genau das, wovon sie annehmen, dass man es hören möchte.«

Er blieb stehen, wandte Bowman sein gut aussehendes Gesicht zu und lächelte.

»Ich hab dir deine besonderen Aufgaben noch gar nicht genannt, stimmt's? Du sollst derjenige sein, der mir die Wahrheit sagt. Du bist mir auf dem Marsch aufgefallen. Ich hatte den Eindruck, dass du deinen eigenen Kopf hast. Habe ich Recht?«

Bowman war sehr überrascht und auch ein bisschen beeindruckt. Dieser eifrige junge Kriegsherr wurde immer komplizierter.

»Wenn ich zum Beispiel behaupte«, fuhr Ortiz fort, »dass ich seit dem Aufstehen keine Sekunde lang an ein gewisses Paar dunkler Augen gedacht habe, könntest du als mein Wahrheitssager antworten: Warum sprechen Sie dann jetzt von ihr? Verstehst du? Das soll nur ein Beispiel sein.«

»Was ist, wenn die Wahrheit, die ich sage, schmerzhaft oder gefährlich ist?«

»Inwiefern gefährlich?«

»Angenommen, ich würde sagen, dass ich Sie umbringen werde.«

»Mich umbringen?« Ortiz war etwas überrascht. Dennoch hörte er zu und dachte darüber nach. »Ich glaube, damit würdest du nicht die Wahrheit sagen, sondern die Zukunft vorhersagen«, antwortete er nach einer Weile. »Ich verlange nicht von dir in die Zukunft zu blicken, denn die kennt niemand, nicht einmal du. Wenn du sagen würdest: Ich will Sie umbringen – das wäre die Wahrheit. Dann würdest du über deinen eigenen Wunsch sprechen, der wahr bliebe, ob du die Tat nun ausführtest oder nicht. Verstehst du den Unterschied?«

»Ja, Sir«, erwiderte Bowman, der gegen seinen Willen schmunzeln musste.

»Dann weiter. Sag mir etwas Wahres.«

Bowman überlegte. Er brauchte nicht lange.

»Sie werden anderen gegenüber niemals ein Meister sein, solange Ihr höchstes Ziel ist, Ihren eigenen Meister zufrieden zu stellen.«

»Du meine Güte! Glaubst du das wirklich?«

Inzwischen hatten sie die Treppe erreicht, die zu den oberen Ebenen führte.

»Das ist gut! Darüber werde ich nachdenken müssen. Aber wir sind jetzt da. Mach dir nichts draus, wenn dich der Meister nicht beachtet. Er hat gerade ziemlich viele andere Dinge im Kopf.«

Sie stiegen die Treppe hinauf und betraten die geräumigen, hellen oberen Ebenen. Der Meister schritt mit einem Fernglas vor den Augen auf und ab, blickte auf die Straßen der Hohen Domäne hinaus und machte mit seiner freien Hand merkwürdige Zeichen. Sein Diener Spalian stand neben ihm und hielt seine Geige.

»Da! Nein, er sieht mich immer noch nicht. Da!«

»Er sieht Euch jetzt, Meister.«

Meeron Graff war ein Stück entfernt postiert und hielt sich ebenfalls ein Fernglas vor die Augen. Der Meister schwenkte die linke Hand über dem Kopf. Ein paar Straßen weiter winkte eine winzige Gestalt auf einer hohen Dachterrasse zurück.

»Hab ihn! Markieren!«

Ortiz und Bowman warteten und schauten zu. Der Meister schien eine Reihe von Sichtverbindungen herzustellen zu Leuten, die entlang der Hauptstraße der Hohen

Domäne in Fenstern und auf Terrassen und Dächern aufgestellt waren. Von den oberen Ebenen konnte man einen Teil dieser Straße überblicken, nicht aber die gesamte Strecke. Einige der entfernteren Beobachtungsposten waren mit Fernrohren ausgestattet, damit sie die Signale des Meisters erkennen konnten. Bowmans erster Gedanke war, dass hier eine große Falle für die Hochzeitsgesellschaft und ihre bewaffnete Eskorte vorbereitet werden sollte.

Er konzentrierte sich auf den Meister und dachte sich so weit wie möglich in ihn hinein. Sofort spürte er die Macht dieses Mannes, die von ihm ausging wie Hitze von einem Feuer, und unter der oberflächlichen Hitze empfand er die tiefe innere Kälte des Meisters. Was ihn überraschte, war die ungezügelte Energie, die Rastlosigkeit, das jähzornige Temperament, das sich so leicht in gereiztem Lachen entlud – und in all dem unerwartet große Angst. Dieser hünenhafte Mann mit dem wehenden karmesinroten Mantel, dem Bauch unter dem goldenen Gürtel und der weißen Mähne kämpfte gegen irgendeine verborgene Furcht an.

»So, Graff! Das wären die Positionen. Sorgen Sie dafür, dass alle sie kennen und einhalten.«

»Ja, Meister.«

»Die perfekte zeitliche Abstimmung ist entscheidend. Es darf keine Verzögerung geben. Auf mein Zeichen fangen alle an.«

»Ja, Meister.«

Nun setzte der Meister sein Fernglas ab und wandte sich dem wartenden Ortiz zu. Er schenkte Bowman, der still hinter ihm stand, keine Beachtung.

»Ah! Da bist du ja.«

Ortiz warf sich sofort vor ihm auf den Boden.

»Hast du sie gesehen?«

»Ja, Meister.«

»Auf! Auf! Wie ist sie so? Ist sie in Ordnung?«

»Ich bin bereit die Johdila zu heiraten, wenn Ihr es wünscht.«

»Ich hab dich gefragt, wie sie ist, und nicht, was du willst.«

»Sie war verschleiert, Meister.«

»Verschleiert?« Der Meister brach in schallendes Gelächter aus. »Hervorragend! Also hast du keine Ahnung! Das ist wirklich gut. Ein Überraschungspaket. Das schreit nach einer Wette. Ich sage, sie ist eine Schönheit – oder zumindest ganz passabel. Und ich setze – ja, was? Das Königreich von Gang! Wie wär's damit?«

»Meister?«

»Falls sie hübsch ist, hast du das Vergnügen, eine schöne Ehefrau zu haben. Falls sie hässlich wie die Nacht ist, hast du ein eigenes Königreich. Wie findest du das?«

»Ihr seid mehr als großzügig, Meister.«

»Ich werde dir die beste Hochzeit aller Zeiten bereiten, Marius! Diese Hinterwäldler aus Obagang werden in ihrem ganzen erbärmlichen Leben noch nie etwas so Herrliches gesehen haben! Das wird ein lebendes Kunstwerk! Essen!«

Das letzte Wort brüllte er plötzlich heraus. Ein Sklave tauchte wie aus dem Nichts auf und hielt ihm ein Tablett hin, auf dem mehrere Gebäckstücke lagen. Der Meister nahm eines davon, steckte es sich ganz in den Mund und schluckte es, nachdem er zwei- oder dreimal kräftig darauf herumgekaut hatte.

»Köstlich!«, rief er. »Wir haben einen neuen Konditor, ein wahres Genie. Probier mal eins.«

Ortiz nahm ein Kuchenstück und aß es, deutlich langsamer. Der Meister griff nach einem zweiten und verschlang es genauso gierig wie das erste. Bowman beobachtete ihn mit wachsendem Staunen. Der Mann hatte offensichtlich einen enormen Appetit und gab sich keine Mühe, diesen unter Kontrolle zu halten.

»Ist es also Euer Wunsch, Meister, dass ich die Johdila heirate?«

»Ja, Junge. Warum nicht? Irgendeiner muss es ja tun.«

»Und dass ich …« Ortiz sprach den Satz lieber nicht zu Ende.

»Und dass du? Und dass du?«

»Zu Eurem Sohn ernannt werde, Meister.«

»Na, das ist aber ein ganz schöner Sprung, oder? In meinem Alter noch einen Sohn zu bekommen. Lass dich anschauen.«

Ortiz wusste, was das bedeutete. Zitternd hob er die Augen zu denen des Meisters. Er spürte, wie der Meister immer tiefer in ihn hineindrang. Sein Herz klopfte schnell, doch er wandte sich nicht ab.

Plötzlich knurrte ihn der Meister drohend an. »Was ist das, Marius? Was für ein Geheimnis verbirgst du vor mir?«

»Geheimnis, Meister? Ich habe keine Geheimnisse vor Euch.«

»Lügner!«

Die Augen des Meisters blitzten zornig auf. Sein bärtiges Kinn zuckte und Ortiz sank mit einem Schmerzensschrei zu Boden. Dort wand und krümmte er sich, während ihn der Meister wie mit einer unsichtbaren Mistgabel hin und her warf. Bowman schaute entsetzt zu und wusste genau, was der Meister da tat: Er hielt Ortiz' Gedanken wie mit einer Zwinge fest und quälte ihn mit erdrückenden Schmerzen. Bowman erkannte darin genau die Macht wieder, die ihm der Einsiedler beigebracht hatte – nur war die des Meisters sehr viel stärker. Er wusste, dass er herausfinden musste, wie stark, denn irgendwann würde die Zeit kommen, da er selbst gegen sie würde kämpfen müssen. Vorsichtig, weil er die Aufmerksamkeit des Meisters nicht auf sich lenken wollte, streckte er seine Sinne in die sprühende Energie aus, die Ortiz gepackt hatte.

»Was ist dein schmutziges kleines Geheimnis?«, donnerte der Meister, während sich Ortiz unter Schmerzensschreien zu seinen Füßen hin und her warf. »Du gehörst mir, verstehst du? All deine Gedanken und Leidenschaften gehören mir!«

»Ja, Meister!«, schluchzte der Gequälte.

»Sag's mir!«

»Nur ein hübsches Gesicht, Meister! Nur ein Dienstmädchen, das mir aufgefallen ist... Aaaah!«

»Ein Mädchen, ja?«

Genauso plötzlich, wie er Ortiz gepackt hatte, ließ er ihn wieder los. Ortiz atmete tief aus, während ihm der Schmerz noch durch die zitternden Glieder fuhr.

»Das ist nicht weiter schlimm«, sagte der Meister. »Du bist jung. Damit muss man rechnen. Sieh mich noch mal an.«

Ängstlich, aber gehorsam schaute Ortiz vom Boden zu ihm auf. Diesmal lächelte ihn der Meister an und mit diesem Lächeln heilte er ihn von all den Schmerzen, die er ihm zugefügt hatte, und erfüllte ihn mit einem zarten

Glücksgefühl. Ortiz spürte, wie sich sein Körper entspannte. Er genoss die zärtliche Liebe des Meisters, Freudentränen traten ihm in die Augen und liefen seine Wangen hinunter.

»Ich liebe Euch, Meister. Was ich auch tue, ich tue es für Euch. Ich liebe Euch jetzt und für immer.«

»Schon gut«, erwiderte der Meister, dessen Stimme jetzt sanft und gütig klang. »Du wirst heiraten und ich werde dich zu meinem Sohn machen. Einverstanden?«

Ortiz rappelte sich hoch auf die Knie und warf sich dann mit dem Oberkörper flach auf den Boden, vor die Füße des Meisters.

»Meister!«, rief er. »Vater!«

Bowman achtete darauf, seine Gefühle zu verbergen und nach unten zu schauen, um keine Aufmerksamkeit auf sich zu lenken. Als sich Ortiz jedoch wieder erhob, die feuchten Augen noch immer freudestrahlend, war er so von Liebe zum Meister erfüllt, dass er sich zu Bowman umdrehen und sagen musste: »Jetzt weißt du, warum ihn sein ganzes Volk liebt!«

»Ja, Sir«, murmelte Bowman.

»Meister«, rief Ortiz, »ich habe diesen jungen Mann als meinen Wahrheitssager ausgewählt.«

»Wahrheitssager, ja?« Der Meister schaute Bowman zum ersten Mal an. »Ein bisschen jung für einen Wahrheitssager.«

»Er ist einer von den Manth, Meister.«

»Tatsächlich?« Sein Blick ruhte noch immer auf Bowman, doch Bowman selbst blickte weiterhin entschlossen zu Boden. »Hast du von einem Propheten namens Ira Manth gehört?«

»Ja, Sir«, antwortete Bowman.

»Ja, Meister!«, donnerte der Meister.

»Ja, Meister.«

»Sieh mich an, Junge. Lass mich deine Augen sehen.«

Bowman hob den Kopf und schaute den Meister an. Er verdrängte alle Gedanken, so gut er konnte, während ihn der Meister erkundete. Nach einer Weile wandte sich der Meister achselzuckend ab.

»Ich würde sagen, er ist eher ein Dummkopf als ein Wahrheitssager, Marius. Ich an deiner Stelle würde ihm nicht allzu viel Beachtung schenken.«

Ich werde dich vernichten.

»Was war das?« Der Meister drehte sich ruckartig um und seine Augen funkelten. »Was hast du gesagt?«

»Nichts, Meister.« Bowman verbannte erneut alle Gedanken aus seinem Kopf. Er ärgerte sich über sich selbst, weil er seine wahren Gefühle herausgelassen hatte, wenn auch nur für einen kurzen Moment.

»Er hat nichts gesagt, Meister«, bestätigte Ortiz.

Der Meister beachtete ihn gar nicht. Er trat ganz nah an Bowman heran. Seine Augen blitzten auf, als er ihn mit seinen Gedanken packte. Bowman zwang sich dazu, sich nicht zu widersetzen. Er ließ sich vom Meister schütteln und zuckte unter dem Schmerz zusammen.

»Pass auf«, warnte ihn der Meister. »Pass gut auf.« Dann ließ er ihn los. »Graff!«

Der Hofhalter des Meisters eilte herbei.

»Informiere Marius über alles, was er zu tun hat. Marius, du wirst deine Rolle genau nach den Anweisungen spielen. Diese Hochzeit wird eine Sinfonie! Sie wird ein einziges großartiges, makelloses Kunstwerk! Ich bin der

Künstler und mein Volk ist mein Instrument! Ich erschaffe Schönheit aus dem Leben selbst! Fiedel!«

Spalian trat vor und reichte dem Meister seine Geige. Bowman stellte erleichtert fest, dass der Mann ihn vergessen hatte. Während Graff nun Ortiz wegführte und Bowman demütig hinterhertrottete, hob der Meister seine Geige an die Schulter und begann zu spielen.

Draußen auf der Straße wandte sich Ortiz eifrig an Bowman.

»Er ist erstaunlich, stimmt's? Diese Macht! Diese Liebe! Aber vielleicht hat er dir Angst gemacht.«

»Ja«, antwortete Bowman wahrheitsgemäß. »Das hat er.«

Der Meister besaß große Macht und Bowman hatte sie gespürt. Doch noch während ihn der Meister geschüttelt hatte, hatte Bowman die Grenzen seiner Stärke erahnt. Wenn die Zeit reif ist, dachte er bei sich, bin ich es vielleicht, der ihm Angst macht.

Da die Hochzeit nun schon in wenigen Tagen stattfinden sollte, berieten sich Meeron Graff, der Hofhalter des Meisters, und Barzan, der Großwesir von Gang. Daraufhin rief der Großwesir alle Angehörigen des Hofes von Gang zusammen, um ihnen zu erklären, wie die Zeremonie ablaufen würde.

»Du musst auch hingehen«, sagte Kestrel zu Sisi, weil sie selbst gern an der Versammlung teilnehmen wollte.

»Barzan ist der langweiligste Mensch im ganzen Königreich«, entgegnete Sisi. »Geh du hin, Liebling, und dann erzählst du mir, was ich wissen muss.«

Sisi interessierte sich viel mehr für die letzten Anproben

ihres Hochzeitskleides. Sie wollte zwar nicht heiraten, aber das Kleid doch gerne tragen.

Also besuchte Kestrel die Versammlung, hielt sich diskret im Hintergrund und hörte aufmerksam zu, als der Großwesir den Ablauf der Feierlichkeiten erklärte.

Zuerst würde es einen festlichen Einzug in die Hohe Domäne geben, bei dem die Johdila vor Tausenden von Zuschauern in ihrem Hochzeitskleid auf einem offenen Wagen fahren würde. Dann würde sie zu Fuß die große Halle mit den Kuppeln betreten. Hier würde es eine Vorführung des berühmten Manaxa geben. Direkt danach würden Braut und Bräutigam den Tantaraza tanzen. Dann würden sie die fünf Schritte aufeinander zugehen, ihren Hochzeitsschwur ablegen und als Mann und Frau zu einem riesigen Bankett Platz nehmen, das den Rest des Tages dauern würde.

»Ein riesiges Bankett, ja?«, fragte der Johana. »Sehr gut. Was ist schon eine Hochzeit ohne ein Bankett?«

»Wie ich hörte, soll es Musik geben«, erklärte Barzan. »Der Meister mag Musik sehr gern.«

»Musik ist gut und schön«, erwiderte der Johana. »Aber auf das Bankett kommt's an.«

Nach der Versammlung bemerkte Barzan zufrieden, dass sich Zohon wieder einmal mit dem Dienstmädchen der Johdila unterhielt. All das Gerede von Hochzeiten, so hoffte er, hatte den Kommandeur in eine romantische Stimmung versetzt.

Barzan hatte Recht.

»Ich denke Tag und Nacht an sie«, sagte Zohon gerade zu Kestrel. »Sie braucht mir nur den Befehl zu geben, dann werde ich sie von alldem hier wegbringen. Aber ich muss wissen, ob sie mich liebt.«

»Nur wer frei ist, kann lieben«, entgegnete Kestrel.

Dies hatte große Wirkung auf Zohon.

»Die Johdila ist nicht frei?«

»Weder sie noch ihr Land. Oft höre ich sie seufzen und murmeln: ›Wo ist der Mann, der mein Land wieder stark macht und mein Volk befreit?‹«

»Das bin ich! Wer sonst?«

»Vielleicht wird das Reich des Meisters selbst für Sie zu mächtig sein.«

»Das werden wir sehen!« Zohon ließ seinen silbernen Hammer in seinen linken Handteller klatschen. Dann schaute er Kestrel plötzlich misstrauisch an.

»Woher weiß ich, ob das alles stimmt? Woher weiß ich, dass du mich nicht anlügst?« Dieser Zweifel setzte sich schnell in seinem Kopf fest. »Die Johdila selbst hat mir nichts gesagt. Alles, was ich weiß, kommt von dir. Wer bist du überhaupt? Was willst du? Woher weiß ich, dass du mich nicht reinlegst?«

Kestrel überlegte schnell. »Sie wissen es, weil Ihnen die Johdila das geheime Zeichen gegeben hat.«

»Wann? Ich hab es nicht gesehen.« Er schaute sie kalt und misstrauisch an.

»Sie ist sehr vorsichtig. Sie müssen immer die Augen offen halten.«

»Ich habe die Augen offen gehalten, aber ich habe kein Zeichen gesehen. Ich muss dieses Zeichen mit eigenen Augen sehen.«

Kestrel schaute sich um, als wollte sie sich vergewissern, dass ihnen niemand zuhörte, und flüsterte dann: »Heute nach dem Abendessen werde ich mit der Johdila zwischen den Bäumen spazieren gehen. Verstecken Sie sich hinter den Kutschen und beobachten Sie uns. Ich werde der Johdila sagen, dass Sie da sind und uns zuschauen. Dann werden Sie es sehen.«

»Das hoffe ich«, erwiderte Zohon grimmig. »Für dich.«

Kestrel hatte keine Schwierigkeiten, die Johdila zu einem Spaziergang zu zweit zu überreden, denn es gab ohnehin einige Angelegenheiten, die Sisi mit ihrer Freundin allein besprechen wollte. Kestrel hörte ihr nur halb zu und wartete auf den Augenblick, da sie Sisi ihr geheimes Freundschaftszeichen geben konnte. Dann würde Sisi das Gleiche für sie tun und Zohon, der im Dunkeln zusah, würde zufrieden sein.

»Wann begegne ich deinem Bruder wieder, Kess? Ich muss ihn unbedingt noch vor der Hochzeit sehen. Es ist furchtbar wichtig.«

»Sisi, du musst meinen Bruder vergessen.«

Kestrel achtete darauf, dass Sisi das Gesicht beim Gehen in die Richtung der Kutschen gewandt hatte.

»Warum? Ich mag ihn. Vielleicht liebe ich ihn.«

»Nein, das tust du nicht. Das ist alles Unsinn. Du weißt doch gar nichts über ihn.«

»Das macht nichts.« Sisi zeigte sich in dieser Sache erstaunlich hartnäckig. »Mama sagt, dass niemand etwas über den Menschen weiß, den er heiraten wird. Man lernt nachher sich zu mögen.«

»Ich glaube aber nicht, dass er dich mögen wird.«

Sisi blieb stehen und schaute Kestrel schockiert an. Kestrel hatte kaum darüber nachgedacht, was sie sagte, und bereute es sofort. Sie wunderte sich, warum sie es überhaupt gesagt hatte.

»Ich hab es nicht so gemeint«, sagte sie.

»Doch, das hast du«, widersprach Sisi und blinzelte ihre Tränen fort. »Du hältst mich für dumm, eitel und nutzlos.«

»Nein, das stimmt nicht…«

»Und du hast Recht. Du solltest nur wissen, dass alle mich ganz genau so haben wollten, bis ich dich getroffen habe.«

»Bitte, Sisi…«

»Ich habe immer mein Bestes getan, um es allen recht zu machen. Nur hab ich mir dafür die falschen Leute ausgesucht. Jetzt habe ich beschlossen mich zu ändern. Und ich werde mich ändern, denn obwohl ich dumm, eitel und nutzlos bin, weiß ich genau, dass ich auch jemand anders sein kann, jemand, der ein bisschen ist wie du. Dazu hab ich mich entschlossen.«

»Du bist ein besserer Mensch als ich«, erwiderte Kestrel traurig. Sie wusste, dass Zohon sie von seinem Versteck aus beobachtete. Jetzt, da der Augenblick gekommen war, fand sie es schwerer als erwartet. Sie hatte zu sehr das Gefühl, Sisi zu hintergehen.

»Bitte bleib meine Freundin, Kess«, bat Sisi. »Du hast ja keine Ahnung, wie wichtig du mir bist.«

»Natürlich bleibe ich deine Freundin.«

Und ohne dass Kestrel sie erst dazu bringen musste, legte Sisi ihre Handflächen aneinander und schlang ihre Finger umeinander – zu dem Zeichen, das, wie Kestrel ihr gesagt hatte, geheime Freundschaft bedeutete. Zohon, der sich zwischen den Kutschen versteckt hielt, sah sie das Zeichen machen – das, wie Kestrel ihm gesagt hatte, ewige Liebe bedeutete. Mehr brauchte er nicht zu sehen. Überzeugt davon, dass Kestrel ihm die Wahrheit gesagt hatte, schlich er davon, um seine Männer vorzubereiten.

Kestrel hörte ihn gehen, noch während sie ihre eigenen Hände zum Zeichen ihrer Freundschaft aneinander presste. Tränen traten ihr in die Augen. Verzeih mir, Sisi, dachte sie. Ich wollte dich nicht hintergehen. Aber jetzt ist es geschehen.

An diesem Abend verbreitete sich in den Sklavenunterkünften der Manth die Nachricht, dass die Prophetin Ira Hath eine weitere Zukunftsvision gehabt habe und sie an ihr Volk weitergeben wolle. Es gab immer noch einige, die glaubten, dass Ira die wahre Gabe besaß, doch der größte Teil der nun versammelten Menge war einfach nur neugierig.

Sie fanden sich während der Abenddämmerung in kleinen Dreier- und Vierergruppen ein, um nicht den Verdacht ihrer Herren zu erregen. Ira hatte sich vor einem großen offenen Feuer auf die Erde gesetzt und die Manth versammelten sich in immer größeren Ringen um seine Wärme herum. Wie es die Haths vorhergesehen hatten, kam auch Dr. Greeth und postierte sich ziemlich weit vorn, um Einspruch gegen die Prophezeiung zu erheben, falls das nötig sein sollte. Die anderen sahen Iras Äußerungen als pure Unterhaltung an. Jessel Greeth hielt sie für gefährlich.

Nachdem sich alle hingesetzt hatten, erhob sich Ira Hath.

»Danke, dass ihr gekommen seid, um mich zu hören«, begann sie.

»Ich versteh nichts!«, riefen Stimmen von hinten. Und von vorne erklang der Ruf: »Sag: Oh unglückliches Volk!«

»Oh unglückliches Volk!«, sagte Ira Hath.

»Oh unglückliches Volk!«, leierten die Spaßvögel in der Menge vergnügt herunter.

Es war absehbar, wie die Prophetin auf diese Verspottung reagieren würde. Sie wurde wütend. Weil sie diesen dummen Gesichtern das Grinsen gründlich verleiden wollte, brüllte sie ihnen die ganze bevorstehende Katastrophe entgegen.

»Diese Stadt wird brennen!«

»Brennen!«, antworteten sie klagend. »Wir werden alle brennen!«

Je nachdrücklicher sie ihren Untergang beschwor, desto mehr lachten sie.

»Wind kommt auf! Der Wind wird alles vor sich hertragen!«

»Huhuuuuu!«, heulten sie und schlugen mit den Armen.

»Wir müssen die Heimat suchen! Die Zeit der Grausamkeit steht bevor! Fürchtet euch!«

»Ooooh!«, kicherten sie zitternd. »Oooooh! Aaaaah!«

»Lacht nur! Bald werdet ihr weinen!«

»Buhuuu! Wähääää!«, wimmerten sie.

Hanno Hath stellte sich neben seine Frau. Es hatte keinen Zweck. Er wusste es und sie wusste es. Doch sie mussten wenigstens versuchen ihr Volk zu warnen.

»Meine Freunde«, sagte er mit seiner nüchternsten Stimme. »Heute Abend lacht ihr über die Prophezeiungen meiner Frau. Aber denkt an ihre Worte, wenn ihr die Stadt brennen seht. Kehrt hierher auf diesen Abhang zurück. Nehmt Essen und warme Kleidung mit, alles, was ihr tragen könnt. Dann werden wir zusammen die Heimat suchen.«

Das war etwas anderes. Niemand lachte. Stattdessen fingen alle an sich nervös zu unterhalten. Jessel Greeth war zufrieden gewesen, solange sich alle über die Haths lustig gemacht hatten. Doch jetzt hielt er es für ratsam, die Situation unter Kontrolle zu bringen.

»Diese Frau«, sagte er und zeigte auf Ira Hath, »behauptet, die Stadt wird brennen. Aber wir wissen, wer brennen wird, wenn wir ihren wilden Hirngespinsten weiterhin Beachtung schenken. Unsere Angehörigen werden brennen, so wie es schon geschehen ist.«

Überall in der Menge machten sich Kopfnicken und zustimmendes Gemurmel bemerkbar.

»Warum hören wir ihr überhaupt zu?«, rief Jessel Greeth. »Warum lassen wir es immer noch zu, dass diese verrückte Familie den Rest von uns in solche Gefahr bringt? Sollen sie doch sich selbst prophezeien.«

Die Leute begannen zu gehen. Pinto zupfte ihren Vater am Ärmel.

»Heb mich auf deine Schultern, Pa!«

Hanno schwang ihren dünnen Körper auf seine Schultern. Und von dort oben, wo sie alle im flackernden Feuerschein sehen konnten, sprach sie zu der Menge.

»Feiglinge!«, schrie sie. »Ihr seid keine Manth, ihr seid bloß feige Sklaven! Wir werden ohne euch gehen. Wir werden die Heimat ohne euch finden. Wir brauchen euch nicht. Ihr fatzigen Pocksicker!«

Die Menge antwortete mit lautem Jubelgeschrei. Niemand wusste so richtig, warum er jubelte. Vielleicht weil sie es sehr mutig fanden, dass ein siebenjähriges Mädchen so trotzig war. Vielleicht jubelten sie aber auch nur, weil es so schön war, die alten Schimpfwörter wieder zu hören.

Drittes Zwischenspiel

Das Grabmal

Das Meer ist heute aufgewühlt. Hohe Wellen türmen sich auf und wälzen sich vorwärts, wachsen immer höher, bis sie sich schließlich brechen und mit Wucht ans Ufer donnern. Möwen werden vom Wind getrieben und lassen ihre lang gezogenen, schrillen Schreie hören. Der grobe Sand ist mit Schaum bedeckt.

Hundegesicht der Einsiedler schaut über das graue Wasser zur Insel hinüber. Sein Gewand flattert ihm um die Beine. Er friert, er ist müde und hat Hunger. Entlang des Ufers stehen weitere einzelne Gestalten wie er. So wie er warten sie auf eine kurze Windstille.

Als der Tag zur Neige geht, wird das Meer allmählich ruhiger. Die Wasseroberfläche hebt und senkt sich zwar noch immer in starkem Seegang, doch die Windrichtung ändert sich. Jetzt weiß der Einsiedler, dass er die Überquerung wagen kann. Er bereitet seine Gedanken vor, stimmt sein Lied an und merkt, dass es ihm die anderen Gestalten am Ufer gleichtun.

Er erhebt sich in die Lüfte und schwebt über die Gischt hinweg. Die anderen ebenso. Bald sieht man viele Gestalten dicht über die Wasseroberfläche gleiten, die mit dem Seegang auf- und abwogen und nach Sirena hinüberfliegen.

Als Hundegesicht die Insel erreicht, hört er den Gesang von der Hügelkuppe und weiß, dass er noch rechtzeitig kommt. Sie haben das Lied der Öffnung angestimmt, das die ganze Nacht dauern wird. Er landet am steinigen Ufer der Insel und eilt sofort den langen, gewundenen Pfad hinauf. Hinter sich hört er, wie die anderen ihm folgen; vor ihm erklingt das immer lauter werdende wogende Lied, das er bereits zur Übung, aber nie im Ernst gesungen hat. Sein Herz klopft aufgeregt, als er einstimmt und laut mitsingt. Das Lied gleicht einer Folge von Trommelwirbeln. Es drängt pulsierend vorwärts und sein Rhythmus wird immer deutlicher, bis die Sänger schließlich spüren, wie sich ihre Körper langsam wiegen und aufstampfen: vorwärts und aufstampfen, rückwärts und aufstampfen, immer im Takt der treibenden wortlosen Akkorde.

Hundegesicht singt, schreitet im Rhythmus des Liedes voran und erreicht so schließlich die Hügelkuppe. Erleuchtet vom silbergrauen Licht eines wolkenverhangenen Sonnenuntergangs ragen hier die hohen, dachlosen Mauern vor ihm auf. In der Halle steht eine große Gruppe des Sänger-Volkes, mehr als einhundert Menschen. Alle singen, wiegen sich und stampfen gemeinsam. Hundegesicht nimmt seinen Platz unter ihnen ein, schaut sich um und erkennt Gesichter wieder, die ihm aus der Zeit seiner Ausbildung im Gedächtnis geblieben sind. Doch ihn scheint niemand wieder zu erkennen – alle sind zu sehr in das Lied vertieft.

Als die anderen Gestalten nach ihm den Saal erreichen, sieht auch Hundegesicht niemanden mehr und hört nichts mehr außer dem Lied. Dies ist der Beginn des Schicksals, das er sich vor vielen Jahren ausgesucht hat. Dafür hat er geübt und darauf hat er so geduldig gewartet. Die Zeit der Vollendung ist fast gekommen.

Die ganze Nacht hindurch singen die Sänger ihr Lied. Beim Singen spüren sie unter ihren stampfenden Füßen, wie die Erde zu beben beginnt. Sie spüren, wie sie zuckt, und sie wissen, dass sie sich langsam öffnet, obwohl man es noch nicht sehen kann. Sie singen weiter, der Rhythmus lässt niemals nach und sorgt dafür, dass der Boden anschwillt, sich dehnt und schließlich aufreißt.

Bei Tagesanbruch beginnt die Öffnung. Diejenigen, die dort stehen, wo der dünne Riss erscheint, springen zur Seite, singen ihr pulsierendes Lied aber ungerührt weiter. Sie singen jetzt mit aller Kraft und unterstützen den Gesang mit einem Schrei, einem Stampfen und einem Schrei, einem Klatschen und einem Stampfen und einem Schrei. Immer neue Sänger gesellen sich hinzu, und das schon die ganze Nacht. Sie kommen und singen und der Gesang wird immer lauter.

Jetzt hört man ein knirschendes, knackendes Geräusch, und dann ein andauerndes rumpelndes Knarren: das Geräusch, auf das sie lange gewartet, das sie aber noch nie gehört haben. Sie sind die Glücklichen. Sie sind die Generation, die den brennenden Wind erleben wird.

Überall entlang der lang gezogenen, nach oben offenen Halle zittert und knackt die Erde, zieht sich auseinander wie eine Wunde, die geheilt war und nun wieder aufreißt. Felsstücke lösen sich von den Rändern, stürzen ins Leere und landen polternd auf dem Boden darunter. Die Sänger singen weiter, wiegen sich und stampfen und spüren, wie sich die Erde unter ihren Füßen teilt. Im sanften Licht der Dämmerung kann man schließlich die Wände des immer breiter werdenden Spalts und die darin verborgene riesige staubige Höhle erkennen.

Irgendwann hört die Erde auf sich zu bewegen und der Gesang verstummt – oder besser, er verändert sich und wird zu einem ruhigeren Singsang. Sofort treten diejenigen ganz vorn an der Öffnung über den Rand und schweben langsam hinab. Die anderen singen weiter und warten in einem gleichmäßigen Strom, bis sie an der Reihe sind.

Jetzt tritt Hundegesicht der Einsiedler vom bröckeligen Rand und lässt sich in die Dunkelheit hinabgleiten. Die auseinander gerissenen Felswände weiten sich, während er fällt, und schrägen sich zum glatten Steinboden der großen Höhle hin ab. Auf einer Seite verläuft ein unterirdischer Fluss in einer noch tieferen Schlucht, die von dem schnell fließenden Wasser gegraben wurde – ein Fluss unter dem Meer, der in den Felsgewölben verschwindet. Hoch über ihm jetzt der hell werdende Himmel. Um ihn herum seine Brüder und Schwestern. Und vor ihm, auf einem aus dem Felsboden herausgehauenen Sockel, das steinerne Grabmal.

Vier Pfeiler tragen ein leicht schräges Dach. Auf einer Steinbahre darunter liegt die graue, verschrumpelte Leiche eines längst verstorbenen Mannes. Hier, in der Stille der unterirdischen Höhle, hat er ungestört gelegen, seit er vor Hunderten von Jahren gestorben ist. Sein Fleisch ist bis auf die Knochen weggeschrumpelt. Sein Gesicht hat sich in einen Totenschädel verwandelt, der von gelben Hautfetzen bedeckt ist. Seine Hände ruhen gefaltet auf seiner Brust, Knochen auf Knochen.

Als er noch lebte, hieß er Ira Manth. Sie nennen ihn den Propheten. Er ist gestorben, doch seine Kräfte bleiben. Sie leben in seinen Anhängern, dem Sänger-Volk, weiter. Und sie leben in seinen Kindern weiter.

Nun geht das Lied in der großen Höhle mit dem Fluss zu Ende. Die Sänger verstummen. Sie wissen, dass sie nun warten müssen, für eine unbestimmte Zeit. Sie sind das Warten gewohnt. Während dieser Zeit werden immer mehr Angehörige ihres Volkes kommen, bis sie alle vereint sind. Dann wird das Kind des Propheten kommen. Dann wird es Zeit sein.

Auf diese Weise, hat der Prophet angekündigt, *lebe ich wieder und sterbe wieder.*

17
Eine singende Stadt

Creoth saß auf seinem Schemel im Kuhstall, strich mit den Händen die warme Milch aus dem Euter der geduldigen Kuh und betrachtete durch das weit geöffnete Tor den Sonnenaufgang über dem nebligen Land. Die Milch zischte in gleichmäßigem Rhythmus in den Holzeimer und je mehr sich der Eimer füllte, desto tiefer wurden die Töne. Die Kuh zupfte Heu aus dem prallen Netz, das vor ihr hing. Andere Kühe in der kleinen Herde muhten leise, weil sie ebenfalls gemolken werden wollten.

Nun stieg die Sonne über die fernen Hügel und die leuchtend rote Scheibe tauchte die frostigen Felder plötzlich in Farbe. Der graue Wald funkelte und färbte sich rosa und einen kurzen Moment lang, bevor die Sonne in die Wolken hineinstieg, glühte die Welt wie neugeboren.

»Ein tolles Schauspiel, was, Cherub?«, sagte Creoth. Er tauchte eine Kelle in den Eimer und trank warme Milch zum Frühstück. Er bewegte den Arm langsam und nahm bedächtige Schlucke. Dann stand er auf, leerte den Eimer in eine große Kanne und rückte den Schemel zur nächsten Kuh weiter. Seufzend setzte er sich hin und schüttelte seine Finger aus, damit sie geschmeidig blieben.

»Ja, ja, ja«, murmelte er der unruhigen Kuh zu. »Ich weiß, dass du warten musstest, aber jetzt bin ich ja da.«

Die Kuh schwang besorgt ihren Kopf und starrte ihn an.

»Dir auch einen schönen Tag, mein Stern«, sagte Creoth und machte sich an die Arbeit. Stern schnappte nach dem Heuballen und die Sonne färbte die Unterseite der Wolken golden.

So ging das jeden Morgen und Creoth war zufrieden damit. Er war kein junger Mann mehr und sein früheres Leben, das er schon fast vergessen hatte, war einsam, ruhig und regelmäßig verlaufen. Er mochte die Kühe. Sie machten keine plötzlichen Bewegungen. Sie taten jeden Tag die gleichen Dinge zur gleichen Zeit. Am meisten mochte er ihren Geruch. Den Duft der Milch natürlich, mit ihrem cremigen Schaum im Eimer, aber auch den Geruch ihres feuchten Fells und der Felder, auf denen sie grasten, und ihres Mists, der so roch wie Kühe, Gras und Erde zusammen.

Nach dem morgendlichen Melken hörte er rumpelnde Wagen und Pferdegetrappel auf der fernen Hauptstraße. Er schaute auf und sah durch das Tor des Kuhstalls einen langen Zug von Reitern und Kutschen. Einige der Kutschen sahen wirklich prächtig aus, sie waren mit goldenen Zinnen geschmückt und wurden von doppelten Pferdegespannen gezogen. Sie bewegten sich auf das Seeufer und den Fahrweg zur Hohen Domäne zu.

»Das wird die Braut sein«, sagte Creoth zu den Kühen. »Heute wird eine prächtige Hochzeit stattfinden.«

Er erzählte seinen Kühen alles. Sie schauten ihn ernst an, dachten über das nach, was er gesagt hatte, und antworteten nie.

»Möge sie glücklich sein, was, Stern? Möge sie glücklich sein.«

Als die Wächter an diesem Morgen in die Sklavenunterkünfte kamen, um wie gewöhnlich die Insassen der Affenkäfige auszuwählen, flüsterte Pinto ihrem Vater zu: »Ich werde heute gehen.«

Hanno schüttelte den Kopf. »Nein, Liebling. Heute ist der gefährlichste Tag von allen.«

»Ich weiß«, gab Pinto zurück. »Du und Mama, ihr habt zu tun. Aber ich habe keine Aufgabe.«

»Wollen wir hoffen, dass sie nicht mich oder deine Mutter aussuchen.«

Doch die Wächter wählten Ira Hath aus. Zur selben Zeit erreichte Hanno die Nachricht, dass er heute in der Bibliothek der Akademie erscheinen müsse, ob es nun der Tag der Hochzeit war oder nicht. So blieb keiner mehr übrig, der ihre Flucht vorbereiten konnte.

»Seht ihr«, sagte Pinto. »Ich muss es tun.«

»Liebling«, sagte ihre Mutter zu ihr, »du kannst heute nicht in den Käfig gehen. Heute ist es so weit. Ich spüre es. Wir haben keine Gewissheit, dass die Leute in den Affenkäfigen rechtzeitig herauskommen.«

»Sieh mich an, Ma.«

Ira schaute ihrer Tochter in die ernsten Augen.

»Ich bin noch klein. Ich kann sonst nichts tun. Aber das hier kann ich tun. Verstehst du denn nicht? So kann ich mich wenigstens nützlich machen.«

»Du weißt nicht, was du da sagst.«

»Wirklich nicht?« Sie beugte sich vor und küsste ihre Mutter flüchtig auf die Wange. Dann flüsterte sie ihr ins Ohr: »Ich sage, dass ich vielleicht im Käfig sterbe, damit ihr unser Volk wegbringen könnt.«

Dieser schnelle Kuss rührte Ira am meisten.

»Oh, mein geliebtes Kind. Bist du jetzt auch erwachsen geworden? Musst du mich auch verlassen?«

»Du weißt, dass ich Recht habe. Du musst unser Volk zusammenrufen. Das kann ich nicht tun. Heute ist der Tag.«

Ihre Mutter drehte sich zu Hanno um und wusste nicht, wie sie entscheiden sollte. Hanno schaute Pinto an und las den Stolz in ihren Augen.

»Das Kind hat Recht«, sagte er. »Dann geh, mein Liebling. Wir werden aufpassen, dass dir nichts passiert.«

Pinto lief zu den Wächtern und sagte ihnen, dass sie anstelle ihrer Mutter mitkommen würde. Den Wächtern war das egal. Solange sie jeweils einen aus jeder Gruppe hatten, war ihre Aufgabe erledigt.

Hanno begleitete Pinto und sah zu, wie sie in einen der Affenkäfige gesperrt wurde. Sie lächelte, als sie dort stand, hielt sich an den Stangen fest und winkte ihm zu, wie um zu zeigen, dass er sich keine Sorgen machen müsse.

»Ich hole dich ab«, sagte er. Und dann ging er schweren Herzens davon.

Sisi saß verschleiert in ihrer Kutsche und blickte aus dem Fenster, zitternd vor Anspannung. Die Arbeiter auf den Feldern standen still und starrten die endlose Wagenkolonne an.

»Lunki!«, rief Sisi erstaunt. »Sie halten sich die Augen nicht zu!«

»Die armen Heiden!«, erwiderte Lunki. »Sie wissen es nicht besser, mein Schatz.«

»Haben sie denn keine Angst, dass man ihnen allen die Augen ausstechen wird?«

»Das hoffe ich doch nicht«, entgegnete Lunki. »Mein braves Baby trägt ja ihren Schleier.«

»O ja, stimmt. Ich bin mir nie ganz sicher, ob er da ist oder nicht.«

»Will mein Baby vielleicht ein bisschen Milch trinken?«

»Nein, Lunki. Nimm sie weg. Das ist mein Hochzeitstag. Da kann ich doch nichts essen.«

»Trinken ist nicht das Gleiche wie Essen. Mein Baby braucht dazu kaum den Mund aufzumachen.«

Sisi schüttelte den Kopf und drehte sich zu Kestrel um. »Wohin schaust du da, Kess?«

Kestrel saß am anderen Kutschenfenster und musterte die Johjanische Garde. Die Soldaten ritten in Zweierreihen vor ihrer Kutsche, so weit das Auge reichte, sie ritten neben ihr und waren auch dahinter bis zur nächsten Kurve zu erkennen. Kestrel kam es so vor, als führte sie ihre eigene Armee ins Herz der feindlichen Festung.

»Ich halte nur Ausschau, wohin wir fahren.«

In der Ferne konnte sie jetzt den See, den erhöhten Fahrweg und die Mauern der Hohen Domäne erkennen, die zehnmal so groß war wie Aramanth zu seinen besten Zeiten. Die bernsteinfarbene Palaststadt mit ihrem Durcheinander von funkelnden Kuppeln erfüllte Kestrel mit Ehrfurcht. Doch sie war von den Menschen erbaut worden, die ihr Zuhause abgebrannt und ihre Familie zu Sklaven gemacht hatten. Und jetzt hatte Kestrel Pläne für die Zerstörung dieser prachtvollen, ja sogar schönen Stadt geschmiedet. Dieses dürre fünfzehnjährige Mädchen ohne Rang und Namen hatte das Todesurteil über das Reich des Meisters gefällt. Ihre Waffe war ihr eigener leidenschaftlicher und gnadenloser Wille. Heute war der Tag der Hochzeit, aber auch der Tag der Vollstreckung.

Ich bin die Rächerin.

»Du hast gesagt, irgendwas würde passieren, das die Hochzeit verhindert«, sagte Sisi. »Aber es ist nichts passiert.«

»Du bist noch nicht verheiratet«, entgegnete Kestrel. »Sie können dich nicht dazu zwingen, wenn du es nicht willst.«

»Doch, das können sie«, sagte Sisi. »Wenn alle etwas von dir erwarten und dich anschauen, dann machst du es.«

»Du wirst schon wissen, was du tun musst, wenn die Zeit gekommen ist.«

Kestrel konnte ihr nicht sagen, dass sie sich nicht mehr würde entscheiden müssen, falls alles so lief, wie sie es geplant hatte.

»Siehst du, mein Schatz«, sagte Lunki. »Es ist so, wie die Freundin sagt: Du brauchst dir keine Sorgen zu machen.«

Lunki lehnte Kestrel ab. Dabei wusste sie gar nichts von ihren geheimen Plänen und hatte selbst auch keine Meinung zu ihren Meinungen. Sie hatte nur etwas dagegen, dass die Johdila Sirharasi von Gang eine Freundin hatte. Es würdigte ihren hohen Rang herab. Gewöhnliche Leute hatten Freunde. Mitglieder eines Königshauses hatten Untergebene. Doch Lunki konnte sich nicht vorstellen ihre Herrin zu kritisieren, schon gar nicht laut, deshalb beschränkte sie sich darauf, Kestrel »die Freundin« zu nennen, so wie man »die Friseurin« oder »die Tanzlehrerin« sagt. Auf diese Weise wies sie Kestrel eine Funktion zu, wie sie selbst eine hatte, und war damit zufrieden.

Zwei Kutschen weiter vorn starrte der Johana aus dem Fenster auf die Hohe Domäne und war ebenfalls von Ehrfurcht erfüllt. Zwar war sie kleiner als Obagang, seine eigene Hauptstadt, das Herz des Königreiches von Gang. Aber verglichen mit diesem Juwel von einer Stadt kam ihm Obagang plötzlich schäbig vor. Die großen Gebäude seiner Hauptstadt waren aus Stein, aber es waren breite, schwerfällige Klötze, die nichts mit diesen feinen Bauten gemein hatten. Außerdem bestand der Großteil Obagangs nur aus Holzhütten, die wie aufgehäufter Abfall wirkten. Diesen Eindruck hatte er bisher noch nie gehabt. Als Herrscher des größten Reiches der zivilisierten Welt war er an ein allumfassendes Gefühl der Überlegenheit gewöhnt, das ihm sehr behagte. Nun war es ein unangenehmer Schock, eine Palastanlage zu sehen, die prächtiger war als ein jeglicher seiner eigenen Paläste. Der Großwesir hatte sehr richtig gehandelt, als er diese Heirat eingefädelt hatte, dachte er. Jener Mann, der dieses Land aus dem Nichts geschaffen hatte und der Meister genannt wurde, wäre mit Sicherheit ein äußerst mächtiger Feind. Wie hatte er so schnell so viel aufbauen können? Diesen See zum Beispiel: Hier hatte es vorher keinen See gegeben. Dies war eine wüste Gegend gewesen, die, wenn überhaupt, nur von umherziehenden Schafhirten bewohnt gewesen war. Niemand hatte dieses Land haben wollen. Niemand hatte etwas dagegen gehabt, als eine Gruppe Fremder vor fünfzig Jahren hier ihr Lager aufgeschlagen hatte. Er erinnerte sich noch, wie sein verstorbener Vater gesagt hatte: »Lass sie ruhig. Wir brauchen eine Karawanserei da draußen.« Eine Karawanserei! Wenn sein Vater jetzt die Gegend hier sehen könnte! Allein der See schien endlos lang zu sein und all das war auf das Kommando eines einzigen Mannes aus der felsigen Erde herausgegraben worden.

»Setz dich gerade hin, Foofy«, ermahnte ihn seine Frau. »Denk dran, du bist der Johana von Gang und all diese Leute, die wir treffen werden, sind nichts als Dreck unter deinen Füßen.«

»Dreck unter meinen Füßen. Ja, meine Liebe.«

»Du darfst nicht blöd grinsen oder an den Fingernägeln knibbeln oder mit offenem Mund essen. Und wenn du angesprochen wirst, vergiss nicht böse zu gucken.«

»Ja, meine Liebe.«

»Zeig mir, wie du böse guckst.«

Er guckte böse.

»Gut. Jetzt siehst du genau aus wie dein Vater.«

Zohon, Kommandeur der Johjanischen Garde, ritt in seiner prachtvollen Uniform an der Spitze seiner Männer. Dreitausend Soldaten ritten hinter ihm, marschierten in Zweierreihen zu beiden Seiten des königlichen Wagenzuges und schlossen ihn ab. Er hatte nicht gefragt, ob diese mächtige Eskorte überhaupt willkommen war in der Stadt der Gastgeber. In den Verhandlungen war dieses Thema mit keinem Wort erwähnt worden. Trotz aller Bemühungen Barzans hatte der Johana keine Einwände dagegen gehabt. Also gedachte Zohon alle dreitausend Mann mitten in die Hohe Domäne hineinzuführen.

Während er hoch im Sattel saß und das Seeufer langsam näher rückte, rechnete er insgeheim damit, aufgehalten zu werden. Sollte das geschehen, sah sein Plan einen sofortigen Angriff vor. Ein schwerer Sturmbock aus Eisen lag unter einem der Wagen versteckt, um die Tore aufzubrechen.

Doch niemand hielt ihn auf. Außer seinen eigenen Männern war keine wie auch immer geartete Streitmacht zu sehen. Und hinter dem erhöhten Fahrweg vor ihnen standen die großen Tore offen.

Am Ufer des Sees kam der Zug zum Stehen. Die bisher ungenutzte offene Hochzeitskutsche wurde nun ganz nach vorn geholt und ein ausgewählter Trupp berittener johjanischer Soldaten, die alle gleich groß waren und die gleiche Gesichts- und Haarfarbe hatten, wurde rechts und links davon aufgestellt. Der Johana und die Johdi setzten ihre Kronen auf, die zwar sehr eindrucksvoll, aber auch schwer und unbequem waren. Und während Kestrel zuschaute, wurde der Johdila schließlich ihr Hochzeitskleid angezogen.

Es erwies sich als eine bemerkenswerte Kreation. Der Schneider bestand darauf, dass die Johdila keinerlei Unterwäsche darunter tragen dürfe, was Sisi äußerst aufregend fand. Nicht dass das weiße Seidenkleid irgendeine Stelle ihres schlanken jungen Körpers entblößte: Es bedeckte sie vom Hals bis zu den Knöcheln und lag fast so eng an wie eine zweite Haut. Auf dem Kopf trug sie eine eng anliegende weiße Seidenhaube, die sich der Form ihres Nackens bis zu den Schultern anschmiegte. Über ihrem Gesicht hing ein einfaches hauchdünnes, quadratisches Stück Stoff, das beim Atmen vor und zurück flatterte. Doch all das bildete nur die Grundlage. Über und um ihren weiß gekleideten Kopf und Körper floss ein Schleier aus feinster Seide, der ihre ganze Gestalt umhüllte und mit dünnen Drähten an Kopf und Schultern befestigt war. Er war hauchzart und beinahe unsichtbar – eher ein Nebelschleier als ein Kleidungsstück. Unter dieser alles umschließenden Hülle bewegte sich ihr schlanker, geschmeidiger Körper wie ein verführerisches Geheimnis, das dem verzauberten Auge des Betrachters alles und nichts bot und dennoch eine betörende Schönheit versprach.

»Oh Sisi!«, rief Kestrel, als sie das Ergebnis betrachtete. »In meinem ganzen Leben hab ich noch nie jemanden gesehen, der so schön aussah.«

»Na also, mein Schatz«, murmelte Lunki, »jetzt ist mein Baby glücklich.«

Der Schneider rückte besorgt den Schleier zurecht.

»Muss sie denn in der Kutsche sitzen? Der Stoff ist zum Hängen gedacht. Wenn sie sitzt, wird er zerknittern.«

Sisi selbst war hin- und hergerissen. Einerseits wollte sie nicht, dass ihr Kleid zerknitterte. Andererseits wollte sie nicht zu Fuß über den langen erhöhten Fahrweg gehen müssen. Also ließ sie sich beim Einsteigen in die offene Kutsche helfen und setzte sich vorsichtig ihren Eltern gegenüber.

Nun zog die Prozession weiter und die Hufe der Pferde donnerten über die Planken des Wegs. Zohon ritt direkt hinter der königlichen Kutsche und ließ sein Pferd mit hohen, tänzelnden Schritten traben, um im langsamen Tempo des Zuges zu bleiben ohne sich im Passgang fortbewegen zu müssen. Die von den dichten Reihen der Johjanischen Garde eskortierte Wagenkolonne hinter ihnen war derart lang, dass das hintere Ende den Fahrweg noch nicht erreicht hatte, als die Spitze schon an den großen Toren angekommen war.

Als die offene Kutsche mit der Braut durch die Tore fuhr, begann ein Orchester zu spielen und ein Chor zu singen. Die Johdila betrachtete erstaunt die schönen Häuser, an denen sie vorbeifuhren. In jedem Fenster und auf jeder

Terrasse spielten Musiker ihre Instrumente und sangen Gruppen von Vokalisten. Zugleich warfen kleine Kinder, die zwischen die Sänger und Musiker gezwängt waren, in einer nicht enden wollenden Kaskade Blütenblätter hinab. Die Blätter wehten um Sisi herum, landeten hier und dort auf ihrem Schleier, erfüllten die Luft mit Farbe und vermischten sich mit der fließenden Musik, so dass es schien, als durchfluteten die fallenden Blüten selbst die Straßen mit diesen lieblichen Klängen.

Zohon, der stolz hinter ihr hertänzelte, wandte sein gut aussehendes Gesicht nach allen Seiten ohne seine angespannte Aufregung zu zeigen und entdeckte keinerlei Anzeichen für eine bewaffnete Truppe. Nur Musiker in erstaunlicher Vielzahl. Fast hätte er laut aufgelacht. Von einem Haufen fiedelnder und trällernder Zuschauer war keine große Gefahr zu erwarten!

Kestrel lehnte sich aus dem Fenster der Kutsche der Johdila, betrachtete die Stadt ihres Feindes und staunte ebenfalls. Dieses Land von Mördern und Sklavenhaltern war schön, seine Straßen bezaubernd und seine Bewohner – musikalisch. Und wie musikalisch! Während sie langsam die Straße entlangrollten, merkte sie, dass sich die Hymne von einer Gruppe zur nächsten veränderte. Die Melodie wurde stets von den Musikern aufgenommen, die der Kutsche am nächsten waren, die Begleitstimmen dagegen erklangen vor und hinter ihnen. Nun fiel Kestrel auch auf, dass alle Musiker und Sänger den Blick in dieselbe Richtung gehoben hatten. Sie schaute dorthin und erhaschte einen flüchtigen Blick auf eine Glaskuppel, unter der sich eine undeutliche Gestalt vor und zurück bewegte und die ausgestreckten Arme durch die Luft schwenkte.

Der Meister stampfte über die oberen Ebenen, dirigierte seine vielen Orchester und Chöre und sang selbst die große Hymne, die unter ihm durch die Stadt schallte. Ganz vertieft in die Musik hob er mit wehendem Haar den Arm und veranlasste so einen fünf Straßen entfernten Chor von hundert Sängern, ganz plötzlich loszusingen, während die Geigen unter ihm ihre schwungvolle Melodie zum Besten gaben. Dann stach er mit einem Finger nach vorn und Trompeten erklangen auf dem Blumenmarkt; er drehte die Hand und zweihundert Trommler auf dem großen Platz stimmten ihre eindringlich wirbelnden Rhythmen an. Jetzt begannen die Kontrabässe in der ganzen Stadt mit ihrem wummernden Spiel und ließen die Luft vor einem Klang erzittern, der unter die Haut ging. Der Meister zupfte in die Luft und tausend Sopranstimmen sangen den ersten schrillen Ton des letzten Satzes, dessen Klänge wie ein Schwarm Lerchen in den Himmel schossen. Nun kamen die Streicher, das sehnsüchtige Klagen der Bratschen, das liebevolle Murmeln der Celli, dazu mischte sich der Ruf der Flöten. Und dann schritt der Meister zum anderen Ende der strahlenden Räume und schlug mit dem Finger in die Richtung seines versammelten Männerchors. Mit einem Beben, das man in der ganzen Hohen Domäne spüren konnte, begannen fünfzehnhundert Bassstimmen zu singen und der Meister sang mit, hingerissen von der Pracht seines eigenen Kunstwerks.

Eine singende Stadt, eine Stadt, die zur Sinfonie geworden war, um die bezaubernde junge Braut willkommen zu heißen. Sollen sie selbst erleben, dachte der Meister in diesem Augenblick vollkommener Kontrolle erregt, was es bedeutet, wirklich meisterhaft zu sein! Das ist die Welt, die ich geschaffen habe, das ist mein Geschenk an mein Volk, das ist meine Verheißung einer neuen Welt!

Hanno Hath hörte die Musik, die die Ankunft der Hochzeitsgesellschaft begleitete, und wusste, dass Kestrel irgendwo in diesem Zug sein musste. Mit Professor Fortz' Erlaubnis trat er an das hohe Fenster der Bibliothek und sah zu, wie die Braut vorbeizog.

»Hochzeiten!«, rief Fortz angewidert. »Heute Liebe, morgen Hiebe.«

»Sie sind selbst nicht verheiratet, Professor?«

»Die Ehe ist bloß eine Form der Freizeitgestaltung. Ich habe keine Zeit dafür.«

»Sie hat mir das größte Glück meines Lebens beschert«, erwiderte Hanno.

»Tatsächlich?« Fortz war äußerst überrascht. »Dann mögen Sie wohl warme Mahlzeiten.« Er stellte sich auf einen Stuhl und schaute selbst aus dem Fenster. »Gütiger Himmel! Wer sind diese Leute? All diese Vergoldungen. Wie provinziell!«

Der Chor im Gebäude gegenüber bekam gerade den Einsatz vom Meister über ihnen und begann derart plötzlich zu singen, dass Fortz zusammenzuckte. Dennoch zeigte er sich von dem fließenden, harmonischen Zusammenspiel sehr beeindruckt.

»Der Mann ist ein Genie, das müssen Sie zugeben. Hören Sie sich das mal an! Ein ganzes Volk vereint in Musik!«

»Und vereint in Sklaverei«, murmelte Hanno.

»Und wenn schon! Fragen Sie sich mal, was ein Land erfolgreich macht. Strikte Ordnung und harte Arbeit. Wer macht, was man ihm sagt, und arbeitet hart? Sklaven. Lassen Sie all diesen sentimentalen alten Quatsch über Rechte und Freiheit weg und was erhalten Sie? Das erfolgreichste Land auf der Welt!«

Auf der Straße erscholl eine Folge von Fanfarenstößen, die immer höher und lauter wurden und den Gesang der versammelten Chöre übertönten.

»Anscheinend ist die Braut jetzt in der großen Halle angekommen«, vermutete Fortz.

Hanno hatte Kestrel nicht gesehen.

»Ich würde gern nach draußen gehen und zusehen«, sagte er.

»Warum nicht? Bei diesem Krach kann man sich sowieso nicht konzentrieren.«

Hanno verließ die Bibliothek zu dem Zeitpunkt, als die Johdila vor dem Eingang der großen Halle aus ihrer offenen Kutsche stieg. Doch er versuchte gar nicht erst sich durch die Menge zu kämpfen und sich die Zeremonie anzuschauen. Stattdessen ging er in die entgegengesetzte Richtung, durch die Tore und über den inzwischen verlassenen Fahrweg.

Es war an der Zeit, sich auf den Abmarsch vorzubereiten.

18
Mumpo kämpft das Manaxa

Kestrel zitterte. Von dem Augenblick an, da die große Hochzeitsprozession in die Hohe Domäne eingezogen war, hatte sie damit gerechnet, dass Zohon zuschlug. Kolonne um Kolonne kam seine Johjanische Garde die Straße hinaufmarschiert und nirgendwo waren Truppen zu sehen, mit denen das Reich des Meisters sie würde abwehren können. Doch der Kommandeur ritt lächelnd weiter und die Zeremonie nahm wie geplant ihren Gang.

Kestrel kletterte mit Lunki aus der Kutsche und folgte der Braut über die Treppe in die große Halle mit den Kuppeln, in der die Hochzeit gefeiert werden sollte. Überall um sie herum ertönte Musik. Aus der Halle hörte man einen Chor, der ein fröhliches Lied sang. Die Johdila war bereits aus ihrer offenen Kutsche ausgestiegen und wurde nun mit dem Johana und der Johdi an ihrer Seite vor dem hohen Eingangstor vom Hofhalter des Meisters begrüßt, der sich tief verneigte und die Arme ausstreckte. Nun zogen sie alle weiter in die Halle. Kestrel schloss sich an.

In der Halle gab es viel zu bestaunen: die riesigen, mit kunstvollen Mustern geschmückten Steinpfeiler, die die schwerelos wirkenden Kuppeldächer trugen; die eigens für die Hochzeit errichtete Arena mit ihren aus eleganten Eichenträgern gefertigten gepolsterten Sitzreihen und dem karmesinroten, golden gefransten Baldachin; die strahlende, lichterfüllte Weite, die durch das farbige Glas an der Decke wie ein Sonnenuntergangshimmel leuchtete; und schließlich der frohlockende Gesang des persönlichen Chors des Meisters, vierhundert Sänger an der Zahl, deren Stimmen die Halle erfüllten. Die Sänger standen zu beiden Seiten der Eingangstüren auf zwei speziell dafür aufgestellten Podesten und trugen alle langärmlige, festliche Gewänder in Karmesinrot und Gold.

»Der Hochzeits-Choral«, flüsterte der Hofhalter dem Johana zu. »Vom Meister für den Einzug der Braut komponiert.«

»Vom Meister komponiert?«

»Die gesamte Hochzeitsmusik ist vom Meister persönlich komponiert und dirigiert.«

Von allen Seiten strömten jetzt die Reihen der hoch gewachsenen johjanischen Soldaten im Gleichschritt herein und füllten die Plätze hinter der Holzarena. Kestrel wurde klar, dass die Schlacht hier beginnen würde, in dieser ehrwürdigen, aber immer voller werdenden Halle. Sie sah sich nach Fluchtmöglichkeiten um. Es gab drei Eingänge: einen zur Hauptstraße, durch den sie gerade gekommen waren, und zwei Seiteneingänge, die von den Zuschauermassen versperrt waren. Auf der gegenüberliegenden Seite entdeckte sie einen Korridor, der anscheinend zu weiteren Räumen innerhalb der großen Halle führte. Außerdem gab es auf der anderen Seite eine schmale Treppe hinauf zu einer Galerie, die unterhalb der niedrigsten Kuppel rings um die Halle verlief. Doch bevor sich Kestrel weiter umschauen konnte, musste sie dem königlichen Hof in die Arena hinein folgen.

Der Arenaboden war mit Sand bedeckt, was bei einem solch festlichen Anlass unpassend schien. Außerdem stellte sie fest, dass der Boden zu einer Art Bühne erhöht war. Die Johdila wurde nun zu einem besonderen Hochzeitsthron in der Mitte der linker Hand stehenden Bankreihe geleitet. Kestrel nahm ihren Platz hinter der königlichen Familie ein.

»Ganz schön beeindruckend, was?«, sagte der Johana zu seiner Frau. »Warum können uns unsere Leute zu Hause nicht so was bauen? Sieh dir nur mal diese Pfeiler an! Bis oben hin verziert. Man könnte schwören, dass die Blätter echt sind.«

»Zu überladen für meinen Geschmack«, entgegnete die Johdi. Sie schwitzte in ihrem goldenen Mantel und die Krone auf ihrem Kopf drückte.

»Und was wird jetzt hier stattfinden, Barzan?« Der Johana zeigte auf die sandbedeckte Plattform vor ihnen.

»Sie nennen es Manaxa, Hoheit. Es ist eine Art Kampf. Man hält hier sehr viel davon.«

»Dauert das lange?«

»Alles in allem vielleicht eine Stunde, Herrlichkeit. Das Hochzeitsbankett ist für ein Uhr mittags angesetzt.«

Der Johana seufzte. Das Frühstück schien ihm schon sehr lange her zu sein.

Mit einem Trommelwirbel und einem Ruf der männlichen Chorstimmen hielt nun eine zweite Prozession Einzug – die des Bräutigams. Zunächst erschienen zwölf junge Adlige aus dem Reich des Meisters, die Ortiz als seine Begleiter für die Zeremonie ausgewählt hatte. Sie trugen ihre besten Kleider: festliche Roben mit langen Schleppen über reich bestickten Uniformröcken. Das

Licht, das durch die hohen Kuppeln über ihnen hereinfiel, bedeckte sie mit orangefarbenen und goldenen Tupfern, bis sie den Baldachin erreichten, unter dem das Licht rosarot war. Auf den ersten Blick wirkten diese Farben zufällig. Doch als alle ihre Plätze eingenommen hatten, ergab sich ein Muster, in dem die Töne des Baldachins, des Sands und des blauen Lichts von draußen aufgenommen und zusätzlich betont wurden. Diese Komposition lenkte den Blick automatisch in die Mitte der Anordnung, auf die reine weiße Schlichtheit der Braut. Die einzigen unpassenden Elemente waren diejenigen, über die der Meister nicht hatte bestimmen können: das Violett der Johjanischen Garde und die türkisfarbene Musterung auf dem Körper Ozohs des Augurs.

Jetzt sah Kestrel, die jede Einzelheit aufmerksam verfolgte, den Bräutigam selbst eintreten. Marius Semeon Ortiz war ganz in Weiß gekleidet, mit silbernen Schnallen und silbernem Gürtel. Sein sonnengebräuntes Gesicht und sein hellbraunes Haar kamen durch das schlichte Weiß besonders gut zur Geltung. Stolz und gerade ging er auf seinen eigenen karmesinroten Thron zu, der dem der Johdila gegenüber auf der anderen Seite der Arena stand, verneigte sich tief vor dem königlichen Hof von Gang und setzte sich. Die jungen Adligen nahmen um ihn herum Platz. Seine persönlichen Diener stellten sich dahinter auf. Kestrel entdeckte Bowman unter ihnen und einen kurzen, heimlichen Moment lang trafen sich ihre Blicke.

Die versammelten Chöre trugen nun ihre letzte schwungvolle Kadenz vor und dann hatte sich der Sturm der Musik, der fast eine Stunde lang durch die Hohe Domäne gefegt war, schließlich gelegt.

Der Hofhalter des Meisters trat vor.

»Um die bevorstehende Vereinigung Eures und unseres Volkes zu feiern«, verkündete er, »freut sich der Meister Euch seine besten Kämpfer präsentieren zu können, die in der edlen Kunst des Manaxa gegeneinander antreten werden.«

Kestrel hielt nach Zohon Ausschau. Er stand mit verschränkten Armen da und verfolgte die Zeremonie. Seine Männer hatten die Arena in Sechserreihen umstellt. Nichts würde ihn aufhalten können. Worauf wartete er noch?

Ba-ba-ba-bam! Ba-ba-ba-bam! Die Trommeln schlugen zum Einzug von vier Manacs, die nun aus einem Tunnel unterhalb der Tribünen kamen und hintereinander in den Ring marschierten. Mit eingeölten, glänzenden Körpern und blitzblank polierten Arm- und Beinschutzen sprangen sie nacheinander auf die Plattform und verbeugten sich in tiefem Respekt zuerst vor dem Johana und seiner Familie und dann vor Ortiz. Ihr Ausbilder Lars Janus Hackel sah von seinem Platz am Tunneleingang aus zu und eröffnete den Applaus für jeden Streiter.

Zuerst kam Dimon, der erfahrene Manac mit den kräftigen Muskeln und den vielen Narben, ein Meister dieser Kunst. Er hielt seinen Helm mit der Klinge unter einem Arm und verneigte sich höflich. Die Johdila nahm seine Verbeugung mit einem leichten Nicken ihres hübschen verschleierten Kopfes an. Dann ließ sie ihren wie immer verborgenen Blick an dem Manac vorbeischweifen, an dem Thron vorbei, auf dem ihr zukünftiger Ehemann saß, bis zu Bowman, der hinter ihm stand. Sie hatte das Gefühl, dass sie der Bruder ihrer Freundin mit seinen nachdenklichen Augen beobachtete. Zu stolz, um ihre Nervosität zu zeigen, saß die Johdila ganz still und gerade, aber innerlich zitterte sie. Oh Bowman, dachte sie. Was mache ich bloß hier? Warum können wir uns nicht einfach davonschleichen und uns irgendwo ganz allein miteinander unterhalten, damit wir uns besser kennen lernen?

Bowman schaute Kestrel direkt ins Gesicht.

Tu's nicht, Bo. Es ist zu gefährlich.

Er musste sich einfach mit den Gedanken an sie herantasten und ihr Inneres leicht berühren. Sie wirkte sehr angespannt, was ihn nicht überraschte, aber zugleich spürte er auch eine Art von Erregung in ihr. *Wann geht es los?*

Ich weiß es nicht, antwortete sie. *Halte dich bereit.*

Sie richtete den Blick wieder auf Zohon.

Ba-ba-ba-bam! Ba-ba-ba-bam! Nun sprang ein dürrer Kämpfer auf die sandigen Bretter, der Cadiz hieß – er war bekannt als der Manac mit der größten Reichweite von allen. Seine dünnen, festen Muskeln wirkten wie Drahtseile. Auch er verbeugte sich höflich und nahm den Applaus entgegen.

Zohon starrte zur Johdila hinüber. Die Rundung ihres schlanken Halses unter der eng anliegenden Haube sah so verführerisch aus, dass er sie am liebsten jetzt und hier mit seiner kräftigen Hand gestreichelt hätte. Während er sie anschaute, hatte er den Eindruck, dass sie zitterte und den Blick von ihrem Bräutigam abwandte. Hab keine Angst, Geliebte!, rief er ihr im Stillen zu. Ich werde dich retten! Er richtete den Blick auf seinen Feind, den arroganten jungen Mann, der es wagte, seine Sisi heiraten zu wollen, und starrte ihn hasserfüllt an. Zu seiner großen Zufriedenheit sah er Ortiz rot anlaufen und die Augenlider niederschlagen.

Ba-ba-ba-bam! Ba-ba-ba-bam! Nun war der große Arno an der Reihe, der riesige Arno, der gefürchtetste Manac von allen. Er stellte sich mit gespreizten Beinen auf die Bühne, stemmte die mächtigen Arme in die Seiten und neigte seinen dicken Kopf vor den königlichen Gästen.

Ortiz nahm Arnos Verbeugung mit glühenden Wangen an. Er war rot angelaufen, weil er durch die Arena zu Kestrel hinübergeschaut hatte. Sie hatte seinen Blick erwidert und ihre Augen hatten wütend aufgeblitzt. Warum ist sie böse auf mich?, fragte er sich selbst. Darauf konnte es nur eine Antwort geben: Sie hatte ihm an den Augen abgelesen, dass er sie liebte. Der Gedanke erfüllte Ortiz mit einer unbändigen Freude. Dieses strahlende, energische Gesicht, das ihm schöner denn je vorkam, und dieser lebendige Geist waren von seiner Leidenschaft gerührt gewesen. Vielleicht erwiderte sie sogar seine Liebe! Verrückt, das zu glauben, verrückt, absurd und unmöglich!

Ba-ba-ba-bam! Ba-ba-ba-bam! Jetzt rannte der vierte Manac auf die Plattform, um sich vor den Würdenträgern zu verbeugen, und das war Mumpo. Kestrel erkannte ihn und erschrak. Sie schaffte es gerade noch, nicht laut aufzuschreien. Er sah so anders aus. Sein eingeölter nackter Körper glänzte und seine Bewegungen wirkten geschmeidig und sicher. Als sie ihre Reaktionen wieder unter Kontrolle hatte, betrachtete sie ihn genauer und staunte. Sie wusste noch nicht, worum es bei dem Manaxa ging, und hatte daher nicht direkt Angst um ihn. Bowman, der von der anderen Seite aus zuschaute, wusste es nur zu gut und schauderte.

Die Trommeln verstummten. Das Füßescharren der vielen Zuschauer ebbte allmählich ab und eine nervöse Stille entstand. In dieser Stille war plötzlich dreimal ein leises Klopfen zu hören – das Geräusch eines Geigenbogens, der leicht gegen ein Geländer schlug: *Tapp, tapp, tapp.* Alle Blicke wandten sich nach oben. Dort im Halbdunkel der Galerie über der Arena konnte man die Silhouette eines Mannes erkennen. Eine riesige, karmesinrot gekleidete Gestalt, auf dem Kopf einen goldenen Helm, in der Hand eine Geige. Die Menge raunte.

»Der Meister! Der Meister!«

Der Johana war verwirrt.

»Sollte er nicht hier unten sein?«, flüsterte er Barzan zu. Der Großwesir wandte sich flüsternd an den Hofhalter des Meisters. Der Hofhalter flüsterte zurück. Und geflüstert kehrte die Antwort zum Johana zurück.

»Der Meister dirigiert das Orchester. Er wird nach dem Ablegen der Treueschwüre die Ehre haben, Euch zu treffen.«

»Verstehe. Na schön. Von mir aus.«

Neuer Sand wurde über die Plattform gestreut. Die Trommeln wirbelten noch einmal, um den Beginn des Manaxa anzukündigen. Und schon sprang das erste Paar in die Arena. Dimon trat gegen Cadiz an, der altgediente Meister gegen den verschlagenen Taktiker. Ein einzelnes Klopfen ertönte oben auf der Galerie und der Kampf begann.

Die Manacs umkreisten einander und machten beide exakt die gleichen Bewegungen ohne sich zu berühren. Die kurzen Klingen an den Knien und Fäusten blitzten im rosafarbenen Licht. Der schlaksige Cadiz sprang zuerst, drehte sich dabei, doch als er aufkam, war Dimon bereits ausgewichen und schlug zurück. *Kling!* Auf das Geräusch einer Klinge an einem Armschutz folgte ein verblüffend schneller Austausch von Schlägen, als Knie tanzten und Fäuste flogen, *calla-calla-calla-kling!*, und sich beide Manacs anmutig wegdrehten – unversehrt.

Sisi war hingerissen. Gleich beim ersten Schlag begriff sie, dass das Spiel wirklich gefährlich war. Die Kämpfer wollten einander Schmerz zufügen, verletzen, vielleicht sogar töten. Jede Bewegung zählte, jede sausende Klinge konnte ein Leben beenden. Plötzlich schien ihr der Kampf das Schönste zu sein, was sie je in ihrem Leben gesehen hatte. Die Finten, die Schläge, das Abblocken und das Parieren waren mit einer solchen Präzision und Kühnheit ausgeführt! All diese ungeschützte Haut, die bereit war aufgeritzt, zerschnitten, zerrissen, gestochen zu werden! Das lauernde Blut! Ihr Herz schlug schnell und ihre Augen leuchteten, während sie die Schritte des tödlichen Tanzes verfolgte.

Der kräftige Dimon wirbelte unter den langen Arm seines Gegners herum und hob sein linkes Knie, während Cadiz zurücksprang. Schon schoss Dimons rechter Arm nach vorn, Cadiz blockte mit dem linken ab und sprang wieder nach hinten, als Dimons rechtes Knie nach oben sauste.

»Ha!«, schrie Dimon.

Mit dieser einen Bewegung hatte Dimon die Kontrolle über den Rhythmus des Manaxa gewonnen, wie die anderen zuschauenden Kämpfer und ihr Ausbilder wussten. Cadiz blockte nun hilflos ab und musste zurückweichen, bis er ganz am Rand der Plattform stand und sich mit einem hohen, anmutigen Sprung geschlagen gab.

Es gab viel Applaus für diesen klassischen Kampf, den

die Gegner in Höchstform und mit viel Geschick ausgefochten hatten. Aber es war noch kein Blut geflossen. Ortiz, der zugesehen hatte, nahm an, dass es der Ausbilder so angeordnet hatte. Gäste, die nicht mit dem Manaxa vertraut waren, zeigten sich von seinen brutaleren Aspekten manchmal sehr schockiert.

Kestrel blickte zu Zohon hinüber. Seine Augen leuchteten – er war fasziniert. Solange das Manaxa andauert, wird er nichts unternehmen, sagte sie zu sich selbst. Dann wurden alle Gedanken an Zohon und die bevorstehende Schlacht mit einem Schlag aus ihrem Kopf verdrängt. Mumpo betrat die Arena.

Die Trommeln wirbelten und Arno kletterte auf die Plattform, um gegen den Anfänger Mumpo anzutreten. Eine eigentümliche Paarung: Arno so riesig und fleischig, Mumpo dagegen schlank und geschmeidig. Seltsamerweise schien sich Mumpo eher langsamer als sein hünenhafter Gegner zu bewegen, fast als wäre er in Trance. Ortiz bemerkte es und erkannte sofort die Konzentration des wahren Manacs, der sich bewegt ohne darüber nachzudenken. Das ist ein geborener Kämpfer, dachte er anerkennend. Diesen Kampf wird man nicht so schnell vergessen. Er blickte zu Kestrel hinüber und stellte fest, dass auch sie von dem jungen Manac fasziniert zu sein schien. Sie verstand es. Sie spürte die Macht des Manaxa. Er hatte gewusst, dass sie es verstehen würde!

Das Signal wurde gegeben, der Kampf begann, aber keiner der beiden Manacs schien es eilig zu haben. Sie bewegten sich übertrieben langsam, fast in Reichweite voneinander, und reagierten auf die Drehungen und Schwenks des anderen wie bei einem Tanz. In Wirklichkeit waren sie intensiv damit beschäftigt, den Rhythmus des anderen zu finden, den unterschwelligen Takt, der das Wesen des Manaxa ausmachte. Unheimlich und unwirklich wiegten und krümmten sie sich, drehten sich ununterbrochen und versuchten die Oberhand zu gewinnen.

Dann rollte sich Mumpo zusammen und Arno schlug zu. Ein offensichtlicher Köder, eine leichte Parade. Doch jetzt steigerte sich das Tempo des Kampfes. Mumpo schien die Augen geschlossen zu haben und die Bewegungen des massigen Mannes eher zu spüren als zu sehen. Er war erstaunlich wendig – jede Drehung begann und endete mit einer gemächlichen Leichtigkeit, die den Eindruck erweckte, er wüsste bereits alles, was noch kommen sollte. Auch Arno hatte jetzt, da der Kampf lebhafter wurde, eine atemberaubende Körperbeherrschung. Er war ebenso geschickt und schnell wie Mumpo, dabei aber doppelt so kräftig. Ein energischer Schlag mit der Klinge seiner großen Faust und Mumpo würde sich nie wieder erholen. Doch die Schläge blieben aus, auf beiden Seiten. Die traditionellen Abfolgen von Schlag, Parade, Riposte und Gegenschlag entwickelten sich wie nach dem Lehrbuch, eine wahre Meisterklasse in der hohen Kunst.

Lars Janus Hackel, der am Tunneleingang saß, schaute zufrieden zu. Dem Jungen wird nichts passieren, dachte er. Dafür ist er zu gut. Er merkte, mit welcher Konzentration Mumpo kämpfte, und wusste, dass der große Arno diese Verteidigung niemals würde durchbrechen können. Jetzt kamen die Schläge verblüffend schnell aufeinander, rasche, knappe Bewegungen, die schon vorbei waren, bevor der Kämpfer ihre Wirkung abschätzen konnte, und die Kampfmustern folgten, in denen beide Kämpfer ausgebildet worden waren. *Dikka-dikka-dikka-dik!* machten die Klingen und berührten die Schutzvorrichtungen nur, denn die Kämpfer verschwendeten keine Kraft für nutzlose Stöße. Mit immer schnelleren Drehungen und Sprüngen waren die beiden Manacs nun in einem endlosen und immer lebhafteren Tanz gefangen, der dem Publikum den Atem verschlug. Jeden Moment musste einer von ihnen aus dem Takt kommen, den nächsten Schlag nicht richtig einschätzen und dann würde die sausende Klinge durch ungeschützte Haut schneiden. Doch sie machten immer weiter, keiner gab nach, beide blieben vollkommen konzentriert und die Spannung wuchs.

Sisi hielt es kaum aus. Sie kniff die Finger zusammen, lehnte sich auf ihrem Platz nach vorn und wünschte sich, dass – ja, was? Mit einem plötzlichen Schamgefühl begriff sie, dass sie sich den Höhepunkt wünschte, auf den dieser Tanz der Klingen zuraste, den Augenblick des Blutvergießens und Verletzens. Doch sie konnte nicht anders. Alles an dem Manaxa verlangte nach diesem krönenden Abschluss. Gefesselt von der Schönheit schrie der Zuschauer nach Blut.

Kestrel spürte das ebenfalls, doch ihre Aufregung war von Angst getrübt. Sie traute sich kaum hinzusehen und konnte doch den Blick nicht abwenden. Sie feuerte Mumpo mit aller Kraft an und rief ihm im Stillen zu: *Spring, Mumpo! Lauf weg! Lass dich nicht umbringen!*

Und weiter wirbelten die Manacs, jetzt so dicht und schnell, dass sie sich zu umarmen schienen. Sie hatten den Punkt des Manaxa erreicht, an dem der erste Kämpfer, der den Rhythmus unterbricht, die Oberhand gewinnt. Da das beide wollten, änderten sie ihre Bewegungen bei jeder Gelegenheit. Arno versuchte es mit einer Abfolge linker Schwünge und hoffte Mumpo durch schiere Wiederholung unvorbereitet zu erwischen. Doch nach dem fünften Schwung blockte Mumpo mit dem Knie ab, so dass sich Arno gegen den gefährlichen Zwei-Fäuste-Schlag zur Wehr setzen musste und sie wieder in üblichere Muster verfielen. Plötzlich vollführte Mumpo einen Sprung nach vorn, der alle vier Klingen gleichzeitig ins Spiel brachte – ein Angriff, der den Gegner normalerweise zwingt zurückzuweichen. Arno war allerdings viel zu erfahren, um ihm diesen Gefallen zu tun, und reagierte mit einem Stoß, bei dem der ganze Arm nach vorn gestreckt wurde. Er hätte ihn tief in Mumpos Bauch hineingerammt, wenn dieser nicht gesprungen wäre, sich nicht in der Luft gedreht und die Klinge nicht mit einem Schienbeinschutz abgefangen hätte. Und wieder hinunter, herum und zurück mit fliegenden Fäusten: ein wunderschön ausgeführter Angriff mit Gegenwehr, der mit beeindrucktem Applaus quittiert wurde.

Die Kämpfer wurden jetzt müde. Wie sollte es anders sein, bei einem solch mörderischen Tempo? In stiller Übereinkunft vergrößerten sie den Abstand zwischeneinander und drosselten die Geschwindigkeit von Angriff und Gegenangriff. Dies war immer ein Gefahrenmoment in einem Kampf. Unweigerlich wäre bald einer von beiden nicht mehr konzentriert genug und der andere würde die Gelegenheit nutzen. Doch das unsichtbare Band zwischen ihnen blieb selbst dann noch straff gespannt, als sie sich trennten. Mit dem vorsichtigen Umkreisen erreichte der Kampf eine neue Phase. Der Ausbilder schaute den Champion an und wusste genau, was der als Nächstes tun würde. Mumpo war noch nicht lange genug dabei, um den nächsten Schritt seines Gegners vorherzusehen. Die Zeit hatte nicht gereicht, um ihm alles beizubringen.

Und da kam sie: die berühmte wilde Attacke. Arno stellte sich auf seine bloßen Zehenspitzen und warf sich nach vorn, wobei er ziellos mit wirren, stoßenden Bewegungen in die Luft schlug. Prügelnd und tretend fiel er über Mumpo her und hoffte, dass der mit der gleichen Wildheit reagieren würde. Dann würde Arno blitzschnell zu tödlicher Präzision zurückkehren, wie Hackel es schon so oft gesehen hatte, und alles wäre vorbei. Doch Mumpo blieb fest wie ein Fels. Er machte keinen Versuch, den wilden Schlägen ein Ende zu bereiten, sondern konzentrierte sich ganz auf Arnos eigenen ungeschützten Torso. Dies zwang Arno in die Defensive und der Angriff war genauso schnell vorbei, wie er begonnen hatte. Nun nutzte Arno geschickt seinen Fehlschlag, drehte sich abrupt um und bot seinem Gegner kurz seinen Rücken dar. Mumpo biss auf den Köder an. Er lehnte sich zum Angriff vor und Arnos linke Faustklinge fuhr herum und schlitzte Mumpos rechten Oberarm auf. Das leuchtend rote Blut schoss aus der Wunde und in den Schutz des Unterarms hinein. Die Menge hielt erschrocken den Atem an. Hackel schüttelte den Kopf: Darauf hätte der Junge nicht hereinfallen sollen. Kestrel schrie vor Entsetzen laut auf.

»Nein! Tu ihm nicht weh!«

Mumpo drehte ruckartig den Kopf herum. Er hatte ihre Stimme erkannt. Jetzt sah er sie zum ersten Mal. Erstaunt konnte er ihr nur einen einzigen Blick zuwerfen, bevor der große Champion wieder angriff. Nun war Mumpo verwirrt. Er wich zurück, um Zeit zu schinden, und all seine

Konzentration war verschwunden. Hackel bemerkte es bestürzt, Ortiz überrascht: Der Junge konnte nicht mehr. Arno fiel gnadenlos über ihn her und wusste, dass er den Kampf gewinnen würde. Sein Ziel war, Mumpo an den Rand der Plattform zu drängen und ihn dort mit einem leichten Schlag hinunterzubefördern.

Mumpo wich zurück und parierte, während das Blut von seiner rechten Hand auf den Sand tropfte. Seine Verteidigung war noch immer gut, aber er hatte die Initiative verloren. Der große Arno bestimmte jetzt den Rhythmus und Mumpo wusste trotz seiner Unerfahrenheit, dass er deshalb verlieren würde. Die Grundregel des Manaxa lautete, dass der Angreifer gewinnt. Arno setzte die Geschwindigkeit des Kampfes mit jedem Hieb herauf und ließ Mumpo daher keine Möglichkeit, seine endlosen Reaktionen in einen Angriff umzuwandeln. Außerdem sah Kestrel ihm von den Rängen aus zu. Er warf ihr immer wieder flüchtige Blicke zu, die ihn aus dem Kampf herausbrachten.

Inzwischen war Hackel ernsthaft besorgt. Der Junge machte Fehler. Er sollte besser springen, und zwar bald. Gerade in diesem Moment kam Arno ein zweites Mal durch. Eine Knieklinge traf Mumpo am Oberschenkel und wieder floss Blut. Erneut stockte allen der Atem. Mumpo, der die Wunde nicht einmal spürte, blickte auf und sah Kestrels erschüttertes Gesicht. Auf einmal war seine Verwirrung verflogen. Kess will nicht, dass ich verliere, dachte er unwillkürlich. Also darf ich nicht verlieren. Ein plötzliches Glücksgefühl erfüllte sein Herz und er sprang zurück, als Arno erneut angriff. Er wusste jetzt genau, wie er es tun würde. Statt sich auf die Abwehr des nächsten

Schlages vorzubereiten, nahm er all seinen Mut zusammen und breitete die Arme aus.

Ortiz sah es verwirrt und sprang aufgeregt von seinem Platz auf. »Das kann er doch nicht machen!«

Hackel sah es und wurde blass.

Arno sah es und stürzte sich in die erwartete Abfolge von Stoß, Parade, Riposte und Gegenstoß. Doch Mumpo parierte nicht. Arnos Schlag landete zwischen Mumpos Armen und die Faustklinge schoss in seine Brust. Kestrel schrie: »Nein!« Alle auf den Bänken sprangen auf. Doch Arno schlug kein zweites Mal zu. Er stand reglos da; Mumpos Arm war nach ihm ausgestreckt. Erst jetzt begriff die Menge, dass Mumpo den Schlag eingesteckt hatte, um selbst zuzuschlagen. Er hatte das berüchtigte Doppelstich-Manöver ausgeführt und seine Faustklinge tief in die Brust des Champions gerammt.

Langsam und vollkommen still fiel Arno zu Boden und zog dabei seine eigene Klinge aus Mumpos seitlicher Brust. Der riesige Körper schlug dumpf auf den sandbedeckten Brettern auf und rührte sich nicht mehr. Mumpo stand reglos da und blutete weiter aus Arm, Oberschenkel und Brust. Dann brach der Beifall los. Zuerst stampften sie mit den Füßen, dann schlugen sie mit den Fäusten auf die Bänke, schließlich kreischten sie: ein schreiender, hämmernder Ausbruch von Gefühlen, die nicht länger zurückgehalten werden konnten. Die Schönheit hatte mit einem Toten geendet. Der Tanz hatte sich in Tod verwandelt. Sisi brüllte und hämmerte mit den anderen, hingerissen von leidenschaftlichen Gefühlen, die sie aufzehrten und beglückten. Nur Kestrel schrie nicht. Sie saß still da, zitterte am ganzen Körper und hatte den Blick auf Mumpo geheftet.

Langsam hob er die Arme, um den Applaus entgegenzunehmen. Er machte einen benommenen Eindruck. Hackel gab ein Zeichen, auf das hin Arenasklaven auf die Plattform kletterten und Arnos Leiche fortschafften. Sie mussten ihn zu sechst hochheben. Hackel führte den siegreichen Manac selbst aus der Arena, damit seine Wunden gereinigt und behandelt wurden. Dabei drehte sich Mumpo noch einmal um und warf Kestrel einen letzten Blick zu.

19

Kestrel tanzt den Tantaraza

Sobald das Manaxa beendet war, erhob sich die Johdila und verließ nur in Begleitung ihres jungen Dienstmädchens die Arena. Zohon, der noch ganz berauscht war von dem Kampf, zeigte sich überrascht.

»Wo geht die Johdila hin?«, wollte er wissen.

Hastige Erkundigungen ergaben, dass sich dic Johdila in ein Nebenzimmer zurückgezogen hatte, um ihre Kleidung für den Tanz zu richten.

In diesem Nebenzimmer riss sich Sisi so schnell sie konnte das Hochzeitskleid vom Leib und tauschte ihre Sachen mit Kestrel. Die Ergriffenheit, die das Manaxa in ihr ausgelöst hatte, und dazu die Nervosität wegen des bevorstehenden Betrugs ließen ihre Hände zittern, als sie Kestrel in das enge Kleid half.

»Oh Kess! Was ist, wenn sie es merken?«

»Das werden sie nicht.«

»Du zitterst ja auch. Ich spüre es.«

»Das kommt von dem Kampf.« Sie schauderte.

»Hast du es auch so furchtbar gefunden, Liebling? Ich fand es so schrecklich, dass mir ganz warm wurde und ich zittern musste.«

»Ich fand es nicht furchtbar«, sagte Kestrel leise. »Ich hätte es furchtbar finden sollen, aber es war nicht so.«

»Nein? Oh Kess, sagen sich Freundinnen, was sie wirklich fühlen?«

»Wenn sie es wollen.«

Sisi flüsterte. »Ich fand es aufregend.«

»Ich auch.«

»Wirklich? Oh, danke, Kess-Liebling! Manchmal denke ich, ich bin so schlecht, dass ich gar nicht weiterleben dürfte! So – jetzt noch die Haube.«

Kestrel zog sich die Haube über den Kopf und ließ schweigend den Schleier hinunter. Eine neue Furcht ergriff sie. Was, wenn Zohon jetzt zuschlug, während sie den Tantaraza tanzte?

Sie schaute Sisi an und sah Tränen in ihren Augen.

»Was wird geschehen, Kess? Irgendetwas Seltsames und Schreckliches steht uns bevor. Spürst du es nicht auch?«

»Ja«, erwiderte Kestrel. »Wir müssen tapfer sein.«

Während sich die jungen Frauen auf den Tanz vorbereiteten, wurde Ortiz plötzlich von einer fast unerträglichen inneren Unruhe ergriffen. Das Manaxa hatte sein Blut so in Wallung gebracht, dass er zu allem bereit war, welche Folgen es auch haben mochte. Er wusste, dass bald nach dem Tanz das Ablegen des Treueschwurs folgte, und dann würde es zu spät sein. Irgendwie musste er jetzt mit der Unbekannten sprechen.

Er winkte Bowman zu sich. Er sprach ganz leise, damit nur er ihn hören konnte, und zeigte auf das Nebenzimmer, in das sich die Johdila zurückgezogen hatte.

»Hast du gesehen, wo sie hingegangen sind? Ihr Dienstmädchen ist mitgegangen.«

»Ja.«

»Geh und such sie. Sag ihr, ich muss mit ihr reden.«

»Wie? Und wo?«

»Da drüben ist ein Korridor. Er führt zu einem Garten. Ich gehe direkt nach dem Tanz dorthin. Sie soll dort auf mich warten.«

Bowman gehorchte, froh über diese unerwartete Gelegenheit, allein mit seiner Schwester zu sprechen. Er ging unauffällig um die Rückseite der erhöhten Arena herum und steuerte auf das Nebenzimmer zu. Zur selben Zeit verließ Kestrel, im Hochzeitskleid und mit verschleiertem Gesicht, doch ohne den äußeren Schleier, das Zimmer und betrat die Arena von vorn. Sie sah Bowman nicht und er sie auch nicht. Sie merkte auch nicht, dass er verschwunden war, weil sie so nervös und angespannt war. Was sie tat, war gefährlich, aber zugleich fand sie es auch aufregend. Sie hatte gelernt den Tantaraza zu lieben.

Beim Eintreten schaute sie zu Zohon hinüber. Er stand hinten, wo er von Anfang an gestanden hatte, und blickte stolz auf die Bühne der Arena. Schweigend drückte sie die Handflächen aneinander und umschlang sie dann mit den Fingern. Er versteifte sich und nickte leicht mit dem Kopf, zum Zeichen, dass er es gesehen hatte. Daraufhin bewegte sie die Hände mehrmals vor sich nach unten, um ihm zu sagen: Langsam, langsam, jetzt noch nicht. Hoffentlich verstand er es.

Der Tanzlehrer Lazarim, der beim Manaxa zuerst bewundernd, dann ehrfurchtsvoll zugeschaut hatte, begriff jetzt, dass der großartige Tantaraza auf dem blutgetränkten Boden der Arena getanzt werden musste. Er hatte für einen kurzen Augenblick vergessen, dass er sich an einem höchst gefährlichen Betrug beteiligte und dass der Bräutigam nicht die Johdila in den Armen halten würde. Erst als er jetzt die weiß gekleidete schlanke Gestalt in die Arena kommen sah, wurde ihm klar, dass sie das Dienstmädchen der Johdila sein musste. Als er sich zum Bräutigam umdrehte, brach ihm kalter Angstschweiß auf der Stirn aus.

Marius Semeon Ortiz bemerkte den Betrug nicht. Er war mit den Gedanken woanders: in dem Zimmer, wo Bowman hoffentlich mit dem dunkeläugigen Mädchen sprach. Doch hier und jetzt stand seine Braut vor ihm in der Arena und er musste sich verneigen und ihr die Hand reichen. Zusammen traten sie auf die Plattform und wandten sich zuerst dem Johana und dann dem Meister oben auf der Galerie zu. Ortiz fing den Blick seiner Tanzlehrerin Madame Saez auf, die ihn streng anschaute und mit den Augen ermahnte sich auf den bevorstehenden Tanz zu konzentrieren. Sie hatte Recht – der Tantaraza war nicht leicht. Er fragte sich, ob ihn die Johdila wohl beherrschte. Wahrscheinlich nicht.

Nachdem sie sich vor den anderen verbeugt hatten, streckte er nun seine rechte Hand aus und stellte sich gerade hin. Seine Partnerin nahm seine Hand mit festem Druck und drehte sich auf den Fußballen zur korrekten Anfangsposition. Ortiz war angenehm überrascht. Sie bewegte sich sehr geschmeidig. Vielleicht würde der Tanz ja doch Spaß machen.

Oben auf der Galerie legte der Meister seine Geige an die Schulter und begann zu spielen. Die Musiker darunter stimmten ein: nicht nur eine einzelne Flöte und Trommel, sondern sechzehn Instrumente, und alle höchst kunstvoll gespielt. Lazarim, der hinten bei den Dienstboten stand, vergaß seine Angst und spornte seine junge Schülerin im

Stillen an: Flieg wie ein Vogel! Flieg davon, Kind! Flieg davon!

Die musikalische Einleitung ging zu Ende und der eigentliche Tanz begann. Ortiz bewegte sich nach links: Schritt, Schritt, Schritt. Sie war da. Nach rechts: Schritt, Schritt, Schritt. Und die Begrüßung. Perfekt! Kein Versuch großer Gesten, nur die korrekte Bewegung, rein und schlicht. Und jetzt, mit dem plötzlichen Schwung der Musik, in die Drehungen hinein – herum! Herum! Herum! Und stopp! Sie war da! Was für ein Halt! Madame Saez sah es, Lazarim sah es, Ortiz fühlte, wie es seinen Körper durchlief. Sie konnte tanzen! Hände vor, Fersen und Spitzen aneinander, dann die Wiedervereinigung. Als er sie in die Arme nahm, spürte er ihre Freude am Tanzen und alle anderen Hoffnungen und Ängste verließen ihn. Dies war der Tantaraza, der Tanz der Liebe, und er war verliebt. Er würde tanzen wie noch nie zuvor. Immer im Kreis herum, versunken in die Rhythmen der Musik, und ihre fliegenden Füße berührten kaum mehr den blutgetränkten Sand.

Jetzt, da alle Augen auf dem tanzenden Paar ruhten, näherte sich Bowman der Tür des Nebenzimmers und öffnete sie leise. Eine junge Frau saß mit dem Rücken zu ihm am anderen Ende. Sie trug die Kleidung, die Kestrel vorher getragen hatte, und schaute durch ein Fenster auf einen kleinen Garten hinaus. Sie hielt den Kopf gesenkt, das Gesicht in den Händen, und weinte. Doch er wusste sofort, dass es nicht seine Schwester war.

Er wollte sich gerade umdrehen und wieder gehen, als ihm die junge Frau ihr tränennasses Gesicht zuwandte und einen leisen Freudenschrei ausstieß, als sie ihn sah.

»Bowman!«

Bowman war zu erstaunt, um sich zu rühren. Die weinende junge Frau tupfte sich die Augen und schaute ihn seltsam und durchdringend an.

»Du bist doch Bowman, stimmt's? Kess hat mir alles von dir erzählt.«

»Wer sind Sie?« Wie konnte sie ihn anschauen, als würden sie sich gut kennen, wenn er sie noch nie in seinem Leben gesehen hatte?

Sisi begriff, dass er nichts von ihrem Rollentausch mit Kestrel mitbekommen hatte. Er hatte keine Ahnung, dass sie die Johdila Sirharasi von Gang war. Immerhin trug sie ein Dienstmädchenkleid.

»Ich heiße Sisi«, sagte sie. »Ich bin ein Dienstmädchen der Johdila, genau wie Kestrel.«

»Wo ist Kestrel?«

»Sie ist vorhin gegangen. Die Johdila hat sie gern immer bei sich. Sie sind Freundinnen, weißt du.«

Sisi fand es herrlich, all das zu sagen. Doch Bowman wandte sich bereits zum Gehen.

»Ich muss sie finden.«

»Noch nicht!«, rief Sisi. »Sie will nicht, dass jemand von dir erfährt. Du bist ihr Geheimnis.«

»Aber dir hat sie es erzählt.«

»Weil wir so gute Freundinnen sind. Komm, setz dich. Warte, bis der Tanz vorbei ist.«

Bowman setzte sich zögernd hin. Es schien ihm nichts anderes übrig zu bleiben. Er war noch immer verblüfft. Wie hatte Kestrel gehen können, ohne dass er sie gesehen hatte?

»Ich weiß alles über dich«, sagte Sisi und schaute ihn

durchdringend an. »Kess wollte sich darum kümmern, dass wir uns begegnen, und jetzt ist es wirklich passiert.« Sie schenkte ihm ein strahlendes Lächeln. »Findest du mich schön?«

Bowman errötete. »Ich weiß nicht«, antwortete er, fast ohne sich dessen bewusst zu sein. »Ich bin dir doch noch nie begegnet.«

»Was macht das für einen Unterschied? Du brauchst mich ja nur anzuschauen.«

»Es macht eben doch einen Unterschied.«

»Wirklich?« Sie zog ein verwirrtes Gesicht. »Wie lange brauchst du? Du kannst so lange schauen, wie du willst. Ich werde dafür sorgen, dass sie dir nicht die Augen ausstechen.«

»Wer?«

»Och, irgendwer.« Sisi überspielte ihren Patzer, so gut sie konnte. »Schau nur weiter. Magst du mich schon ein bisschen?«

»Du bist wirklich merkwürdig.«

»Merkwürdig, aber schön. Los, gib's zu.«

»Ja. Du bist schön.«

»Hurra!« Sisi klatschte fröhlich in die Hände. »Das bedeutet, du liebst mich!«

»Nein, das bedeutet es nicht.«

»Doch, natürlich. Das weiß doch jeder. Alle Männer lieben schöne Frauen. Bist du vielleicht ein klitzekleines bisschen dumm?«

Bowman schaute sie an und machte sich zum ersten Mal die Mühe, sich in ihre Gedanken hineinzufühlen. Er fand ein Durcheinander aus kindlichen Ängsten und eine einfache Sehnsucht nach Zuneigung.

»Warum hast du geweint?«, fragte er sanfter.

»Ich will nicht…« Sie wollte sagen: heiraten, hielt sich aber noch rechtzeitig zurück. »Ich will nicht allein sein.«

»Darf ich dir einen Rat geben?«

»Ja. Bitte.«

»Geh fort von hier. Es wird Unruhen geben.«

»O ja. Ich weiß.«

»Sag es deiner Herrin. Ortiz wird sie nicht heiraten. Es wäre für euch alle besser, wenn ihr schnell wieder nach Hause fahrt.«

»Er wird sie nicht heiraten?« Sie starrte Bowman fassungslos an. »Bist du sicher?«

»Er hat sich in eine andere verliebt.«

»Du meinst, ich muss ihn nicht… In wen? In wen hat er sich verliebt?«

»In Kestrel. In meine Schwester.«

Sisi kam aus dem Staunen nicht heraus. Wie konnte ein Mann, der die Chance hatte, sie zu heiraten, ein seltsam aussehendes Mädchen wie Kestrel vorziehen? Sie war nicht eifersüchtig, nur verblüfft. Doch dann…

»Natürlich! Der Schleier! Er hat mich… sie ja noch nie gesehen. Oder mich. Wenn er mich sähe, würde er sich bestimmt in mich verlieben. Glaubst du nicht?«

»Doch. Bestimmt.« Bowman lächelte. Sisi war reizend, aber völlig absurd. »Ich gehe jetzt.«

»Na gut. Geh, wenn du musst. Aber du wirst schon noch merken, dass du mich liebst, wart's nur ab.«

»Falls ja, lass ich es dich wissen.«

»Versprochen?«

»Versprochen.«

Bowman schlüpfte aus dem Zimmer und kehrte unbemerkt an seinen Platz hinten in der Arena zurück. Unbemerkt, weil jeder Blick und jedes Herz vom Tanz gefesselt war. Ortiz und Kestrel wurden von der pulsierenden, mitreißenden Melodie getragen wie Vögel vom Wind, herum und zurück, sie fielen sich in die Arme und ließen sich wieder davonschleudern, wie die sehnsüchtige, unbeständige Liebe selbst. Bowman sah zu und erkannte sofort seine Schwester dort auf dem Sand. Lazarim ahmte jeden Schritt mit eigenen winzigen Schritten seines kleinen Körpers nach und säuselte verzückt vor sich hin ohne es zu merken. Der Johana war so in den Tanz vertieft, dass er vergaß, wie unbequem seine Krone war, und neigte den Kopf leicht nach links und rechts, während die Tänzer an ihm vorbeisausten. Madame Saez sah starr, mit angespanntem Körper und offenem Mund zu und wartete gebannt auf jeden weiteren Takt. Was die Tanzenden selbst betraf – sie waren besessen. Ortiz dachte nicht mehr an Schrittfolgen oder daran, wie er seine Partnerin führen musste. Keiner von beiden führte. Sie flogen gemeinsam auf die einzig mögliche Weise – die Weise, die die Musik vorgab und ihre Körper ersehnten. Fort, fort, und herum, zueinander hin ohne sich zu berühren und wieder fort, und zurück, in die Arme des anderen – so schwerelos, dass sie sich kaum streiften, als sie sich aufeinander zubewegten und sprangen, und dann auf einem Fuß die Drehung! Die Rückkehr! Das Festhalten!

Kestrel tanzte, als wäre ihr Leben nach diesem Tanz zu Ende – als gäbe es nichts und niemanden außer diesem Mann, dieser Musik und dieser kleinen Bühne, die sich drehte. Er war ihr Feind, der Mann, den sie vernichten musste, und zugleich ihr Partner, ihr Liebhaber und ein Teil von ihr. Denn solange sie tanzten, waren ihre beiden Körper zu einem verschmolzen.

Sie spürte seine starken Arme um sich, als sie sich zurückneigte, überzeugt, dass er sie nicht fallen lassen würde; und sie spürte sein pochendes Herz, als sie sich wieder aufrichtete, ihre Brust an seine gedrückt. Sie streckte die Arme aus und er hob sie hoch, sie sank fast schwerelos zu Boden und der unterbrochene Trommelschlag begann von vorn, das Geräusch von Vögeln, die erschrocken aus dem Farn aufflattern, *klacka-klacka-killacka-klack!* Und zusammen, mit einem Herzschlag, schwirrten sie in freiem Flug davon. Eine Seele, ein Lied, zwei Körper in Bewegung: perfektes Gleichgewicht und totale Hingabe vereint in einem Tanz, der einer endlosen Umarmung glich. In diesem Stand der Gnade gab es weder Regeln noch Grenzen, wusste Kestrel, ihr Körper war zu allem fähig. Denn alles, was sie tat, war schön und notwendig und richtig. Sie tanzte wie jemand, der aus einer unvorstellbaren Höhe hinunterfällt: Um richtig zu fallen, brauchte sie nichts zu tun, sie durfte sich nur nicht wehren. Und so fiel sie lächelnd, strahlend und herrlich auf den Höhepunkt zu.

Die Flöten und Geigen setzten schwungvoll wieder ein und kündigten den berauschten Tänzern an, dass die Schlussphase begonnen hatte. So begaben sich beide in das krönende Finale ohne sich dessen bewusst zu sein: Trennung mit erhobenen Händen, Rückkehr zu einer leichten Berührung der Fingerspitzen, dann wieder Trennung in einem schnelleren Rhythmus. Mit jeder neuen Berührung kamen sie sich ein Stückchen näher, aber immer nur wenige Zentimeter, und hielten die Hände, die sich berührten, höher; mit jeder Trennung drehten sie sich weiter voneinander weg. Als die Musik allmählich auf ihren Höhepunkt zusteuerte, wirbelten sie voneinander weg und warfen sich wieder zurück, umarmten sich immer nur fast, kamen sich immer näher, hielten die Arme immer höher. Beim lang gezogenen, hohen Schrei der Flöten standen sie schließlich Brust an Brust voreinander, die Arme hoch in der Luft, und drehten sich langsam um, immer noch ohne sich zu berühren. Gierig auf die versprochene Umarmung wagten die Zuschauer kaum zu atmen, bis die Musik die Tänzer schließlich erlöste und sie sich in die Arme fielen.

Stille. Der Meister nahm seine Geige herunter. Dann war ein lautes Seufzen von allen in der Arena zu hören. Dann der Applaus. Nicht das wilde Geschrei, das auf das Manaxa gefolgt war, sondern der Ausdruck tiefer, beständiger Zufriedenheit, mit der ein wirkliches Ende aufgenommen wird. Nur Zohon stand still wie eine Statue da und schwieg.

»Das«, murmelte Lazarim schluchzend, »das ist der Tantaraza.«

Ortiz hielt Kestrel fest und spürte, wie sie zitterte, als sie keuchend nach Atem rang. Er sah, wie ihr Gesichtsschleier mit jedem Atemzug von ihren Lippen wegwehte, lehnte den Kopf dicht über ihre Schulter und flüsterte: »Möge ich bis zu meinem Todestag so mit dir tanzen.«

Das war nur das traditionelle Kompliment, das der Bräutigam der Braut nach dem Tantaraza zu machen hatte, doch Ortiz meinte jedes Wort davon. Er beobachtete ihren Schleier. Sie gab ihm nicht die übliche Antwort, doch ihr Atem bewegte die feine Seide und einen Moment lang konnte er ihren Mund und ihr Kinn sehen. Das reichte aus. Den ganzen Morgen lang hatte er sich in dieses Gesicht vertieft. Aus irgendeinem unerfindlichen Grund war seine Tanzpartnerin nicht die Prinzessin, die er heiraten sollte, sondern das unbekannte Mädchen, das er liebte. Glücklich über diese Entdeckung und ermutigt durch ihre Verkleidung als seine Braut beugte er sich ohne an die Folgen zu denken vor, um sie zu küssen.

Zohons Blick schoss zu seinen wartenden Hauptmännern hinüber und er begann die Hand zum Angriffssignal zu heben. Doch genau in diesem Augenblick drehte sich Kestrel weg, löste sich aus Ortiz' Umarmung und rannte von der Bühne hinunter.

Ein erstauntes Raunen ging durch die Arena. Ortiz verneigte sich vor dem Johana und dem Meister und kehrte an seinen Platz zurück. Hier winkte er Bowman zu sich.

»Sie war es!«, flüsterte er. »Hast du den Tanz gesehen?«

»Ja«, antwortete Bowman.

»Sie ist die wahre Prinzessin! Nur eine Prinzessin kann so tanzen!«

Völlig aufgewühlt von widerstreitenden Gefühlen betrat Kestrel das Nebenzimmer.

»Kess!«, rief Sisi und sprang auf. »Ich hab ihn getroffen! Ich hab mit ihm gesprochen!«

Kestrel hörte sie kaum. Mit heftig zitternden Fingern begann sie eilig das Hochzeitskleid aufzuhaken. Eine brennende Scham erfüllte sie. Wie hatte sie nur mit ihrem Feind tanzen können? Schlimmer noch, wie in aller Welt konnte sie zulassen, dass ihr der Tanz mehr als nur gefallen hatte?

»Mit Bowman! Mit deinem Bruder!«

»Was?«

»Er war hier. Wir haben uns unterhalten. O Kess, er ist so süß. So ernst und lieb. Er hält mich für eines meiner Dienstmädchen. Er findet mich schön. Er wird mich lieben.«

Kestrel hörte auf an den Tanz zu denken, als ihr bewusst wurde, dass ihnen der entscheidende Moment jetzt bevorstand. Sie zog das enge weiße Kleid aus und half der Johdila es anzuziehen.

»Aber Sisi, du wirst gleich heiraten.«

»Nein, das werde ich nicht. Ich werde ihn niemals heiraten. Nie, nie, nie.«

»Aber was wird dein Vater dazu sagen?«

»Das ist mir egal.«

Sie kniff die Lippen zusammen und setzte ihr trotzigstes Gesicht auf. Kestrel zog sich fertig an, nahm dann die Hände der Johdila in ihre eigenen und sprach ernst mit ihr.

»Hör zu, Sisi. Ich bin deine Freundin. Dir muss klar sein, was du da tust.«

»Oh, das ist mir klar, Liebling. Ich werde zu meiner eigenen Hochzeit gehen und nicht heiraten.«

»Es wird Ärger geben.«

»Natürlich. Alle werden furchtbar böse sein.«

»Ärger, Kämpfe und Gefahr.«

»Ja, bestimmt.« Eine Spur von Angst trübte ihre bernsteinfarbenen Augen. »Was soll ich tun?«

»Bleib immer in der Nähe deiner Eltern. Eure Soldaten werden dich beschützen.«

»Dich auch, Kess. Du bist doch meine Freundin.«

»Nein. Ich muss mit meinem Bruder gehen.«

»Ich will auch mitgehen.«

»Das geht nicht, Sisi. Das weißt du so gut wie ich.«

»Weiß ich nicht! Woher weißt du, was ich weiß? Du bist doch nicht ich.«

»Ich weiß, dass du eine Prinzessin bist, die immer von Dienstboten versorgt worden ist. Dort, wo wir hingehen, wird es dir nicht gefallen. Es wird zu anstrengend für dich sein.«

»Wird es nicht! Warum bist du so gemein zu mir?«

»Du müsstest den ganzen Tag wandern, Wind und Regen im Gesicht haben und auf der harten Erde schlafen. Du würdest nicht mehr schön sein.«

»Oh.« Das machte Sisi nachdenklich. Stirnrunzelnd bemühte sie sich ihre eigenen Gefühle zu verstehen. »Es würde mir nicht gefallen, nicht mehr schön zu sein. Aber es würde mir auch nicht gefallen, dich und Bowman zu verlieren.«

»Wer weiß, was aus uns allen wird?« Sie umarmte Sisi kurz und gab ihr einen Kuss auf die Wange. »Nur für den Fall, dass wir uns nicht mehr sehen: Ich war gerne deine Freundin.«

Sie ließ den Schleier über das süße, sorgenvolle Gesicht der Johdila fallen, hüllte sie in die feine Wolke des zweiten, großen Schleiers und öffnete die Tür.

20
Die Hochzeit scheitert

Der Meister blickte hinunter auf alles, was er geschaffen hatte, und war zufrieden. Diese große Halle mit dem Kuppeldach hatte er selbst entworfen, ebenso die Palaststadt, in der sie stand, den See, aus dem sie sich erhob, und das ganze Land ringsherum. Er hatte sein Leben der Erschaffung dieser fast vollkommenen Welt mit all ihren Details gewidmet. Jahr für Jahr hatte er sein Volk zu Höchstleistungen angespornt und zu friedlicher Zusammenarbeit gebracht. Jahr für Jahr hatte er die sprießende Rivalität und Zwietracht ausgejätet, hatte den Faulen Disziplin und den Verlorenen ein Ziel gegeben. Durch seinen Willen allein hatte er aus dem Chaos und dem Durcheinander der Menschheit dieses Kunstwerk geschmiedet. Und durch diese Hochzeit, die ihn zum Herrscher über die gesamte zivilisierte Welt machte, webte er nun alle Fäden seiner Schöpfung zu einer einzigen großartigen Aufführung zusammen. Sein Volk war sein Instrument. Ihm entlockte er seine lieblichste Melodie, seine ergreifendste Musik. Er spielte die Welt.

Der Höhepunkt dieses lange vorbereiteten Meisterwerks sollte das Ablegen des Treueschwurs sein. Alle musikalischen Motive, vom Moment an, da die Braut in die Hohe Domäne eingezogen war, sollten ihren Höhepunkt in den mächtigen Akkorden finden, die nun von allen Musikern und Sängern im Reich zu hören sein würden. Vereint in Musik würden sie alle gemeinsam feiern.

Während der Meister auf die Rückkehr der Braut wartete, ließ er seinen Blick durch die überfüllte Halle unter sich schweifen. Zuerst hatte es ihn geärgert, dass die riesige Menge der Johjanischen Garde den Platz belegte, den er für sein eigenes Volk vorgesehen hatte. Doch dann war ihm der Gedanke gekommen, dass diese Soldaten ja nun auch zu seinem Volk gehörten. Sollten sie ruhig sehen, hören und staunen. Ihr Herrscher und seine dicke Frau schauten herauf, als wären sie von all den Vorgängen um sie herum tief beeindruckt, und so sollte es ja auch sein. Der junge Marius hatte geradezu meisterhaft getanzt und so lächelte der Meister auf ihn hinunter. Und da hinter ihm...

Ein junger Mann schaute zu ihm herauf. Ihre Blicke trafen sich. Der junge Mann senkte sofort die Augen. Der Meister runzelte die Stirn. Das war Ortiz' Wahrheitssager. Irgendetwas stimmte nicht mit ihm. Der Meister ärgerte sich. Jetzt war keine Zeit für solche unwichtigen Ablenkungen. Was war los mit dem Jungen? Ah, ja, das war's. Der Junge hatte keine Angst vor ihm.

Das war merkwürdig. Aber er würde später noch genügend Zeit haben, um sich darum zu kümmern. Zuerst würde der letzte Satz seiner großen Sinfonie beginnen, sobald die Braut zurückkehrte.

Auch Zohon wartete mit wachsender Ungeduld auf die Rückkehr der Johdila. Seine Männer waren alle bereit und der Moment zum Zuschlagen stand unmittelbar bevor. Seit er zwischen den Bäumen das Zeichen der Johdila gesehen hatte, war er sich ihrer Liebe sicher. Da er wusste, dass sie ihn liebte, war er davon überzeugt, dass sie den Erben des Reiches des Meisters nicht heiraten würde. Und jetzt hatte er hier in dieser Halle gesehen, wie sie ihr Liebesbekenntnis noch einmal wiederholt und ihn gebeten hatte noch zu warten, bevor er seine Männer angreifen ließ. Dafür konnte es nur eine Erklärung geben: Sie wollte aller Welt ihren wahren Willen kundtun. Sie selbst würde ihn rufen und er würde mit einer unbesiegbaren Armee an seiner Seite gerüstet sein ihr zu helfen. So konnte es keinen Zweifel an seinen Absichten geben, wenn die Schlacht begann. Das würde sogar der Johana begreifen. Das Ergebnis der Schlacht würde die totale Niederlage für das Reich des Meisters sein. Die Johdila würde den Mann heiraten können, den sie liebte. Der Johana würde seine Krone an seinen neuen Schwiegersohn weitergeben. Das Königreich von Gang würde wieder an der Spitze stehen. Und er, Zohon, würde endlich in das Gesicht seiner geliebten Sisi blicken können.

Wann würde sie sich an ihn wenden? Und wie würde sie den Bräutigam zurückweisen? Sie musste nur ein einziges Wort sagen, um in die Heirat einzuwilligen. Zohon, der sie für ein sanftes, schüchternes Geschöpf hielt, vermutete, dass sie wahrscheinlich einfach gar nichts sagen würde. Wenn sie schwieg, würde er einen Moment warten, damit sich alle Zuschauer ihres Schweigens bewusst würden, und dann zuschlagen.

Mumpo lag auf einer Bank in der Umkleidekabine der Manacs und Lars Janus Hackel massierte ihm persönlich die erschöpften Muskeln.

»Junge, Junge!«, seufzte Hackel. »Du bist mein wiedergeborenes Selbst! Du hast die Gabe, so wie ich sie früher hatte.«

Mumpo sagte nichts. Seine verbundenen Wunden pochten vor Schmerzen, doch er achtete nicht darauf. Er war zugleich beglückt und entsetzt und diese beiden Gefühle vermischten sich miteinander. Kestrel war zurückgekommen. Und er hatte einen Menschen getötet. Woher war Kestrel gekommen? Brauchte sie Hilfe? Warum hatte er seinen Gegner umgebracht? Wozu? Der riesige Mann war nicht sein Feind gewesen.

Zu dem Zeitpunkt, in der ritualisierten Welt des Manaxa, war es ihm notwendig, ja sogar unvermeidlich erschienen. Doch als er jetzt auf der Bank lag und spürte, wie das Blut in seinen Adern pulsierte, war ihm bewusst, dass ein anderer Mann in der Nähe auf einer anderen Bank lag und nicht wieder aufstehen würde. Kestrel war zurückgekommen und er hatte einem Leben ein Ende gesetzt. Warum?

»Woher wusstest du das bloß?«, wunderte sich Hackel. »Es gab nur eine einzige Methode, um diesen großen Kerl zu schlagen, und du hast sie gewählt. Ich hab dir das nie beigebracht.«

»Ich wollte ihn nicht so schwer verletzen.«

»Schwer genug. Der hat seinen letzten Kampf gekämpft.«

»Das tut mir Leid.«

»Als er die Arena betrat, war er bereit zu sterben, genau wie du. So ist das beim Manaxa.«

Mumpo setzte sich auf. »Ich muss zurück.«

»Willst die Hochzeit sehen, was? Kannst du ruhig.«

Ein paar Sklaven wuschen die Leiche des Kämpfers und

bereiteten sie für die Totenfeier vor. Eine Frau, vermutlich seine Ehefrau, kniete neben seinem Kopf und streichelte sein totes Gesicht.

»Ich werde nicht wieder kämpfen«, sagte Mumpo.

»Das sagt jeder Manac, wenn er zum ersten Mal jemanden getötet hat«, erwiderte der Ausbilder gelassen. »Aber sie kommen alle zurück. Wenn man es einmal gespürt hat, kann man nicht mehr ohne.«

Mumpo griff nach einem Trainingsmantel, zog ihn an und verzog dabei das Gesicht vor Schmerzen. »Ich muss zurück«, wiederholte er.

Irgendetwas stimmte nicht. Kestrel würde ihn brauchen.

Gefolgt von ihrem Dienstmädchen kehrte die Jodhila endlich in die Arena zurück und wurde an ihren Platz auf der Brautseite der sandbedeckten Bühne geführt. Marius Semeon Ortiz stand an seinem Platz auf der anderen Seite und wartete auf das Einsetzen der Musik. Er bemerkte, dass die Johdila zitterte. Soll sie ruhig zittern, dachte er. Sie geht mich nichts an. Sein Blick ruhte auf Kestrel.

Jetzt, da das Ablegen des Treueschwurs unmittelbar bevorstand, begann die Johdi zu weinen. Sie schluchzte geräuschvoll und Lunki, die sie hörte, begann ebenfalls zu weinen. »Oh mein Baby«, murmelte sie in sich hinein. »Oh mein armes Baby.«

Mumpo trat leise ein und stellte sich an den Tunneleingang, von wo aus er Kestrel sehen konnte. Kestrel, für den entscheidenden Moment gerüstet, beobachtete Sisi. Sisi schaute durch die Arena zu Bowman hinüber. Bowman blickte zum Meister hinauf.

Der Meister hob seine Geige an die Schulter, konzentrierte sich und führte den Bogen sanft über die Saiten. Die erste tiefe, süße Note klang durch die Arena. Die anderen Musiker antworteten und der Satz hatte begonnen. Beim achten Takt begann der Chor einstimmig zu singen. Von nun an bestimmte die Musik jeden einzelnen Schritt in der Zeremonie.

Ortiz machte einen Schritt nach vorn und blieb stehen. Leise geführt von Meeron Graff machte die Johdila ebenfalls einen Schritt und blieb dann ebenfalls stehen. Die Geige des Meisters führte die nächste Phrase an und die übrigen Musiker folgten. Draußen vor der Kuppelhalle trug jeder Chor und jedes Ensemble der Hohen Domäne zur selben Zeit dasselbe Thema vor – verbunden durch eine Kette von Hilfsdirigenten, die einander Zeichen gaben.

Ortiz setzte die Schritte, die er geübt hatte, als bewegte er sich in einem Traum, aus dem er bald erwachen würde. Seine langsamen Schritte, fünf an der Zahl, würden ihn zur Johdila führen, doch er war ganz bei Kestrel. Er hörte die Geige des Meisters und setzte den zweiten Schritt. Selbst in seinem traumähnlichen Zustand wusste er, dass er eine unerträgliche Wahl zu treffen hatte. Es war der Wunsch seines geliebten Meisters, dass er diese Prinzessin heiratete. Wie konnte er ihn nicht erfüllen? Doch als er die Frau mit den dunklen Augen anschaute, die den Tantaraza mit ihm getanzt hatte und die für ihn zum Leben selbst geworden war, dachte er: Wie kann ich jemand anderen als sie lieben?

Er machte den dritten Schritt.

Die Johdila spürte, wie Graff sanft an ihr zupfte, und machte ebenfalls den dritten Schritt, der sie näher an ihren zukünftigen Ehemann heranführte. Sie schaute jetzt auf, wie ihre Mutter es ihr beigebracht hatte. Vor sich erblickte sie ihren weiß gekleideten Bräutigam und dahinter Bowman, der blass und ernst aussah. Er hat mir gesagt, es wird Unruhen geben, dachte sie. Er hält mich für schwach und töricht und denkt, ich müsste beschützt werden. Dabei bin ich diejenige, die die Unruhen auslösen wird. Er wird es sehen und dann weiß er Bescheid. Ich bin nicht so nutzlos, wie alle glauben.

Dann spielte die Sologeige wieder und der Hofhalter zupfte an ihrem langen Schleier. Sie tat den vierten Schritt.

Zohon schaute fasziniert zu, wie Braut und Bräutigam in Zeitlupe über den blutbefleckten Sand aufeinander zuschritten. Mit jedem Schritt wurde die Musik ein bisschen lauter und drängte das verlobte Paar zu seinem Treueschwur. Nun konnte man auch die Musiker draußen vor der Halle deutlich hören, so dass die Menschen in der Arena doppelt von Musik umhüllt waren. Zohon suchte Blickkontakt zu seinen Hauptmännern, um sich zu vergewissern, dass alle bereit waren für sein Signal. Es würde bald so weit sein.

Berauscht von seiner eigenen Musik entlockte der Meister seiner Geige oben auf der Galerie die ersten Noten des fünften Laufs und sah Ortiz unter sich den fünften und letzten Schritt tun. Als die übrigen Musiker in der Halle und draußen in der Stadt das Motiv aufnahmen, erhaschte er einen plötzlichen Anflug von Gefahr. Er drehte sich abrupt um und sammelte all seine Aufmerksamkeit, um ihre Quelle ausfindig zu machen. Es war Ortiz. Der Junge wollte ihm den Gehorsam verweigern! Ohne mit dem Spielen aufzuhören, trat er dicht an das Geländer der Galerie und starrte auf den Bräutigam hinunter.

Ortiz spürte, wie der Meister von oben seine Gedanken ergriff. Er schaute hoch und wurde augenblicklich vom puren Willen des Meisters überschwemmt. Er spürte, wie ihm eiskalt wurde. Gleichzeitig brannte und kribbelte seine Haut, als würde er brennen. Dann verließen ihn Kälte und Hitze und er stellte fest, dass er innerlich ganz ruhig war. Eigentlich war es mehr als Ruhe, eher eine friedliche, unverwundbare Gelassenheit, wie die Stille unüberwindbarer Berge oder unerreichbarer Sterne. Jetzt war wieder alles ganz einfach. Er brauchte nur seinen Meister zu lieben und zu gehorchen.

Bowman, der nur ein Stück weit hinter ihm stand, spürte den plötzlichen Ausbruch der Macht des Meisters und verstand genau, was geschehen war. Zugleich begriff er, dass es allein dieser höchste Wille war, der das ganze Reich aufrechterhielt. Wenn man das Reich des Meisters zerstören wollte, musste man zuerst den Willen des Meisters brechen.

Die Musik brauste auf ihren Höhepunkt zu. Die Johdila machte den fünften Schritt. Ortiz stand nun nah genug vor seiner Braut, um die Hand ausstrecken und sie berühren zu können, und hatte keine eigenen Gedanken oder Wünsche mehr. Ganz entfernt, wie eine Erinnerung aus einer anderen Welt oder einer anderen Zeit, hatte er das Gefühl, jemanden verloren zu haben, doch er wusste kein Gesicht und keinen Namen dazu. Sein Meister spielte die Musik, die seine Schritte geleitete. Er brauchte nur zu lieben und zu gehorchen.

Plötzlich hörte die Musik auf, mitten in der Phrase, geradezu mitten im Akkord. Der Meister wünschte es so: Die wenigen, aber notwendigen Worte sollten in einem von der Musik geschaffenen Raum gesprochen werden, einem Raum voller dynamischer Spannung. Nach diesen erlösenden Worten würde die Komposition dann auf ihren absoluten Höhepunkt zustreben.

Ortiz kannte seinen Part. Er musste als Erster sprechen.

»Mit diesen fünf Schritten trete ich als dein Ehemann vor dich hin. Nimmst du mich an, als meine Ehefrau?«

Die Johdila schwieg. Dieses Schweigen und das Schweigen der Musik zogen sich mehrere qualvolle Sekunden lang hin. Zohon machte sich bereit zum Angriff.

»Sprecht das Wort, Strahlende«, murmelte Graff.

Niemand konnte das Gesicht der Johdila durch ihre beiden Schleier erkennen, doch sie hatte Tränen in den Augen, die nun überliefen und ihr über die vollkommenen Wangen rannen.

Ortiz begriff, dass diese Braut nichts sagen würde. Kestrel und Bowman schauten sich durch die Arena hinweg an.

Gleich ist es so weit …

Die Stille wurde unerträglich. Der Meister, der in wachsendem Zorn wartete, begriff plötzlich, dass es hier nicht um Nervosität oder Schüchternheit ging, sondern um eine Trotzhandlung. Sofort lenkte er seine ganze Kraft auf die Braut, um ihren Geist mit seinem Willen in Einklang zu bringen und so zu den großartigen krönenden Akkorden seines Meisterwerks fortzuschreiten …

»Nein!«

Die Johdila schrie das eine dramatische Wort. Danach herrschte einen Moment lang eine lähmende Stille.

»Los!«, schrie Kestrel. »Lauf, Sisi, lauf!«

Die Johdila drehte sich um und rannte von der Bühne.

Bestürzung breitete sich in der Halle aus.

Zohon schlug mit der Hand in die Luft. All seine Männer zogen die Schwerter.

»Im Namen des Königreichs von Gang«, brüllte er, »ergebt euch oder sterbt!«

Barzan sah, wie sich die Johjanische Garde bereitmachte, um die Ausgänge zu besetzen, und schrie verzweifelt: »Ihr Schwachköpfe! Was fällt euch ein?«

Der Meister nahm seine Geige herunter, schloss die Augen und goss seinen Willen über die gesamte Hohe Domäne aus. Die Botschaft enthielt keine Worte, aber alle hörten sie und gehorchten. Jeder diensttaugliche Mann in der Halle, von den Trompetern im Orchester bis zu den jungen Adligen in Ortiz' Gefolge, verwandelte sich in einen Kämpfer. Die Frage, die Zohon solches Kopfzerbrechen bereitet hatte – »Wo ist die Armee dieses Reiches?« –, war nun beantwortet. Das Volk des Meisters war seine Armee. Unter Gewändern und Uniformen kamen Waffen hervor. Innerhalb weniger Minuten tobte in der großen Kuppelhalle eine blutige Schlacht.

Zohon war erschüttert. Aber sicher waren seine Männer besser trainiert als dieser Stadtpöbel. Man musste nur die Nerven behalten.

»Schlagt sie nieder! Kang! Kang! Kang! Der Hammer von Gang!«, brüllte er und kämpfte sich zu dem erschrockenen Johana und seiner Frau durch.

»Sie Narr!«, rief Barzan unter Tränen. »Sie aufgeblasener Dummkopf!«

»Wo ist die Johdila?«, wollte Zohon wissen.

Bowman und Kestrel waren zur selben Zeit auf die Türen zugelaufen. Sie wollten jetzt nur aus der Halle entkommen, in der die Schlacht tobte, und ihre Eltern finden. Mumpo sprang auf und folgte ihnen ungeachtet der Gefahr. Als ihm ein johjanischer Soldat den Weg versperrte und drohend sein Schwert schwang, schlug Mumpo mit der bloßen Faust zu, brach dem Soldat das Genick und rannte weiter.

Erfüllt vom Willen seines Meisters übernahm Ortiz das Kommando über das riesige Getümmel von Kämpfern.

»Reihen schließen! Schlagt fest zu! Für den Meister! Kämpft und sterbt!«

Bowman und Kestrel wühlten sich durch die offenen Türen auf die Straße. Draußen sahen sie zu ihrem Erstaunen Kolonnen von bewaffneten Männern anrücken, die durch den Willen des Meisters herbeigerufen worden waren. Sie kamen von allen Seiten in scheinbar unbegrenzter Zahl. Einem solchen Ansturm würde die Johjanische Garde nie widerstehen können. Bowman betrachtete verwundert die vielen Menschen, sah den zielstrebigen Blick in ihren Augen und begriff, was er tun musste.

»Ich muss zurück.«

»Nein!«, schrie Kestrel. »Das ist unsere einzige Chance!«

»Verlass die Stadt! Ich komme so schnell wie möglich nach.«

»Nein! Ich komme mit!«

»Bitte, Kess!« Er wandte sich grimmig gegen sie, weil er wusste, dass er nur wenig Zeit hatte. »Du wirst mich schwächen. Verlass die Stadt. All das hier wird zerstört werden!«

Kestrel starrte ihren Bruder entsetzt an. Noch nie hatte er sich einer Gefahr ohne sie stellen wollen. »Wieso schwäche ich dich?«

Mumpo kam zu ihnen gelaufen. »Kess!«

»Mumpo! Dir geht's gut! Bo...«

Doch er war schon weg.

»Hab keine Angst, Kess. Ich bin ein guter Kämpfer. Ich werde aufpassen, dass dir niemand wehtut.«

»Ich weiß, Mumpo. Ich hab es gesehen.«

Sie drehte sich um und schaute die Straße entlang auf die vorrückenden Ströme bewaffneter Männer und beschloss das zu tun, was ihr Bruder wollte. »Gehen wir und suchen Ma und Pa.«

Bowman kehrte in die Kuppelhalle zurück, wo inzwischen erbittert gekämpft wurde. Ein johjanischer Soldat, der wild nach allem und jedem schlug, ging auf ihn los. In instinktiver Selbstverteidigung richtete Bowman seinen glühenden Blick auf ihn und traf ihn mit einem einzigen gezielten Schlag ohne die Hand zu heben. Der Soldat fiel um wie ein Stein.

Bowman schaute zur hohen Galerie hinauf, wo der Meister noch immer mit geschlossenen Augen stand und seinen unendlichen Willen ausschüttete. Er sah, wie das Volk des Meisters mit all seiner Kraft und ohne Rücksicht auf die eigene Sicherheit kämpfte. Es konnte niemals besiegt werden, solange die Macht dieses einen Mannes nicht gebrochen war.

Und das ist mein Auftrag.

Er konzentrierte sich auf die Gestalt des Meisters und sandte mit den Gedanken einen Stoßstrahl in seine Richtung. Aus dieser Entfernung war er nicht ganz so stark, dennoch traf er den Meister mit solcher Wucht, dass der zusammenzuckte und seine Geige fallen ließ. Sie fiel von der hohen Galerie hinunter und zerkrachte auf dem Steinboden darunter. Zornig suchte der Meister nach dem Angreifer und entdeckte Bowman. Sofort schickte er eine heftige Energiewelle zu ihm hinüber, doch Bowman war gut vorbereitet. Zum Erstaunen des Meisters hielt er stand, wehrte den Angriff ab und lenkte den Energiestrahl um, so dass er ungefährlich im Boden versickerte.

Genauso plötzlich, wie er angegriffen hatte, zog sich der Meister zurück. Nun war Bowman überrascht. So einfach konnte es doch nicht gewesen sein? Doch der Meister hatte sich umgedreht und schritt mit wehenden karmesinroten Gewändern davon.

Bowman schaute sich nach einem Weg hoch auf die Galerie um. Eine schmale offene Treppe führte auf der anderen Seite an der Wand hinauf. Er ging in gerader Linie über den Steinboden auf sie zu und benutzte seine wachsende Kraft, um kämpfende Männer aus dem Weg zu schlagen. Ein paar johjanische Soldaten befanden sich bereits auf der Treppe. Bowman zupfte sie ab wie Insekten und ließ sie auf den Boden darunter fallen. Dann eilte er die Steinstufen zur Galerie hinauf. Sie war leer. Ein langer Gang führte zu einer weiteren Treppe. Am Fuß dieser Treppe fand er den Geigenbogen des Meisters. Er nahm immer drei Stufen auf einmal und gelangte zu einem kleinen Treppenabsatz. Hier lagen der goldene Helm des Meisters und sein karmesinroter Umhang. Vor sich entdeckte er eine Tür mit einer Eisenklinke.

Bowman legte die Hand auf die Klinke und wusste in diesem Moment, dass er den Meister hinter der Tür finden würde. Er konnte ihn spüren. Die Tür würde nicht verschlossen sein. Er würde hineingehen. Und dann würde die eigentliche Schlacht beginnen.

21
Das Gedankenduell

Der Raum hinter der Tür war blendend hell. Bowman begriff, dass er sich ganz oben in der höchsten Kuppel befinden musste. Über einer riesigen, alles umgebenden Glocke aus klarem Glas zogen Wolken über einen grauen Himmel. Vor sich erblickte er einen schlichten Holzfußboden, auf dem ein schmales Eisenbett, ein Tisch und ein Stuhl standen. Die schmucklosen, einfachen Möbel verliehen dem Zimmer – wenn man es überhaupt Zimmer nennen konnte, da es weder Wände noch eine Decke gab – das Aussehen einer Gefängniszelle. Auf dem Stuhl saß ein gebeugter alter Mann mit dem Rücken zu ihm. Er trug ein Gewand aus rauer, ungefärbter Wolle. Seine Füße waren nackt.

Bowman blieb verwirrt stehen und starrte ihn an. Die Tür schwang von allein hinter ihm zu. Als sie zuschnappte, drehte der alte Mann den Kopf.

Dieselbe weiße Mähne, derselbe energische Mund, dieselben geröteten Wangen. Nur die Augen wirkten anders: in sich gekehrt und nicht mehr mächtig. Der Meister schaute Bowman seltsam distanziert an, wie aus Interesse, was er wohl tun würde, aber zugleich so, als wäre er selbst nicht davon betroffen.

»Sie sind ein Sänger?«

»Natürlich«, sagte der Meister. Seine Stimme war leise, fast nur ein Flüstern. »Oder besser: Ich war einer.«

»Warum sind Sie dann ein…?«

»Herrscher? Irgendjemand muss es ja sein. Wir können nicht alle nur Lieder singen.«

Bowman war gekommen, um zu kämpfen, und wenn es sein musste, auch zu töten. Aber jetzt traf er auf keinen Widerstand, keine Macht. Er wusste nicht mehr, was er tun sollte.

»Das hier verstehen sie nicht auf Sirena.« Der Meister wies mit einer Hand auf die Stadt hinter dem Glas. »Natürlich hat Sirena dich geschickt.«

»Ja.«

»Ich wusste, dass das eines Tages passieren würde.« Er musterte Bowman eingehend. »Bist du stark genug?«

»Ich weiß nicht.«

»Wenn es nötig ist«, sagte der Meister, »kannst du jederzeit um Hilfe bitten. Einer von vielen, ein Teil von allen.«

Bowman schauderte. Wie konnte der Meister so viel wissen? Um Hilfe bitten – davon hatte der Einsiedler gesprochen.

Der Meister lächelte ihn an. »Was genau haben sie dir aufgetragen?«

»Zu vernichten und zu herrschen.«

»Ach ja. Zuerst vernichtest du. Dann herrschst du. Wie wenig sich doch verändert! Dann bist du also genau wie ich.«

Bowman hatte Mühe, seinen Sinn dafür zu behalten, was richtig und was falsch war. »Nein«, entgegnete er. »Ich werde die Menschen befreien.«

»Befreien?« Der Meister kicherte bei dem Gedanken. »Wie kommst du darauf, dass sie frei sein wollen? Glaubst du, dass ich ihren Gehorsam erzwinge?«

»Sie sind der Meister. Deshalb gehorchen sie Ihnen.«

»Ich bin das, wozu sie mich gemacht haben.«

Das Lächeln verschwand. Als hätte er einen Vorhang beiseite geschoben, erlaubte der alte Mann Bowman tiefer in ihn einzudringen. Dort fühlte er wieder die reine Macht dieses Menschen, der keinerlei persönliche Ängste und Wünsche hatte.

»Begreifst du es jetzt?«, fragte der Meister leise. »Du bist nicht gekommen, um sie zu befreien, sondern mich.«

Bowman schwieg. Er spürte, wie der Meister seine Kräfte sammelte. Er wollte bereit sein, wenn er zuschlug.

»Und wenn ich weg bin, wirst du meinen Platz einnehmen.«

»Niemals!«

»Armer Marius. Er dachte, er würde es sein. Aber er ist nicht wie ich.«

»Ich bin nicht wie Sie. Ich will nicht das, was Sie wollen.«

Warum gibst du es nicht zu? Glaubst du, ich weiß es nicht?

Der Gedanke schnitt Bowman wie ein Messer in die Seele. Gerade noch rechtzeitig riss er sich zusammen und wappnete sich gegen den Angriff. Der Meister hatte den Blick auf ihn geheftet und seine Gedanken ragten hoch über ihm auf …

Vernichte mich, wenn du kannst! Wenn du es nicht kannst, werde ich dich vernichten!

Bowman taumelte unter dem mit Wucht einschlagenden Willen des Meisters. Aus diesem riesigen Körper strömte ein Strahl der Macht, der seine Gedanken durcheinander brachte und wegsaugte.

Mal sehen, wie stark du bist.

Verzweifelt versuchte Bowman wieder Herr seines eigenen Willens zu werden und merkte mit wachsender Panik, dass es ihm nicht gelang. Er hatte das Gefühl, schwerer zu werden, und seine Muskeln wurden schwächer. Er merkte, wie seine Knie nachgaben.

Komm schon, das ist doch kein richtiger Kampf.

Bowman sank auf die Knie. Seine Lippen begannen Wörter zu formen, Wörter der Unterwerfung und des Gehorsams. Tief in seinem Innern verspürte er das Bedürfnis zu dienen, zu gefallen, geliebt zu werden. Doch noch während er den Kopf neigte, wusste er plötzlich, was er zu tun hatte. Er durfte nicht widerstehen. Einem so überwältigenden Willen konnte man nicht widerstehen. Nicht widerstehen, sondern loslassen. Er musste dieser großen Leere mit seiner eigenen Leere begegnen. Er musste das Nichts mit nichts bekämpfen.

Mit einer letzten verzweifelten Anstrengung riss er die Türen in seinem Kopf auf und ließ alle Gedanken hinaus, so wie er es immer machte, wenn er auf seine Schwester lauschte. Sofort ließ seine Verwirrung nach und er spürte, wie der Wille des Meisters den Halt verlor. Bowman war zu schlüpfrig geworden.

Er hob den Kopf und schaute dem Meister in die Augen.

Schon besser, sagte der Meister. *Jetzt wollen wir mal sehen.*

Bowman hielt dem Blick des Meisters stand und drang in seine Gedanken ein, nicht um ihn zu verletzen oder zu beherrschen, sondern nur, um sie zu erforschen. Er stieß auf Stille, und hinter der Stille auf Macht, und hinter der Macht auf Wut, und hinter der Wut auf Schmerz. Je länger er in ihnen blieb und je weiter er eindrang, umso schwächer wurde der Meister.

Vergesst mich, sagte der Meister, *aber vergesst nicht, was ich geschaffen habe.*

Er sah den alten Mann zittern. »Ihnen ist ja kalt.«

»Natürlich. Mir wird kälter und dir wird wärmer.«

Mitleid überkam Bowman. Sofort schlug der Meister zu und erschütterte seine Gedanken mit einem Ausbruch nackter Gewalt. Bowman schwankte, schloss die Augen und griff sich an die Schläfen.

Doch nicht so einfach, Junge. Pass gut auf, sonst werde ich dich besiegen.

Wieder holte Bowman tief Luft und verdrängte alle Gedanken aus dem Kopf. Dann hob er den Blick und kehrte zu dem stummen Duell zurück. Zurück hinter die Stille und Macht, hinter die Wut und den Schmerz zu einem längst begrabenen Traum von Ruhm …

Spürst du es, Junge? Das ist deine Zukunft. Zuerst vernichtest du, dann herrschst du. Aber du schaffst es nicht allein.

Draußen in der Stadt erreichte der Kampf zwischen den Bewohnern des Reiches und der Johjanischen Garde seinen Höhepunkt. Zohon sah jetzt ein, dass es ein Fehler gewesen war, seine komplette Streitmacht in die große Halle zu bringen. Als immer mehr bewaffnete Männer von draußen hereinströmten, musste er feststellen, dass er und seine Soldaten umzingelt waren und es mit einer Übermacht zu tun hatten. So blieb ihm nichts anderes übrig als seine Leute in einer Verteidigungsformation aufzustellen und ums nackte Überleben zu kämpfen.

Ortiz merkte, dass die Schlacht fast gewonnen war. Der Meister stand nicht mehr an seinem Platz oben auf der Galerie. Anscheinend hatte er sich in seine Privatgemächer zurückgezogen. Während Ortiz den Blick über die Kampfszene schweifen ließ, bemerkte er eine schmale Gestalt, die in die Halle schlüpfte und sich durch die kämpfenden Männer hindurch einen Weg zur anderen Seite bahnte. Es war die junge Frau mit den dunklen Augen. Schlagartig kehrte all seine Liebe zu ihr zurück. Aber wo ging das Mädchen hin?

Kestrel hatte bereits die Tore der Hohen Domäne erreicht, als sie Bowmans Schmerz gespürt hatte. Sie hatte sofort kehrtgemacht und zu Mumpo gesagt: »Geh du weiter und such die anderen. Ich kann ihn nicht allein lassen.« Dann war sie mit einer schrecklichen Vorahnung die Straße wieder zurückgelaufen. Bowman war in Schwierigkeiten und sie musste ihn finden.

Ungeachtet der Gefahr um sie herum rannte sie jetzt die Steintreppe hinauf und folgte jenem Sinn, der weder Hören noch Riechen war, durch den sie aber ihren Zwillingsbruder spüren konnte. Sie wusste, dass er jetzt nicht mehr weit weg sein konnte und dass er litt.

Nur wenige große Schritte hinter ihr folgte Ortiz, der ebenfalls rannte.

Bowman stand mit geschlossenen Augen in der Zelle des Meisters und war tief in das Gedankenduell versunken. Sein Gesicht fühlte sich kalt an, sehr kalt. Sein Körper wurde allmählich taub. Er hatte jedes Zeitgefühl verloren.

War er erst Sekunden oder schon Jahrhunderte hier? Er wusste es nicht mehr. Der Meister stand still und ausdruckslos vor ihm und kämpfte lautlos mit seinem jüngeren Gegner. Jeder war in die Gedanken des anderen eingedrungen und versuchte sie langsam, aber mit immer größerer Kraft zu erdrücken. Bowman hatte das Gefühl, als hätte er eine unsichtbare Hand ausgestreckt und mit gespreizten Fingern auf das Gesicht des Mannes gepresst, um ihn zu zerquetschen und zu ersticken. Gleichzeitig drückte die Hand des Mannes auf sein eigenes Gesicht und er konnte kaum atmen. Es war so schwer, so langsam…

Von irgendwo ganz weit her kam ein Klappern. Eine Gestalt betrat den Raum, die zu schweben schien, so langsam bewegte sie sich. Mit ihr kam ein vertrautes, warmes und starkes Gefühl, das ihn aus dem Duell herauszog.

Kess!

Sofort nutzte der Meister die unterbrochene Konzentration und ließ seinen Willen in ihn hineinschwemmen wie einen Fluss, der Hochwasser führt. Bowman sank ganz langsam, erstickend, ertrinkend zu Boden. Die Luft um ihn herum war von einem dumpfen Brummen erfüllt, wie von einem Schwarm schläfriger Fliegen.

Bo! Benutz mich!

Kestrel sandte ihm ihren ganzen glühenden jungen Willen, um gegen die dunkle Flut anzukämpfen. Bowman wachte auf, erholte sich ein wenig und hangelte sich mit Hilfe von Kestrels Willen verbissen zurück.

Ah!, machte der Meister, der die Veränderung bemerkte. *Zwei zu einem verschmolzen.*

Mit geballter Energie kehrte Bowman in die Gedanken

des Meisters zurück und das Duell ging weiter. Er nahm alle Kraft zusammen und drang tiefer und weiter ein als zuvor, doch egal wie tief er auch drang, es kam immer noch mehr.

Zwei sind besser als einer, spottete der Meister, *aber ihr werdet mehr brauchen. Bitte um Hilfe und sie wird kommen.*

Niemals!

Sag das nicht, Junge. Selbst du kannst vielleicht Hilfe gebrauchen.

Er drehte die unsichtbare Hand auf Bowmans Kopf so heftig, dass dieser vor Schmerz nach Luft schnappte. Doch Bowman ließ nicht los. Sie waren jetzt so tief in das Innere des anderen eingedrungen, dass sie denselben Herzschlag hatten, und Bowman stellte entsetzt fest, dass er mit den Augen des Meisters sehen konnte. Das Duell sauste blitzschnell voran, doch außerhalb der beiden bewegte sich alles so langsam, dass es sich fast gar nicht zu bewegen schien.

So nahm Bowman mit dieser verlangsamten doppelten Sehkraft wahr, wie Ortiz den Raum betrat: zuerst mit seinen eigenen Augen, dann mit denen des Meisters. Er sah, wie sich Ortiz umdrehte und die Arme ausstreckte, um Kestrel zu umschlingen und festzuhalten. Dann hörte er ein tiefes Brummen, das Ortiz' Stimme war.

»Mmmmeeeiiisteeeeeerrr…«

Ortiz bat um Anordnungen. Bevor seine Bitte in laut ausgesprochene Wörter umgewandelt werden konnte, antwortete der Meister schon.

»Töte sie! Töte sie! Töte sie! Töte sie!…«

Er sprach diese Worte nur einmal – das Echo kam aus Bowman selbst, weil er mit den Ohren des Meisters und seinen eigenen hörte, immer wieder von vorn in einer endlosen Geräuschspirale.

Nein!

Mit den Augen des Meisters sah er, wie sich Ortiz' Gesicht vor Schmerz verzog. Mit seinen eigenen Sinnen spürte er, wie Ortiz mit sich rang, weil sein Gehorsam und seine Liebe unvereinbar waren. Natürlich! Jetzt erinnerte sich Bowman, dunkel, es war so lange her. Er liebt meine Schwester. Er wird sie nicht töten.

Doch Ortiz' rechte Hand tastete sich bereits in Zeitlupe nach unten und griff nach seinem Schwertknauf und sein linker Arm presste Kestrel fest an seine Brust.

»Ich gehorche, ich gehorche, ich gehorche, ich gehorche…«

Die undeutlichen Wörter hallten Bowman in den Ohren wider, als er spürte, dass die Macht des Meisters auch Ortiz in der Gewalt hatte, so still und unergründlich und gnadenlos. Schwach und wie aus weiter Ferne hörte er Ortiz schluchzen und sah die Tränen langsam über sein Gesicht laufen und Bowman wusste, dass er wegen Kestrel weinte, die er liebte und töten musste. Heraus glitt das blanke Schwert, immer länger im schräg einfallenden Tageslicht, bis es schließlich aufblitzte und in ganzer Länge herausgezogen war. Bowman sah es erst von einer Seite, dann von der anderen Seite blitzen, sah, wie sich die scharfe Klinge drehte und ganz langsam, oh, so langsam durch die Luft schwebte und sich auf die Brust seiner Schwester zubewegte.

Wütend, wild und verzweifelt hämmerte Bowman mit seinem eigenen Willen gegen die unerbittliche Macht des Meisters an. Der alte Mann saß ganz still da, die Augen geöffnet, mit einem schwachen Lächeln im Gesicht. Doch hinter diesem verschleierten Starren lag die Kraft versteckt, die er nicht bezwingen konnte. Nicht allein. Nicht mit Kestrel. Nicht ohne Hilfe.

Töte sie, töte sie, töte sie, töte sie …

Und die blitzende Klinge schwebte weiter, geführt von der gehorsamen, gequälten Hand von Marius Semeon Ortiz, der ein Sklave des Willens seines Meisters war. Kestrels Augen schauten sich um, suchten nach Bowman, klaglos und voller Mitleid, nicht für sich selbst, sondern für ihn, ihren Bruder, den sie mehr liebte als sich selbst …

Ich hab dich lieb, Bo …

Jetzt war es gleich so weit und er wusste, dass er die Macht des Meisters nicht brechen konnte, nicht allein, nicht ohne Hilfe. Was für eine Wahl hatte er? *Schnell, jetzt, schnell!* Hatte er sich ihr nicht schon einmal hingegeben? Welche Unschuld hatte er denn zu beschützen? *Jetzt, jetzt!* Würde er nicht für seine geliebte Schwester sterben, seine zweite Hälfte? Warum sollte er dann nicht die einzige Quelle um Hilfe bitten, die mächtiger war als dieser alte Mann, dieser Born der Wunschlosigkeit, dieser Meister? *Soll sie für meine Reinheit sterben?*

»Hilf mir!«, schrie er laut. Seine Stimme klang dünn und seltsam. »Ich schaff es nicht allein!«

Er sah, wie sich das Gesicht des Meisters zu einem siegesgewissen Lächeln verzog, noch während er spürte, wie die Macht in ihn hineinströmte.

Einer von vielen, ein Teil von allen.

Er atmete lang und tief ein. Er wuchs. Er schwoll an. Er brannte. Das Schwert bewegte sich noch immer unfehlbar auf sein Ziel zu, doch jetzt überholte Bowman es in seinem

Flug, überholte die Zeit selbst, als der strahlende, reine Geist des Morah in ihm erwachte.

Wir sind Legion. Wir sind alle.

Kestrel sah in seinen Augen die vielen Augen, Hunderte von Augen, die Besitz von ihm ergriffen hatten, und sie wusste, was er für sie getan hatte. Doch sie konnte ihn jetzt nicht mehr aufhalten.

Keine Angst mehr! Sollen die anderen jetzt Angst haben!

Als die Macht immer stärker wurde, richtete er sie gegen den Meister, stürzte sich auf ihn, erdrückte ihn, zerquetschte ihn. Er hörte das alte Lied im Kopf, marschierte in einem Takt, ohne dass sich sein Körper bewegte, und spürte, wie die blutrünstige Freude in ihm heranwuchs.

Töten, töten, töten, töten, töten, töten, töten!

Die Macht des alten Mannes schwand vor ihm, denn sie konnte vor der Legion des Morah nicht bestehen. *Töten!,* sagte Bowman und presste und drückte. *Töten!,* rief er und zwängte das Leben aus seinem Feind heraus ohne auch nur einen Finger zu rühren. *Töten!,* rief er, als er merkte, dass der alte Mann starb, und er lachte und frohlockte und ließ ihn nicht los.

Ortiz spürte, wie ihn die Macht des Meisters verließ, und so kam das Schwert mitten in der Bewegung zum Stillstand, nur wenige Zentimeter von Kestrels Brust entfernt. Von Schmerz gequält hielt er sie weiterhin fest, beugte seinen Kopf mit dem hellbraunen Haar über ihre Schulter und schluchzte.

So fand Mumpo ihn, als er ins Zimmer stürmte. So sah Mumpo ihn, von hinten, das Schwert scheinbar bereit zuzustechen. Ohne weiter nachzudenken sprang er nach vorn und schlug Ortiz, so fest er konnte, mit der Faust in den Nacken. Ortiz starb auf der Stelle, in Kestrels Armen, die Tränen noch feucht auf den Wangen. Mumpo packte ihn in seinem Zorn, riss ihn von Kestrel weg und schleuderte ihn zur Seite.

»Hat er dich verletzt?«

»Nein«, antwortete Kestrel, die nicht zu zittern aufhören konnte. »Ich bin nicht verletzt.«

Sie schaute auf Ortiz hinunter, der unverletzt und schön aussah im Tod. Sie hatte ihre Rache bekommen. Doch nichts war so, wie sie gedacht hatte. Sie empfand keinerlei Freude.

Der Blick des Meistes ruhte noch immer auf Bowman. Das Licht seines Lebens verlosch nun schnell. Er kämpfte nicht mehr. Der große Wille, der eine ganze Nation geschaffen und erhalten hatte, war gebrochen.

»Endlich frei«, murmelte er und dann erlosch das Licht.

Kestrel spürte, wie ein Schauer der Trennung ihren Bruder durchlief, als kehrte er von einem dunklen, tiefen Ort ins Licht zurück. Als er sich schließlich umdrehte und sie anschaute, konnte sie eine solche Qual in seinen Augen erkennen, dass sie laut aufschrie, zu ihm lief und ihn in die Arme nahm. Er ließ sie seinen glühenden Körper umarmen und seine erhitzten Wangen küssen. Langsam hob er einen Arm, um sie festzuhalten. Langsam erkannten sie seine Augen wieder.

Ich konnte dich nicht sterben lassen, Kess. Ich kann nicht ohne dich leben.

Kestrel blickte ihn dankbar an und küsste ihn. Doch sie wusste, sie hatten nur wenig Zeit.

»Hilf mir, Mumpo. Wir müssen ihn von hier wegbringen.«

22
Der Zorn der Sklaven

Die Niederlage des Meisters änderte alles. Die bewaffneten Männer, die in der Halle und auf dem Platz davor kämpften und auf Zohons Johjanische Garde eindrängten, ließen die Arme mit den Schwertern sinken und blieben verwirrt stehen, als wüssten sie nicht, was sie hier machten. Sie schauten sich an und erkannten sich nicht, sie hatten das Gefühl, mit Fremden zusammen zu kämpfen. Die johjanischen Soldaten verstanden das nicht – klar war nur, dass sich das Blatt gewendet hatte. Zohon trieb seine Männer zu erneuten Vorstößen an und schrie: »Kang! Kang! Kang! Der Hammer von Gang!«

Zu seinem Erstaunen schafften seine umzingelten Männer schließlich den Durchbruch. Der Feind verlor an Boden. Der Feind gab sich – aus unerklärlichen Gründen, aber allzu offensichtlich – geschlagen.

Als Kestrel, Bowman und Mumpo die Steintreppe herunterkamen, bot sich ihnen ein Anblick grausamer Rache. Die Johjanische Garde rückte nun auf allen Seiten vor und mordete gnadenlos. Mumpo beschützte Bowman und Kestrel, indem er mit brutalem Geschick bewaffnete Männer aus dem Weg räumte, während sie die große Kuppelhalle durchquerten.

Ein kräftiger Mann mit erhobenem Schwert, der sich

eben noch ganz nach dem Willen des Meisters immer weiter vorgekämpft hatte, wandte sich plötzlich vor ihnen nach rechts und schleuderte sein Schwert auf den gemeißelten Stein eines Pfeilers. *Tock!*, machte die Klinge, als sie gegen die feine Steinarbeit prallte. Er brüllte laut los. *Tock! Tock!* Er brüllte immer lauter, während er auf den Pfeiler einschlug und die Ornamente darauf in tausend Stücke zersprangen. Draußen auf der Straße gab es lautes Getöse. Eine Gruppe von Leuten hatte einen Blumenstand umgekippt und trampelte auf den Blumen herum. Überall waren Schreie und Hohngelächter zu hören. *Krach!* Ein Fenster zersprang. Urplötzlich, als wäre dieses Geräusch das Startkommando gewesen, zertrümmerten die Umstehenden alle Fenster, schwangen ihre Schwerter gegen die Scheiben, warfen Steine hinein und traten sie sogar mit den Stiefeln ein. *Krach! Krach! Krach!* kam es von allen Seiten. Eine große Gruppe stürmte einen Weinladen und kam mit den Armen voller Flaschen wieder heraus. *Krach! Krach! Krach!*, machte es, als sie die Flaschen gegen Wände schleuderten und dabei brüllten und kreischten vor Lachen.

In der Halle stand ein großer Mann auf dem Springbrunnen und schwang mit beiden Händen eine Axt. Mit dem ersten Schlag zerschmetterte er die Marmorvögel. Mit dem zweiten und dritten Schlag zerbrach er die Stangen des Marmorkäfigs. Das Wasser sprudelte weiter wie zuvor, nur kam es aus keinem Käfig mehr heraus und keine Vögel flogen auf der ansteigenden Welle. Feinste Marmorstücke lagen auf dem Boden verstreut, vermischt mit Glasscherben und Blut.

Zuerst vernichtest du …

Und was für eine Vernichtung! Die Sklaven waren endlich frei und sie nutzten ihre Freiheit, um zu zertrümmern und zu zerreißen, zu verletzen und zu töten. Sie verfolgten dabei kein Ziel und zogen keinen Nutzen daraus – es ging ihnen allein darum, die eigene Macht zu spüren, die ihnen so lange vorenthalten worden war. Musiker trampelten auf ihren Instrumenten herum, Molkereiarbeiter tanzten wild in der frischen Butter, Pferde gingen durch und Kinder pinkelten auf die Straßen. Äste wurden von den Bäumen auf den öffentlichen Plätzen abgeschlagen. Aus den vergoldeten Kutschen der Hochzeitsgesellschaft wurde Kleinholz gemacht. Einige Männer brachen in ihrem Wahn sogar in die Bibliothek der Akademie ein und begannen Bücher aus den Fenstern zu werfen. Ihre Seiten flatterten auseinander wie die Flügel verwundeter Vögel, als sie hinunter auf die verwüstete Straße fielen. Überall war Geschrei zu hören, im Überschwang purer Zerstörungslust, aber auch, weil sich manche im wilden Getümmel verletzten. Und jetzt wurden auch noch Feuer gelegt.

Die Wachen bei den Affenkäfigen hatten den Morgen damit verbracht, sich die absurden Kunststücke eines wilden grauen Katers anzuschauen. Er war immer wieder mühsam auf das Dach eines Wagens geklettert und hatte sich dann auf äußerst drollige Weise hinuntergestürzt. Sie hatten versucht ihn zu streicheln und zu füttern, doch er hatte sie nicht beachtet. Jetzt stand er wieder oben auf dem Wagen und bereitete sich auf einen weiteren Sprung in die Luft vor.

Dann fing das Schreien und Krachen in der Hohen Domäne an. Die Wächter blickten hinüber und versuchten herauszufinden, was dort los war. Auch der Kater schaute über den See. Die Gefangenen in den Käfigen bekamen Angst und hielten sich an den Händen. Als das Getöse immer lauter wurde, begannen die Wachen nervös zu werden. Sie schauten von den Sklaven in den Käfigen zur Stadt auf dem See hinüber und wieder zurück. Offenbar hatten sie das Gefühl, etwas unternehmen zu müssen, waren aber völlig unsicher, was. Pinto Hath, die sie aufmerksam vom Käfig aus beobachtete, verhielt sich ruhig und hielt die Hand ihrer Nachbarin fest umfasst, um sich Mut zu machen.

Auf einmal war ihr Vater da. Er war den Hügel hinuntergerannt und wandte sich nun an die Wachen.

»Hört mal! Begreift ihr denn nichts? Es ist vorbei! Alles ist jetzt anders! Ihr könnt sie freilassen!«

Der Wächter schaute ihn erschrocken an. Er stammte aus Loom und sein Gehirn arbeitete nur langsam.

»Freilassen?«, fragte er.

»Den Schlüssel rausholen, den Käfig aufschließen und sie freilassen«, erklärte Hanno mit eindringlicher, klarer Stimme.

»Freilassen?«, fragte der Wächter noch einmal.

Eine beißende Rauchwolke wurde durch den Wind über den See zu ihnen herübergetragen. Einer der Sklaven in Pintos Wagen sah den Rauch und rief: »Seht nur! Feuer!«

»Nein!«, schrie Hanno. »Sagt es nicht!«

Doch es war zu spät. Schon drehte sich der begriffsstutzige Wächter zu seinem Kameraden um und sagte: »Feuer! Feuer!«

Sie sogen mit ihren breiten Nasenlöchern den Geruch des Rauches ein, und als sie die fernen Schreie hörten, begannen sie selbst kleine Schreie auszustoßen. Die allgemeine Verwirrung schien sie durcheinander gebracht zu haben.

»Feuer!«, brüllten sie und hüpften auf und ab wie spielende Kinder. »Feuer!« Sie fingen an zu lachen. Einer von ihnen ging zum Feuer und zog einen brennenden Stock heraus. Dann hielt er ihn hoch, damit der andere ihn sehen konnte. »Feuer!«

»Feuer!«, stimmte der ihm zu und nickte eifrig.

Hanno stürzte sich auf den Wächter, als der auf einen der Affenkäfige zuging. Doch der Wächter blieb nicht einmal stehen. Er versetzte Hanno nur mit seiner freien Hand einen heftigen Schlag, so dass der keuchend und atemlos zu Boden fiel. Der Wächter schob den brennenden Stock in das trockene Anzündholz unter Pintos Wagen. Pinto und die anderen versuchten ihre Finger durch das Gitter zu stecken und den Stock wegzustoßen, doch die Zwischenräume waren zu klein. Schon fing das Holz Feuer. Der graue Kater spürte es und sprang vom Käfig auf die Erde.

Die Wächter schauten freudig und aufgeregt zu. Sie hüpften von einem Fuß auf den anderen, um Menschen nachzuäffen, die bei lebendigem Leib im Käfig verbrannt wurden. Offenbar fanden sie das unglaublich lustig. Die Gefangenen im Käfig drängten sich so weit wie möglich von den Flammen weg. Dort in der Ecke stellte sich Pinto ganz ruhig hin, heftete den Blick auf ihren Vater und gab keinen Ton von sich.

Der Fahrweg war voller Menschen, die aus der brennenden Stadt flohen. Mumpo brauchte eine Weile, um sich und seinen Gefährten einen Weg zu bahnen. Die Plünderungen verschärften das Gedränge noch. Die Leute schleppten bündelweise Silbergeschirr, elegante Kleider und Bettzeug mit sich aus der Stadt, einer hatte sogar ein ganzes Eisenbett dabei. Wenn irgendetwas den Weg voran blockierte, kletterten die von hinten drängenden Leute über die stehen gebliebenen hinweg und die Unglücklichen darunter wurden zu Tode getrampelt. Viele liefen auf dem niedrigen Holzgeländer des Fahrweges entlang, doch die Balken waren nicht für solche Lasten gebaut und brachen an mehreren Stellen ein. So stürzten immer wieder Leute in den See. Diejenigen unter ihnen, die nicht schwimmen konnten, kreischten und zappelten, ohne dass jemand sie beachtete, und irgendwann waren ihre Schreie verstummt.

Seine Kuhherde vor sich hertreibend näherte sich Creoth in seinem Pferdewagen den Affenkäfigen. Hanno Hath hatte ihn hergerufen und nun kam er, um ihn auf der bevorstehenden Flucht zu begleiten. Er brachte nicht nur seine Kühe und seinen Wagen mit, sondern auch die Tageslieferung Milch, vier große Kannen. Das erste Anzeichen der Schlacht, das er mitbekam, war das aufgeregte Muhen seiner Kühe. Dann sah er Feuer in der Hohen Domäne. Dann hörte er Hanno, der ihm etwas zurief.

»Creoth! Die Milch!«

Creoth verstand nicht, was Hanno meinte. Dann sah er, dass sich die Menschen in einem der Affenkäfige ganz ans Ende des Wagens drängten, dass an dem anderen Ende ein Feuer prasselte und dass die Loom-Wächter lachten und tanzten.

»Auf das Feuer!«, schrie Hanno. »Schütte die Milch auf das Feuer!«

»Bei den Bärten meiner Ahnen!«, murmelte Creoth in sich hinein. Er hielt den Wagen an, sprang herunter und rannte nach hinten zu den Milchkannen. Sie waren schwer, aber er war ein kräftiger Mann, und wenn er beide Arme in der Mitte um eine Kanne schlang, konnte er sie tragen. Die Wachen schauten ihm lachend zu, als er die schwere Kanne taumelnd aus dem Wagen wuchtete und dabei umkippte. Die fette, cremige Milch strömte aus der Kanne und ergoss sich in einer weißen Pfütze auf die Straße. Die Wachen hielten sich die Bäuche, schlugen sich auf die Schenkel und brüllten vor Lachen. Die Gefangenen in den Wagen weinten inzwischen und spürten, wie das Feuer auf ihre Füße zukroch.

Creoth gab sich selbst eine Ohrfeige. »Ich bin eine Schande für meine Ahnen!«, jammerte er. »Warum bin ich bloß zu nichts zu gebrauchen?«

»Komm, hilf mir.«

Hanno stand am Wagen und mühte sich mit einer zweiten Kanne ab, konnte sie jedoch nicht allein hochheben. Creoth eilte zu ihm und schlang seine starken Arme um die Kanne. Hanno ging neben ihm her und hielt sie fest, wenn sie zu kippen drohte. Diesmal schafften sie es: Die Milch ergoss sich über das brennende Holz und löschte zischend und sprudelnd den größten Teil der Flammen. Der schwere, rauchige Geruch verbrannter Milch erfüllte die Luft.

Die Wachen hörten auf zu lachen und glotzten überrascht. Dann zog einer mit einem Wutschrei sein Schwert und stürzte sich auf Creoth, während der andere ein Bündel trockenes Holz holte, um das Feuer wieder zu entfachen. Creoth hockte sich neben die umgekippte Milchkanne und schon hob sich die Klinge über ihm – dann sauste sie herunter und zerschlitzte nur Luft: Creoth hatte sich unter den Käfig gerollt. Frustriert rannte der Wächter um den Wagen herum und schlug und stieß mit seinem Schwert zu, aber Creoth blieb außer seiner Reichweite zwischen den Rädern.

Nebel sah, wie der zweite Wächter das Brennholz zum Wagen trug, und wusste, was das zu bedeuten hatte. Der Wächter war noch ein Stück weit weg, aber der Kater war wütend. Den ganzen Morgen hatten ihn diese beiden Dummköpfe ausgelacht, weil er nicht fliegen konnte. Jetzt lachten sie über Menschen, die verbrannt werden sollten. In unerträgliche Rage versetzt spannte Nebel seinen Körper an und sprang. Mit ausgestreckten Krallen sauste er durch die Luft, weiter, höher und schneller als je zuvor, und landete genau auf dem Gesicht des Mannes. Er riss mit den Krallen an den Wangen und am Hals des Wächters, so dass der stolperte und das Brennholz fallen ließ.

»Jaauuu!«, kreischte der Wächter und zerrte den Kater von seinem Gesicht. Nebel kam auf dem Boden auf und schaute sich überrascht um. Wie war er bloß so weit gesprungen? War er überhaupt gesprungen?

Bin ich geflogen? War das Fliegen?

Auch der andere Wächter schrie auf. Er war so damit beschäftigt gewesen, Creoth mit seinem Schwert zu erwischen, dass er nicht bemerkt hatte, wie hinter ihm jemand aufgetaucht war.

Mumpo versetzte dem Mann einen einzigen tödlichen Schlag, bevor dieser überhaupt merkte, dass er angegriffen wurde. Der zweite Wächter hörte den Todesschrei seines Kameraden und konnte gerade noch Mumpos fliegende Faust sehen, als er sich umdrehte; dann war es vorbei.

Hanno riss bereits den Schlüssel vom Gürtel des toten Wächters. Bowman stand am Käfig und berührte Pinto durch die Stangen hindurch. Ira Hath hatte Kestrel gefunden und schloss sie in die Arme.

Die Käfigtür schwang auf und die verängstigten Gefangenen taumelten heraus. Pinto ließ sich von ihrem Vater in die Arme nehmen. Dann schmiegten sie, Hanno, Ira, Kestrel, Bowman und Mumpo sich einige kurze, wertvolle Sekunden lang ganz dicht aneinander und schwiegen.

Schließlich sagte Hanno: »Zeit zu gehen.«

Zohon hatte nun die unbestrittene militärische Kontrolle über die Hohe Domäne, was auch immer das hieß. Die Stadt selbst war nicht mehr beherrschbar; hier regierten blinde Zerstörungswut, Plünderei und Brandstiftung. Doch Zohon lag nichts daran, die Schönheiten der Stadt des Meisters zu retten. Es erfüllte ihn vielmehr mit hämischer Genugtuung, die kunstvollen Kuppeln brennen und einstürzen zu sehen. Sollte die Hohe Domäne mit all ihrer Pracht ruhig untergehen. Sollte sie wieder zu der unfruchtbaren Erde werden, aus der sie erbaut worden war. Sollten sich ihre Bewohner gegenseitig niedermetzeln. Er, Zohon, der Meister des Reiches des Meisters, der Eroberer der Welt, hatte ein größeres Ziel im Auge. An der Spitze seiner siegreichen Johjanischen Garde würde er triumphierend nach Obagang zurückmarschieren und sich dort selbst zum neuen obersten Herrscher ernennen: dem Zohona von Gang. Er musste nur noch seine geliebte, rechtmäßige Braut finden, die seine Machtübernahme legitimieren und sein stolzes Herz mit Freude erfüllen würde: die Strahlende des Ostens, die Makellose Perle und die Freude einer Million Augen.

Doch sie war nirgendwo zu finden. Seine Männer hatten die Staatszimmer durchsucht. Sie hatten Ortiz' Leiche gefunden, aber nicht die Johdila.

»Jemand hat sie entführt!« Zohon tobte vor Wut. »Jemand versteckt sie vor mir!«

Er ließ den unglücklichen Großwesir herbeischaffen und ebenso den königlichen Wahrsager. Ozoh der Augur konnte vor lauter Angst nicht richtig sprechen.

»Wo ist sie?«, donnerte Zohon. »Ich will es jetzt wissen!«

»Ich weiß es nicht«, wimmerte Barzan.

Zohon zog seinen Hammer hervor, drehte ihn mit der scharfen Stahlklinge nach vorn und schlitzte Barzans Robe auf. Barzan schrie. Die Klinge hatte durch den Stoff in seine Haut geschnitten und einen blutigen Streifen hinterlassen.

»Muss ich noch tiefer schneiden?«

»Ich schwöre, ich schwöre, dass ich es nicht weiß«, schluchzte Barzan vor Schmerz und Angst.

Zohon schaute ihn angewidert an. »Können Sie sich nicht wie ein Mann benehmen? Stellen Sie sich gerade hin.«

Barzan versuchte seinen gekrümmten Rücken aufzurichten.

»Wenn ich daran denke, dass ein Wurm wie Sie geglaubt hat, er könnte sich mir widersetzen! Erkennen Sie wahre Größe nicht, wenn Sie sie sehen?«

»Ich wusste es nicht«, stammelte der Großwesir.

»Jetzt wissen Sie es. Auf die Knie!«

Die scharfe Klinge des Hammers kam bedenklich nahe. Hastig kniete Barzan nieder.

»Ich bin der Zohona, Herr einer Million Seelen!«

»Ja, ja.«

»Ja was?«

»Ja, Hoheit.«

Zohon wandte sich an den Wahrsager. »Ozoh der Augur«, spottete er. »Wenn du wirklich die Weisheit eines Auguren besitzt, kannst du mir sicher sagen, wo die Johdila ist.«

»Meine Weisheit hat mich verlassen, Hoheit«, jammerte Ozoh. »Ich habe mein Ei verloren. Ich weiß gar nichts.«

»Zieh deine Hose runter!«

Ozoh zog eilig seine Pluderhose herunter und ließ sie auf seine Knöchel fallen. Hinterteil und Oberschenkel waren entblößt: nackt, bleich und ungeschmückt.

»Farbe!«, stellte Zohon fest. »Nichts als Farbe! Ich wusste es! Kocht ihn!«

Weinend vor Angst wurde der arme Ozoh weggeschleift. Zohon wandte sich an seine Offiziere.

»Hier ist mein Befehl an die Bewohner des Reiches des Meisters«, verkündete er. »Wenn sie mir die Johdila Sirharasi nicht bis zum Morgengrauen des morgigen Tages bringen, werden sie sterben. Jeder von ihnen! Jeder Mann, jede Frau, jedes Kind! Kein einziges Wesen wird am Leben bleiben, wenn die Johdila nicht in meine starken, liebevollen Arme zurückgebracht wird!«

23

Sisi hält auch die andere Wange hin

Es dämmerte schon, als Hanno Hath seine Gefährten den Hügel hinaufführte, hinaus aus dem Reich des Meisters. Die furchtbaren Ereignisse des Tages hatten bewiesen, dass Ira Hath als Prophetin die wahre Gabe besaß, und so war ihre Gruppe größer geworden als erwartet. Dennoch blieben die meisten der Manth zurück, um zu plündern, um die verlassenen Bauernhöfe zu übernehmen und das bereits bestellte Land zu bearbeiten. Denn, wie sie sagten: Wo war das Ziel ihrer Wanderung? Niemand wusste es. Wie würden sie sich schützen? Wovon würden sie sich ernähren? Wie würden sie sich warm halten, wenn der Winter kam?

»Ist sie weit weg, diese Heimat?«, wollten sie von der Prophetin wissen.

»Ziemlich weit«, antwortete sie dann. »Aber nicht zu weit.«

Was sollte sie auch sonst sagen? Sie kannte die Heimat schließlich selbst nur aus ihrem Traum und hatte keine Ahnung, wo sie war oder wie weit es bis dahin war.

So bestand die Kolonne, die nun am Ende des Tages die steinerne Straße hinaufstapfte, aus neunundneunzig Manth, fünf Pferdewagen und einem grauen Kater.

Ein paar der zurückbleibenden Manth hatten sich versammelt, um ihnen Lebewohl zu sagen. Aber es war ein sehr verhaltener Abschied gewesen. Diejenigen, die zurückblieben, waren erschöpft, fürchteten sich und hatten genügend eigene Zweifel. Diejenigen, die sich für die Reise entschieden hatten, wussten, dass ihr Proviant nur für die ersten paar Tage ausreichte, danach mussten sie Nahrung finden oder sie würden verhungern. Außerdem mussten sie Brennholz sammeln und sich abends irgendeine Art von Schutz oder Unterschlupf suchen, denn der Winter rückte schnell heran. So war das, was den Davonziehenden Halt gab, als sie den gewundenen Weg über den Hügel zu den Bäumen entlangmarschierten, keine wohl überlegte Abwägung von Chancen und Risiken, sondern allein Glaube und Hoffnung.

Hanno Hath schritt voran, mit seiner Frau an seiner Seite. Genau wie auf dem Sklavenmarsch gingen sie zu Fuß. Ihnen folgten ihre Kinder Bowman, Kestrel und Pinto. Mumpo hatte die Rolle des Beschützers übernommen und streifte mit den beiden ältesten Mimilith-Jungen immer wieder an der auseinander gezogenen Kolonne entlang, um nach möglichen Gefahren Ausschau zu halten. Die Familie Mimilith hatte sich ihnen angeschlossen, ebenso Scooch, die dicke Mrs Chirish und Creoth mit seinen Kühen, die kläglich muhten, weil sie sonst um diese Zeit immer gemolken wurden.

Sie wanderten zwischen den Bäumen entlang, an den beiden Steinen vorbei, die die Grenzen des Reiches des Meisters markierten, und hinaus auf das kahle Hochland. Hier blieb Ira einen Augenblick stehen, bis sie auf einer Wange jene ferne Wärme fühlte, die nur sie allein spüren konnte. Geleitet von diesem schwachen, aber sicheren Orientierungssinn wandten sie sich nach Norden. Hanno plante sich so weit wie möglich vom Reich des Meisters zu entfernen, bevor sie zum Übernachten Halt machten. Aber es wurde schon dunkel und seine Begleiter waren erschöpft von den Schrecken dieses langen Tages, und so musste er früher Rast machen, als er es für klug hielt.

Sie zündeten mit einem kleinen Teil ihres begrenzten Holzvorrats ein Feuer an und versammelten sich rundherum. Creoth melkte endlich seine Kühe und entschuldigte sich bei jeder Einzelnen von ihnen, während er die übervollen Euter leerte. »Besser ihr tragt sie als ich.« Dann gab es frische Milch für alle und Brot von ihrem Vorrat. In dieser ersten Nacht blieb niemand hungrig. An den folgenden Tagen würde das vielleicht schon anders aussehen.

Pinto kuschelte sich in die Arme ihres Vaters und flüsterte ihm zu: »Was passiert, wenn wir kein Essen mehr haben?«

»Es wird vom Himmel fallen.«

»Nein, im Ernst.«

»Ich will damit sagen«, erklärte er und küsste ihre knochige Wange, »wenn wir auf dem richtigen Weg sind, werden wir auch irgendwie ankommen.«

»Ich hab dich wirklich lieb, Pa.«

»Immerhin sind wir wieder zusammen.«

Bowman sprach fast gar nicht. Seit er das Gedankenduell hinter sich gebracht hatte, war er so gut wie immer still gewesen. Er machte einen sehr geschwächten und fast beschämten Eindruck. Nur von dem grauen Kater, der ihn auf Schritt und Tritt begleitete, ließ er sich Gesellschaft leisten. Er setzte sich abseits von den anderen hin, der Kater rollte sich auf seinem Schoß zusammen und dann starrten sie gemeinsam ins Leere.

Seine Mutter verstand ihn in gewisser Weise und wusste, dass sie nichts sagen oder tun konnte, um die Ereignisse ungeschehen zu machen. Statt zu versuchen ihn zu trösten oder zu beruhigen erinnerte sie ihn daran, dass sie weiterhin seine Hilfe nötig hatten.

»Uns stehen harte Tage bevor«, sagte sie. »Wir brauchen deine Kraft. Was immer es dich kostet.«

Genau danach hatte sich Bowman gesehnt: dass man ihn den Preis für das zahlen ließ, was er getan hatte.

»Ich habe keine Angst«, sagte er. »Ich stelle mich jeder Gefahr. Egal, wie riskant es ist. Ich mache alles.«

»Du wirst das tun, wozu du dich berufen fühlst«, antwortete seine Mutter sanft.

Dies tröstete Bowman schließlich – die Hoffnung, dass sein Kampf noch nicht vorüber war und er deshalb noch nicht verloren hatte. Vor dem Schlafengehen ließ er sich von seiner Mutter in den Wunschkreis ziehen. So standen sie eng umschlungen, die Köpfe aneinander gelehnt, und Pinto als die Jüngste sagte zuerst ihren Wunsch.

»Ich wünsche mir, dass unsere Familie immer zusammenbleibt.«

Kestrel wünschte sich das Gleiche.

Bowman spürte die vertraute Wärme der anderen um sich herum, und obwohl er nicht daran glaubte, dass dieser Wunsch in Erfüllung gehen konnte, wünschte auch er sich das Gleiche.

»Ich wünsche mir, dass unsere Familie immer zusammenbleibt.«

Ira Hath sagte leise: »Ich wünsche mir Kraft.«

Hanno Hath sagte: »Ich wünsche mir, dass alle meine Lieben immer gesund und in Sicherheit sind.«

Mumpo hielt Wache, während die anderen schliefen. Es war eine dunkle Nacht und die tief hängenden Wolken verdeckten die Sterne. Als die Flammen des Feuers allmählich erloschen und nur noch Glut übrig war, stellte er fest, dass er fast nichts sehen konnte. Also schloss er die Augen und verließ sich nur noch auf sein Gehör. Während er ganz still dasaß und die Schmerzen seiner Wunden spürte, die in seiner Seite und in seinem Bein pochten, ließ er seine Gedanken zu Kestrel schweifen. Sie sah ihn jetzt anders an, da war er sicher: mit Dankbarkeit, aber was noch besser war, mit Achtung. Er hatte noch nicht mit ihr reden können und es wäre auch nicht richtig gewesen. Dafür würde später Zeit sein, wenn sie ihre Reise beendet hätten. Im Moment war seine Aufgabe einfach: Er musste Kestrel beschützen und aufpassen, dass ihr nichts passierte. Er musste all diese guten Menschen beschützen, die er liebte. Im Reich des Meisters hatte er gelernt, dass er stark war, dass er kämpfen und töten konnte, wenn er es wollte. Er war immer noch überrascht darüber und sah diese Fähigkeit als etwas Zufälliges und Unverdientes an, das ihm sogar ein wenig Angst einjagte. Doch es machte ihn stolz zu wissen, dass auch er nun eine Rolle zu spielen hatte und dass Kestrel ihn brauchte.

So saß er still da und lauschte auf die nächtlichen Geräusche. Irgendwo in der Nähe rieselte ein Bach über sein steiniges Bett. Sein leises Rauschen mischte sich mit dem nachlassenden Knistern des Feuers. Ab und zu flog ein

Nachtvogel über Mumpo hinweg, dessen Flügel sich kaum bewegten, ein stiller Seufzer in der Luft. Irgendein unsichtbares kleines Tier kratzte an der Erde zu seinen Füßen: *krrrtz-krrrtz-krrrtz, krrrtz-krrrtz-krrrtz.* Und die ganze Zeit über hörte er neben all den anderen Geräuschen das langsame, gleichmäßige, dumpfe Schlagen seines eigenen Herzens.

Eine Windbö wehte ihm über das Gesicht. Er öffnete die Augen und stellte fest, dass die Wolken über ihm langsam nach Westen weiterzogen. Sterne tauchten auf und dann die Mondsichel. Er suchte nach bekannten Sternbildern. Die Axt mit ihrem langen Griff, die Krone mit den drei Punkten.

»Bist du wach, Mumpo?«

Er zuckte zusammen. Es war Pinto.

»Pinto! Warum schläfst du nicht?«

»Ich kann nicht schlafen.«

»Du musst aber schlafen. Wir werden morgen den ganzen Tag unterwegs sein.«

»Du auch. Und du bist verletzt.«

»Mir geht's gut. Ich bin stark.«

»Das bin ich auch.«

Er schaute sie liebevoll an und bemerkte, dass sie zitterte. »Ich mach das Feuer wieder an.«

Er schob die Glut zusammen, zog unverbrannte Holzenden in die Mitte und das Feuer flammte allmählich wieder auf. Als der sanfte Schein des Feuers langsam heller wurde, konnte er die anderen wieder erkennen, die in unordentlichen Haufen dicht nebeneinander schliefen, um sich gegenseitig zu wärmen. Mumpo suchte mit den Augen nach Kestrel und fand sie zusammengerollt zwischen ihrer Mutter und ihrem Bruder, eine Hand in der des schlafenden Bowman.

»Liebst du sie immer noch, Mumpo?«

»Ja«, antwortete er nur.

»Was wäre, wenn sie sterben müsste?«

Er schaute Pinto entsetzt an. »Sag so was nicht.«

»Tut sie ja nicht, aber was wäre, wenn?«

»Darüber will ich nicht nachdenken.«

»Du würdest sie vergessen und dich in jemand anderen verlieben. So ist das normalerweise.«

»Keiner wird sterben.«

»Sei nicht albern, Mumpo. Jeder muss sterben.«

»Noch lange nicht.«

»Kess wird aber vor mir sterben, weil sie älter ist als ich. Dann bin bloß noch ich da. Du kannst mich lieben, wenn du alt bist.«

»Na gut«, sagte Mumpo, gerührt von ihrer entschlossenen Treue. »Ich werde dich lieben, wenn ich alt bin.«

Eine Weile saßen sie schweigend da und starrten ins Feuer. Dann schnappten Mumpos wachsame Ohren ein Geräusch auf, das gleichmäßiger als das Knacken und Prasseln des brennenden Holzes klang. Es waren Schritte, die sich näherten.

Er sprang auf und zog sein Schwert.

»Bleib du hier!«, befahl er Pinto.

Während sie sich zu ihren Eltern zurückzog, lief Mumpo lautlos in die Dunkelheit davon. Auch Pinto konnte jetzt Schritte hören, doch eine plötzlich aufschießende Flamme im Feuer machte die Nacht ringsherum undurchdringlich. Sie hörte, wie die Schritte zum Stillstand kamen. Dann folgten undeutliche Stimmen – Frauenstimmen. Schließlich kehrte Mumpo in den orangefarbenen Lichtkegel zurück. Bei ihm waren jetzt zwei Frauen, eine dicke und eine dünne. Sie zitterten vor Kälte und wirkten völlig verängstigt. Mumpo führte sie an das warme Feuer heran. Die dicke Frau sagte: »Siehst du, mein Schätzchen. Jetzt wird meinem Baby wieder warm.«

Die dünne sagte gar nichts. Sie kauerte sich nur ganz dicht ans Feuer und neigte den Kopf.

Mumpo flüsterte Pinto zu: »Sieh mal nach, ob du was zu essen für sie findest.«

Pinto nickte und tastete sich zu einem Wagen, der in der Nähe stand. Sie brachte zwei große Stücke ihres kostbaren Brotvorrats mit. Die dicke Frau nahm das Brot ohne etwas zu sagen und reichte der dünnen Frau ein kleines Stück. Die hielt es einen Augenblick fest und ließ es dann auf die Erde fallen.

»Das dürfen Sie nicht!«, sagte Pinto bestürzt. »Wir haben so schon nicht genug Essen.«

Die dünne Frau runzelte die Stirn und drehte sich zu Pinto um. Dann schaute sie auf das Stückchen Brot hinunter, das sie fallen gelassen hatte. Langsam hob sie es auf und hielt es Pinto hin. »Tut mir Leid«, sagte sie mit leiser, trauriger Stimme.

»Oh mein Schatz.« Die dicke Frau schluchzte zitternd auf. »Mein Schatz muss etwas essen. Sonst wird sie sterben und was soll ihre Lunki dann tun?«

»Pst!«, machte Mumpo. Doch es war schon zu spät. Lunkis Schluchzen hatte Bowman geweckt. Als er sich aufsetzte, wurde Kestrel davon wach. Es verwirrte Bowman und kam ihm vor wie eine Vision, als er im Feuerschein die Johdila Sirharasi sitzen sah, die ihn mit einem süßen, traurigen Ausdruck in ihrem hübschen Gesicht anschaute, noch immer im Hochzeitskleid, aber unverschleiert. In dem Glauben, er träume und alles werde sich in Luft auflösen, wenn er aufwachte, streckte er eine Hand aus und sagte: »Geh nicht!«

Jetzt war Kestrel aufgestanden und hellwach. »Sisi!«

»Oh Kess!« Nun brach Sisi in die Tränen aus, die sie so lange zurückgehalten hatte, und fiel ihrer Freundin in die Arme.

»Siehst du, mein Schätzchen«, sagte Lunki und weinte selbst vor Erleichterung. »Siehst du, die Freundin wird alles wieder richten.«

»Wer ist das?«, fragte Pinto Mumpo mit gedämpfter Stimme.

»Das ist die Prinzessin, die heiraten sollte.«

Kestrel beruhigte Sisi und brachte sie dazu, ihr zu erzählen, was passiert war.

»Zohon hat Mama und Papa verhaftet und bringt alle Leute um und er sagt, dass er mich heiraten wird. Aber ich hasse ihn, deshalb komme ich lieber mit dir mit, weil du meine...« – sie brach wieder in Schluchzen aus – »weil du meine... weil du meine Freundin bist.«

»Aber Sisi«, sagte Kestrel mit sanfter Stimme. »Wir sind doch nicht dein Volk. Du würdest es bei uns sicher seltsam finden. Wir haben keine Prinzessinnen oder Schleier. Wir sind ganz gewöhnliche Leute.«

»Das will ich auch sein. Sieh mal, ich trage meinen Schleier nicht mehr. Er darf mich sehen.« Sie drehte sich um und zeigte auf Mumpo. »Kein anderer Mann hat mich jemals gesehen. O doch, dein Bruder.« Sie drehte sich um und stellte fest, dass Bowman sie verwundert anstarrte.

»Er denkt, ich wäre mein Dienstmädchen. Lunki, du kannst nicht mehr meine Dienstmagd sein. Wir sind von jetzt an gewöhnliche Leute. Du wirst meine Freundin sein müssen.«

Lunki war bestürzt. »Ich weiß nicht, wie man eine Freundin ist. Ich weiß nur, wie man eine Dienstbotin ist.«

Sisi schaute immer noch Bowman an. »Hast du was dagegen, wenn wir mitkommen?«

Bowman schwieg.

»Warum spricht er nicht mit mir?«

»Es liegt nicht an dir, Sisi«, erklärte Kestrel. »Er hat kaum geredet, seit … seit wir den Palast verlassen haben.«

»Es liegt an mir. Er findet mich merkwürdig. Aber er hat gesagt: Geh nicht.« Sie presste trotzig die Lippen zusammen, so als könnte er es abstreiten. »Du hast es gesagt, also gehe ich nicht.«

»Lass uns morgen früh darüber reden«, bat Kestrel.

Doch Sisi hatte ihre Entschlossenheit wiedergefunden. »Es gibt nichts mehr zu reden. Ich werde mitkommen und ich werde keine Prinzessin mehr sein. Und jeder kann mich anschauen, solange er will, bis ihm die Augen rausfallen.« Sie drehte sich zu Pinto um, die sie tatsächlich angeglotzt hatte. »Sogar kleine Mädchen.«

Pinto hatte keine Angst vor ihr. »Ich schaue an, wen ich will.«

»Ich bin froh, dass ich so interessant bin.«

»Du bist nicht interessant«, versetzte Pinto. »Du bist nur schön.«

»Oh! Oh!«, rief Sisi. »Lunki, schlag sie! Stich ihr die Augen aus! Was für eine kleine Bestie! Wag es ja nicht, so mit mir zu sprechen! Ich bin … ich bin … Nein, das bin ich ja gar nicht mehr! Oh! Ich weiß nicht mehr, wer ich bin.«

»Na komm«, sagte Kestrel freundlich. »Du kannst dich neben mich legen und Lunki legt sich auf deine andere Seite. Ist das in Ordnung, Lunki? Wir sind hier ziemlich nah am Feuer. Da wird uns nicht kalt.«

Nach einigem Murren legten sich alle wieder zum Schlafen hin – außer Mumpo, der unbedingt weiter Wache halten wollte, und Bowman, der behauptete, er hätte genug geschlafen.

Mumpo hatte inzwischen fast eine Art Scheu vor Bowman. Er war so still und ernst geworden. Obwohl die beiden praktisch gleich alt waren, schien Bowman in der letzten Zeit sehr viel älter geworden zu sein. Es war, als wäre er weit weg gewesen auf einer langen Reise und hätte dabei Dinge gelernt, die sonst keiner von ihnen wusste. Mumpo hätte niemals gewagt seinen Freund nach diesen Erfahrungen zu fragen, aber mitten in der Nacht fing Bowman zu Mumpos großem Erstaunen plötzlich zu reden an.

»Erinnerst du dich noch an den Morah, Mumpo?«

»Natürlich.« Das war zwar lange her, aber er hatte nichts vergessen.

»Der Morah ist nicht gestorben. Der Morah stirbt nie.« Einen Augenblick schwieg er. Dann fuhr er fort: »Aber das weißt du, stimmt's? Du hast es auch gespürt.«

»Ich glaube schon.«

»Der Morah ist wieder in mir, Mumpo. Ich hab es getan, um Kess zu retten.«

»Um Kess zu retten? Aber ich dachte, ich…« Er verstummte. Er sah alles ganz genau vor sich. Ortiz, dessen Schwert sich nach unten bewegte. Seine eigene Faust, die durch die Luft sauste. »Ich dachte, er will sie umbringen.«

»Das wollte er auch.«

»Aber dann … wie …?«

»Ich hab mich geirrt. Ich hab gar nichts getan.«

Bowman schwieg, so dass sich Mumpo unbehaglich und verwirrt fühlte. Doch nach einer Weile redete Bowman weiter.

»Falls ich gehen muss, passt du dann für mich auf Kess auf?«

»Natürlich. Immer.«

»Sie denkt, dass sie auf mich aufpasst. Aber das wird schwer für sie sein.«

»Ich werde auf sie aufpassen, solange ich lebe.«

»Ich weiß, dass du sie liebst.«

»Das tue ich.« Mumpo fühlte sich schon glücklich, nur weil er es laut sagen konnte. »Glaubst du, dass sie mich eines Tages, nicht jetzt, aber wenn all unsere Schwierigkeiten vorbei sind, auch lieben könnte?«

»Sie liebt dich jetzt.«

»Ich meine, mehr als nur in Freundschaft.«

Bowman schwieg eine Weile. Dann sagte er leise: »Ich glaube nicht. Sie will niemanden heiraten.«

Mumpo ließ den Kopf hängen. Er stellte Bowmans Antwort nicht in Frage. Er hatte es Kestrel zu oft sagen hören, früher in Aramanth.

»Was will sie denn, Bo?«

»Ich glaube, sie weiß es noch nicht.«

»Ich weiß, was ich will. Ich weiß es so genau, dass ich es fast vor mir sehen kann.«

»Und was willst du, Mumpo?« Er streichelte den Kater, der wie immer zusammengerollt auf seinem Schoß lag.

»Ich will heiraten. Ich will ein Haus mit einer Terrasse haben. Und einen Sohn. Ich werde aufpassen, dass mein kleiner Junge immer sauber und ordentlich angezogen ist, damit ihn alle lieb haben. Er wird mit seinen kleinen Freunden spielen und sich nie einsam fühlen und den ganzen Tag über lachen.«

Bowman lächelte im Feuerschein. »Wie willst du ihn nennen?«

»Zuerst dachte ich, er soll heißen wie mein Vater. Aber dann dachte ich, nein. Ich nenne ihn nach mir selbst. Er wird Mumpo der Zweite sein. So werde ich im Sommer auf meiner Terrasse sitzen und hören können, wie die Kinder rufen: ›Mumpo, komm zum Spielen! Mumpo, wir warten auf dich! Wir können nicht ohne dich anfangen, Mumpo!‹«

»Mögen wir alle diesen Tag noch erleben, mein Freund.«

Während des Schweigens, das folgte, sprach Nebel mit Bowman, weil er wusste, dass Mumpo ihn nicht hören konnte.

»Junge«, begann er.

»Ja, Kater?«

»Hast du mich im Kampf gesehen? Ich hab auch gekämpft.«

»Ja, hab ich gesehen.«

»Und, Junge?«

»Ja, Kater?«

»Ich glaube, ich bin geflogen. Ich glaube, es war Fliegen. Ich werde es dir beibringen, wenn du möchtest.«

»Ja, Kater. Sehr gern.«

Nebel war zufrieden.

Ganz langsam begann der Himmel wieder hell zu werden. Die Wolken hatten sich verzogen. Hoch über ihnen funkelten noch immer Sterne am nächtlichen Himmel, selbst als die ersten wässrigen blassgrünen Farben des Tages über den östlichen Horizont krochen. Die Kühe weckten sich gegenseitig, hievten sich auf die Beine und zupften an dem spärlichen Gras. In fernen Bäumen ließen frühe Vögel ihren Weckruf hören.

Dann spitzte Nebel die Ohren.

Schwach und ganz weit weg ertönte der Klang eines Horns: *Ta-tara! Ta-tara!* Mumpo sprang auf. Ein zweites entferntes Geräusch wehte mit dem Wind herüber: das Donnern von Pferdehufen. Der Kater sprang von Bowmans Schoß hinunter, als er aufstand.

»Schnell! Weck alle auf!«

Hanno Hath erhob sich bereits.

»Was ist das?«

»Reiter«, antwortete Bowman.

Mumpo rührte sich nicht und lauschte angestrengt auf die Geräusche. Die Pferde kamen in Formation näher und alle im Gleichschritt.

»Soldaten!«, rief er.

Jetzt wurden alle Wanderer wach und standen langsam auf. Ira Hath drehte sich um und entdeckte Sisi, die sich an sie gekuschelt hatte.

»Wer bist denn du? Liebe Güte, was bist du hübsch!«

Sisi hörte die Reiter und begann zu zittern.

»Sie wollen mich holen! Sie dürfen mich nicht mitnehmen! Bitte!«

»Schnell, schnell!«, rief Hanno. »Beladet die Wagen!«

»Wir müssen Sisi verstecken«, sagte Kestrel zu ihrer Mutter.

»In den Wagen«, beschloss Ira, die wusste, dass sie im Augenblick keine Zeit für Erklärungen hatten.

Sisi und Lunki wurden in einen der Wagen gehoben und neben dem Proviant unter Decken verborgen. Die Reiter kamen jetzt donnernd über die Hügelkuppe in Sicht: ein ganzes Regiment johjanischer Soldaten, angeführt von Zohon persönlich.

Die Manth machten keinen Versuch zu fliehen. Sie blieben ruhig stehen und zitterten in der Kälte vor dem Morgengrauen, als die berittenen Soldaten ihr Lager umzingelten. Zohon ritt zu der Gruppe am Feuer und richtete seinen silbernen Hammer auf denjenigen, den er für den Anführer hielt.

»Wo ist sie?«, wollte er wissen. »Übergebt sie mir!«

»Wen?«, fragte Hanno so höflich wie möglich.

»Sie wissen genau, wen! Die Johdila!«

»Was ist eine Johdila, bitte?«

»Die Prinzessin! Gebt sie mir!« Zohon hatte während seiner Suche eine Nacht lang nicht geschlafen und war nun so erschöpft und wütend, dass ihn der geringste Widerstand rasend machte.

»Hier ist keine Prinzessin.«

»Ihr widersetzt euch?«, brüllte Zohon. »Tötet sie alle! Jeden einzelnen von ihnen!«

Die großen johjanischen Soldaten stiegen von ihren Pferden und zogen die Schwerter.

»Warum wollen Sie uns umbringen?«, redete Hanno auf ihn ein. »Dadurch bekommen Sie auch nicht, was Sie wollen.«

»Woher wollen Sie wissen, was ich will?«, schrie Zohon. »Fangt mit ihm an! Tötet ihn!«

Er richtete seinen silbernen Hammer auf Hanno. Ein Soldat schritt auf ihn zu. Mumpo umklammerte sein Schwert und sammelte seine Kräfte, um dazwischenzuspringen. Die Manth schauten starr vor Schreck zu. Der johjanische Soldat hob sein Schwert und …

»Aufhören!«

Eine klare, hohe, gebieterische Stimme erschallte. Alle drehten sich danach um. Hinter den Wagen trat Sisi hervor, den Kopf nach oben gereckt, würdevoll in ihrem edlen weißen Kleid und verschleiert.

Zohons gesamtes Auftreten änderte sich. Er wurde sanft. Er lächelte. Groll und Zorn verließen ihn. Er machte seinen Männern ein Zeichen, die Schwerter zurückzustecken. Ein heiterer Blick erhellte sein müdes, aber gut aussehendes Gesicht, als er sich aus dem Sattel schwang.

»Mylady«, sagte er und verneigte sich vor ihr.

Sisi stand vollkommen still und schwieg. Zohon hatte kurz damit gerechnet, dass sie sich ihm mit einem dankbaren Schrei in die Arme werfen würde. Doch jetzt wurde ihm klar, dass sie eine Prinzessin war und nicht über die neuesten Entwicklungen informiert war.

»Mylady«, sagte er, »Ihr steht vor dem Zohona von Gang, dem Herrn einer Million Seelen.«

Sisi sagte noch immer nichts. Zohon fand ihr Schweigen allmählich peinlich. Vielleicht machte sie sich Sorgen um ihre Eltern. Das wäre ja nur ganz natürlich.

»Euer geschätzter Vater«, erklärte er, »hat den Thron an mich abgetreten. Er und Eure Mutter sind in Sicherheit und stehen unter meinem Schutz.«

Noch immer antwortete Sisi nicht. Zohons Hammer in seiner rechten Hand begann zu zucken, doch er merkte es nicht. Er hatte ihr nur noch eine Sache zu sagen. Sicher wartete sie in ihrer Schüchternheit darauf, dass er es sagte, bevor sie den Schleier heben und ihn in die Arme schließen würde.

»Deshalb halte ich, Mylady, um Eure Hand an.«

Schließlich hob Sisi langsam eine Hand und zog sich den Schleier vom Gesicht. Zohon starrte sie erstaunt an. Sie war so schön! Schöner, als selbst er es sich je erträumt hatte!

»Mylady! Darf ich zu hoffen wagen …?«

Er sank auf ein Knie.

»Steh auf!«, befahl Sisi. »Sprich mich nie wieder so an!«

Zohon lief dunkelrot an und erhob sich. »Mylady, man sagte mir …« – er drehte sich um und warf Kestrel einen bösen Blick zu –, »dass Ihr meine Hoffnungen teilt.«

»Kess! Hast du diesem Menschen gesagt, dass ich irgendein Interesse an ihm hätte?«

Kestrel staunte über Sisi. Sie war so erhaben, so gebieterisch. »Ich habe ihm gesagt, du würdest denjenigen lieben, der dich befreit«, antwortete sie. »Der dein Land wieder groß macht.«

»Seht Ihr, Mylady!« Zohon gewann seine Fassung zurück. »Wer kann Euer Land wieder groß machen, wenn nicht ich?«

»Bist du vielleicht der Thronerbe?«, fragte Sisi mit vernichtendem Hohn. »Ich werde mein Land selbst groß machen.«

Zohon war sprachlos. Er konnte immer noch nicht ganz begreifen, was hier vor sich ging. »Ihr lehnt meinen Heiratsantrag ab?«

Die Johdila neigte ihren königlichen Kopf.

»Darf ich den Grund erfahren?«

»Du bist ein Nichts«, sagte Sisi. »Ich brauche dich nicht. Ich habe kein Interesse an dir. Du kannst jetzt gehen.«

Vor Zohons Augen begann sich alles zu drehen. Seine Hände fingen an zu schwitzen und er hörte ein stampfendes Geräusch in den Ohren. Er wollte etwas sagen, wusste aber nicht, was. Dann nahm er ein gedämpftes, ersticktes Prusten wahr, das sich gleich darauf wiederholte. Mit einem Mal begriff er, dass ihn alle auslachten.

Der rote Nebel in seinem Gehirn verzog sich. Seine mächtige Eitelkeit kehrte wie ein Sturzbach zurück. Stolz richtete er sich wieder auf.

»Zieht die Schwerter!«, befahl er seinen Soldaten. »Wer sich rührt, verliert sein Leben!«

Dann winkte er grob zwei seiner Leute herbei.

»Ergreift diese Frau! Haltet sie fest!«

Zwei Offiziere traten vor und packten Sisi rechts und links am Arm. Wütend schüttelte sie die Arme, um sich befreien, doch die Offiziere ließen sie nicht los. Zohon atmete tief ein. Jetzt fühlte er sich wieder ruhig und stark.

»Mylady«, sagte er, »ich werde meinen Antrag anders formulieren.« Er wirbelte seinen silbernen Hammer herum, so dass die scharfe Stahlklinge auf Sisi gerichtet war. »Du wirst mich heiraten oder du wirst sterben.«

»Baby, nein!«, schrie Lunki und bebte vor Angst.

Niemand sonst gab einen Ton von sich. Jetzt lachen sie mich nicht mehr aus, dachte Zohon grimmig. Die Johdila starrte ihn mit eiskaltem, trotzigem Blick an. Sie war schöner denn je. Was für ein gut aussehendes Paar wir sein werden, dachte Zohon. Wie hübsch unsere Kinder sein werden!

»Dann töte mich!«, sagte Sisi.

Zohon machte ein verständnisloses Gesicht. Einen Moment lang geriet sein neu gefundenes Selbstvertrauen ins Wanken. Dann begriff er.

»Du glaubst mir wohl nicht.«

»O doch, ich glaube dir. So einen Kampf hast du doch am liebsten. Eine hilflose unbewaffnete Frau, die noch dazu festgehalten wird. Was für ein furchtbarer Feind! Wie tapfer von dir, sich ihr entgegenzustellen!«

»Halt den Mund!«

»Sollen alle den glorreichsten Schlag des Hammers von Gang sehen!«

»Genug, sag ich!« Er ließ die Klinge sinken. Dabei bemerkte er, wie Sisis Augen vor Verachtung und Triumph aufblitzten. Durch diesen einen Blick verwandelte sich all seine aufgestaute Liebe in Hass. So sehnlich, wie er sie vorher hatte küssen und liebkosen wollen, wollte er ihr nun wehtun. Sie hatte ihn in tiefster Seele verletzt, nämlich in seinem Stolz. Dafür wollte er sie erniedrigen, ihr alles nehmen, was sie besaß, ihr ihren Schneid austreiben, damit sie vor seinen Füßen kroch und ihn um Verzeihung anflehte. Er wollte jetzt nicht mehr, dass sie starb, sondern viel mehr als das und viel Schlimmeres. Sie sollte leben, leiden und bereuen. Er wollte, dass sie den Tag verfluchte, an dem sie seine Liebe und ihre einzige Chance auf Glück zurückgewiesen hatte.

Während der Hass in ihm aufstieg, schaute er sie an und staunte über ihre Schönheit. Er hatte das Gefühl, dass sie ihn verhöhnte mit dieser Schönheit, die er nicht besitzen durfte. Dann brach sich die wachsende Welle in ihm und der Hass überflutete seine Gedanken. Rasch fuhr er mit der Klinge über Sisis linke Wange. Eine Reihe von scharlachroten Blutstropfen folgte der Klinge, die anschwollen, ineinander liefen und an ihrem Gesicht hinunterrannen. Die umstehenden Menschen verstummten schockiert. Sie rührten sich nicht und konnten kaum atmen.

»Ich werde deine Schönheit töten«, sagte Zohon.

Sisi zuckte nicht einmal mit der Wimper. Stattdessen hielt sie ihm ganz langsam und stolz die andere Wange hin, noch immer mit herausforderndem Blick. Mit einem zweiten brutalen Hieb zerschnitt ihr Zohon auch die zweite Wange.

»Mögen dir die Narben ewig bleiben!«

Mit diesen bitteren Worten bedeutete er seinen Männern sie loszulassen und schritt zu seinem Pferd zurück. Im Sattel rief er im Befehlston: »Reiten wir weiter! Hier gibt es nichts, was sich zu haben lohnt!«

Die Johjanische Garde formierte sich und ritt über die Hügelkuppe davon. Sisi blieb dort stehen, wo man sie losgelassen hatte. Das Blut lief ihr nun über beide Wangen, über den Hals und auf ihr weißes Hochzeitskleid. Lunki eilte an ihre eine Seite, Kestrel an die andere. Gemeinsam stillten sie das Blut mit den Säumen ihrer Kleidung, riefen nach Wasser und wuschen ihr das Gesicht und den Hals ab. Während Lunki schluchzte und Kestrel Befehle gab, stand Sisi die ganze Zeit still, mit trockenen Augen.

»Holt ihr was zu trinken! Sie zittert.«

»O mein Schätzchen, meine Süße, o mein Baby! Alles weg, alles weg!«

»Die Einschnitte sind nicht tief«, stellte Kestrel fest. »Sieh mal, es hat schon aufgehört zu bluten.«

»Aber ihr süßes, hübsches Gesicht – oh, oh, oh!«

Ira Hath brachte Sisi eine Tasse Milch und hielt sie ihr an die Lippen. Sisi nippte ein wenig.

»Du bist eine sehr tapfere junge Frau«, sagte Ira zu ihr.

Sisi fröstelte. Der Wind wurde kälter, als der Tag anbrach. Überall im Lager rollten die Menschen ihre Decken zusammen und bereiteten sich auf die Weiterreise vor. Hinter den Wagen melkte Creoth seine Kühe. Die Kutscher spannten ihre Pferde an.

»Bringt ihr eine Decke«, sagte Kestrel. Sie wickelten eine Decke um Sisis dünnen, zitternden Körper. Lunki tupfte weiter die Schnitte auf ihren Wangen ab, bis Sisi sie wegschob.

»Hol mir einen Spiegel, Lunki. Ich will es sehen.«

»Nein, Baby, nein. Das willst du nicht sehen.«

»Doch. Hol mir einen Spiegel.« Das Sprechen tat ihr weh. Lunki sah, wie sie zuckte, und rang vor Kummer ihre dicken Hände.

Sie hatten keine Spiegel. Kestrel goss Wasser in eine Schüssel, und als die Oberfläche still war, beugte Sisi sich darüber und schaute ihr Spiegelbild an. Sie betrachtete sich ganz aufmerksam und sah, wie die beiden Einschnitte in sich annähernden Linien schräg von den Wangenknochen bis zum Unterkiefer verliefen und ihr Aussehen vollkommen veränderten. All die Weichheit war verschwunden, all die Zartheit. Sie wirkte älter, härter, wilder. Das Blut gerann dunkelrot und unregelmäßig auf ihrer weißen Haut.

»Es tut mir so Leid«, sagte Kestrel.

»Es braucht dir nicht Leid zu tun«, erwiderte Sisi leise. »Ich kann jetzt ich selbst sein.«

Kestrel biss sich auf die Lippe. Sisis stille Hinnahme rührte sie mehr als Lunkis Geweine und Geschluchze. Sie merkte, dass ihr Bruder sie beobachtete, und wusste, dass er genauso fühlte.

»Darf ich noch mitkommen?«

»Natürlich. Du kannst im Wagen fahren.«

»Nein, ich werde zu Fuß gehen, wie alle anderen auch. Ist es sehr weit, wo wir hingehen?«

»Ja. Sehr, sehr weit.«

»Ich bin froh.« Sie schaute sich um und entdeckte Bowman. Flüchtig zeigte sie auf ihre entstellten Wangen. »Du brauchst mich nicht mehr zu lieben. Du brauchst nicht mal mit mir zu reden. Aber ich würde gern ab und zu mal mit dir reden.«

»Sehr gern«, antwortete Bowman.

Sisi versuchte ihn anzulächeln, doch es schmerzte ihre verletzten Wangen und sie musste es bleiben lassen.

»Ich kann nicht mal mehr lächeln.« Sie sagte das ganz ohne Selbstmitleid, so als wäre ihr neuer Zustand eine Unannehmlichkeit, die kaum etwas mit ihr zu tun hatte. »Wie anders alles sein wird.«

24
Aufbruch

Die Wanderer waren jetzt fertig, die Wagen festgemacht, das Brennholz für die kommende Nacht gesammelt und verstaut. Eine weiße Sonne erschien über den Hügeln im Osten und Schneeflocken wirbelten durch die Luft. Hanno rief die Gruppe zusammen und bat seine Frau zu ihnen allen zu sprechen, bevor sie sich auf den Weg machten.

»Was kann ich euch sagen, das ich nicht schon gesagt habe?«

Sie blickte über die Menge der vertrauten Gesichter und las in ihnen Hoffnung und Angst.

»Wir haben wenig Zeit. Die Reise wird sehr anstrengend sein. Aber unsere Heimat wartet auf uns. Dort werden wir in Sicherheit sein.«

Sie hielt inne, weil ihr der Traum wieder eingefallen war. Sie selbst würde die Heimat nicht erreichen. Dieses liebe Volk, ihr Volk, würde ohne sie weitergehen. Sie sagte ihnen nicht, dass ihre Kraft langsam, aber sicher dahinschwand. *Meine Gabe ist meine Krankheit. Ich werde an der Prophezeiung sterben.*

»Das hier ist alles, was zählt«, fuhr sie fort und streckte die Arme aus, als wollte sie sie alle umarmen. »Dass wir zusammenhalten und uns lieben. Wir sind das Volk der

Manth. Lasst uns unseren eigenen Manth-Schwur ablegen.«

Hanno Hath verstand, was sie meinte, nahm ihre linke Hand und streckte die andere nach Bowman aus. Kestrel nahm die andere Hand ihrer Mutter. Pinto hielt Bowman an der Hand und rief nach Mumpo, damit er sich ihnen anschloss. Kestrel griff nach Sisis Hand und so schloss sich Sisi der immer länger werdenden Kette an. Sisi brachte Lunki mit und neben Lunki stand Creoth. Neben Mumpo stand Mrs Chirish und neben ihr der kleine Scooch, dann die Familie Mimilith und Direktor Pillish. So fassten sie sich an den Händen, alle hundertundeins, und Ira Hath sprach für alle den altbekannten Schwur. Sisi, die diese Worte noch nie zuvor gehört hatte, merkte, wie ihr Tränen in die Augen stiegen. Sie weinte nicht wegen der Wunden auf ihrer weichen Haut oder ihrer verlorenen Schönheit, sondern weil die Worte ihre eigene Sehnsucht ausdrückten und von einer Liebe zeugten, die sie nie erlebt hatte.

»Heute beginnt mein Weg mit euch.« Sie sprachen alle gemeinsam und ihre Stimmen hallten leise durch die kalte Luft. »Wohin ihr geht, gehe ich auch. Wo ihr bleibt, bleibe ich auch. Wenn ihr schlaft, schlafe ich auch. Wenn ihr aufsteht, stehe ich auch auf. Bei Tag werden mich eure Stimmen erreichen und bei Nacht eure ausgestreckten Hände und nichts soll uns jemals trennen.«

So miteinander verbunden zogen sie ihre Mäntel enger und machten sich auf die Reise. Im Licht der aufgehenden Sonne marschierten sie nach Norden. Es schneite leicht, aber stetig – winzige harte Flocken, die im Gesicht piekten und in kleinen Wirbeln über die steinige Erde wehten. Es war der erste Schnee des bevorstehenden Winters.

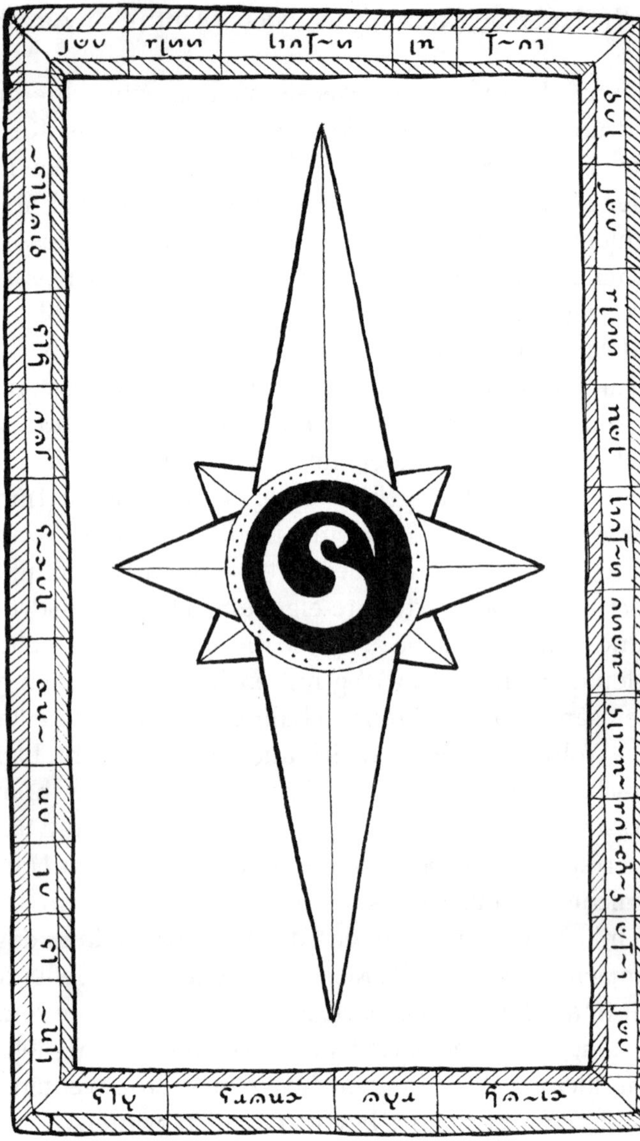

dtv junior

Ein magischer Stein zeigt dem jungen Artus de Caldicot die Abenteuer und Kämpfe eines Jungen, der seinen Namen trägt. Immer mehr gerät Artus in den Sog dieser Bilder. Es scheint fast so, als wären ihrer beider Schicksale auf geheimnisvolle Weise miteinander verknüpft …

dtv junior extra Ab 12
ISBN 3-423-**70797**-6

dtv junior extra Ab 12
ISBN 3-423-**70878**-6

»Ein Wunder von einem Buch.«
The Irish Times
Nachts, wenn die geheimnisvollen Trickster kommen, verriegeln die Menschen die Fenster. Denn wer diesen betörenden Lichtwesen folgt, findet den Tod. Nur Rilka stellt sich der Bedrohung entgegen. Um einen Trickster zu fangen macht sie sich auf die gefährliche Reise zu dem gespenstischen Wolkenberg. Von dort ist bisher noch niemand zurückgekehrt …
Kate Thompson
Nacht auf dem Wolkenberg
dtv junior extra
ISBN 3-423-70753-4 Ab 12
dtv junior